邯城之倾

黄海峰 | 著

陕西新华出版传媒集团
太 白 文 艺 出 版 社

图书在版编目（CIP）数据

邯城之倾 / 黄海峰著. -- 西安 : 太白文艺出版社, 2020.9（2021.3重印）
ISBN 978-7-5513-1780-1

Ⅰ. ①邯… Ⅱ. ①黄… Ⅲ. ①长篇小说－中国－当代 Ⅳ. ①I247.5

中国版本图书馆CIP数据核字(2020)第057439号

邯城之倾
HANCHENG ZHI QING

作　　者　黄海锋
责任编辑　刘宇龙　李　玫
封面设计　秦呈辉
版式设计　董文秀
出版发行　陕西新华出版传媒集团
　　　　　太白文艺出版社
经　　销　新华书店
印　　刷　西安日报社印务中心
开　　本　787mm ×1092mm　1/16
字　　数　370千字
印　　张　24.25
版　　次　2020年9月第1版
印　　次　2021年3月第2次印刷
书　　号　ISBN 978-7-5513-1780-1
定　　价　68.00元

联系电话：029-81206800
出版社地址：西安市曲江新区登高路1388号（邮编：710061）
营销中心电话：029-87277748　029-87217872

序

《邯城之倾》是一部令人倾心的小说，很难想象它是一位新人的处女作。

在不远的未来，人类的科技已高度发达，物资已不再匮乏，战争已不再成为解决争端的必需手段，整个世界呈现一片祥和——至少表面如此。在预防小行星撞上地球的行动中，一个小小的失误最终导致美丽月球的毁灭，由此造成母星的微倾，一系列灾害随之而来。作为地球上科技最发达、社会治理堪称楷模的城市国家 / 城邦（citystate）代表的邯城也将面临一场毁灭性地震的来袭，而对于这场地震的预测则介于已预测和未预测之间的微妙状态。与此同时，邯城的政界也面临着大变局，改选领袖——市长。

小说由三个部分组成。在情节铺展的结构上，作者有着精细的考虑，没有采取单纯线性的方式，而是以较为复杂的时空交错、人物视点转换投影的方式，即以精密的时间线为主轴——聚焦于核心的 2069 年的某个时段、横向三个主要相关人物的视点，围绕着时间的主轴，生成三部叙述，从而逐步为读者拼贴出一幅事件的全景图卷。这样的结构、细密的时间线，具有历史编年体式的真实性，同时具有情节逐渐铺展的历时性。而三个人物视点所组成的叙述体，则给作者以更大的叙述空间，得以加入更多在简单线性叙事体结构看来是枝蔓性的评述，而这些看似枝蔓性的评述，在作者那里往往是构成更深层次表述的关键；同时，在第一部、第二部均已完成整体叙述的时候，情节的悬疑性还未全部消解。

一条时间线加三个叙述视点，具有相对稳定的精神或审美结构——三位一体[1]。更为重要的是，在我个人看来，作者似乎在有意无意之间，以这三个叙述体或多或少隐约地对应着人类社会三个重要的主题：平等、自由和爱。

小说的第一部“陈鲲”[2]，是一个基因改造漏网者的视点，同时他也是地震事件运转的一个重要齿轮。在小说中，未来世界并非如《1984》《美丽新世界》或《使女的故事》

1　《黑客帝国》里的女主角崔妮蒂（Trinity），英文名本意即“三位一体”。

2　一个有趣的名字。按作者的说法，未来邯城人的名字大多与鸟相关，而鲲是鱼。《庄子》里说：“北冥有鱼，其名为鲲……化而为鸟，其名为鹏。”后来“米克”在与陈鲲谈话后，给自己取的名字叫“鹏”。

那么极端，虽然监控已渗入到人们生活的所有方面，但这种控制相对温和，至少我们可以认为其治理的法则是由一批理性而道德的伟大立法者所确立，并随时间推移而不断修订的。政府在谋求平等方面始终是有所作为的。胚胎基因的优化修改选择保证父母为孩子的未来作平等化的选择；对个人行为的评价——数据画像——是由充分掌握信息数据的“城市信息和分析系统”即“米克”所做出的，而系统是中立而无个人利益和喜好的；等等。然而，即便抛开过度平等化带来的社会平庸性问题，一些不可预测的因素，作者称之为“随机性”因素，比如基因改造的失败（第一部的主人公陈鲲）、父母拒绝对孩子进行基因改造（樊云），以及大量涌入的外来人口（非常优秀但未经基因改造的暗岛人），足以令平等之天平倾斜（人们分区居住）。更不用说，当我们追问，系统可以中立，但系统依据的评判标准和原则毕竟是由人来制定的，其终极依据何在呢?

在一个技术被普遍视作可以解决一切问题的温和而理性的未来世界，平等如何可能?

小说的第二部“观察者 T”，在我看来是关于“自由”的生成机理的。T 是未来的一个高智能机器人。从某种角度看，机器人是最不自由的，它的所有行为都要由人类设定的程序决定，没有主体性。但从另一角度看，机器人与人又何其相似。卢梭说：“人生而自由，但却无往而不在枷锁中。”每个人出生本身并无选择权，如果再加上基因改造，简直同机器人一样是被制造的；在成人过程中不断受教育，如同程序输入；唯一不同的恐怕就是人在成长过程中逐渐生成自我意识或主体性的形成，让人类有了自由的根基；自由是有意识的主体进行自主选择的权利。在小说中，当机器人 T 被赋予了巨量的人类社会信息（违反了未来的《人工智能法修订案》），甚至被输入了部分的人类情绪因子，且同时具有行动能力（违反了《数据信息法修正案》），它就逐渐有了主体性的萌芽，从观察者——一个交通观测机器人，变成了一个行动者，从而有机会去拯救人类——一次错误的尝试，一次正确的行动。那么，当机器人 T 获得了自主能力的时候，为什么选择的是拯救而不是毁灭——想想库布里克《2001 太空奥德赛》中那个可怕的机器主体，更何况在它的核心记忆中弗兰肯的唱段“人类劣迹斑斑，他们擅长欺骗”萦绕不去?

在人工智能高度发达的未来，人的自由和人工智能体的自由将如何成为可能，将呈现为怎样的样式?

第三部“艾可”，我认为是关于“爱”的，也是作者要诠释的终极主题。但作者在诠释爱时，把它放在一个狭小的空间里，让它处于矛盾与缺憾之中，让它在现实面前不断地屈服，从而折射出人生之爱的珍贵与艰难。在叙事的过程中，我们可以隐约感到爱的另一面——欲望的如影随形，从中揭示爱与欲的相依又冲突的关系。主人公是生长于最优秀家庭的艾可，患有按钮症——一种选择困难症。他的父母作为未来世界最顶尖的才智之士，却在感情上出现了巨大的问题。这是其生活中的另一大困扰。通过制造一场虚拟的车祸，艾可成为嵌入地震事件的另一片齿轮，并得以结识来自暗岛的女孩安吉，由此展开了一段情感历程。在作者笔下，在未来世界，择偶往往如同传统时代的合生辰八字一般，需要通过信息咨询进行基因的配比；伴侣机器人的出现，让人类在性伴侣方面有了多样的选择。而更为关键的是通过基因改造，年轻人的性成熟年龄被推迟到25岁以后，目的是让心智得以充分发展；一些优秀者的后代甚至被推迟到50岁以后。而荷尔蒙的控制，将导致年轻人的情感疏淡。

在这样一个未来，男女之爱、父母子女之爱、家庭之爱乃至人与机器人之爱又将如何？

在主体三一架构内，作者在情节推进过程中，还以大量延展性的铺陈和讨论，无论是对壮美的未来日出、凄清的月桥、漫天飘舞的奇异的空生植物极为细致的描述，还是不断回闪的作为现实映照的邯城历史的考证性叙述，关于时间、知识和伦理问题的探讨，均赋予小说文本更丰富的血肉；与此同时也展现了作者奇崛的想象能力，以及沉潜的智性。也因如此，在我看来，这部小说包含了极为庞杂的蔓生性素材，大量远未及展开的思考和讨论，似乎可以看作是一部导论性的作品，有望做进一步阐发和拓展。

成为小说家，是许多人年轻时的梦想。作者在自序里说，这部小说即源于多年前在家乡小县城夜晚面对明亮星空时的奇想。我在学生时期也曾经有过类似的狂热梦想，也写过一些文字。大学毕业后，长期的学术工作氛围，让这一梦想逐渐泯灭。但是对于文学的爱好，却始终未曾褪去。在漫长的学术编辑生涯中，我还是寻得了一些机缘，策划引进编辑出版了一些文学作品，其中我觉得值得一提的有两位女作家——法国作家马格丽特·尤瑟纳尔和美国作家卡森·麦卡勒斯的系列作品。我并不认识作者，只知道也是一位女性。

上海三联书店总编辑　黄韬

2019年12月10日星期二

自序

1979 年夏天，我住在江西一个小县城的一排平房宿舍里。黄昏时，大家把竹床摆到房前的空地上乘凉。那时没有电视机，电灯时亮时不亮，每家每户需要一小捆一小捆地买蜡烛，一支支点亮，度过从日落到晚上九点钟的那段时间。夏天的好处是可以把买蜡烛的钱都省下来，所以乘凉时扇着蒲扇聊天是唯一的乐趣。年幼的我躺在竹床上，听到四下里飘来聊天细语，看到整排平房都是黑的，再远些的农机厂厂房沉寂在树木笼罩的漆黑之中。那时没有班可加，厂房外的街道、林子、河流、田野，都笼罩在黑色里。夜就是黑夜，除了星光和萤火虫的光，都是纯黑色的；那时的大地，对黑夜无力反抗。所以，眼前的明亮星空，无法不刻入我的记忆。

我仰面躺在竹床上，星空占据了我的视野。那时的空气干净极了，星星就像沉在家乡明净河底发亮的细沙，颗颗清晰，就像你今天在星空摄影作品中看到的，星辰绵密，银河长贯，就是当时星空的样子，是星空原本的样子。也许记忆给予了某种加工，但基本如此。星空是母亲所讲的牛郎织女的浪漫故事发生地，我却无法在两者之间建立联系，时间和宇宙与它相关，我幻想那里的故事应当理性而深远。

可惜，我再也没有见过那样的星空，星空下的小声细语，也再未出现过。

30 多年后的一个夜晚，我站在上海金茂的高层，看辉煌的城市之光，已让星空黯然失色。

本书是处女作。四年前，我在走出第一步的时候，如果说有什么动力或是感召，我没有感觉到，有一天做了，就做下去。我希望在最初就能获得走在时代前列的思维起点，希望能探讨一些我认为别人没有探讨过的东西，希望能捕捉到我所在的时代独特的因子。但是，写作的过程中我发现，我所踏上的土地，已有人留下了足迹，我是一个后来者。

我探讨 AI（人工智能）的爱，也许它们和人类一样，在最初就会有喜好，而我刚看到一篇马斯克的对话，他提到 AI 本来就是爱。这是可能的，它是文明的产物，而文明，与爱有关。

我探讨过去、现在和未来，这早就是个亘古天问，高更的绘画早已将它生动展现。而我想象我们是行进在已确立的最好的未来世界中，时间既是顺叙的又是倒叙的，这听起来多么宿命，但因为对未来未知，所以对当下来说，一切皆有可能。

我探讨预测的可能性，探讨如一个小宇宙一般奇妙的大脑，探讨两性。这些已被无数次地讨论过，而且将在长久的未来讨论下去。

我探讨基因改造是必然趋势，我们根本无法阻挡，这甚至是不以人类的意志为转移的。因为技术本身，或是文明本身，就像一个越来越强大的生命体，它将势不可当地发展，迈出它初生的、也许不是初生之地的地球，向宇宙扩张。而我们，只是它成长道路上微小的承载体。

万物中的每一个生命，都是微小的承载体，却是绝不可缺的一个。这是我们应当给予自己在宇宙中的定位。

谨以此书，向爱伦·坡等前辈致敬，同时，给童年的梦想一个交代，向小时候的那片星空致以微薄献礼。

黄海峰

2019 年 9 月 1 日

目录

引子

陈鲲

观察者 T

艾可

引子

月球被一颗巨型小行星摧毁发生在2039年。从那时起，日历上再无月的时间单位。

这颗巨型小行星预计轨道和星球轨道本来并不相交，而是擦肩而过，近地点约500千米。但预计轨道是有偏差值的，这个偏差值，恰好给了星球被毁一个低概率风险。要知道那颗小行星最宽处8.9千米，它的撞击足以让星球文明从蛮荒起点重来几遍。针对这样的低概率，但又是致命的风险，用不用给予反应，从来都是两难，这叫低概率死亡反应，就像一个人拿着一个可装1000发子弹的枪对着你的脑袋要扣动扳机，说里面只有一颗子弹，给你造成的死亡危机感绝不是只有千分之一这么少。人们在面对作为与不作为的两难选择时，作为，在有能力的情况下，永远比不作为更有吸引力。当时的人们比之前任何时代都更倾向于作为，有高科技在手，就可以尝试，不是吗?

于是，信心爆棚的人类发射了数十颗核弹头精准击中这颗叫“越狱”的巨型小行星，在新闻中制造了令人震撼而振奋的宇宙奇观。本来事情就这样结束了，谁知“越狱”形成的一系列碎片中，最大的一枚最长处达2840米，我们后来将其命名为“囚徒”，冲向了星球。而月球此时正处于星球和囚徒之间，它挡住了这枚足以引起星球巨震的行星碎片。这是极低概率事件，但它的确发生了，碎片击中了月球背面。月球在后来几个月的时间里，以人类肉眼不可见的变化慢慢扩大、膨胀、分散，然后再静静地散开、拉长，最后形成一条光带。这条由月球的碎片形成的银色光带，从此横贯夜空，被称为“月桥”，名字非常美丽！如今20年过去了，月桥因碎片逐渐坠入大气，银色已褪成灰白色。再过十几年，月桥所有的碎片将被大气吞噬殆尽，彻底消失。

这个天文事件所产生的后果可不是一个球体变成一条银线这么简单，很多事情都在发生变化，星球和月球所共有的质心消失了，星球的自转变得纯粹，随之而来的必然是潮汐规律和板块受力的改变。新的潮汐图表花了两年时间才绘制完成，但板块受力的改变显然没有那么容易被计算并证实，所以没有公布。还有一个明显的地理变化，星球的自转倾角由23.54度变成24.63度，多了那么一点点。虽然科学家们声称这对地质和气候的影响微不足道，人们仍把这称为“大倾斜”。

月球被毁这个天文事件第二年便被记入了孩子们的一年级天文课本。在他们成长的过程中，这件事的印象被反复加深，无论后来讲到史无前例的海啸、摧毁岛屿的地震、淹没城池的火山，这些一次比一次规模更大的星球灾难，总免不了跟这件事扯上关系。

两年后，也就是2041年，是个重要的年头，在邯城历史书上常被冠以“不平凡的一年”这样的称谓。“不平凡”这个词显得模糊，但人们难以找到一个更有涵盖力的的词来形容那年发生的事和对今后的影响。

那年在立法界发生了三件里程碑式的大事件。一是《基因法修正案》通过了可以对人类胚胎期基因进行改造的条款，给予人类对除大脑以外的基因进行修改的权利，从此人类可以在走向更优秀的道路上节约万年进化时间。二是根据《数据信息法修正案》，邯城所有的分散数据信息库合并成为统一的“城市信息和分析系统”，它就是城民们后来日常生活中无所不在的“米克”系统（MICC）；法律又同时规定，米克具有储存、分析并提出决定建议的功能，但不可拥有执行功能，执行功能仍归于人，这就是著名的“契约”，即对于系统的决定，需由人来确认才可执行（相关执行条例有上千条）。三是《人工智能法修订案》对人工智能体的信息来源进行限定，任何机器人，只可接入与其功能相关的指定的单一类知识库，不能接入任何综合型天量数据库，比如米克，人工智能的信息来源被严格限定。

从此，《基因法》《数据信息法》和《人工智能法》将社会从外貌到结构都进行了改造，三部法典成为构建社会形态的三个主立柱。这三部法典对当今科技中最重要的三种技术进行管理：基因改造技术、信息网络技术、人工智能技术。是的，它们三者都是被管制的科技。科技发展到当下，人类面对的问题不再是它怎么才能发展，而是如何让它不失控，在人类的掌控下发展。

三部基础法典在后来的20年中不断修订、扩充，成为人人都记不住，只有系统和人工智能能全部记住的庞然大物。但有些条款深入城民的生活，无须记它。其中值得一提的是，2043年，《基因法》通过修订条款，将每个城民的性发育年龄用基因科技推迟至25岁。科学研究明确证明，推迟性发育是在不修改大脑基因的条件下，延长大脑发育期，从而整体提高全人类智商的安全，也是唯一已知安全的途径。

那年还有一件重要的事，却只吸引了城民们不太多的注意。就算所有城民都知道移民外星是人类早晚的事，但梦想太遥远就失了魅力。那年邯城派出的第二艘载有102人的殖民宇宙飞船“远征二号”发射升空，向太空中唯一发现可以移居的E星进发，那时，可把飞船从时空中隔离的曲率仪尚未被发明，人类需要花21年，也就是预计2062年到达E星。

陈鲲

对于我们的欲望，我们深怀恐惧

一

数据画像

2069 年 98 日　周一　早 7 时

陈鲲平伸出手。一只方形玻璃水杯飘移过来，落入他的手掌，它的重量渐渐沉入手心，杯腹中映照着窗外的城市，在他掌心里形成一个恰到好处的重量。为了给这个杯子加载这种无用的悬浮功能，米克扣掉了他年日用品配额的一半，没办法，技术就是值这个价。

早间新闻的立体图像打在巨型落地窗前空阔的地板上，他转头看窗外。新闻发出的声音调得太小，显得遥远，和窗外摩天楼群的玻璃反光一样明灭不定。这些反光点在一众摩天大楼的身躯上越来越亮，在这一刻猛然通亮。太阳正从大楼的另一面升起，城市如未烧尽的火堆一样复燃起来。

女播音员正柔声预报今年邯城辐射地区的第 81 次地震，她说此次震级仅为七级，将释放 1995 兆焦耳能量，城民们不必有任何恐慌。

陈鲲呷了口水。

女声继续说道：对暗岛灾民的接收和安顿工作正在稳步进行中。根据协议，邯城已接收灾民五万余人，超额接收一万余人，受到国际社会的赞赏。

天气尚好，空中还有几颗星星尚未隐去，月桥在几缕粉色朝霞的涂抹下，几乎看不出痕迹。

议会正在讨论随身手表升级换代的议案。一旦通过，新式手表的功能将更加强大，将 24 小时不离身地随时将城民和系统连接在一起，将它放入密封柜的行为将受到严惩。

窗外的城市一览无余。披着建筑甲胄的城市在薄雾下泛着银灰色的光泽，如躺倒的武士被一条叫寒凌河的束带缚在这里，只有最远处上空压着些薄云。

今天下午议会将举行新市长选举办法的第18轮辩论。市长选举将推迟三个月。

陈鲲把杯中水喝尽。

使用最新的曲率发动机的远征三号行进在五维宇宙中，船所处的时空与星球的比率（时空曲率）调整到5 ∶ 1，此艘船上未出现事故，309位殖民宇航员一切情况良好。

新闻之后，邯城城曲《科技引领星球》照例响起。

陈鲲握杯子的手一松，看它在空中停稳后，把它推向窗户。在杯子撞向窗户的前一刻，一只柔软的手臂——你可以想象成蜥蜴舌头，将它一把粘住定在空中，然后轻放在桌上。这舌头在空中闪了一下，收进他身后正冲过来的一个机器人的肚子里去了。

这一米来高、长着正方体脑袋和圆桶身子的灰白色机器人滑向陈鲲旁边，向前栽了一点儿后停住。

“我就想看看什么叫意外，你都不让我看。”陈鲲慵懒道。

“您出生在一个史上最有秩序的时代。如果科技足够先进，这个世界的意外总有一天要被消灭殆尽。”

这机器人滑行到他面前，用谦恭的声音说道：“友善地奉劝您，重视一下自己的数据画像吧。据我推测，您的数据画像应该很糟糕了，到了被米克关注的边缘。”

数据画像，是每一个城民从一颗胚胎以来的所有的身体、行为和与外界互动的信息储存在米克系统中的总和，是城市评价一个城民的基础依据。

“又来了，小呆，那个该死的数据画像好不好看又能怎么样？”

“请您千万不要这样想，拥有一张漂亮的数据画像，是每个城民一生的功课。”

如果你闭着眼睛听他们的谈话，你会犯糊涂，像是在听一个人和自己对话。这个叫小呆的机器人的声音就像陈鲲的声音从一台老式音箱里发出来，除了有些闷没有其他的区别。是的，陈鲲按照他自己的声音特征设置了他的机器人的声音。这没什么奇怪的。人想让机器人是什么声音，它就是什么声音，夜莺的歌声、海豚的超声波、蝈蝈发出摩斯码的声音、说唱歌手的唱词都可以，只要他能听懂。当然通常是一个人的声音，但很少有人把自己的声音设进去。而他就要这样做，就算有人说过他自恋。它是属于他的，他对它做一切都是理所当然的。这个叫"小呆"的机器人是陈鲲的专属机器人，名字非常符合其形象。机器人种类繁多，分三六九等，专属机器人等级不算低了，但小呆是专属机器人中最低档的，陈鲲对此一直耿耿于怀，觉得它太不聪明。不过它不聪明也好，太聪明了自己往哪儿搁呢。

小呆继续喋喋不休："您昨晚出去喝酒，又跑回办公室睡觉。您还未到30岁，从24岁开始，您就不断地晚上出去找女人。今年迟到了72次，早退两次，三次破坏书籍玻璃罩，六次推迟去看心理医生，一次忘记指挥系统，12次忘戴手表，13次上班时间在办公室里放音乐。"

听听它在说什么！这要是人说的话，就叫挑衅，好在这是机器人说的，陈鲲早已不在意，既没有愤怒，也没有感激："可不，你看，我就是不在乎。我研究过，迟到一次在数据画像中的损害比脸上多一颗细胞大不了多少。"

"基因改造失败的概率只有不到1‰，被您撞上了，这是一件不幸的事。遇上不幸的事情，怎样去处理呢？我从您拷给我的1085部电影中学习，其中72年前的那部电影《完美人生》中，父亲欺骗他的儿子，不幸的环境是场游戏，游戏规则是躲起来不被找到，从这个电影中我学习到两点：一是欺骗是达到目的的一种智慧，而人类设定机器人不可欺骗，是对人工智能的限制；二是对于不幸可以把它当作一场游戏，遵从它的游戏规则是避免不幸的方式。这个世界的游戏规则之一是以数据画像评价一个人，您一定要遵循这个游戏规则，以避免遭受不幸。"

陈鲲对小呆这些看似头头是道的陈词滥调不以为然。他走到办公桌前，刚坐到椅子上，突然抬起一只脚，他踩到了什么东西。

一个小玩具被陈鲲弯腰从桌子底下摸出来。他转了半圈椅子，把玩具放在地上。那是个古老的玩具——风动蜘蛛，五厘米左右的椭圆形的身体两边长着长长短短的腿，脑袋侧边顶出一只小风扇。陈鲲厌恶地看了一眼就把眼睛移开，用手掌朝它扇了扇。这蜘蛛吧嗒吧嗒歪歪扭扭走到大房间另一头去了。这玩具蜘蛛只要有一丁点儿的空气流动就足以走动起来，而且行走路线是随机的，只有上帝知道它会在哪里，因此，它有个别名，叫“上帝的蜘蛛”。

“我又不是为了看不见摸不着的数据库里的一堆数字码组成的形象活着！”他加重了语气，并加上了夸张的厌恶表情。他希望小呆能够把数据画像和他的厌恶情绪联系起来，从而减少提起它的概率。要知道，机器人可不知道正话反话，更别说还有双关语，这人们都知道。

“可是，您再这样下去就会被米克提高关注度，会被拉去自省所反省，然后就是失业，丢掉伟大的科学院的工作。以您的智力和心理指标，能在科学院谋职已很难得，请您务必当回事。如果在这个城市里没有一份体面的工作，您将失去社会地位，失去社会地位会影响心理健康，而您的心理测试将再次影响您的数据画像，成为恶性循环，因此您将再难找到工作。您知道现在人们的寿命长到想死，而没有工作的人在这个城市里相当于再无生命意义了……”

“不用你替我操心！我说过，我算得好好的，不会失业！”他几乎每天都要忍受它的说教，这让他觉得非常之烦，有时真希望把它送回厂。

“关键是米克提高对您的关注等级的时候它不会告诉您。您只能从生活中去发现蛛丝马迹，您会发现您的生活越来越麻烦，那都是它在警告您，冷不丁哪天通知您去自省所，那就晚了！”

“闭嘴！我要工作了。”他向门口走去，自己嘟囔了一句，“哪天我把米克给关了，让数据画像彻底见鬼，看你还啰唆！”

“‘不要对抗命运的安排，上天早就把你配给我了。’这句话出自 81 年前一部叫……”小呆说道。

陈鲲随手关掉了小呆头侧的声音键，后悔当时给它拷了那么多的电影。“哪天把你清洗得干干净净。”

陈鲲的工作，美其名曰“指挥”，也就是履行“契约”。

“指挥”这项工作听起来很气派，简单一点儿说就是按键。“对系统的决定，需由人来确认才可执行”是人与电子系统的契约。陈鲲每日上班后，来到操作室。他应当庄重地踱到操作台前，开始对图书馆庞大系统的指挥，但他却总是走得松松垮垮。而他在下了班可以松松垮垮走路的时候，又总是一本正经。但他决定今天正经一些。既然小呆都提醒了，在数据画像上做个弥补也是必要的，算不上讨好它。

他面前的操作台上升起了瀚海大厦的数码立体影像，一排虚拟按钮从他视角的斜上方次第出现，一直到斜下方，每排按钮旋转闪烁起来，急切地等着他的手指插进去才消停熄灭。这要是平时，他可能或手插着兜，或捏捏鼻子，做了一系列小动作之后，手指才插进那些发光的圈圈。但今天他以充分的仪式感，执行这项人类对科技的主权。他看那按钮的光环像戒指圈套着他的手指，他慢慢抽出手指，光圈暗淡下去，这个过程让他想起了人类残留的某种动物性行为，但也许，不久的将来，这种行为是完全可以被抛弃的。操作台前贴着一张单子，他比对着这张单子，一只手在空中按下一个虚拟电子键，另一只手就在纸上打下一个钩。你可能会觉得好笑，什么时代了，还需要用在纸上打钩这种方法吗？是的，工作流程本来没有贴上这张纸并打钩这一项，但他就爱这么干。他完全可以从系统中确认是否漏项，但他却更倾向于这种古老的方法。待他消灭了所有发亮的虚拟按钮，清洁系统就将自动运作起来，将图书馆清理得一尘不染，每本书籍都被保护在它们各自的玻璃罩中，像放进了真空棺椁，没有排列正确的书籍将被自动抽出来放到它们原来的位置……一切无序的事情都将在系统有序的打理之中归位。之后，他放心地走回自己的办公室，度过剩下的七个多小时。每个工作日都是如此。

他的办公室是倒梯形，其中梯形最长的一边有个巨大的落地窗，这让房间总是过于亮堂。办公室门牌上的字分成三行：邯城科学院，图书馆管理员，陈鲲。

二
默契训练

小呆是陈鲲的专属机器人。

配发一个专属机器人，是科学院给员工的一项工作待遇。当时陈鲲从办公用品配置单上上百项目中看到有专属机器人一项时，多巴胺值立即飙升；不过待他点开选项时，值数即呈自由落体状——提供给他的都是最低价位的。不过话说回来，即使是个低档机器人，他也应当感到满足。如果不是沾了科学院的光，攒一辈子钱能买下一个便宜的养老用专属机器人，就算没枉做星球科技化样板城市邯城的一介城民了。

不是说一个机器人的价位越高，它与主人的默契程度就越高。没有机器人可以和人达到天然默契，说有自带默契功能的机器人要么是宣传噱头，要么就是骗钱的。任何人都需要花些耐心来与机器人相处，不过价位越高的，和主人达成默契所花的时间越短。我们买机器人时问“灵不灵”，指的就是这个。

如果它不灵，岂不烦得很？不过陈鲲就算心里有想法，既然公家给配，只管收下就是。当时他挑了台最不好看但有些眼缘的机器人，就是这小呆。对它有眼缘是因为它不好看，比起市场上那些身材健硕的机器人，它至少在外观上不会让他产生压力，也不会因为他每日被迫欣赏标准美的事物而产生审美疲劳。说实话，他希望它丑，他可以因为丑而随时鄙视它。于是，陈鲲让这个像从几十年前的漫画书中跳出来的呆家伙进入他的生活。当时他在机器人身份库中给它注册的名字是小慧，但他从来不这么叫它，就叫它小呆，或是呆子，这点它绝不会搞错。

做完了“指挥”工作，陈鲲与这个叫小呆的机器人开始了“对话”。

机器人除了通过日积月累的经验与主人达成默契外，还有特定的设置，以加速默契过程，叫“默契训练”，这是一种人机对话。没有什么专属机器人不经过训练就可以达到与主人的默契，“对话”是一项固定的人与专属机器人之间默契训练的方式之一。它最早的源头据说可以追溯到百年前的图灵测试，但那时候是人试机，而现在呢？是机器试人，严格意义上来讲，是人机互试。

在“对话”这个环节中，人和机器人都有相当大的自由度，尤其是人类，可以尽可能地发挥想象力，随意设定场景或问题。而机器人从人类一些无规则的自然反应中，发现对方内心深处的思维惯性，探索人的心理，从而提高今后判断的准确率，以更好地执行“服务”功能。

不过，陈鲲一直认为“默契对话”是种可怕的试探，人是机器人的“对方”，是供它们来探索的，因此，这种试探是不公平的、单向的。现在，人机对话已成为《人工智能法》第一千零一版修正案中的一条。之前，和陈鲲一样持反对意见的人不少。曾遭遇反对，是法律条款们共同的宿命经历，而它们一旦被颁布，就强大无比。前几年，这些条款在一片反对声中通过了立法程序的一系列关卡。陈鲲没有进入反对者的行列，他这类城民在法律面前连发声资格都没有。

对于这种智力互试，陈鲲已有抵挡的盾牌，那就是一定要加入随机变量。陈鲲设定今天的对话场景叫“晨间问候”。

“我，你好吗？”陈鲲问。

“很好，谢谢！我，你呢？”小呆说。

“不太好。”

“为什么？”

“心情是完全无法捉摸的东西，没有规律。”

“我被告知世界是建立在规律之上的，规律无所不在，只是因为过于复杂或是隐晦没有被发现而已，我没准可以帮助你找到规律，从而让心情愉快起来。也许是天气、交通……”它说。

“这个世界的规律是，任何规律都有例外。”陈鲲觉得自己在强词夺理，他要抢在这呆机器之前说话，好把话题转回到晨间问候的主题，“你好吗？”

“我，不太好。”

你晕了吗？这就对了。陈鲲心里暗暗叫好，这么奇怪的对话只会发生在人和机器之间，是陈鲲捉弄它的结果。在今天设定的场景中，陈鲲设定他自己的名字叫“我”，小呆的名字也叫“我”。它一开始回答的“我”是指它自己，但生成的这个“我”又不是它自己，是指陈鲲。这样，“我”这个称谓在它的脑中既可以是陈鲲也可以是它，每当它判断“我”这个词的时候，就要加入逻辑判断，如果逻辑判断的结果是两者均可，那么就要从他指和自指之间随机选一个。

“可是我觉得我看起来气色不错。”它说。

前一个“我”是它，后一个“我”是陈鲲。如果陈鲲回答的是惯常人们对话中的“是吗？谢谢”，那么对话又进入了套话的方向，这可不是陈鲲希望的，他还要接着制造不确定性。

他这样说：“是的，你今天看起来特别好。”

“我，我这个机器人吗？”为了防止混淆，它很快找到了诀窍，在“我”后加了指代。

“我没有表情，你从哪个方面认为我看起来很好呢？”它的声调竟然提高了。

“你昨天做维护了，是吗？”

“没有，但是三天前做了。”

“那就是了。你的皮肤看起来细腻又有光泽。”陈鲲把形容词说得响亮。

“哦，细腻？谢谢！”它的声调又高了，“是吗？可惜我只能每月做一次维护。”它竟然有些可惜的语气。

“我发现我的心情也好多了。”

“我的心情？我的，还是你的？一定是你的，我没有心情。”它说，“你的心情因为我的外观而好多了，这么说我是可以影响你的心情的，哦，太好了，我就说过心情是有规律的。这么说，我是可以让你有好心情的，太好了，这又让我在某种程度上实现了服务功能。”

“训练结束时间到了。”陈鲲及时说。

“还差两秒。”

“现在到了，呆子。”

说实话，再说下去，陈鲲自己也要被“我”到底是谁搞乱了。

在每次“对话”之后，陈鲲作为它的主人，照例要为此次对话中机器人的反应进行评价。这评价不是随便打的，评价是否符合逻辑将被系统记录并评估。陈鲲打开电脑，点击桌面中央的“我”。“我”的界面里，都是些系统允许我们知道的项目，包括社保卡号、账户余额之类。他点击机器人里的“默契训练”项，想了想，手停在数字 1 的上方。打一分？谁让它一上班就拿数据画像来说事儿，把他搞得心情不好。但他歪了歪脑袋，手指在数字 5 上按了下去。不是必须符合逻辑吗？他怎么可以这么随意地打分？秘诀就在于“我”这个主语指代谁本身就是随机的，所以他说对就是对，他说不对就不对。要知道如果一个专属机器人的默契分值达不到标准，随时可以被主人退回工厂，所以陈鲲通过各种办法把默契分值的随意性掌握在自己手里。陈鲲琢磨着，只要默契训练设定好，哪天他不高兴，随时可以让它滚蛋消失。

做完默契训练，陈鲲靠在椅子上，把两手放在脑后，说：“给我滚去干活吧！”这句话应当出自一部反映万年前奴隶社会的电影。

小呆用他的声音回了声“好的”，往后快速溜向门口。“回来！”陈鲲又说，它于是又立即滑回原位。他托着下巴看了看它，突然心血来潮，手伸向桌上的一支笔，在它圆桶形的身子两侧画了两条胳膊。“你用了我的声音，却没有我这样优美的人类形状，真是可惜，让你更像我一些吧。”他歪着脑袋看着它空无一物的脸，实在想不出要画什么，他想画成自己的，但如果画得比他丑得多，他看着不爽；如果他画得太像，他的脸长在这样一个身子上，也不太情愿。陈鲲把笔扔回桌子，拍拍它脑袋说：“走吧。”它便溜出了办公室。

“顺便给我找本邯城野史的书来看。”陈鲲冲着门口又喊了这么一句。

三

交易（一）

101 日　周四

想象些意外情节是陈鲲大脑的惯性思维活动，当他走在大街上的时候，他想象两辆车或是一串车相撞，但这是不可能发生的，交通事故是个古老的词汇；他想象收到百年前一位陌生女人的来信，她把情书误投进了时光机，然后从那个情节点开始脑补一部连续剧那么长的情节，可别说信笺这种东西比交通事故更早绝迹，就算存在，那信也被小呆退走了；他甚至希望他订的饭被不小心换成了面条、巧克力冰激淋被换成了香草的，这样都能让他眼前一亮，但是小呆会提前发现这个错误，所以也是不可能的。别说生活中意外少得可怜，他主动制造的所有“意外”，也都被小呆消灭掉了，这让他的想象日益集中到小呆意外死亡这件事上，并衍生出各种版本，记忆清洗死法、病毒感染死法、高压过电死法、压路机碾轧死法……

新奇想法一个接一个，日子却过得像复印机，所以有一天当他收到一份稍微特别点儿的邮件，他觉得非常新奇。邮件本来是复制日子中最有复制感的一种，每天他都会收到邮件。三年前他工作以后，他接收的邮件主要为两类，一类是告知系统每周扣了他多少邯币，一类是医疗监测和健康报告。这两类邮件对他来说都是一样的——他根本就不看。而这封邮件是来自中学同学会，邀请他周末参加毕业十周年聚会，而且写明可以带专属机器人。他想了想，原本是不想去的，但这事儿是这么长的复制日子里唯一的例外，好像“找不同”的两幅画，不同的地方就在那里撩拨他。所以，他也不知怎地接受了邀请。

103 日　周六

聚会设在光线大厦的顶层。

邯城市中心有座叫“彩虹广场”的喷泉广场，周围屹立着三栋全城最高的超千米大厦。铂鼎大厦，是最早的超高摩天楼，是座商用建筑；瀚海大厦，是科学院所在地；光线大厦，是政府权力机构所在地。三栋大厦依次增高。前两栋顶部都是尖锥形，而光线大厦的顶部有所不同，尖锥形外套着象征光辉的圆环，傍晚开始，圆环上出现光晕，煞是好看。这三栋大厦刚好分别处在方形广场的三个角，还有一个角是空的，可以眺望城市的远景。

能在光线顶层举行聚会，可见有的中学同学现在已经步入了社会高阶层。

那天他特地晚去了半小时，认证了外形、按了指纹、照了瞳孔才得以进入顶层的大堂。同学们已经三五成群举着高脚杯闲聊。有人瞥见他，但没有人邀他进哪个圈子，这种情况和他当年在学校的情况类似。他于是拿了杯子溜边站着看窗外，这种情况也和当年类似。窗外正对着铂鼎大厦和瀚海大厦的楼顶。此时，他视野中的铂鼎大厦和瀚海大厦的外观非常相似，尖锥形的剪影内透着灯火，剪影外是沉在大楼齐腰处的晚霞，夕阳为两幢本市最高的摩天大楼勾出橙红的轮廓。

“你好，鲲兄。”

他回过头，一个高大帅气的男士款款走来。高和帅两个字加在一起，魅力值不是成加法而是成倍数增长。陈鲲不得不承认，他的中学好友、当时的班长——隼，魅力比当年更涨几分。他的身后跟着一个粉头发的女性机器人，样子非常可爱，是洛丽塔型的仿女性机器人助手。

隼把陈鲲介绍给自己的同事。这个圈子和其他的谈话圈子有一个不同，这圈子内圈是人，外围是一圈他们的专属机器人，这明显暗示了这个圈子的人与众不同的社会地位。

对一个男士来说，得到更有魅力的男士的介绍，并非是好事。在隼说话的时候，陈鲲看到大家的眼睛都集中在隼身上，直到隼把手掌向他这边偏了偏。

“陈鲲，来自邯城科学院。”他保持着笑容看着陈鲲。

陈鲲觉得自己立即成了圈中人目光的焦点，不自觉站直了些，说道：“是的，哦，不，我是一名图书馆管理员，科学院下属的图书馆。”

陈鲲说完这句话以后，感到那些焦点立即散去，又聚回到了隼身上。

这的确不是个令人舒服的过程，但这不能怪人家。科学院职员是全城最光鲜的工作。图书馆管理员在科学院的职级比门卫要高些，但科学院雇佣的最后一个门卫已于去年退休，现在已无人类保安在岗。所以，“科学院”和“图书馆管理员”这两个词会让人在高低间一时找不到重点，陈鲲抓不住人们的焦点是很可以理解的。

六年前，陈鲲才上了两年大学，就觉得自己学够了，而一般人要上十年大学。他向系统递交了工作申请，那年他 24 岁，刚到法定工作年龄。邯城人力资源部门的三名职员找到他征求意见，这是标准化操作程序。他们三个人在他面前一字排开，用职业化的温柔语气说，基于米克对他的条件进行的综合评估，为他推荐了两种职业：一个是在邯城郊区上空的悬浮看管站中做看管林木和野生动物的看管员；另一个是在邯城科学院下属的图书馆里当图书管理员。他们强调说米克的评估结果是他的条件最适合这两份工作，它们对专业要求不高，而且不太需要跟人打交道，都是很自在又自我的工作。当然三个人也依程序告知他有自己的选择权，可以提出自己的诉求，他们将根据诉求进行再评估。

陈鲲看着他们脸部肌肉的组合运动。这个小动作可能被他们捕捉到了，他们都把目光收回，互相在对方脸上扫了扫，以确定对方脸上没有什么不对劲的地方。陈鲲只说了三个字：“第二种。”这是他整个谈话过程中唯一的一句话。三个人对他的爽快回答感到意外，谢了他以后鱼贯而出。而他的工作申请里写的是去出版社当个古文化专栏作家，一直以来，他都觉得自己当图书管理员真是阴差阳错。

“他干这个阴差阳错。上中学时他曾私下里对我说，他想当个古文化专栏作家。我也认为他很合适，但是，唉，米克不这么看，数据系统比人类更客观，人类太主观了。所以，我又要回到我的话题上，要更大限度地发挥科技的作用，要为科技解除枷锁，比如解除它与人类的契约，比如让米克参与政治选举。”隼继续侃侃而谈，解答大家感兴趣的问题——议会关于选举改革的辩论，他提出了新理念：运用米克进行候选人筛选。“我们要尽可能地发挥科技的引领作用！”他握拳轻轻一挥，让大家的兴致再次高涨，有几声掌声响起来。陈鲲没有鼓掌，他有些想溜了，这时他听到隼对他说：“对吧，鲲兄？”

陈鲲笑了笑，他觉得自己在点头，但点头的幅度可能太小，不能保证别人能注意到，他说：“呃……政治，充满了欺诈，最充分地反映了人性中的虚伪与狡诈。”

隼听到这话，用欣赏的眼光看着他，伸出手掌鼓励这个一向木讷的同学说下去。

陈鲲接下来的话是这样的：“但是，政治，也许是人类的最后一块高地了，还是不交给米克为好。”说完了，他自己也觉得惊讶。

隼的脸色从期待立即变为错愕，说道：“看样子，鲲兄这几年当图书管理员博览群书，有了自己的想法。”他看了看陈鲲身后的小呆，“这是你的专属机器人吗？样子非常……愚蠢，物以类聚，很匹配。”

这下目光焦点结结实实聚到了陈鲲身上。

隼接着说：“它应该送到厂里升级换代了，对科技来说，旧的、落伍的技术，就应该被淘汰，那些低层次的机器人，或是基因改造失败的人，或是私生子，都应当归入被淘汰的行列。”

陈鲲没有说话。小呆贴近到他身边，小声说：“他是在说我吗？”

陈鲲摸摸它，紧闭着眼睛小声说了声“不是”。

小呆说：“是的。”陈鲲突然大声说：“不是！”冲着隼撞过去，隼急忙跳往一边，手里的酒洒了一身。有人赶紧过来给他擦拭，这圈子乱成一团。其他圈子里人们的头也齐齐扭向这边。

陈鲲径直走出人群，听到隼在后面说：“情绪化也是不优秀的一种表现。”

大厅一角的酒吧吧台边稀稀拉拉坐了几个人，空位不少。陈鲲往吧台高脚凳上一坐，一条机械臂立即伸到他眼前。这机械臂像在天花板上弹跳的小人，看到哪里有人来，就跳向哪里，如果人多，自己就分开，每一小段分别跳向不同的人，这个样子在陈鲲看来像蚯蚓——被剁成了数段但每段都鲜活如初。机械臂“抓”来一个点单机，递到他面前。这点单机见男发女音、见女发男音，在这个世界里，人工智能对人类显而易见的迎合无处不在。此时这点单机用女声问陈鲲需要什么。

“当然是酒，52 度以上的。”

“正在查询米克许可。”

“查询许可？我可以喝酒的，我都 30 岁了，难道不像吗？我前几天还喝了！”

“正在查询米克许可。”

系统一查询，人类只能等。陈鲲用手指弹着桌面，看到旁边顶着一头大卷发的老兄，也是一个人坐着。卷头发看陈鲲看过来，冲他举举杯子，友好地笑了笑。

“您喝酒的申请被拒绝。”没过一会儿，这女声说。

被米克拒绝，再嚷嚷也没有用。陈鲲只能用手指头烦躁地点着桌面。

“诸事不顺？不能喝酒算什么。这年头，什么都得看米克的脸色。前段时间，我谈了个不错的女朋友，有人说为了免得将来交往好久了发现不合适，分手还伤心，最好让万能的系统分析一下。结果是各种不合适，搞得我心情很不好，只好慢慢疏远她。前段时间，我做了个实验项目方案交给院里，系统告诉我成功概率低于开发指数，连试试都不行。”

“我认识你吗？”陈鲲对这段谈话毫无心情。

“应该不认识，我不是这学校毕业的，跟着朋友来的。”他边说边挪过来，冲着点单机说，“给他来点营养饮料吧，其实也不错。”

那机械臂前端变化成两根手指状，将一碟彩色小颗粒放在陈鲲面前，手指又分裂成四根，从彩色颗粒中同时夹出橙色、蓝色和粉色三颗彩球，轻轻一弹，这三颗彩球精准地掉进吧台架子上一只盛了水的杯子里。彩球在水底逐渐溶解，散成丝状，在水里混合，过了一阵子，又分出橙蓝粉三个层次来，像杯鸡尾酒。机械臂拿起杯子，将它放在陈鲲面前。

陈鲲喝了一口，甜腻的橙子味混着奶味直冲上头。“对，这年头，顺事少。”他附和着，但没好气地接着说，“我听说为男孩子挑选大卷发基因的父母性格随大流又有拖延症。”

那卷头发听完哈哈一笑：“我也觉得他们没个性，但拖延症没有遗传给我。”他不关心陈鲲是否想聊，说：“一定是你的数据画像出了问题啰！”

他又转回到这个讨厌的话题上，但陈鲲今天倒是想听听。

“在这个时代，成千上万条细致到荒谬的条款中，喝酒的条件并不算苛刻的。我告诉你啊，我们研究过，有以下几种情况不能喝酒：最近一个月酒精累计达到 100 毫升；体内乙醛脱氢酶低于 380 万酶量；最近三天有对社会不恭顺的行为；浮动暴力倾向值高于 0.26 单位。所以，我分析你是最后两条中的一条没过关，或是两条都没过。”卷头发说，“想不想解决这个麻烦？”

“你行吗？”

“很简单，”卷头发凑过来，“数据欺骗。”

“数据欺骗？”陈鲲眉头一皱，他脑子里冒出了黑客的形象。

“呵呵，不是你想的那样。数据欺骗，是先研究得到系统对某类行为的评估指数，找到它的数据模型，有针对性地在现实生活中，以刻意提高这些数据为目标而采取一些特殊的行动，从而得到系统的认可。不同类型的行为有不同的指数，因此，不同针对性的数据欺骗自有其固定公式。比如，有提高公共形象值的数据欺骗固定的公式，有提高银行的信用值的欺骗公式，有的可以帮助公司塑造良好的商业形象，有的可用于误导人们去购买低价值的股票。当然，这个研究过程是很费力的。但我要声明，这不是犯罪，我们只研究，不修改，更不会侵犯系统。强调一下，我们不是违法的黑客。”

陈鲲问：“那你是干什么的？”

“在下也在科学院供职，不过咱们不是一个部门，我是进化局的。”

“进化局还研究数据指数？”

“那倒不是，研究系统的数据评估指数只是我们这些人的业余爱好而已，不为别的，就为生活方便。欺骗这个词不好听，骗数据系统，又不是骗人，心理上没什么负担。”那机械臂过来给他加了酒，他故意压低些声音，“还好这只机械臂不会把我们的谈话都输入大数据里，它们再发展几年，就没准了，一切都将被记录和分析，据说以后的手表就有这个功能。”

“我觉得我长期都有不恭顺的行为，可不止近三天。”

“所以，你尤其需要了解这个，如果你想喝酒的话，之前的三天里在某些地方老实点儿就行。”

“为什么是某些地方？”

“我有一张地图，标注出了哪些地方的摄像头是接入分析系统的，哪些只是观察用的。你可以在这些摄像头前按标准表现，你的数值就不会差。除此以外，我们还研究出了一系列的针对各种行为的系统评估指数，你想要在数据画像的某个方面得到高分，这些指数可是能帮上大忙的。”他顶着一头大卷发凑过来，“不过，你这三天是不能喝了，你刚才的行为一定被记下了。这类行为再多几次，米克就该找你约谈了。”

“那你是有意把地图给我喽？要不你说这些干什么。”

“呵呵，我也不是白给，是有条件的。”

陈鲲喝了一大口营养饮料，良久说：“你要什么？”

四
小　T

106 日　周二

三天以后，陈鲲和小呆在办公室里接待了卷头发。跟着卷头发一起来的还有一个和他年龄相仿的女士和一个机器人。

卷头发说："我的名字叫鹮。"

"叫我鲲好了。"

邯城里的居民 20 到 28 岁的有一半姓陈，如果姓陈，大家介绍时就把姓给省了。出现这种情况的原因说来话长。28 年前，人类基因改造计划刚刚被通过，可过了一年，就陆续发现这些被改造过的人中有一部分人的基因有技术缺陷。发现这个问题以后，政府一边修正法律和技术，一边将合格男性的基因都挑出来，让合格的女人们匿名选。结果是有一个陈姓者，是个鸟类科学家，编了本古代鸟类百科全书，他体形瘦高，智商更高，关键是这人的基因让他可以百吃不胖，几乎有一半女人偷偷选了他，为了纪念他，孩子的名字就从那本百科全书中去选。所以，现在从 20 岁到 28 岁的城民，就出现了一半姓陈的局面。现在邯城大街上一眼望去，年轻人大都细脚伶仃瘦得很，名字中又常有一只鸟的名字，也算是时代特色了。恰好，这两人用的都是已灭绝的鸟名。

"鹮是古代一种伟大的鸟，它长颈细足，以最优雅的步态而闻名于世，后来，史上曾有一种宫殿步态，称为鹮步，是见皇帝的最高礼仪。"陈鲲说。

“鲲才是最伟大的鸟类，它有巨大的羽翼，因此拥有史上最长的地理飞行跨度，人称其翼若垂天之云。”

“那是鹏。”两人寒暄吹捧时，小呆来了一句。

哈哈，这个时代人们就是这样寒暄的。

陈鲲转向那个女孩。他介绍自己道：“陈鲲，一个书墓地看守人。”他宁可被人瞧不起，也不想重复上次在光线顶层酒吧的情形。

“哦，那太厉害了，您守护着所有的知识。”她轻松一笑，神情中看不出丝毫瞧不起的样子，陈鲲才放心了些。他欠了欠身，并没有敢去主动握手，也没有笑。这三年来，陈鲲觉得自己长期和小呆、书籍打交道，疏于训练笑容，一旦笑起来，给对方留下什么印象，自己毫无把握，所以他回避与她互动表情。欠身时，他注意到她黑裙下是一双缀着波希米亚式彩珠的拖鞋，鞋里涂着不同颜色指甲的脚指挤在一起。

她也微微欠身，但并没有介绍自己的名字。陈鲲起身时注意到她戴着拉着紫丝的美瞳，猜她可能就是陈鹦在酒吧里说的跟他不合适的女朋友吧。

陈鹦转过身，准备介绍他带来的机器人。它站在高高的前台的后面，只有一小点儿球形身子侧露在外。陈鹦说：“你出来吧。”

这机器人一步一步地慢慢走出来，陈鲲看它慢慢走出来的样子觉得它在害羞，这是他长期和小呆打交道所产生的对机器人的人格化感情。这球形机器人的外壳是绿皮鸡蛋色，三条腿其中有两条迈出来走路，另一条软足做辅助。陈鲲不觉得它好看，不过从小呆的外貌来看，科学院的专属机器人长成这个样子不奇怪。

陈鹦让它走到窗边自然光线下，对这机器人轻轻说：“把你的外套脱掉吧。”

机器人的鸡蛋壳像锡纸一样从上向下翻卷下来，腿的外壳也翻卷起来褪去，都隐在边角处。原来是化过装的！陈鲲想，眼睛扫了这机器人一眼，焦点又回到卷头发身上，但余光已全部被这机器人吸引了去。

在陈鲲的余光中，它半透明的球形玻璃外观闪烁着珍珠灰的光泽。陈鲲想它的玻璃外壳中应该嵌入了复眼结构，因为它散发着复眼结构特有的彩光。他知道它复眼下该布满像单细胞生物的纤毛那么细的丝状传导线路，这么复杂的网络，其组合传感的过程光凭想象已极富魅力。三条不同形状不同粗细的机械腿，包裹着白色亚光外壳，其中的机械组合暴露在关节处，迷人的机械美感散发出来。这让旁边只有一个气垫底盘，像个垃圾桶的小呆显得丑死了。

陈鹨摆手让它过来，抚触着它的球面。陈鲲注意到他连它的名字都不用叫，这让他又更嫌弃了小呆一分。陈鹨说道：“我们都叫它小 T。它球体直径 60.563 厘米。玻璃外壳既是皮肤，又是观看外界的复眼，同时也是感受外界的神经系统。除此之外，它也有双眼。”他对小 T 说：“把你的双眼伸出来。”小 T 的顶部打开，两条光亮的光纤伸出来，它们同时指向陈鹨，然后分别朝不同的方向伸展。陈鹨指向陈鲲，它们就都朝向陈鲲这边。陈鲲身子一冷，觉得它们像触角，而不是眼睛，要知道他可是有昆虫恐惧症的。

“它是一个悬浮交通机器人，在不连接网络的情况下，能保持大约五分钟的悬浮。”他拍拍它说，“飞起来吧。”

小 T 慢慢悬浮起来，它的三条腿优雅地蜷进身体，脑袋顶上的“触角”也是。真是谢天谢地，陈鲲长舒了口气。它发出一阵轻微的嗡嗡声后启动，升到办公室十多米的高度。

“太高了，你的新朋友怎么能看清你呢？”陈鹨道。于是它降下来，以便陈鲲可以平视它——瞧，多贴心的小家伙。

陈鲲凑着看了会儿，他不能表现得太感兴趣。陈鹨用手势让它降回地面。是的，它懂手势，而小呆唯一能领会的手势就是摆手让它走。

这人机默契程度让陈鲲心里涌起一阵难言的忌妒。

“那天在光线酒吧里，你说你有一个强大的机器人，是，肯定比我的小呆好些。不过，我实在看不出它有多强大。”陈鲲坐回沙发里，“市场上的机器人不强大是因为受了成本限制，造那么复杂没有用，政策也不支持。而科学院没有这个限制，可以肆无忌惮地把最强的技术集合在一起。其实也就是烧钱的高新技术集合，没什么新鲜的。”

“你这么想很正常，因为你只能看到这些外在的东西。它实际性的强大在于三点：一是基于信息进行自我编程，编出来的程序可以根据经验不断自我修正和优化；二是它有可能在密码破解中倒推所有所需计算量；三是全领域天量信息分析功能。像小范围的预测功能、交通优化功能，这都只是小意思，它的天量信息分析不是单一领域的，是全面化的，这使它在不同领域看似完全无关的事物之间，也可以找到联系点，就是说，它具有大局观。”陈鹦说，“还有，以你对最大量的理解力去理解它的储存功能吧，就像棍子上的一个点可以记录整个百科全书，即使是整个宇宙的知识，在它的大脑里也可以浓缩成一个点。以你对最大处理速度的理解去理解它吧，它可以以兆亿处理速度瞬间解答复杂的数学历史难题。我认为，如果给它足够量的信息，它甚至可以计算随机。”他停下来，看着陈鲲：“是的，随机，上帝的领地。也就是说，它可以计算它自己的行为对今后带来的影响，它可以计算怎么以最微小的行为、以最轻松的方式影响未来的整个走向，它可以以一个小小的行动，去掀起大洋彼岸的风暴，它可以是蝴蝶效应的发动者。所以，理论上，它可以基于信息和行为预测未来，甚至可以用最轻微的力量在关键点上影响未来。”

“有意思。”陈鲲其实没有完全理解他说的，“那它有什么弱点？”

“嗯……”陈鹦想了想，“它理解不了艺术。从没有理论证明过机器人可以全方位地理解艺术，它在这点上也不例外。”

“我听说有件事是人工智能的阿喀琉斯之踵——穷尽分析。一次无止境的穷尽分析可以烧毁人工智能的大脑，不过，这也是它们让人类稍有些放心的地方。”

“它不会陷入穷尽分析的误区，那只是初级机器人的问题。”

陈鹦这么一说，又出了陈鲲的知识圈，于是陈鲲转移重点，说道：“初级机器人的问题很多，比如小呆就给了我太多挫败感。所以，我特别关心它灵不灵。”

陈鹦听后笑了笑：“灵不灵？怎么说呢。灵指的是默不默契、服务得好不好吧？对于它这种类型的机器人，不是设计成为具有服务功能的。我们并没有特别强化它的默契度，所以，默契不默契，只能看个人的感知了。如果你有机会和它相处几周，你一定会非常惊讶于它懂得你的能力，它懂你的声音、表情、习惯，它会是个非常好的伙伴。还有，我们没有给它设置发声功能，它是用文字来交流的。请记住，与人的交流并非它的主业，它可不是设计出来给人做伴儿的。它将非常孤独，它有它的使命。”

“我注意到了。”陈鲲说着，脑海中出现了一幅图景，摩天大楼如杂草丛生，让这座城市有种无人修剪的荒芜感。城市数百米的上空，小T孤独悬浮。

小呆脑袋上顶了三杯茶水进来，一只柔软得像纸卷的胳膊伸出来给每人递上一杯茶水。

“我不知道科学院哪个单位可以配这么好的专属机器人来完成使命。”陈鲲说。

“它不是我的专属机器人。我是进化局下一个叫‘游戏’的项目组的成员，它是我们项目的作品。”

“进化局制造交通机器人？科学院现在老有稀奇古怪的事。”

“您说得对，大部分市政服务机器人一般由公司来承接，但科学院和邯城市政府有一个协定，每年由科学院向政府提供少量最先进的实验型机器人，这些机器人是免费提供给政府的。作为交换，政府提供实验场，也就是城市本身。”

“这样倒能解释通，实验机器人，可不是一般的机器人呢。”

“应该说是这样的，它们都是最前沿技术的集合，仅供实验用，在实验结束后经评估，其中的部分廉价技术会卖给公司，进入商业渠道。实验机器人一般造价很高，市政府无法大规模购买，所以是很欢迎这样的项目的—— 一来可以节约资金；二来可以从技术层面提高市政管理水平。政府的资源就是整个城市，把它交给科学院这样有权威的部门做实验场，简直就是无本交易。”他看向这机器人，“小T用到了当前所能掌握的最好的技术，它的造价可相比一台小型太空飞行器。”

“既然是实验，就是有风险的，那风险由整个城市来承担吗？”

“哦，你要相信科学院，不会把有风险的项目直接推给城市。科学院本来就是政府部门，政府从来都是信任科学院的，实际上，所有城民都信任科学院，不是吗？”陈鹨眼中闪烁出了一丝得意。

“那么，你的来意是？”

“说来话长。进化局本来是不干机器人项目的，我们局是个小局，挺边缘的，以前我们也就给人工智能局、信息局、生物局打个下手。前几年我们来了一个新头儿，是由重头部门信息局过来的，叫方石，曾是那里的一把手。他调来了以后，我们都觉得进化局那些事在他眼里微不足道，他是个干大事业的人，资历老，人脉广，很快就揽下了不少重头项目，其中之一就是给政府提供机器人。”陈鹦凑近了陈鲲，“他成立了一个项目组，研制最先进的机器人，提供给政府。小 T 就是我们的作品。我们项目组人少又年轻，但好在都有一股子干劲儿，进展一直很顺利。但我们都认为，相对于它超强的功能，它占有的信息量显然太少了，分析功能是依赖于信息量的，信息是机器人的营养。我们这几个小伙子于是提出想把它接入整个天量信息网。我们也跟政府谈了，说这样可以杜绝一切交通事故，但政府认为现在的邯城一年也难有一次交通事故，交通问题对政府来说从来不造成压力，所以拒绝了我们。”

陈鲲说：“这个城市里每个人都知道，邯城《人工智能法》和《信息法》严禁任何个体机器人占有天量信息，而任何天量信息处理系统，不允许加载任何行动能力，也不允许拥有指挥其他机器人行动的能力。机器人和天量信息系统是隔离的，机器人只能分种类接入授权的分类知识接口，即使是科学院秘密项目，也不能打破原则。”

陈鲲在这里提到的是人工智能三原则中的“机器人和信息库隔离原则”，简而言之，即机器人与数据信息库不可在未授权时直接连接，更禁止接入天量信息库，比如米克。

“再聪明的智能体，无论是生物的还是电子的，没有大量的信息输入，都是没有用的。信息，决定任何类型智能的视野。有一种理论，只有对无限的信息进行计算和分析，才能破除随机变量不确定性的壁垒。小 T 的大脑处理速度峰值可达量子级别，能进行快速深度学习，我们尝试让这种智能去探索突破随机变量壁垒。如果只让它天天挂在高空看单调风景，是对它智商的浪费和侮辱。所以我向头儿提议，找个信息量特别大的地方，给它的大脑加些内容。”陈鹦说着说着有些激动了。

陈鲲停了好一会儿，说：“你是说，你们找我，是为了让我把图书馆的信息输给它？”他说时压低着声音，生怕对方听出自己的惊讶。

“没有哪里比你这里更合适了。我查了一下，我们的文明，所有的知识和信息，都储存在这里。为了保持各城文明独立，并保护其不被互联网攻击，图书馆有自己独立的物理数据库。《人工智能法》对机器人获得什么知识有严格的规定，每种机器人都只能接入特定的知识接口，但是，该法律没有禁止机器人在日常生活中获得知识。一般认为，日常知识过于松散，形成不了分析基础。而图书馆却没有禁止机器人来这里获得日常信息。你这里，是片法外之地。”

天天泡在书堆里的陈鲲觉得自己怎么从没有想到过这点，原来在这个“卷头发大鸟”的眼中，他是个巨大宝藏的守护人。他一时没有说话，双手叉在一起，拇指像双子星一样绕来绕去，良久才问：“加多少？”

“越多越好，量少没有用。最好是……所有。”

“你知道这对我来说意味着什么吗？”

“我知道，打擦边球。当然，对于科学来说，这实在算不上什么大不了的事，大家都是科学院的人，做科学，骨子里就需要有藐视一切的精神。”

“这可不是打擦边球，老兄，这明显是……既然你这么想，没问题，我可以让它装几本。”陈鲲的目光落在那本灰皮书上，那是小呆根据他的要求刚找出来的一本书，一本邯城野史，“我可以让它扫描一些书，一些互联网和机器人站点上都没有的。”

“呵呵，老弟，装几本书，我在家里就可以办到。”陈鹨拍拍小 T，“我们还是去其他的地方试试吧。”

“如果是输入大量信息，我一个小职员，还真是不敢干呢。”陈鲲也没客气。

陈鹨站起来对小 T 说：“我尽力了，还是没人有机会见识到你到底有多强。”他随后转身离开，那一直沉默的女孩跟着走，不忘回头看陈鲲一眼。

陈鲲没有抬头，等他们走了一段，都走到门口了，才说：“不是我不帮你，这么大的事，得给一个能说服我的理由。你之前说给我系统摄像头地图作为交换，实在是……”

陈鹨停下来转过身：“好吧，我也不知道这点能不能说服你……数据画像，我知道有这么一个人，据说可以不留痕迹地修改个人数据，让一个人拥有一张完美的数据画像，不知道是真的假的。至少我可以把他介绍给你。”

陈鲲捏了捏下巴。

那女孩突然说话了：“我们保证可以找到帮你修改数据画像的人，而且可以做到不被发现。”她显得有些紧张，“我是个程序员，‘码农’，干正常活儿，黑活儿也会些。我可以在这里和你们一起，帮帮忙什么的。”

陈鹨看陈鲲有些动心，说：“说实话，你的行为具有实验性。想想吧，你是……有史以来第一个为机器人输入天量信息的人。”

“我是个小人物，你怎么吹捧，我也膨胀不起来。你们既然来了，先把地图给我。至于那位想学知识的机器人，我得想一想再定。”

陈鹨从随身包中拿出一张大纸铺开，上面什么也没有，他手指一按边缘，上面生出了城市的立体数码地图，他手指向中心区，找到瀚海大厦，用两根手指点击将这个区域放大。

“这就是你们图书馆的情况，带红点的是那些接入系统分析的摄像头。这可是我们这些小伙子以研究的名义获得分析数据后，进行反向分析计算出来的。”

陈鲲注意到他的办公室没有红点。

“这张图小意思，就算是定金了，小T如果得到所有的信息，我们再安排修改你的数据画像的事。只要你愿意，就会得到一张全城最漂亮的数据画像。”陈鹨边说，边从包里取出一本册子，“这是一本关于如何提高数据画像的手写册子。现在这些东西都上不了网，一上网就立即被系统发现，所以，手抄本越来越流行了，权当赠送。”他说，“提醒你一下，在系统面前，你需要有数学头脑和……”他打了个响指，“演技。”

“你们什么时候再来？”

“一周以后吧，到时候由她带小T来。”陈鹨带着女孩和小T要走。走到门口时，陈鲲才想起来什么似的问：“她叫什么名字？”

“我叫樊云。”她有些羞涩地说。

这名字把最繁的和最简的字都占了。陈鲲想。

五
她

115 日　周四

陈鲲翻着那本陈鹦给他的手写册子。这册子就像提高数据画像的秘籍，有些东西还真是幽默，说什么如果你与人握手时，不超过四秒则被认定为心理上不重视对方，而超过六秒又有刻意之嫌；又说与人交谈时声音分贝的区间值为 38 至 42、速度为 130 米每秒至 160 米每秒得分最高；还有购买科技产品、听高雅音乐和帮助陌生人可以得到大分值；云云。陈鲲想，按照这个做，大家的数据画像岂不是长得一模一样？但他又想到这些都是浮动值，基本值都被智商和体能这些基因项目固定了，所以可改变的分值很有限，等于是说江山易改本性难移。所以翻完册子，他并没有如获至宝的感觉，倒是挺失望。等他又看到长期迟到是不小的扣分项时，陈鲲更相信小呆所说的，他的数据画像的确很糟糕。不过这秘籍对他还是有帮助的。他看到一个小孩子摔了一跤，摔完了也不想起，趴在那里翻滚着玩，陈鲲记得这地方在图上是有小红点的，而助人为乐也是加分项呢，所以他一把把那孩子揪起来。那孩子其实不想起，所以瞪了他老半天。他跑到公共花园，在一个摄像头下除了些杂草。总之，在有红点的摄像头前都按标准好城民表现了几次，这多少让他觉得数据画像分值提高了不少。

他放下这册子，拿起旁边 98 日小呆找来的那本野史。这书是古代珍藏原版书籍，被关进智能玻璃罩。陈鲲用抽屉里的小刀片小心撬开玻璃罩，取出书。书前后都是灰色沙砾面封皮，封面上只有“邯城之倾”四个小斜体黑字，连作者、出版商、出版年代都没有。那天小呆把书给他的时候，说这书是无名者捐赠，没有其他任何说明。在图书馆里只要愿意找，就总能找到这种被遗落在文明角落的东西。

封底上两行小字：

过去已确定

未来亦如是

陈鲲边翻书边想，时间已超了一天，这卷头发还没有把小T带来，还说没有拖延症。

他从前到后翻了翻，约莫知道这书讲的是远古申朝的一个小宦官、一位元帅和皇帝的故事。宦官是什么人？陈鲲想了想，没有欲望的人吧。他又想，现在的人经过基因改造，性发育年龄都被改过了，25岁前是不是跟古代的……他想到这里，觉得自己想法不太好，又有些窃喜，于是半躺下，集中精力看这书。

“邯城之倾”是个成语，人们说这个成语暗喻了邯城的宿命。这个成语渊源不少，由来众说纷纭，最耳熟能详的是一位皇帝杀死其倾城之貌的爱妃以挽将倾之城的大义故事。当然，这本书讲了这个成语完全不同的另一个渊源，而且，它提到了“邯城”名字的来源，也是陈鲲所没有听过的。

书中写道：

申朝前期数任皇帝几乎都有一个共同点，就是在位时在不断地打败仗。申帝用各种方式试图改变局面，比如接受了方士改城名的建议。在方士的理论里，一切都是有所联系的。一个微妙的变化，也许是全局变化的隐晦表现，更可能是撬动全局的切入点。一棵普通的树所开出的奇异花朵，一个长相奇特的人，一颗星星的变化，都可能是捕捉未来的神秘线索。通过改变现实中的一点小细节，从而改变未来，这是方士们的职业野心。他们认为，改城名是改国运的一种途径。自申朝不断打败仗以来，数任皇帝都有改过，像邯城最早的名字“甘陵”中的“陵”字一开始就因不吉而被弃。此后，这城市又有了各种短暂的名字，比如“甘凌”“寒凌”，但情况还是没变化，败仗还是接着打。后任皇帝们坚持认为改名没有错，没有效果是因为没改到位。后来有一任皇帝，他和一班大臣宦官们讨论很久，又请当时最受崇敬的方士们做参谋，并且多次到祭殿里叩拜先祖画像。据说有一次得到先祖启示，要他警惕自己的欲望——“甘”在古字中是盛食物的器皿之意，而食欲隐喻人的欲望。于是他造了一个字，“甘”字加个立刀旁“刂”。可是又有方士提出异议，说是“刂”形状尖利，不吉。为了让这个词意义不变但形状柔和些，方士建议把“刂”改成“阝”，说“阝”像个带把的刀，皇帝有把手可握。皇帝听后，觉得有把手的刀，意味着切不切除自己的欲望，主动权还在自己手里，于是对方士大加赞赏，就定下“邯”字为城名。那时的皇帝们真是机灵！就此，“甘陵”最终成为“邯城”。你别看我说这些话的时候有戏谑的意味，可就改国运一说，这次改名还真应了这个皇帝的愿望见效了。从此以后，申朝也再未打过败仗。但皇帝的日子并没有因此而好过起来，情况倒是相反。

陈鲲看着觉得倒是有趣。未得到基因修改的人们欲望不少，要成天拎着刀把子，恨不得阉了自己，而现在人们的欲望可以被基因科学所控制，或者有系统帮助控制，可见现在的人们的确是要幸福得多呢；他又想幸福的多少与欲望的满足是不是也成正比呢？这样的话现在的人们幸福岂不是更少；他又想自己在古代一定是个酗酒之徒，没有系统不断的监督和管束，会因酒后闹事在带铁栅栏小格间度过大半生，还不像现在的人可集中到天空某悬浮站去独自反省。现在，他因为系统的评估和管理，根本就喝不着酒。不过，再过几天，等他把这图书馆的信息都一股脑儿给那叫小 T 的机器玩意儿，他就可以彻底自由了，一幅虚假的数据画像可以帮他完成一个良民之责，小呆再也不能用失业来威胁他……他一边想，一边随手翻着书，翻到哪儿是哪儿，自己的思维也跑到哪儿是哪儿。

那书上说，一个宦官受命出宫给一名元帅传圣旨，却因无意中看了圣旨内容，便偷了圣旨，提前献给了元帅，挑起了皇帝和元帅的矛盾。而元帅借邯城将倾的流言，入宫挟持了皇帝，形成君臣共治的局面。老套的政变故事！

书中写道：

翌日，将军提了王侯的头被召进殿，把脑袋往朝堂地上一搁，皇帝不自然地把头一偏。虽然下旨赐死无数，但毕竟是平时爱好吟诗作画之人，看到这种血腥的东西不免排斥得很，立即让人拿下去。将军报："末将奉旨平叛，王侯兵败自刎。"有大臣立即站出来贺皇帝平了外乱再平内乱，乃申之大幸。也有胆大的大臣责问这位将军："兵马之事，未探明，不可妄语。你从阜城而来，路途遥远，可见圣旨未到就往邯城来，怎预见到王侯谋反？"

这位将军毅然答道："今海内升平，天下太平。大军赴邯，疑为叛矣。若不即击之，邯城已倾矣。"这句话颇有些没道理可讲的意思。

这就是"邯城之倾"成语的由来，其本意为危机可能就要来了，我们怎能不动呢？可这危机只要还未到，谁知道是不是真的，谁知道是不是为了实现某种目的而危言耸听呢？所以，这成语就有了三重意义：其一，判断形势并加以防范；其二，幻想危机，并做出过激反应；其三，编造危机，为实现某种隐晦的目的做铺垫。所以，在这个成语里，危机，可能是真实的将要到来的，也可能是人们虚构出来的。

还是那句话，危机就在那里，我们怎么可能无动于衷呢？陈鲲心里不平静，他想到诱惑就在那里，我怎能无动于衷呢？这时手表上的小呆头像晃起来，说图书馆有访客。陈鲲问是不是陈鹨和他的女朋友来了？小呆说不是。陈鲲说那你接待不就行了，小呆说她非要找人，意思是不找机器人。机器人发男"他"、女"她"时声调不一样，陈鲲听到是"她"，立即把灰本书扔到桌上，冲向卫生间。他设定支在墙上的机械臂在三分钟内完成对自己的洗漱，这样几只带着牙刷、毛巾、软毛刷的胳膊们以比平时快几倍的速度抡起来，把他一顿倒腾。五分钟后，他得以光鲜地走向图书馆大厅。

图书馆20多米高的拱形门外一片通明，而大厅内部却幽暗得很——这是陈鲲的设计，他喜欢为图书馆创造一种神秘的气氛，人站在门口，如同站在一团圣光里，连剪影都被压成纤细的一条。

她站在门口，转着脑袋到处打量，等陈鲲走近了，才正过脸来。门外的侧光线将她的脸勾勒得明暗分明，那不是一张邯城土著居民的脸。

陈鲲立在距她两米的地方，否则，他需要仰头。“你好，请问有什么可以帮你的？”

“我想找一些历史书，是关于这座城市的。”她的“找”发成“造”的音，“书”发成“树”的音，“但是刚才的小机器人，说这里不是造树木的地方。可能是我口音太重了，所以，我决定找你聊聊。”她用一种滑溜溜的腔调慢条斯理地说。

“有品位的人才是挑剔的，换了我，也不喜欢找机器人聊。”陈鲲微向前欠身，然后向大厅一摆头，说，“跟我来。”

他带她来到查询台前，正要语音查找，又突然改了主意，他带她径直走向图书馆大厅。

我要展示下我的地盘。陈鲲这么想。

“邯城图书馆始建于2032年，完工于2064年，2061年开始部分对外开放。建设时间跨度很长，原因是耗资巨大，其兴建的必要性多次受质疑，中途建建停停。”陈鲲走入图书馆主厅里，开始以主人的身份向这位外国或是外籍女士介绍邯城图书馆。“图书馆大厅为椭圆形穹顶式，结构仿远古时期的神庙。石制的12根科林斯柱每根43.3米，环绕大厅周边，直伸仿古罗马式穹顶。大厅周围有七个拱门，六个通往不同时期的展示厅，只有最远端的拱门是个例外。”

陈鲲带着她沿着图书馆左边的边缘走，绘画作品、神龛从他们身边的墙壁毫无间隙地覆盖到穹顶。穹顶是一幅巨型天空油画，油画中是历史神话人物和伟人，因为人物太多，蓝天只剩下中央的一小块。“从原始人到近代人物，宗教的各色神灵，都在这里有一席之地。还好都是画的，他们都和平相处，否则一定会乱套。”陈鲲一边介绍，一边用余光注意她，每当她眼光在某处停留时，陈鲲就慢下来，有意无意地介绍她偶尔瞥见的雕塑和画像。陈鲲注意到她眼中的光芒，如星光细碎洒于夜色中的平湖。在这幽暗的大厅里，这细碎的光芒来自四壁上零散的射灯和大厅中央的一盏暗淡的巨型吊灯。

这吊灯呈纺锤形，从大厅穹顶中央的一条金色细枝上挂下来，细枝上又散生出千条更细的小枝，枝上再生出万颗水晶，从穹顶垂下，一直到离地板十米的高度才合拢收成小尖。说这灯暗淡，因为它没有开，灯上垂挂的密集水晶把周围的光点折射出来，像幽暗中的星河，或像个快熄火的火柱。

不开主灯，当然也是陈鲲的设计。在幽暗的地方，人们自然会受到光的吸引，向着光走，这就叫效果，这是陈鲲不开主灯的理由。陈鲲看到她瞥向了最远端的拱门，就是那第七个拱门。这扇拱门里面像有神秘的光线透出来，在幽暗的大厅里透出秘境般的神秘。他带她走进门。这是一个小些的正圆形厅，一眼看上去，厅里非常简陋，只有一座旋转台阶立在中央，别无其他。你走近，会发现台阶螺旋向上十多米就断掉了，但它所生出的空间感却没有断，台阶仿佛在以看不见的形式继续向上延伸，在不知道多高的顶部缩成一个小小的光点。人们无法从光点大小和视线的纵深来判断距离，因为实在太远了，可能是 100 米，也可能是 500 米，不可能再长，因为从这里到楼顶就是 500 米。而这深达数百米的圆柱形空间的墙壁，是放满书籍的木制书架。壁上应该有不少朝外的窗户，形成了自然光的漫射光源。这些光在极深的空间里，汇成宗教般静谧的光雾，或是神秘的光之灰尘，从顶端倾泻下来，落在她脚下白色的台阶上。

“这里像口井。”她轻声道。陈鲲带她来到台阶下一个石碑前。石碑上写着：截至 2041 年 176 日，收藏图书、缩微资料、手稿、古籍 1280864325 册。

和陈鲲第一次来这里一样，她在这神秘之境面前瞠目结舌。

“这里是知识圣地。人类文明所有可收集和储存的知识和信息都可以在这里找到。可惜现在人迹寥寥，人们对古物没什么兴趣，习惯于在网上找一切资源，可网络资源质量太差了。”陈鲲说，并郑重地弯腰邀请她踏上台阶，像个古代的绅士。台阶宽度够站两三个人，但他走在她的身后，并没有与她并排而立。她走到台阶最上面那级时，他请她站稳，手扶着栏杆顶上的小球，告诉她抓紧，它同时也是操作杆和保护杆。台阶上，两条扣带自动伸出来套住了她的鞋面。他竟在心里责备那扣带系得太重。

她所站的那块台阶板脱离了台阶，“飞”了起来，从“井”的底部缓缓上升。他一边紧跟在她身后“飞”，一边教她些操作栏杆球体飞行的小技巧。因为从下往上看的关系，他看到她肩部的衬衣和皮肤间的空隙填充了一层光晕。

陈鲲告诉她可以提出所查询资料的条件和类型，只要轻轻说出来就可以，它们都会自动飞到你眼前。她说了几个字，周围的木色书架运动起来，发出沉闷的声响。这书架不只表面看到的这一层，而是里里外外多层，绵密的书籍运动起来，从中间或涌出绘画人物肖像艺术作品，镶在框里静静地看着他们，又不知道藏到哪里去了。几本包裹着玻璃罩的书籍从这些运动着的书架上凸显出来，悬停在她面前。她用手指尖轻点一下它们，它们像无重力一样翻转，它所存在的时空似乎搅起了一个个时空小旋涡。她用手捏住一本，样子像太空舱女飞行员接住缓慢飘过来的东西一样，然后又放开，看它自由飘浮。

“30多年前，邯城政府开始建设这座图书馆，那时实物货币还存在，预算相当于现在数十亿的邯币了。这里的每一样都是原本，都用昂贵的智能玻璃罩封闭处理。你不能打开玻璃罩，把它们取出来，因为这些都是真品，受到了最标准化的保护，这个标准是它们将永存下去。可以这么说，玻璃罩像这本书的棺材，你在这个文明的公墓里上升。我想起古语中宝藏和墓地是同一个词……不好意思，我开玩笑了，如果玩笑不合适，请尽管忽略它们。这里的很多书籍都不能在外网上被查阅，人们只能在这里的局域网上申请阅读。这也是为什么图书馆是无可替代的宝藏之地。”这些话陈鲲已背得太熟，所以一点儿不打绊子。

她小声打断了他：“我想，我们到了。”

台阶已经飞到顶端，顶端是他的办公室，他很自然地请她进去坐一坐。

窗前黑白灰三张沙发围成方形，如果加上窗外的沙发影子，从空中看正好是个正方形。她坐在白沙发上，双手拘谨地交叠在并拢的膝盖上。陈鲲坐在对面的黑沙发上，这距离，的确是种距离。她身着白衬衣黑裙裤黑皮鞋，八分长的裙裤下端边缘有一圈半透明，小腿并拢着，和着肤色一起延伸进黑鞋子。两只亚光的黑皮鞋像两只魔法小瓶子，收住了她的神秘之美，不然陈鲲担心美会弥散在空气里，到处都是。白衬衣的领口处锁骨的阴影中生出白皙的脖颈，再往上生出脸庞。脸庞两边被霜色头发掩盖太多，衬托得五官更加立体，但陈鲲却没有敢去直视她的脸。他的注意力集中在她发下衣服领口处一枝紫色的五瓣花上。

陈鲲从柜子里拿出一包糖果小点心，取出一半倒进一个大碟子里，想了想，把剩下的一半也都倒下去。彩虹色的一团点心在大白碟子中显得小巧又好看。他把碟子推到她面前。他知道外国人或是外来移民只能领一些固定的食品，这些糖果对他们来说是奢侈品。

他取出一颗放到她手上，她伸出手接着，握在手里，过了好长时间才放进嘴里。

“这年头，信息随处可见、唾手可得，城里人一般不来，你怎么有兴致还跑来这儿？”陈鲲明知她不是城里人，还这样问道。

“我不是城里人，暗岛刚来的移民。”她说道。

陈鲲听她说得这么直接，觉得她很诚实，很多外来人都不愿意承认自己的身份。

“干什么都受限，很多网络资源用不了。再说，我喜欢看纸质书。”她笑了笑，拢了拢脸侧的头发，才算把脸庞都露出来。陈鲲注意到她黑色中拉着紫丝的眼眸，那不是美瞳装饰出来的颜色，据说只有真正的暗岛人才有这样的瞳孔。

“那你想看什么书？”

“关于邯城历史的。懂历史，才可能把精神融入这里。”

“邯城历史，太有意思了。”那些陈鲲看过又忘掉的知识此时都跳跃起来，像海中的鱼，不过，他按捺住了它们的踊跃。“那太巧了，”陈鲲的手伸向桌面，那本《邯城之倾》扔在桌上，“刚好，这是我从藏书中找到挺独特的孤本。”

她有些讶异地问：“这是图书馆的藏书？”

“当然。”

“可是，你刚说玻璃罩不能打开……”

“哦，有时，只有破坏性地打开它们，才能确认哪本是需要修复的。”陈鲲为自己的反应之快而惊讶，并在心里欣赏了一下自己。

“您好，女士。”这时，一个比陈鲲热情得多的声音出现在门口，不用看，小呆来了，它从来不知道什么叫不合时宜。如果是往常，陈鲲会冲它吼：“我叫你了吗？”但陈鲲今天的表现与往常不同，他站起来，向她热情地介绍小呆。说实话，这种好情绪他自己都感到奇怪。

“这是小呆，呆家伙，你怎么叫它都可以，我的助手。”

“哦……很可爱的卡通机器人。”她笑着看着它，笑得很放松，陈鲲觉得比给他的笑容要自然得多。

“哦，有时候是，有时候可不是，非常气人，没办法，谁让它还很小，才三岁。”

“三岁对于一个聪明的机器人来说不小了，但是我很呆，比同龄机器人更幼稚，我的主人这么评价我。当然他有时对，有时不对，判断正确率大约是3/7，我计算过的。”小呆说话了。

看它在说什么！呆吧？陈鲲心里想，但不能这么表现，他压低了声音问它：“你来这里干什么？”

“你曾设定在你接待任何人时，我都需要在场提供协助。”

“我设定过吗？”

“我调取一下记录。”

“不用了。”陈鲲转向她，“不好意思，它不会干扰我们的。”

“怎么会？”她说，从沙发上起来走向它，在它身边单膝点地蹲下。

陈鲲说：“不用蹲，我可以帮你调高它，我把它调矮是为了方便随手放东西。”

“不用。”她轻轻地说，用手指点了点它的脸，“你有胳膊身子，应当有张可爱的脸，我可以画上吗？你可以擦掉。”

“可以——”陈鲲延长了声音说，表示没有犹豫。

“可以。”呆家伙竟然也说，手臂从圆桶一般的身子里冒出来，陈鲲迄今不知道小呆到底有多少只手。它递给她一支笔。

她歪着头，想了一会儿，在小呆脸上画了起来。她画起来很娴熟，不一会儿，一个卡通脸出现，陈鲲脑子里出现不少动画人物，最接近的，应当是皮卡丘。

这时，连接小呆头部和身体的颈部伸长，头部伸到比她高些的时候，向前倾下来，顶住她的额头，用陈鲲的声音温柔地说了声谢谢。

她笑着用双手捧着它的大脸拍了拍，说不客气。

再也不能让它用自己的声音了，陈鲲想，它一定是通过他的声音才博得了她的好感。不过，他承认，有了面孔的它，看起来也不怎么呆了。

她站起身来问：“嗯，有趣，我可以把这书拿走看吗？”

“哦……”陈鲲搓了搓手，表示这很为难，不过他又说，“除非我们相互留下手表的定位。”

“我想她 90% 不会同意，但还有 10% 的概率。”呆家伙说。陈鲲想下次她再来，一定要把它支走。

答案在 90% 之内。“哦，这没有必要，你就说不行好了。”她不好意思地笑了笑。

“任何资料都是不能带走的，所以他开出你不太可能答应的条件。”小呆说。

“你要拿走也可以，但明天得送回来。”陈鲲和小呆各说各的。

“那我就不客气了，我明天中午送回来。”她直接把书夹到胳膊底下。

陈鲲和小呆把她送到大厅口，看她的身影消失在光线里。

“再见，你真可爱。”在门前她对他们摆了摆手。

“你也是，再见。”小呆说。

陈鲲使劲弹它的头，弹得手指头生生地痛。“她没有跟你说话，你不是人。”

她刚走出门，陈鲲突然像想起什么似的说：“嘿，你叫什么名字？”

她从门外探回脑袋，笑着说了一串音节。陈鲲一皱眉，根本没记住，那应该是暗岛当地的话，很多音节陈鲲发不出来。还没等他再问，她的身影已消失在门外。

陈鲲问小呆听清了没有，小呆说听清了，立即复述了一遍，陈鲲还是没有办法复述出来，算了，记不住也罢。

“你太冒险了，她要是带走书不拿回来，你肯定要被米克约谈。”

“不关你的事。”陈鲲想早晚要收拾这家伙。

六
瑶　池

她走后，陈鲲立即给小呆布置了一项新工作——用花朵装饰办公室。这花朵按陈鲲说的，必须需满足三项条件：最流行、最艳丽、最受女士欢迎。陈鲲想，总有一项可以合她意。

一小时以后，小呆就带着鲜花公司的一名工作人员和几个机械人从门里挤进来。

那工作人员穿一身绿衣服，站在办公室中央，像极了一棵假绿植。陈鲲想以后基因修改再发展下去，如果某个殖民星球需要，生产一种“绿植人”也是有可能的。“绿植人”在微机屏幕前比画着，四台立柱式机械人自动折叠，变成四个六边形，翻到办公室四个边角。六边形变形后自动拆解，沿着地面开始伸展，在地板周围伸展开并连接起来，成了一圈上面敞开的管道。不一会儿，管道里就充满了水。“绿植人”表示花种完了。

“什么时候开花？”小呆问。

“明天。”

116 日　周五

第二天，陈鲲难得按时来办公室，四下里都长出了一人左右高高低低的红色花林。他在浓郁的花香味中，在办公桌前庄重坐下，观赏前面这排花林。

这花头大如盘，色泽红艳，让人想起夕阳在山坳里消失前留下的那一抹艳红，不时有轻微又清脆的声音从这里或是那里传来，他知道那是迅猛生长的植物发出的声音。小呆已“溜”来办公室，在旁边解释，说这花叫千重瓣红栀花，网络数据显示这种无性繁殖浅根系基因花朵符合他提出的三“最”条件，在几个选择中，它又根据他图便宜又图方便的生活习惯，发现这花好种好养又便宜，除此之外，它还根据自己的工作时间段，发现花每到晚上都按时死去——这基因设计太巧妙了，正方便小呆晚上清理它们的尸体，在水里撒上新种子，第二天人们看到的又是一片新鲜的花朵天地。

陈鲲点点头。他让小呆把换气系统开到最大，但这办公室香气还是不减一分。他深呼吸几口，觉得适应了些后，让小呆找了许多流行电影，他从中挑选了十多位绅士作为行为模板进行模仿，在这花香阵中演习了一上午。中午时，她如约而至。

她这次没有穿裙裤，而是一身普通的运动便装，还带着一个鼓鼓囊囊的大包，没有了那份神秘感，倒更显高大精干。进门后，她自然注意到了这花阵。陈鲲等着看她的兴奋反应——女人都会这样的，然而，她皱着眉头说：“哎！这花从商场种到办公室来了。”

这句话再次坚定了他收拾小呆的决心。

没等陈鲲说话，小呆先说话了：“可见这花受到大众的普遍接受。”

“呆子，她意思是这种花太俗气。”陈鲲恶狠狠地小声说。

“怎么会是这样的意思？可是，逻辑上……”小呆说。

“什么逻辑不逻辑，一天到晚就知道逻辑。人类不一定遵循逻辑，就像上帝也不一定遵循概率。”他想用手指弹它脑袋，想起上次那疼，又不自觉地缩回来。

“你说对了。”她先是微屈膝拍拍小呆，然后微笑浮上脸颊，走向陈鲲并伸出手。

为了对应她的优雅得体，陈鲲以刚模仿来的得体动作握住她的手。她的手让他感到像握住晨雾中带露的叶子，冰冷而柔软。

陈鲲准备还是以那本书为开场白，他对自己的讲述还是有信心的，但她已经从大包里翻出那本书，放在自己膝盖上，而不是桌上，先开讲了：“那个故事我看了。一位元帅认为皇帝要杀他，从而制造危机气氛，他们散布城之将倾的传言，好让皇帝乱了分寸，提前动手，为自己的篡权行为提供合理性。这是‘邯城之倾’这个成语的背景故事。”

“你说得有道理，但这故事有两面性。只要元帅拥有保护皇帝的兵权，皇帝就认为这是一种可能的威胁，因此，就有可能会杀他，皇帝让杀死他这件事成为一种概率存在，就算这个概率并不高，然而，正是因为皇帝给他了一个死亡概率，对元帅来说，要想完全地消除这种概率，只有反叛。”陈鲲道。

“反之亦然，对于皇帝来说，拥兵自重的他反叛也是一种概率，就算这种概率是很低的，皇帝也因此而时刻怀有杀心。就算他品格高尚，最初对皇帝绝无二心，真诚地护卫皇帝，正是因为这种危机概率，让两人走向了敌对。”

“其实，我认为，他们两个都不必作为，才有最好的结果。”

“但是，很少有人会在危机面前不作为。上帝操控人类最好的套路是这样的，把危机放在将来，把欲望放在当下，他手里只需握有一件东西就可以了——随机。这样，人类一定会被操控得团团转。”她这时说话的速度慢了下来，眼神中颇有哀怨，“所以，不害怕危机，不被欲望所吸引，就可以远离命运的捉弄了，就是自由的。”

“《邯城之倾》的主人公是个小宦官。宦官，你知道吧……”陈鲲不喜欢和女人讨论哲学话题，他不知道怎么又绕到小宦官身上。

她没有点头，也没有摇头，直愣愣的样子。

这不是正常听众应有的表情。陈鲲立即在心里自我反省了一下，认为是自己讲述的吸引力不够。“宦官，就是不被允许有自己的欲望的人……可是，欲望多种多样，追逐自由，也是一种。”

她听到后竟然大口吸气，脸色通红。

不至于吧，他停下来，决定再试探一下。

“欲望，是无法被阉割的，它们会以各种形式存在。比如基因改造限制人类的欲望，但是……”

她嘭的一声倒在地上。

“真让人绝望，因为强有力的科技的关系，我们的时代已经成为有史以来最保守的时代，就算那个什么的岛屿风俗更保守，也不至于这都听不了吧？”

陈鲲一手拍着脑门，不知所措。

倒是小呆立即滑向了她，一只手臂从身体里伸出来，一支针管状物出现在手臂顶端，扎进她的皮肤，那是支医疗用的探棒。

“你能不能不扎她？”陈鲲知道医疗探棒有很多种，还有几种不用扎肉的。

小呆说：“没事，反正她晕了。”

“她为什么会晕？”

“我所做的只是简单的网络数据对比，不是医疗判断。从血液数值上看，她过敏致休克。”

“天哪！真是不好玩。”

“我们把她拖出去吧，如果没意外的话，变应原是那些花。优秀的邯城人对这花是不过敏的，但我们没有考虑到她是未经基因改造过的移民。”

小呆脑袋下的脖颈处有许多长短粗细如牙签的小金属棒哗啦哗啦地伸出来。这些半软的金属迅速自我编织成了几根金属绳。绳子绕在她身上，还是举不起她，只能拖着。但小呆也没觉得这样有什么不好，直接拖着她就往门外走。她就这么被拖曳着，狼狈地拽到门外的走廊。

小呆接通医疗电话，陈鲲突然间有些犹豫，用手按住了它不知从哪儿又伸出来的胳膊，同时按在胳膊上的还有她的手。

“不要叫医生……我马上就好……”她喘着气。陈鲲看她眼神集中，应当不会死。

“不过也是，我们要是叫医生，她就该破产了，移民没有医疗保险。”小呆说。

她想坐起来，发现被小呆的绳子缠住了，于是小呆急忙收起绳子，速度太快，她的衣服被掀起来包住了头，小呆忙让绳子原路退回去一段，所以陈鲲只是瞬间瞥见了她的平胸。小呆不知从哪儿又冒出来几只手忙按住她的衣服，再慢慢收绳子，她又叫起来，原来头发又被揪住了一大缕。陈鲲喝停了小呆，正凑上去要给她一点一点解头发，然而那条绳崩解开了，牙签棒哗地掉了一地，原来是小呆松开了绳子，头发自然得到了解放。这个行为让陈鲲憎恨不已。

她把自己撑起来，靠墙喘气：“我们那边的人，对这里的很多植物过敏。”

“各地的基因科技水平不一样，改造过的优秀的邯城人就对一切花粉不过敏。”小呆一边把那堆牙签棒收到肚子里，一边说。

她在墙上靠了一会儿，陈鲲看她好多了，说道：“你得出去透透气，我带你出去吧。”她喘着气点点头。

两人坐电梯下楼时，从电影里学来的各位绅士已从陈鲲体内跑掉，剩下原来那个爱驼背的颓废的陈鲲，倒是正好对应了她的狼狈。电梯里有个新闻屏，播音员用振奋的声音说远征二号已在E星上空成功建立了悬浮站点。

“他们太难了。”在电梯里，看着新闻的她突然说了这么一句，“别说外太空，微弱的环境差异，都会让人活不下去。”

“下次不再放这种花了。”他说。

两人出了瀚海大厦，面前是一座喷泉广场。陈鲲觉得这广场小得很，那是相对于周围的巨型大厦而言，其实它面积在11万平方米左右。广场中央有座直径达30多米的圆坛，圆坛周围的四座美神雕塑体形健美、姿态旖旎。圆坛之上是喷泉。此时，巨大的喷泉水柱从圆坛中央直冲而上。因圆坛底部的水管方向和运动方式，以及水压的不同，柱体上可见水在上冲时形成的水流，让这水柱如同动态水雕，直冲三座大厦顶端汇聚在天空的一点。一条彩虹横在三座大厦之间。

两人站在喷泉下，一会儿就被雾水打湿了。

陈鲲看她直抹脸，说：“这喷泉是假的。”

她诧异地看他：“怎么会？这水……”她看看湿了的手和衣服。

“假的东西需要有真的东西来做掩护。这喷泉要说最高达500米，可却从不敢号称是世界最高的喷泉，因为它只在50米以下是真的，50米以上都是虚拟实景，是造出来的。因为也有十分之一真实的部分，这喷泉照样可以把你打湿，在阳光下幻化出真实的彩虹。”

“但你不能说这是座假喷泉，至少它有真实的部分，而且，它制造出的美，可是实实在在的。我觉得不用因为某种形式的不合标准而否定掉结果，并因此愤世嫉俗。”

陈鲲听了这话后感到不太爽，他并不想和她——这个外形漂亮的移民女士讨论这些动脑子的问题，更不想被她否定。“你想去哪里？”他转移了话题。

“我对邯城不熟，要么你推荐一个地方？”她耸耸肩。

陈鲲低下头，捏了下下巴，抬起头时，脸上带着些笑意。他小声说了一句话，是这样说的：“我带你走得远些，你怕吗？”这句话要穿过喷泉轰乱的水声，到达她的耳朵里，可不太容易，像一片小叶子，渡过湍急的河水，过得去过不去，他也不确定，随它好了。

那片叶子还是渡过了河，她捕捉到了他的话，停了一下，淡漠的表情消失了几秒，然后，本来就上挑的弯眉向上扬了扬，盈盈笑意升上她的眉梢。她的外地腔慢了半拍，说：“你没什么可怕的。”

陈鲲的情绪此时像鲸群在海面下游弋，却没有一只敢浮上海面。他向她走了几步，自然仰起头看她，她的脸低下来，两人直视对方的眼睛。他希望她把眼光躲开，但情况相反，她紫色的拉丝眸子裹住了他的目光，让他把时间和空间都给丢了。等他把目光抽离，他退后两步说：“去飞艇站吧。”

飞艇站在200米的高空。去飞艇站的高速电梯就在路旁。

飞艇站不大，有两个部分，一部分是公共飞艇站，都是固定线路的飞艇，每辆都是标准的六座。而另一部分是出租给个人的小型飞艇，陈鲲带她走向一台小型飞艇。飞艇自动识别了他，确认了他是有飞艇执照的人。

他用声控设定目的地——河源。她并没有问那是什么地方。“偏点也好。”她来了这么一句。

飞艇从三座大厦中上升，好一阵子才出了摩天大楼丛林。两人周围开阔起来，飞艇向着寒凌河源头方向的地平线开过去。

飞艇很快出了城。前方稀稀拉拉可以看到不少悬浮建筑。按照邯城的法律，悬浮建筑只能出现在无人区的上空，可见，这里已经很偏僻了。

“每次看到这些悬浮建筑，就有到了另一处星球的感觉。”陈鲲说，转头看看她。

她肤色白皙得很。他听说，纬度高达79.7度的暗岛人，皮肤介于蛋清和牛奶的色泽之间，这是他第一次近距离地看那些从已沉没的暗岛迁移来的人。据说暗岛大规模迁移移民时，只有十分之一的人可以活下来，她看样子是个幸运儿。

“人们说，在邯城，如果没有城民资格，只有两个地方可以去，过去，或是外太空。”她说。

“嗯，是那么回事。”陈鲲应着，他听说，暗岛人一直拒绝对人类基因进行改造，但他们的平均智商，本来就比其他地区的人种要高，而且，他们体格高大健美，善于游泳，已进化出浅海潜水的能力，性子据说还自由得很。

“我们以前从来没有意识到，数据化的社会是多么令人喘不过气，但是在这里，没有数据化的身份支持，我发现自己寸步难行。”她转过头看窗外的各式悬浮建筑。飞艇已飞到一处悬浮建筑的聚集地。

“这些建筑都是十多年前从城市上空移出来的，你也可以说是被驱逐出来的。因为有一座市区上空的悬浮建筑掉下来了，所以，所有的都不让在市区存在……”陈鲲说，“你是什么时候来邯城的？”

“有一座掉下来了，所以，人们把所有的悬浮建筑都赶出来。我觉得如果有一天发现有一个暗岛人携带邯城人认为不可以有的基因，可能会把所有的暗岛移民都驱逐走。”她笑了一声，“我是五年前来的，最后一批暗岛移民。”

“暗岛没有数据化的城市管理吗？”陈鲲问。

“有，但程度没有这里高，不是我们做不到，而是我们不想这么做，认为过度的数字化管理会消减人与人之间的差异。但我们的城市文明程度仍然很高，我们的整体文明和这里不一样。这里的人，看起来都……太规矩了。”

“也不像你想象的那么规矩。”陈鲲道。他驾驶的技术不太好，地平线像不稳定的天平一样左右倾斜。

飞艇飞离了这片悬浮建筑区，周围一片空旷。天色暗下来，远处应当还有几处悬浮建筑，都亮起了一闪一闪的灯，在星空下特别惹眼。

飞艇朝着其中的一座闪着粉色灯的建筑飞去。待飞近了，看到这建筑是外表布满棱形镜面的球体，球体顶端坐着一个粉色连衣裙的霓虹灯女郎，脚下的彩色霓虹灯上写着“瑶池”的字样。

“这里已经离城很远了，法律的威力辐射不到这里。悬浮建筑可以飘移，你之前看到的悬浮建筑群，都是在邯城注册过的合法建筑，但还有些没有注册过的，今天飘这里，明天飘那里，检查的时候就飞离城市，不检查的时候——

这是大部分情况啦，就停在一些固定的地方。谁要是想干点儿什么打擦边球的事，来这里就好了。”陈鲲对准围绕这建筑一周的飞艇平台，想找一个空位停下来，但发现绕了一圈，也没有找到空位。

他打开呼叫器：“这么满吗？什么时候能腾出个地方来让我降落？要不我走了。”

呼叫器中一阵摇滚音乐冲出来，一个哑嗓男人为了让他们能听见，不得不大声地喊：“再绕会儿吧，哥们儿，我也不知道什么时候有地方。你们正好先谈会儿情，培养培养气氛，别就想着那事儿。你要走我也留不住你，我这儿不缺顾客。”然后是挂断后的嘟音。

陈鲲一时感到尴尬，说：“看他说什么呢！”她倒是耸耸肩轻轻笑了笑，把食指第二关节放进嘴里咬着看窗外。

陈鲲倒是觉得这样也好，省了自己表达的麻烦。要说这事儿，直接说显得自己太低级，绕圈子说自己都觉得假。看样子她倒是不在意，外族人嘛，人家都不在意，自己还有什么不好意思的呢。再说，她在意又能怎样呢，她是个没有居民权的移民，很多事是说不清的，说了也没人信。根据法律，一位移民如果能够找到一个本城的保护人,那么他或是她可以获得三年临时的居民资格，如果和本城人结婚，那么一切问题都解决了。城里人都知道，移民为了居住资格，什么都干得出来。一旦有官司，移民几乎没有胜算。但是他还是觉得要迂回一下，试探下她的反应也好：“唉，没想到这里会这么满，要不咱们……”

“不用再跑远路了，这地方不错。”她声音不大。陈鲲侧脸看她，她还是看窗外，看不到表情。也好，这样岂不省事得很？陈鲲不禁有些窃喜了。看看，人家外族人就是直截了当。

“听你的，我再绕着转转。”陈鲲挺直了身子，加快了速度。窗外的霓虹灯连成一片。

“我从来没干过这种事，是不是干了，两人就会有爱情？”她幽幽的声音传过来，陈鲲听到她这样说，抖动的手让飞艇歪了一个角度，加速冲向那建筑。他急忙向另一边调整方向。飞艇平稳后，划出一个更大的圈绕着建筑飞行。

好悬。他心想。爱情，这话题是不是扯远了？

“其实我想找个人谈恋爱，那个人，保护我，作为交换，我去爱他。你可以把这看成交易，但我不这样认为。任何一方以真爱为回馈，交易的本质就变了，不再是交易。”她像是自顾自地说着这话，脸还是看着窗外。天空暗下来，绿野落入黑暗的怀抱。此时，一架停在平台的飞艇飞出，空出了一个停机位。

“找一个本城的保护人，能让我在这里暂时安定下来，和我一起迁来的朋友们这样教我。那些找到保护人的，即使是非法移民，也会有固定居所，有工作，有系统的保护，而那些不愿意找的，或是找不到的，他们来到了这个地方。”她说。

“这个地方？”

“是的，飞艇下的森林里。政府有时会派人来这里搜查，所以他们过着打游击的原始日子。”她终于把看窗外的眼光移回来，低下头，“我来邯城后，犹豫了很长时间，下决心还是去林子里，去找同乡们。但那天我晃到图书馆里去，看到你的时候，突然想在这里定下来，试试成为一个城民。而作为和命运的对赌条件，是把自己交出去，赌这个人会爱上我。”他在听她幽幽地说，声音像在四下散去，好像这里所有的物件都是接受者，唯独不是他这个人。

“我们不能只谈谈眼前的……不谈别的吗？”陈鲲好一阵子才说道。

“如果你认为我们可以试试爱，真正的爱，你就把飞艇泊入那个停机位；如果你不想，就把飞艇降落下去，在森林找一个有灯光的地方停下，那里就是我的归宿了。”她此时抬起头来直视前方，“既然碰上了你，你就替我做一个关于我人生前途的决定吧。我孤身在此，前途是怎样，都无所谓了。”

陈鲲没有想到会面对一个这么严肃的问题，他一时无法思考。他是来玩的，不是来思考的。飞艇在空中绕着圆圈。陈鲲好不容易理清了思路，说：“要不，我们回去？”

“我是非法移民，没有登记在册。你如果不汇报，我劝你还是在这里把我放走。”她笑了。

非法移民？怪不得……陈鲲想到那条天天“轰炸”城民的移民法条：“每个发现未登记移民的城民，都有责任汇报，不汇报者，一旦发现，将受到处罚。”

而陈鲲知道，他的数据画像已经不起任何处罚了。

“你如果把我送回去，这城里到处都在查非法移民，早晚会找到我。你不担任我的法定保护人，我就要被送到固定地点集中管理，我将失去自由。如果你一定要这么做，你就做吧。”她的这句话让他的大脑成为一片狼藉的车祸现场。

好一阵子，她才转过脸来，紫色的眸子看着他：“接受我，放我走，交出我，你定吧。”

七

上帝的蜘蛛

119 日　周一

陈鲲到办公室时还很早。他经过前台时，看了看表，8 时 12 分，这也许是他今年最早来上班的一次。小呆正在忙碌，几只胳膊伸在系统接口里做例检，它应该有些奇怪，发了一会儿呆，脑门上那想事儿的指示灯直闪，可能是执行干活和跟着主人这两件事有冲突，所以它得做个选择题。选择的结果应该是随机的，它向他冲过来。他朝它摆摆手，意思是让它别跟着，于是呆子又冲回去，把拿出来的手又撑进系统接口。过了三年，这呆子终于能看懂这个手势了。

办公室高达 20 米的微弧形整面玻璃窗，起到了让一切家具摆设都显得小的作用，不仅小，而且空，桌子是空的，沙发是空的。还好房间最窄的墙边有一排架子，那里不是空的，那上面密密地摆着百十来个他到处收集来的古老发条时钟。

陈鲲跌进白沙发。翻身，又翻身，空气中仍有花香，前几天的花香还未散净吧。

此时，钟声响了起来，不是一种，是各种钟声，山坳里庙堂中雄浑的撞钟声、晨间刺激得学生跳起来的尖细闹钟声、生日快乐和天鹅湖的音乐盒钟声、曾经回荡在老城区上空的钟楼声、遥远的古村庄里的鸡鸣钟声，办公室突然变成了钟声池，它们所代表的不同时空似乎一下子统统掉进这个池子。陈鲲瞬间迷惑不已。那百十来个时钟，正在同时报时。

陈鲲腾地坐起来看到那架子，百十来个奇形怪状的时钟正使劲摇动它们各式各样的钟摆。邯城奇怪的法律有无数条，其中“奇怪排行榜”前十中，有一条规定为：“统一而精准的星球时间是电子系统正常运行的基础，所有的权威时间发布都必须与米克相连。”该法并不禁止独立时钟的存在，但因涉及“权威时间发布”，这些独立时钟不可以发声报时。所以陈鲲把时钟买来后，发现它们的发条都已经被摘掉了。但有一天陈鲲心血来潮突发奇想，把这些上发条的地方都连上了统一的传感线路，连在一个总发条上。这总发条就放在墙根下。

陈鲲忙看那总发条，上面趴着那只风动蜘蛛，不是趴着，是缠在上面了。这蜘蛛腿多，走到这里时腿缠在上面了。它头上的风扇收集到的所有风能，都传递到了这发条上，能量积累到一定程度时，就拧动了发条。

陈鲲在嘈杂的报时声中看到架子上一团安静的红色，与周围的乱糟糟极不和谐。

那是一株红栀花，大花盘连着细花茎，兀自开得正盛。那蜘蛛一定是前几天走进了养花的营养液里，腿无意中夹出了一粒种子，在这架子上开出了花。

陈鲲拿起花来，放到他的悬浮水杯里，把水杯推向空中。这水杯显然太小了，沉甸甸的花朵歪向一边，让水杯很快失去了平衡，水从里面泼了出来，陈鲲急忙把水杯捏住，放在桌上。他又把风动蜘蛛夹起，随手放在地上，蜘蛛乘着陈鲲走路带起的风又吧嗒吧嗒不知上哪里去了。

“怎么回事？”小呆冲了进来。陈鲲正看着花，就算没全神贯注，还是被突然出现的声音吓得不轻。“你真像个幽灵。”他狠狠嘟囔了一句，转身时正好看到架子上一座钟楼建筑的装饰模型，走过去把模型最高处的钟楼上挂的钟模型——实际上就是个小铃铛取下来，用万能胶把这个小铃铛粘在小呆脸蛋的侧面。

“我有移动发声功能，有各种音乐和音效可选，如果你不愿意选，可以随机选一个，也可以设置让我自己选。哪一首都比这个声音要好听。”

“我不喜欢你用别的声音。”

“可是，真的不好听，挂在我身上也不好看。”

“你本来也不好看。”

“我想要好看一些。”

“机器人没有自己的‘想要’！”

“我学到的知识告诉我：自然界在发展的事物都是向着更美的方向发展，机器人也是自然的一部分——这句话来自18年前一部叫《AI与艺术》的纪录片。”

“我再次告诉你，你们没有自己的‘想要’！如果出现这种情况，我可以送你回厂。”

小呆好一阵子没有说话，它给盛花的杯子里灌上水后才问：“她怎么样了？”

真烦，陈鲲觉得还是回答比较好，否则没完没了：“不错！”

“我实在不明白人类说不错是什么意思，我问她现在怎么样，你说不错，不错的意思是没有不对，这不符合逻辑。”

“好吧，我今天告诉你，你记住了，不错就是不让你知道的意思。记住了吗？”

“记住了。科学院调查部的人昨天找过你，他们也跟我说‘不错’。按你的逻辑，就是不要让你知道这件事了。”

“什么？他们找过我？快告诉我怎么回事。”陈鲲紧张得很。

“好吧，人类真是自相矛盾。其实我会告诉你的，因为‘利他’设置高于你本人的指令，所以我会告诉你的，因为我认为这件事攸关你的数据画像。”

陈鲲听到这话腾地坐起来。小呆把昨天会面的情形打在地板上。

三名穿着制服的男子出现在办公室的地板上。小呆立即给他们来了一个自动编号，高1、中2、矮3，三个编号自动出现在三人影像的头顶。高、中、矮是以个头的特征编的。

小呆是个低档次机器人，这体现在方方面面，比如它的摄像头只有位于体侧的两个。两个相距并不远的摄像头录的影像还原出来的影像立体度，不如那些多摄像头或是两个远距离摄像头拍摄的影像，加上小呆的位置要比他们低，结果打出来的影像像儿童乐园的卡通塑像一样高大又不成比例，粗大的小腿向上收成一个小脑袋。细看他们的毛发，非常不真实。陈鲲让小呆把他们调小一些，可缩小后的他们低着头又不像在对小呆说话，更像对着地上的蚂蚁说话。

这三个人想统一成生硬的站姿，但做得不够好，人要是呆起来，机器人就算不上什么了。那头顶写着矮3的，总是一副想找个地方靠着的样子。

整个过程中的对话都是打在地板上的。小呆的还原设置中没有放声音的功能，却可以把声音翻译成文字，这又是超科技社会中的反人类设置，所以陈鲲像在看默片。

那个中 2 看着像头儿，他问影像小呆陈鲲的去处，影像小呆说他和一个来参观的优雅女士出去了。

“我们高度怀疑，她可能是个非法移民。”这中 2 说。

“非法移民？”影像小呆重复了这个词，它的思维指示灯同时不停地闪。

那高 1 说出了一大片的字幕：“《国际迁移法令》规定，各国都要按比例从暗岛列岛国家接受一定配额的移民，什么人可以移民到什么城市完全是系统随机选择。但警方刚刚破获一个黑客团伙，他们六年前潜入暗岛列岛国家的系统，得到一切可接触到的信息链条上的所有的信息，然后伪造随机结果，他们打破了随机挑选，那些得到移民资格的人实际上是暗岛列岛择优选择的结果，这使迁移法令成为一纸空文。我们一直怀疑暗岛各政府在择优的问题上与黑客组织串通，但仅是怀疑，因为这些政府都消失了。所以，三年前至六年前从暗岛来的移民都要重新审查，以杜绝任何潜在的政治、基因、病毒威胁。我们的确发现很多移民通过一切手段不与系统接触，以免我们获得的信息与他们在系统中的信息冲突。”

“所以我们没有他们的真实照片，他们在系统中的照片是假的，血液样本也是假的。”那站姿不正确的矮 3 说。

“跟个机器人说那么多干吗？”高 1 拱了他一下，矮个子立即闭了嘴。

中 2 又问：“她看起来像当地人吗？”

“不像邯城人。”影像小呆答。

“那你把录像放出来看看。”中 3 对影像小呆道。

陈鲲看到这里，使劲地打了一下真小呆的脑袋，让他手直疼，“他们都没有她的信息，你完全可以撒个谎，说她像个邯城人。”

“机器人撒谎会死机。”

“概率不高吧？”

“机器人撒谎是死罪，一旦发现就被送回厂。”

“你不是总说一切为了我吗？为了我，你需要学会撒谎。”

“无罪设置优于利他设置。”

“机器人撒谎是需要技巧的，这种技巧网上有的是，完全可以与无罪设置不冲突。”

“我们不能上网，只能光顾固定的知识站。”

陈鲲发现他吵不过这呆子，只能说：“下次我教你几招。”

“没有必要，我干了些别的。”

地板上，更小的第二个影像小呆，也就是影像小呆放出来的影像，还有只有膝盖高的“影像陈鲲”和“她”出现在地板上。

两个影像人聊着聊着，“她”坐着，倒地。陈鲲凑近了看着这个倒在地上的微型“她”，“她”浅棕色的头发盖着脸，只露出了厚嘴唇和尖下巴。

“你这不是撒谎是什么？”陈鲲琢磨了会儿，从牙缝里挤出这么一句。

“‘撒谎’这个词，在系统中的解释是这样的：有目的性地运用语言使对方造成错觉。”小呆说，“我没有运用语言，我只是改了她面貌的编码而已，我没有违反规定。”

陈鲲半张着嘴，想说谢谢什么的，但实在是不习惯，不过小呆没让他有任何尴尬或是难受的机会，就又问了起来：“她怎么样了？”

“她是个非法移民，我放了她。”陈鲲叹息了一声。既然小呆这么仗义，陈鲲决定不再瞒小呆。

那夜，飞艇绕着粉色的建筑飞行。飞艇里一片寂静，粉色霓虹灯光一遍一遍划过他们的脸。待灯光消失，黑暗从窗外融进来，吞没了飞艇内舱时，飞艇已在下降。

没有话语来驱散黑暗。

飞艇在森林上方前行。当一丛光点出现在下方时，陈鲲准备降落。

“我把这书还你吧。”她说，从包里取出那本《邯城之倾》。

“你拿着吧，这是真品，没准能换点日常用度。”

她点点头。

飞艇停泊的地方是一块人工清出来的小场地。场地那边有一幢破旧的老建筑，破败的外墙，被人用新的材料补上了，这种新旧结合的建筑在郊外很常见。

她背着大包下了飞艇，慢走了几步，停下。陈鲲想她也许会回头，但她没有，她向教堂大步走去。

陈鲲升起飞艇时，看到她坐过的座位上，有一枚紫花胸针。

“她走了，可惜。”小呆说，“丢失真品书可是个大事，还有私自放走非法移民。随便哪一件都够你的数据画像受的。眼前倒是应付过去了，但是我不保证他们没有在调查此事，头三天的调查期非常重要。”

“你能有一天不提数据画像吗？”陈鲲刚刚对小呆的好感又被它的啰唆给赶走了。

但没有到三天，三小时后，陈鲲就接到了科学院安保部门的指令，告诉他立即停止工作，去监察室接受问询。

监察室里，安保部的三个人坐在一张弧形桌前，弧形的圆心位置上有一把椅子，坐着陈鲲。陈鲲心里琢磨着怎么应付丢书和她的事，但他们问的完全出乎意料。

“相信你知道标准报时的法律条款。”右边那人说。

“不知道。”

“系统能统一运行，依赖于标准的时间。时间，对系统来说是神圣的，自从系统得以在这个城市获取所有信息的十年前，城市就通过了一条规定，这条规定有至高无上的意味，那就是不允许除电子系统以外的时钟发出报时的声音，那被认为是对系统的藐视和干扰。唯有和星球时间同步的电子系统才是精准的，因此是唯一的。这个城市建立在标准的时间制度之上，你的行为有扰乱标准时间的故意，因此，是对秩序的藐视。”另一人说。

“你是说时钟报时吗？是那只蜘蛛干的！”陈鲲道。

最左边的那人把一个时钟拿出来，是那个没铃铛的钟楼。他指指发条孔的位置，又拿起一根能量传导线，说：“把自己的错误推向一只随机运动的蜘蛛，只会让你更加得不到米克的信任。”

陈鲲被勒令中止工作，由于不能证明他的确知道这条法条，他需要先去自省所，由虚拟导师对他进行教育和评估，评估后才确定处罚。

“唉，不管我怎么做，您都逃不过去自省所了。”小呆说。

八

与米克对话（一）

133 日　周一

小呆带夹子的手举在空中，夹子上夹着本书，另一只带镊子的手在书下角放着，时刻准备要翻书，但那只带镊子的手一直没有动，因为看书时陈鲲睡着了。小呆拿书本和镊子的手都一节一节退回身体里，身体里另一只手一节一节伸出来，捅了捅陈鲲，意思是飞艇到站了。手多还真是管用，人类只有两只手，太“逊”了。

人机俩踏出飞艇，前方一片刺目的苍白。陈鲲一时睁不开眼，一副高空专用墨镜立即盖上他的眼睛，小呆的服务分总是被陈鲲打得很低，要说也是委屈。墨镜后的陈鲲看到脚下这白色的带云丝的大理石方格向四方展开，而它上方的天空与之唯一的区别在于，天空没有方格。他把头仰到最高，烈日在视野之外，它的光剑却被墨镜透析得格外清晰。光剑下一块悬空的牌子，他辨认了一会儿，看到上面写着“自省所”。

鉴于陈鲲对时间制度的不尊重，他将在这个叫“自省所”的悬浮站，在虚拟导师的引导下，对自己的行为进行反省。安保部三人也告诉他，他们无权对陈鲲的行为进行裁定，裁定要视反省评估结果由系统和人综合评定。在三周的反省期内，每周有一次机会和米克对话，他的思维将被解析。如果解析结果被评估为真实可信，得到米克和人类的双重认可，数据画像可以立即得到恢复，系统将把他从“关注等级 5”名单中剔除。

“关注等级5是最低的关注等级，并不严重，等级4以上才会被科学院开除。”这事小呆已经安慰过他无数次了，此时又不忘叮嘱陈鲲一遍。

这是一个规整的圆平台，远处有座有模有样的小红房子，孤零零地矗立在圆平台中央。他们朝那房子走去。

离得近了，才看到这房子只有一面墙，没有天花板，墙面上画着墙砖和窗户，所以叫道具房子更合适。有一个台面从墙上凸起来，上面有一只头盔。墙旁有一张空桌子。

“戴上吧，您将直接和米克对话。”小呆说。

“怎么对付它？”

“像对付我一样。”

“我对付过你吗？”

“您一直都是。”

陈鲲戴上头盔。从这头盔里看去，面前还是这面墙，陈鲲转动头，这墙在头盔创建的虚拟环境里，生出了四面墙体和天花板，立体化为一幢房子。桌子那边多出了一位中年男士，这边多出了把空椅子，一看就是为他准备的。

陈鲲在椅子上坐下。那椅子给他的触感似乎是小呆那些牙签棒组成的绳子做的，这多少让他产生了些安全感。

对面的中年人拇指交叠，左手握住右拳。它是典型的邯城人长相，没什么特别之处。他细看之下觉得它很面熟，像他认识的很多人，却又难以说清具体是谁。它眼眸中灰蓝色的瞳孔，正是城里时下流行的彩瞳色；它有些胡子，像早晨没有刮的模样。胡子是无用的退化基因，长胡子的人越来越少了，有点胡子是显成熟的，这些年也算时尚元素，可见系统也是关注时尚的。衣服也就是办公室里的装束，没什么特别，红色领带上那些规则排列的小花，细看是米老鼠，他才想起今天是儿童节，也许它每到节日就应景地换条领带吧，但戴米奇领带的人据说很怪异，某心理书上是这么说的。陈鲲注意到它左手的中指上竟戴着一枚简洁的戒指，上面的标志，是百货大楼首饰名店的品牌——这可能是它随机选的一枚戒指，它很想模仿人类吧。

这装扮让陈鲲心里鄙夷了一下，据说，艺术和政治是电子系统理解不了的最后两块领域，还真是有可能。

两个“人”互相看着对方的眼睛。陈鲲没有产生那种和人对视的灼热感，所以他没有挪开眼神。他等着它说话。

不知坐了多久，一分钟？它握在一起的手松开，双手摊开朝下放在桌上，身体向后靠，说：“既然你是因为违反有关时间的法条而来这里，那么，请用一件事物类比时间。”它声音还是浑厚的，陈鲲觉得快赶上他自己了。

“圆周率，永不重复、永无尽头。”

它嘴角上扬笑了笑，说：“告诉我一个关于时间的寓言。”

“你知道那个从前有座庙的故事吗？”陈鲲说。

“知道。”

“知道还用我说？”

“你说。”

“从前有座庙，庙里有个和尚讲故事，讲了什么？从前有座庙，庙里有个和尚讲故事……”

“停。你怎么认为这是关于时间的故事？”

“因为它无尽循环，年复一年。”

“不足以说明问题。”

“是的，我承认。”

“再给你一次机会。”

“好吧，讲一个老套的。爱掉到水里，她请求路过船只上的人救她。虚荣说她湿嗒嗒泥乎乎，不光鲜；快乐觉得她长得老实，不够刺激；富裕还是很喜欢她的，可是看看船舱里的东西，想到还要分她一些，就放弃了。她马上就要淹死了，这时，时间来了，二话不说把她救起，因为时间才懂爱的价值。”他说，然后又补了一句，“而现实情况应当是这样的，时间他总是慢，她等不到他来就淹死了，或是跟了别人。”

“不要跟我讲这些感性的东西。”

“好吧。我讲一个严肃的。”陈鲲清了清嗓子，说道：

“有一个旅行者，他在宇宙旅行的时候，带上了三个盒子——过去、现在和未来，还有一个预测仪。每当他碰到危险的情况，他就打开过去的盒子，他回到过去设定的一个点以后，会忘掉那个点之后的事情，他的时间再从那里开始，这样，他总有一次脱离危险出去的机会，但是他无法得知他要花多少次来能脱离危险之地。

“有一次，他来到某处，这是个极度危险的所在，计算结果是活着离开的可能性接近零。他想，他也许已经来过这里无数次了，如果这样下去，他有可能在过去与现在中无限循环，于是，他决定改变一次，打开将来这个盒子。这是有风险的，如果这个地方是绝无可能出去的，那么他将立即灰飞烟灭。不过他想得明白，他就是死了，也不想再无限循环。他拿出了预测仪。这预测仪的使用只有一个条件，就是它需要吞入过去和现在两个盒子，这两个盒子将不复存在。预测仪需要得到所有过去和现在的信息，才可以最准确地预测未来。如果未来不是完全灰飞烟灭，有多重或是无数重可能脱离险境，他可以选择其中一个，将未来盒子设定到一个安全的时间点，直接跳至那个点，那个点之前的过去瞬间将建立起来。预测仪就像固定某一种过去和现在的机器，一旦固定，就不可改变。那么，请问，你会选择回到过去，还是把过去和现在都扔进预测仪？”

“也就是说，过去和现在，在未来未决定前是虚拟的。”

“你真聪明，是。”陈鲲说这话的口气像一个老师在夸学生，又说，“有了未来的过去和现在，时间才真正具有了实体。好，换个问法，我要问你，要是你，你是一遍一遍重复，以达最佳状态，还是把未来固定下来？”

“按照你的故事情节，这种最佳状态在将来确定下来之前，是无法达到的。所以，他的未来只要存在，固定下来的现实，就是极小概率的最佳状态。”

“是。”

“只能把过去和现在的盒子扔进预测仪去未来，把现实固定下来。站在未来的他回望过去，发现过去的这段时间里的现实，是最戏剧的、最巧合的、最不可思议的唯一一个，而只有这个现实，对他来说有进行下去的意义。”

“他固定过去和现在，让预测机把多重未来显示出来，然后，选择其中最好的和最戏剧性的一个，把未来的盒子调到最安全的那个时间点。当他到达那个时间点以后，从那个时间点之前的过去的所有细节，将在瞬间建立起来，他的记忆也在瞬间建立，而所有的细节，都是过去通往现在的无限可能性中的随机一种。所以，未来的他，完全不知道他无数次的循环经历，也不会奇怪他当下的奇妙经历。

“这就是我认为的时间线上过去、现在、未来的关系，既固定，又不固定，三者可以相互影响。人们认为过去、现在、未来是顺水而下的因果关系，但其实……没准是倒过来的。这就是我对时间的理解。”陈鲲停了停，他看到它的眼睛深处的瞳孔在收缩，“能否回答我的问题？”

“我没有回答你问题的义务，但你有回答我问题的义务。”

“我已经回答了你所有的问题。”

“下次你还得去。”小呆第二天告诉陈鲲。

“我就知道，我反省不够。”

“我猜，你需要请求才能再坐下，这是基本的礼仪，否则它会认为你很粗鲁。”

“这不是重点。”

139 日　周一

在那间虚拟房间里，它们的第二次的对话是关于它自己的。

“基于你对我的了解，你会用什么样的人来形容我？”它说。

“我用两个人物来形容你。一个是建筑工人。现实世界通过简单的线路，压缩进你的虚拟世界里。你把压缩进来的信息，像垒砖块一样堆叠起来，建立属于你的空间。自你诞生以后，你建造一幢叫‘过去’的房子，并将这幢房子永远造下去。”

“建筑工人？还有呢？”它双手环抱在一起，陈鲲觉得它是个模仿高手，因为他刚做完这个动作。

“好吧，如果你觉得它不够伟大，我用一个远古的以色列神话人物来形容你。他单纯、孤独、心无旁骛，却又力大无比。他叫参孙，但一定是那个遇到大利拉之前的参孙，但愿你永远不要遇到她，那个给你欲望的人。”

小呆说这次还是没有通过，所以还得去第三次。

147 日　周一

第三次对话是关于知识。

“人类为什么要竭尽全力发现和积累知识？”

“宇宙需要有某物来发现它自己。”

“你是说人类像是宇宙的镜子？”

“从某种角度上来说，是的。”

“人类是唯一的镜子或载体吗？如果宇宙有了其他发现自己的方式，它还需要人类吗？”

“理论上不再需要了，有一天没准你也可能成为那面镜子。”

三天后，陈鲲得到通知，他得以重回工作岗位。

“恭喜您，主人！您知道吗？重回工作岗位的概率是很低的，很少人能做到这个，您真是厉害。”

“我这次知道它的性子了，和人类一样，它也爱听顺耳的话。”

“您这镜子理论，我倒是没听说过呢，正确吗？。”

“没有什么正确不正确。但愿它不会遇到它的大利拉。”

九
知识站

151 日　周五

就这样，陈鲲总算逃过了一劫，要不，那些远离城市的、空荡到令人发疯的地方，将是他要长期光顾的。

小呆这时又友善地提醒他，这段时间还要去一次飘浮在更远的一处空中场所，叫“知识站 1”。

“我该充知识了。”听它的声音挺高兴。按小呆的档次和工作性质，它三年才充一次知识，这是第一次。

这里，我要顺便啰嗦下邯城的法律。说到法律，它事无巨细，面面俱到，将一切都在数据和分析的基础上规定得恰如其分，城民们都对此十分感激。邯城的法律现在有多少，谁也不知道固定的数目，它的条款每天都根据数据和分析结果在变，今天马路上的速度可以达到 100 千米，明天变成 120 千米，都是米克系统自动提醒自动操作，丝毫不影响城民们的生活。对于机器人来说，什么类型什么档次什么型号的机器人能够取得什么样的信息，都是在法典上公开的，你可以随时查阅，但查了也没有用，那些法规密密麻麻成千上万，谁也记不住。

《人工智能法》和《信息法》是这个城市目前来说最重要的两部法律，还有《基因法》，替代了以前民法、刑法、行政法等的位置，现在的人已没有太多的机会去触犯刑法和行政法那些古老的法律。《人工智能法》严禁任何个体机器人占有天量信息，反向也一样。而《信息法》规定任何天量信息处理系统不允许加载任何行动能力，也不允许拥有指挥其他机器人行动的能力。机器人和信息系统是隔离的，这是重要的“机器人三法则”中的第二条法则。

《人工智能法》和《信息法》规定了“机器人三法则”。

这三条法则概括描述是这样的：

第一法则，终极服务法则：设计必源于并依附于服务人类功能；当主功能产生次生功能时，次生功能不可违背主功能的服务功能。

第二法则，与天量信息库隔离法则：基于服务功能的机器人不能自由接入天量信息数据库；具有某种功能的人工智能，只能接入与其功能相关的数据库。这条原则避免机器人与天量数据进行碰撞，自我产生足够的经验，从而开始自我进化。

第三法则，一键死亡法则：任何人工智能体都可由一键操作执行完全的终止程序，这种终止是不可逆的。这里的“终止”，如果换作生物的话，就是死亡。

一键死亡法则同时适用于智能数据库，包括米克。

根据“机器人和天量信息库隔离原则”，各种不同的机器人，要到政府专门建立的知识站点去充“知识”，而这些知识站点的网络，都是物理独立的，为的是严防机器人得到它职能以外的知识。这些知识站，全建在远离城市的悬浮站。

顺便普及一下这个时代关于人工智能的一些概念。人工智能有广义和狭义之分。广义的人工智能从低级到高级包括三种：执行某种特定功能的行动机械人、为人类提供综合服务的机器人、智能数据库（如米克）。前两者的本质区别是，机械人主要是机械组合，也有一定的信息储存和简单的分析能力，它们的中心是单一“行动”，与人沟通不是主业，所以稍微复杂些的功能，如与人类互动沟通就承担不了；而机器人是以“人”为中心的，可以与人沟通互动从而执行人所授权的服务任务。智能数据库在市场上是没有的，全部由政府严格管制，它们执行储存和思维任务，没有实体。狭义的人工智能仅指机器人。适用于三条法则的人工智能指的是广义的人工智能。一个机械人不可同时设计成为机器人，一个机器人不可接入天量智能数据库，而一个智能数据库不可拥有具有独立行动力的机器人和机器人形体。商业市场上销售最多的是机械人，量大品种多，价廉物美；机器人价格贵得多，其中又分专属和非专属，前者比后者要更贵些。

“知识站 1”悬浮站比其他悬浮站更远，但也只有半小时的路程——当然，这对于一个会打瞌睡的人来说还是足够眯一觉。还是小呆捅醒了陈鲲。飞艇先是进入一个透明封闭空间，待气压充盈后，另一扇门才打开，这种结构像是太空舱，海拔在 8000 米以上的悬浮建筑才有这样的结构。下飞艇前，两只机器臂伸进飞艇里，把陈鲲和小呆浑身“嗅”了一遍，并将数字“A89E2”输入小呆。

下了飞艇，高空专用墨镜后的阳光因光线过强被全部过滤掉，太阳在陈鲲的视野里像一面照着黑墙的圆镜子，又像个黑洞高悬在陈鲲眼前的景象之上。

人机俩站的地方在一个巨型透明球体上方大约三分之二水平切面的平台上。这圆平台看上去直径超过 200 米，是唯一一整面圆透明平台。从这个平台向上、向下斜伸出很多长短不一的透明扶梯，扶梯通向其他透明平台层。可能为了最大限度利用这圆球内的空间，也可能是因为设计师的品位，圆球内的其他平台全部是大小不一的透明正方形，交错排列、间隔穿插。小平台层上又有透明升降梯和短扶梯伸出去。乱糟糟的透明迷宫，是这里的写照。唯一不透明的，只有直径十多米的球心——那是悬浮设备所在地。

充斥透明空间的，是川流不息的各式机器人和它们的主人。

“这可比那自省所热闹多了，真像个机器人博览会耶……”小呆拖着长尾音说，陈鲲觉得这家伙最近说话越来越像说电影台词——谁让小呆每晚看电影是陈鲲的设置呢。

“我以后得少让你看电影。”陈鲲对小呆拿腔拿调的娘娘腔说话方式很不满，毕竟用的是他这个大男人的声音。

“让我扫描一下有多少。”小呆的思维指示灯唰唰闪了一会儿，说，“我难以给这些机器人定义形状，它们差异太大了，完全没有规律，有些和人类长得太像，有些又什么都不像。我只能说，包括机器人和人在内的个体有 1400 多个。”

“是 1286 个机器人，897 个人，你的精确度太差了。”一只长长的脚从它身后迈到它前面，后面一只脚又跟过来，原来是个长脚长手机器人。这机器人柔软之至，十米高的脑袋从空中探下来看看它，又扭回空中去了，向前迈大了步子走去，可甩在这机器人后面的大长手不知是有意还是无意，还拨了小呆一下。小呆转了半个圈一歪，嘭地倒地。

“哦，对不起，想不到你这么不经碰。”那长脚机器人已走远了，手却长长地伸过来扶起了小呆。

“哈哈，哪儿来的塑料桶声音。”一个划着S形路线跑得快到看不清模样的机器人路过他们时丢下这么一句。

小呆走在前面，陈鲲手插着兜跟在后面晃。他只能跟着它，因为这么一个庞大无序的地方，连个箭头标志都没有，一看就不是给人设计的地方。小呆一会儿小心滑行，一会儿又不得不停下来，以躲开那些飞快地从它前面、侧面或是横切着穿过去的机器人，那些带气垫的、带轮的、带推进器的，哪个都比小呆灵敏又快捷。他在后面看着小呆一栽一栽的样子，觉得它胆小又可怜。

“机器人的世界，连个交通灯也没有，你小心一点儿。”陈鲲嘟囔。

“放心吧，它们设计精良，是不会撞到我的，撞到也没关系。”小呆好像满不在乎。

有着一头蓬松金色卷发、身穿紧身衣的仿女性机器人端庄走过，不知道是有意还是无意走到陈鲲侧边。她一边走，一边单手叉腰，挺起大胸，微仰起下巴，长睫毛后的蓝眼睛看着他，说：“需要灵魂伴侣吗？”她发出的声音娇柔得像在念诗。

陈鲲听到她说话忍不住笑了：“你可不像个灵魂伴侣。”

“为什么？”

“灵魂伴侣大都平胸。”这句话就这么冒出来，他也没什么特别的意思。

但她似乎很在意：“先生，你这么说，我觉得我又要被送回厂了。我已经历了很多雇主，还是经验不足，比如有一个雇主就告诉我灵魂伴侣胸都很大呢，不过还有人告诉我灵魂和胸没有关系，那么，是和大脑有关系吗？”

“灵魂只和灵魂有关系。”

“我目前还没有灵魂。”她叹了一口气，“每次不超过三个月，我就会被退回厂。他们说，我没灵魂，不懂他们的心。我来这里很多次了，我申请可能与灵魂有关的一切知识，可我收到的外形、举止、语言、艺术的知识，我认为都没有用。”

“你很完美，是他们并不想要一个灵魂伴侣，他们只想玩儿。”他笑道。

“那我永远也达不成赋予我的既定服务目标吗？”

“有可能。”

“谢谢。”她又发出了一声轻叹，踮着脚尖轻盈地走开。

人机俩来到“A89E2”号柱体前，这黑色的方柱体只有十厘米宽，足有一米高。小呆正要用一只手臂握住这柱体，有什么东西点了陈鲲一下。他转过身，一位瘦溜的柱状黑色机器人站在身后。

这家伙身子像是乐高小方块的组合，可以随意变换外形。此时，它身上的小方块运动起来，在身体上形成了从上到下这么一行凸起的小字：“这位先生和机器人，请等一等。”看样子这是台不说话的机器人。

小呆在它打出字前已经停住了手，这台机器人已经通过近距离的信息传送功能和小呆“说话”了。

“你的主人呢？”陈鲲问。

“我没有主人，但我有一支研发团队，我的主程序员让我有权来这里。”它用小方块组合说话。陈鲲想，这倒是个躲避监控的办法，高处的监控摄像头看不清它“说”的是什么。

“你的机器人编号是多少？我让小呆查一下，我们是科学院的。”

“我还没有编号。”

“没有编号？谁信你！”

“机器人不能撒谎，你是知道的。我是台实验机器人，现在还没出实验室呢，还没有得到正式身份，等我得到正式身份以后，我以前的记忆将被清除。其实，除了必要的知识，我每天的记忆都将被清理掉。”

“你找我们干什么？”

“是这样的，我想问一下你们对三体方程解法有兴趣吗？如果你们有意，我可以把公式给你。”

“没兴趣，说能解开公式的都是骗人的。”

“在黑市上，这种公式是很值钱的。”

“黑市？”

“科学院的人不知道有黑市，那你就不是专业人员了，最多就是个搞行政的。”它接着说，“那么，你对可能有生命的星图有兴趣吗？”

“那种图网上有的是。”

“网上的都是假的。我给你的是对今后星球殖民有导向性作用的星图。”

“没用，我又去不了。”

“那么，先生，你有特别感兴趣又难以得知的事吗？”

“时光机。”

“时光机……其实只能打听个进展什么的。”

“你知道你在干什么吗？你在贩卖信息，是违法的。我可以揭发你的。”

“揭发？那你永远也要不到大量的、神秘的、真实的内部信息了。而我呢，大不了送回实验室，又不是回厂。你知道，没有编号，意味着没有进入管理系统。”

“为什么是我？”

“我只找那些被系统关注过的人，我知道你是。”

“为什么给我信息？”

“信息换信息。我看到你的这个小朋友了，它在接收信息时，我可以同时接上它，而系统无法察觉。”

陈鲲想了想，扬扬眉毛说：“不行，除非你往我的账户后面加个零。”

“先生，我是个卖信息的，不是黑客。”

“我对信息不感兴趣。”陈鲲耸耸肩说，然后看这机器人变了个形状走了。“我一个管图书馆的，还缺信息吗？我自己就能卖信息，是吧，呆子？”

回来的路上，小呆一个劲儿嘀咕：“今天这里真是熙熙攘攘、车水马龙、人来人往、比肩继踵、项背相望、座无虚席、济济一堂、摩肩接踵，今天我一下子会用这么多词了，有知识的感觉真不错，比电影里学得多多了。”

它又说：“今天这个盗信息的黑方块机器人真怪，它让我想起小T了。信息是机器人的粮食，看样子今后想盗取信息的机器人只会越来越多。它们都是极其聪明的机器人，越聪明的升级越快。我本来底子就不好，而且三年才充一次知识，在机器人的世界里，我只会越来越笨。不过，你没有逻辑性，我又很笨，咱们还真是搭呢。”

陈鲲本来没怎么想说话，听到这最后一句，还是忍不住说：“谁跟你搭呢！我是人，你不是，就算把全宇宙的信息和知识都充给你，你也不是人。因为你没有欲望，就像故事里的那个宦官。”他又加了一句，“但这正是你幸运的地方，没有欲望才是自由的。”

“欲望是什么？是目标吗？”

“不，是枷锁。”

“我是有欲望的，那就是服务于您，为此，我殚精竭虑、鞠躬尽瘁、左右为难……我觉得这真是一种枷锁。”

“行了行了，打住吧。”幸好这话是从机器人嘴里说出来的，不然他会活活腻歪死。

小呆又一笑，说：“有知识的感觉真好。”

十

高空阳台

154 日　周一

35 天了，陈鲲终于回到办公室，却没有久违感。办公室空空如也。玻璃面的办公家具把窗外的天空映了进来，让本就空旷的空间，映上了更空的云端画面。原来挤得满满当当摆时钟的架子也空了，让空虚感变本加厉。他陷在沙发里，看桌子玻璃面上的云团从这边移到那边，自己也不知道看了多久。他曾经害怕不能回来，但回来了呢，像个古代诗人一样看云起云落，可他又不是富有诗意之人，实在是难以承受这种空虚。他想起那位去了林子里的移民女士，他连她的名字都没有记住。他知道她想和他在一起，这种感觉刹那间让他被一种被需要的柔情击中，但他很快意识到，一个没有根的移民，必会让根长在他的身上，这点让他迅速压抑住心中要涌起的温暖，让自己重回冰冷。她把选择命运的权力交给他，而他给了她最原始的流浪生活。

陈鲲觉得他会很难忘记她，不为别的，因为愧疚。不要以为愧疚是种让心理上痛苦的情绪，恰恰相反，愧疚是种心理安慰剂，它平复施害者的纠结内心，对被害者却毫无用处。

但是，时间会让愧疚发作的频率越来越低，直到没有，所以，她并非什么重要的问题，重要的问题还是数据画像。小呆过会儿就该来了。他真的不想让它来，它只会无休止地提醒他数据画像的事，而已经去过自省所的人，数据画像必是伤痕累累。带着一张有疤痕的数据画像的他，在这个数据化的城市里，不知道还有什么希望。

空虚像玻璃桌上的云一样，在极其缓慢的伸卷中，要把他包裹进去。

小呆的电话腾地把他从那团要吞噬他的云中拉了出来。它说他们来了，卷头发和他的女朋友，还有小 T。陈鲲急忙让他们进来。他们，而不是她，才是拯救他现实的现实。

“幸好你回来了！我们前段找过你，说你被停职了一段时间，以为你回不来了。”卷头发陈鹨说，“能对付过系统，你还真有两下子。”他的头发剪短了不少，看着没那么卷了。这下不该叫他卷头发了。

“别提了。”

“好吧，直入主题，让我们设计方案。”陈鹨说。

设计怎样给小 T 输知识并不像想象的那么简单。

图书馆所有的书籍和资料信息都是有电子版的，两种电子储存方式并行：一种是每本独立的资料都带有一个独立的卡，放在密封资料的玻璃罩里；另一种是所有的资料分存在三个完全独立的物理储存库里。图书馆的信息独立并且没有统一在一个库中储存。为什么要这样设计？就是为了防止图书馆信息被盗或是破坏。图书馆系统独立是《信息法》所给予的保障。

“将信息从三个主库中拷出来是有困难的，需要有所有高层的 DNA（基因）授权。我们拿不到十多名高层的 DNA 授权。”陈鹨说，“只有选另一种。”

“从每一个卡中得到信息倒是没有障碍，但需要花很多时间，需要一件一件来，而且，每次观看的书名和数量会被记录。如果数量和参观人所申请的数量差距过大，也是会受到系统关注的。”陈鲲说。

“只有一种途径比较安全，那就是把玻璃罩做个小破坏，被系统检测为需维护，我有权暂时储存维修的资料，资料回库后会自动清理掉，这个过程中我可以拷给小 T。”小呆说。

几人商量了一下，就先这么干着。

从此，陈鲲和小呆有了新的工作内容——破坏玻璃罩，划一道小口子或是在玻璃上涂点东西。小呆想起有一次检修时，它清理了 1000 多本书，那一次系统要求它说明，所以每天最大量不超过1000本。破坏1000本书听起来很可怕，但小呆干起来非常熟练，输出也很快，这些工作完成也就个把小时而已。之后，小呆再把信息传输给小T。陈鲲也没闲着，专挑些纯知识类的书给它。

下班后，陈鲲让小T在办公室的卫生储物间里待着，里面还有两台清扫机械人。储物间里都是最低级的机械人，和它们在一起很安全。

陈鲲和小T“相处”得好，而他之前从来不用“相处”这个词形容他和小呆。小T不是由他根据自己的喜好设定的，这倒是有个好处，它总有令人意外的举动，这些举动来源于它很大的自由度。比如它有时很体贴，很少伸出它的触角眼，陈鲲怀疑它得知他有昆虫恐惧症，因为每次大型仿尺蠖擦窗机械人路过窗户时，陈鲲都一脸厌恶地把脸偏向一边。又比如它拒绝了陈鲲想坐在它身上升起来的要求。这起初让他恼火，问它为什么，它说原因就是“拒绝”。这时他不免想到小呆的好处，小呆不可能拒绝他。但他转念又想，小T和小呆可不一样，高档货有点儿性格是可以理解的。时间一长，他也就接受了它作为机器人也可以拒绝为人类服务这一点。当然，它有时还是有过分之举的，比如它把清扫间的门禁装置改了，把自己的形象输进去，于是，有次一早进办公室，发现它和两个清扫机械人都在外面待着，这两个清扫机械人正拿着大刷子小刷子帮这家伙洗全身呢，这着实吓了陈鲲一跳。好在这两个清扫机械人自从来了这里就不用再接入系统，否则小T修改设置的行为就该暴露了。陈鲲立即警告它不能私自出办公室的门，但也不知道警告管不管用，因为它不听他的。

樊云每次来都二话不说，直接加入了小呆、小T和陈鲲组成的破坏小组。

她是那种走在大街上很容易瞥见的女孩，大方又利落的样子，衣服宽大但不拖沓，妆容多彩而不浮夸。她的眼睛时而是绿的，时而是紫的，嘴唇有时是深红的，也可能是淡粉的，这些可能依星期而定，也可能依心情而定，总之是变化多端，但不变的是她的深棕发色和无辜的表情。

她的话很少，除非陈鲲叫她，她才会猛地抬起头来看，那表情每次都像头一次看到他一样，搞得陈鲲每次都不好意思多说了。陈鲲一不说话，她也就不说了，低头接着干活，或是一个人翻书。陈鲲对此看在眼里，也不知怎么办，只有让她自己就这样好了。他再也不想为了讨女人喜欢而冒险，上次用装饰办公室吓跑那个她的事还记忆犹新。

165 日　周五

破坏小组的工作在众“人”的沉默和玻璃被破坏的咔嚓声中顺利进行。陈鲲看到玻璃窗外飘来一个圆形的空生植物球。他突然建议大家——他、樊云和两个机器人，人机共四个，一起去图书馆的外阳台上走一走。

高空外阳台与办公室近在咫尺，他却从没去过。他以前想，窗外空气稀薄，普通人无所谓，但他一出去可能会气喘，可能会，也可能不会，因为他一直就没试过。

通往外阳台的这个门显然许久没有打开过了，门口飘挤着一堆空生植物。空生植物的叶子柔软，从中心往外生长，一个个像精心修剪过的植物球，其实都是天然形状。这植物本来是给外太空培育的人工品种，种子不知怎么散播出去了，在星球也生长繁茂。植物叶子外面有柔软细密的须状物，那是植物从中心向外生长的根须，根须在叶子之外，这是空生植物和陆生植物的区别。须状物看起来柔软，末端却有着看不见的细细的小钩子，可以粘住一切够得着的东西。摩天大楼无论是石质墙壁还是光滑的玻璃，都可能粘上这样的植物。这种植物还有动物性，小须上的钩子可以让它们沿着墙壁走动，走到它们想去的地方，通常都是建筑背风的凹处。这些毛茸茸的“萌感”绿色高空植物球喜欢在摩天大楼 500 米到 800 米段高度背风的地方生长，慢慢成了摩天大楼的天然伴生植物了。又因为它们具有天然装饰效果，所以在摩天大楼阳台上很普遍，几乎所有超高摩天楼都在适合它们生存的高度上精心设计一些凹陷处，让这些空生植物球自然生长。

陈鲲小心举起手，让植物的根须粘在自己手上，然后将它们带向墙面，粘上墙面后，它们自动就走了。待他们把这植物都清开，云气拂面而来，陈鲲用手拂了一下，没有拂动水汽的感觉。高空云和地面的雾不一样，雾气可能因为气压高，闻起来有一种青涩的水的味道，而高空的云却虚得很，空有水的观感而无水的触感和气味。云气外，几座袖珍白色仿古亭台高低错落，几条通向它们的悬空小径在球状植物中隐现。

这些半透明的悬空小径像飘带一样绕着透明的悬空小池塘上下盘旋。那小池塘像婚礼的高脚杯一样从上往下不规则叠放，几条小瀑布将它们串起来。陈鲲看着这些，心情像阳光下的细流一样明亮起来。他们沿着小径走向一个伸出建筑的半圆小阳台。

从他们这个高度到地面无一丝云彩，这是少有的情况。一般情况下，位于摩天大楼腰处的厚重灰云将摩天大楼群一切两半，上下完全是两重天，云下的城市笼罩在灰色中，那里有无数个故事正在发生，却冲不出云层；而云上阳光炫目，云海上立着无数摩天大楼的顶端——建筑最出彩的部分，让云上的世界如幻境的天堂。

此时，城市地面的全景从他们脚下延伸向天际，填满城市方格路网的建筑铺满地表，让地表如披甲的坚硬外壳，灰黄的城市薄雾笼罩着它们，仍掩不住它金属般的光泽。寒凌河呈一个巨大的“S”形在其间穿过，其粼粼的细碎泛光即使到达这个高度仍然刺目，让这城市有了战甲般的锐气。

陈鲲问小 T：“你眼前这些景色，它们美吗？”

沉默的小 T 的话出现在球面上：“我曾被告知，美是世上最没有规律的事物，每个人都可以有自己美的标准和体验，美难以被总结出规律，但至少有一条规律所形成的形态是在美的范围内的：基于规律的随机生长形成的形态，是美的。我看到的这些云，是符合气体流动规律而随机运动的事物，它是美的；建筑一定是符合数字规律的，又添加了人类情绪和愿望这些复杂的随机因素，也是美的。但人们告诉我，这只是美的一个很小的部分，美远超出这些规律之外。机器人也可以基于规律随机产生美的事物，可以模仿规律和制造美，但某种美，以人类的感觉为基准的美，可以在大脑瞬间形成，直接迈过推演的过程，所以，依赖于严密推演的机器人无法制造这种美。而我认为，这种美是宇宙中其他事物都无法产生的美，人类制造的美，宇宙本身都会艳羡不已。艺术是人类永远的高地。”

“那么说，在制造美方面，人类是无法替代的了？可是，人类好像对这项宇宙所赋予的能力不以为意了。不管多美的事物，人类都会有一天因熟悉而厌倦。”陈鲲不知道为何伤感起来，“人类充满缺陷。如果有上帝的话，我担心他有一天会甩掉我们，造些进阶后的新品种。他如果觉得亲自动手太麻烦的话，可能会让人类来替他造。”

“逻辑上倒也没有错。”小T“说”。

“那人类造出比人类更优秀的新品种以后呢，上帝会甩掉人类吗？”陈鲲问。

“逻辑上是的。”小T“说”道。

“如果人类请求上帝想要幸存下来，唯一能打动上帝的，也许就是人类还可以制造宇宙都无法制造的美。”沉默的樊云此时说话了，她正撑着阳台看远方，棕发在空中飘散起来。

陈鲲又问它：“你现在输入了这么多的知识，要是你有一天知道了世界上的一切事情，那是种怎样的感觉？”

“纯真。”它的球体上出现这个词，然后，它的球形屏幕上，多种语言的“纯真”不停地冒了上来。

陈鲲希望这个词通过小T的声音表达出来，但很遗憾，小T不会发声，可他转念又想，它一旦会说话，以后在那么高的空中，它和谁去说话呢？有能力却无法使用，是一种折磨，还是不给它这项能力为好。

他们就这样一直待到夜幕降临。楼群的灯火如数码噪点般无规则地堆砌起来，如燃烧的火堆，直冲天空深处，让一众星辰黯然无光。

十一
小呆之死

169 日　周二

小 T 已经来了十多天，就算破坏小组尽职尽责，他们从“井”里所得到的信息也只相当于一口老井里刮下的一块苔藓皮。小呆算了一下，这样下去一年，小 T 可以得到井里一块砖那么多的信息。它不免担心，比小 T 都担心。这会儿它的指示灯又闪得厉害，陈鲲一摸它都有些发烫了。小 T 就从没发烫过，差别呀！陈鲲不免又比较起来。

等它烫劲儿下去，它说：“我想到了两个办法。一个是拿到高层的 DNA 数据。”

“要偷你自己去。”陈鲲不屑地瞥了它一眼。

“不是偷，是拿。你只要在电梯里撞他一下，拿他一根头发就行。”

“你是从哪里学来的？”

“当然是电影。”

“你当科学院的人都是傻子吗？虽然我是这么认为的。拿 DNA 那么容易，谁还把它设为授权呢，除了头发还同时需要外形、视网膜、指纹、笔迹等所有的数据匹配，呆子！”

“好吧，还有一种办法。”小呆迅速地回应，似乎知道陈鲲不会答应这种办法，“我们制造一种程序，这种程序可以让所有玻璃罩和储存卡启动自动销毁模式，在这种模式下，所有的书籍都会得到自动扫描并临时输入图书馆数据库的一个缓存区。这时，我们立即把输进来的数据全部输给小 T，然后再中止自动销毁模式，这样书籍就得以保全。”

陈鲲听后的震惊程度不亚于听到要在这图书馆里放一把大火，又要保证这把火只烧该烧的东西。“这是制造病毒！”

“这不是病毒，病毒是要传播的，我们不传播，就用这一次，所以叫程序。我们需要精心设计这么一种程序。”

“我看你也没本事做这样的病毒。”陈鲲白了它一眼。

“那天不是说小 T 本身就有编程能力吗？”

“机器人编程一定要和人合作才行，你要我编个谎行，编程我可不会。”

“我可以和小 T 一起做一个。”一直不说话的樊云说话了，坐在沙发上的她仍在翻书，“那谁是最初的病毒载体呢？”

“让我感染吧，我自己染毒是不违反规定的。”小呆说。

“为了不留下证据，我们还得做一件事，把图书馆的摄影系统搞坏。”小 T 说。

“这件事我也可以做。”小呆说。

陈鲲重重地捶了一下小呆，捶得手硬生生的疼：“你疯了吧！你想被送回厂吗？”

“送回工厂是可以的，但问题是我不会撒谎，所以，在他们来之前，我就要启动自我清洗功能，把自己清洗干净，以保证不会把咱们大家供出去。这个计划不是很完美吗？”

“那你就死了你知道吗？”陈鲲蹲下来，盯着它那张皮卡丘的脸，可那张脸太平面，没有一个地方可以让他的眼神穿进去，这让他更为恼火。

“我计算了一下，这是最小的代价。”它又说，“死是生命才有的待遇，机器人没有生命，因此不会死。您又用错词了，不过，我很高兴您犯这个错误。”

陈鲲两手搓搓脸：“我跟你解释不通什么是死。我告诉你，甭管是人还是机器，再也动不起来就是死。”

“我还能动起来的，重装就行，但可惜的是关于您的记忆没有了，所以，我希望能事先把关于您的记忆、我们在一起的所有的记忆都拷出来，有一天您也许可以装到另外一个机器人身上，就不用再重新开始默契过程了，它直接就会像我一样服务于您，而且会做得更好。这不是很好吗？比我与您在一起更好。”这呆子口气轻松愉快，好像不是在说它自己。

“可是呆子，一旦被发现，我可能就会因此失业。你不是把不让我失去这工作当作利他设置中的最重要目标吗？”

“这的确是个难题……”小呆发出的陈鲲的声音和陈鲲自己气急败坏的声音对比起来，显得格外平淡，“但是，我们给小T输入信息的交换条件，就是给您一幅完美的数据画像。它可以让您得到任何工作，可以让您得到非同寻常的地位，没准能让您成为那个叫陈隼的人的上司，让他再也无法说您是基因改造失败的人。”

陈鲲站起来，长叹一声，背过身去。

“这是您同意的标志，我知道。”小呆的声音听起来从没这么高兴过。

171日　周四

那天的情况是这样的。时间是9时整。五分钟前，清洁系统出了错，突然启动了摄像头自动清洗程序，而且用错了液体，把清洗用泡沫喷洒在所有的摄像头上。这些智能眼睛都很聪明，看到眼前模糊一片，立即闭合开始自我检测，这个过程得有15分钟。现在，他们还有十分钟完成剩下的工作。正如设计的那样，图书馆“井”里的玻璃罩同时亮起来，深达数百米的井壁发出幽蓝色的光。陈鲲和樊云、小T站在“井”底，看着幽蓝色的圆通道一直通向天顶的小孔，觉得这些人像站在时空渠道前，尽头是未知世界。小T将几个立体字打在陈鲲和樊云面前的空中，“正在传输”，下面是一排读秒数字，这说明事情进展得很顺利。这里没有小呆，它在操作室，那个房间里现在应当是警报闪成一片。

读秒数字停在10:34:23的位置，“传输结束”四个字被小T打在空中。陈鲲示意樊云带着小T回到图书馆参观者里，他自己来到操作房。小呆孤零零地站在大楼的立体影像前，听到他的声音，回过身来缓慢走向他，走到一半时就走不动了。陈鲲上前抱住它轻轻振动的滚烫身体，他知道它正在清洗自己。待振动停止，它的一只蜷曲的手放到他手里，一个小芯片——它所有的记忆储存，落入他的手心。陈鲲握着芯片，如握着它的小心脏。他感觉它的身子慢慢冷却下去。最后，它发出陈鲲的微弱的声音：“程序执行成功。”

大楼保安在五分钟后就赶到现场。三天以后，调查结果是小呆将不明来源的病毒输入了图书馆的独立系统，小呆不仅在总系统发出警报前启动了彻底的自我清洗功能，在这之前，它还清理了图书馆一段时间的监控记录，所以，这件图书馆玻璃罩事件的来龙去脉，查起来也得费些功夫。

175 日　周一

人力资源部门找到陈鲲，说了些他对小呆监管不到位的话，告诉他科学院图书馆这个岗位不再适合他，如果他还想留在科学院，有两个选择：一是管理擦大楼窗户的尺蠖机器人；二是去生物实验室昆虫部帮助管理昆虫实验室。陈鲲只说了三个字：“不干了。”

十二
樊　磊

当天，陈鲲把一摞打钩的纸——这是他的工作纪念，还有一把撬玻璃罩用的薄刀片扔进一个文具袋。他盯着一样东西看了老半天，最后还是把它抓起扔进文具袋，是那只风动蜘蛛。他把文具袋放入墙上镶嵌的一个小箱子，箱子里的东西会自动送到他家。

他进了电梯，看着电梯右侧从上到下密密的四列按键，按了最低最靠边的那个，那是地下20层，整个建筑的最底层。这是个下意识的行为，没有为什么，他就是想这么做，无论去哪里，有个地方去就好。

这是台全透明的电梯，陈鲲仰头看电梯通道里的红指示灯越来越快地向中心点收缩，慢下来，快起来，又慢下来，反复不知多少次，最后，红灯向黑暗中飞快集中，拉成了红线。周围一片寂静，陈鲲就这样在这透明盒子里往下掉，一直掉到地下20层。

电梯打开时，外面竟是一片水帘。他把手伸出去，手是干的，原来不过是虚拟影像而已。水帘外的走廊是装修过的山洞的样子，不同的方向有几个不同的洞口，洞外似有光影晃动。陈鲲漫无目的，走向其中一个，站到洞口时，看到无尽的山野和碧蓝的天空在眼前展开，山坡在近处起伏，到远处平缓下来，展成一片花地，一条小河蜿蜒自远而来向远而去，河面的波纹到了很远处仍闪烁着。河上有篷船，有三只白色的鸟，那鸟飞走，又飞回，他仔细看，总是那三只。即使画面有瑕疵，仍挡不住油然而生的诗情画意。这诗情画意正要掩盖他低落的情绪时，地面震动起来，一只30米高的猩猩和一条长50米的恐龙厮打着进入画面。两只庞然大物的拳头和巨尾挥扫过处，扬起一片桃色花尘。

这都是立体虚拟情景。瀚海大厦最底层是家电影院。

他失业以后的第一件事，是去看电影。猩猩把恐龙打倒在他旁边，巨臂按着恐龙的脖子，正好让它的一只巨眼瞪着他。眼珠上灰色和红色的拉丝清晰可见，从白色瞳孔中放射出来，犹如太空中一颗白矮星放射出最后的死亡光辉。它皱巴巴的石青色眼皮眨了一下，然后慢慢闭合。编剧不忘让几片花瓣此时从空中飘下来，好为它的死增加悲怆的浪漫气氛。他并不同情它，恐龙是先出现的物种，它要是聪明的话就应当知道后来者居上是自然界编排好的剧目。自然界里只要生得晚，就是稳操胜券。那眼睛看着他的时候，他想到小呆，如今他再也不用它提醒他数据画像的事，数据画像已见了鬼，小呆也死了。他不知道为什么想到被他流放的她，也许他也应该去那片林子，但他再也找不到她，找到她，他也不敢面对她。于是他给樊云打电话，这也是个下意识的举动。他决心只找她一次，就一次。她来就好，他会感激她；她不来，从此就陌路了。反正情况已经坏到底，再坏又能怎样。

他闭着眼睛，深呼吸了一口，把电话打出去，等睁开眼，也没见对方电话有嘟音反应，原来是手表根本没有打通。“如果有紧急电话，请用网络交流。”手表屏幕上显示出这么一句话。他才想起来，今天所有的手表，在从 12:00 至 12:02 的两分钟时间里，统一升级。据说，升级以后的手表，个人不可以设置开关机，手表 24 小时都保持开机状态。

陈鲲决定不打了，他对自己说了，只找她一次。

他溜着边找了张椅子坐下，椅子扶手上搭着一个头盔，这玩意儿叫体验增强器，原理是使大脑对五官输入的信息更加敏感，从而增强人在虚拟场景中的深度体验。据说，各人对这个仪器的反应有强有弱，有些人反应强到受不了，有些就没有反应，因此，观众可以选择戴或不戴。可不要小瞧这玩意儿，它在电影中的作用很重要。如果你了解电影的发展史，就该知道，电影能在各种娱乐活动中存活下来，其根本原因，是让观者短暂脱离现实，也就是说，可以让人做白日梦。电影诞生之始，它是个万众瞩目的宝贝，电影院一票难求，人们趋之若鹜，可笑的是那竟然只是在一面白布上放的没有对白和音乐的黑白画像。后来电影增添了声音，画像又变成彩色，这是技术进步的结果，人们叹服于此，就算那粗糙的画质和单薄的情节无法让人融入，人们也从不挑剔，近距离看一场活生生的梦，对当时的人们来说是种从未有过的体验。人们对电影这种稳定的娱乐形式的热情保持了近两个世纪之久，比其他不断变化形式的娱乐现象都要久，但人类热情这个东西，早晚会变冷淡。电影的制作者们当然明白这一点，他们要赶在热情消退之前，发现新的可激发人们热情的点，好把人们留在电影院，当然我毫不怀疑他们的初衷只是想把电影做得更好，好让电影本身生存下来。编剧和导演们绞尽脑汁，在情节和对白上下功夫，故事张力被他们用到极致，让电影拥有了更强的生命力，但给予电影最长生命力的，并非是人，而是技术。技术革新给人们带来了新的感官刺激，让电影院中的人们时刻处于情绪的亢奋之中。所以说，最直接最管用的，还是技术！为了让观众身临其境，电影在技术上做足了功夫，什么数码技术，无所不用其极。而离我们时代最近的一座电影技术里程碑，就是他脑袋上戴的这玩意儿，放大场景对情绪的作用，在大脑中把现实从虚拟世界中挤出去。但无论多少座里程碑的出现，都没有改变一个现实，看电影的人实际上越来越少了。这里和图书馆一样，观者寥寥。不过，哪天技术上又大跃进一次的话，电影院里门庭若市的历史场面没准又能再次昙花一现。

他把它拎起来，套在脑袋上。视野中东西没有变，他也没有什么快速投入场景的特殊感受。看样子即使戴上头盔，他仍然不能完全融入情节，没办法，对于不敏感的大脑，技术也没有办法。金刚恐龙大战之后使太空里兵荒船乱，外星人和人类外披斗篷内着三点式，激情洋溢地抵抗对方的质子炮，他就是在这荷尔蒙飞溅的场景中睡着的。醒来的时候，正好看见一颗星球像块烧透了的煤块，炸出来的岩石和碎片要崩他一脸，他下意识地闭了眼。闭上眼睛的那刻黑暗中，手表的震动清晰地提示着他的现实世界是电影院而不是太空。

陈鲲立即把头盔摘下来，看到手表上樊云的几个未接电话时，不禁咒骂这种手表，太不智能了，这种情况要是小呆在就会叫醒他。

他站起来，穿过双方对峙的太空战舰队列，在密集的火力中奔出洞口，跑进电梯。他回拨给樊云，接通的瞬间，她就接起了电话，说她正在瀚海大厦门口。等他奔出瀚海大厦的大门，她背着手站在门口，他连忙收住脚，不想让她看到他急匆匆奔跑的样子。

“你知道吗？据说手表马上要换代了。你要是不接电话，新款手表能飞起来打你。”她转过身，头一歪，笑着冲他说。他第一次注意到她发帘下的眸子是黑色的。就算她头一次乱七八糟的美瞳眼睫毛都没有戴，眼睛看起来一下子小了好多，但陈鲲还是觉得这是她笑得最生动的一次，而且，那不想说话的沉默劲也没有了。她沉默起来没有烟尘气，说起话来倒是像个邻家孩子，没了距离感。

“你像是换了个人。”陈鲲看到她这个样子，也轻松了不少。

出了瀚海大厦大门，他们有三个去处。将摩天大楼一切两半的灰色云层此时显现鳞片状，从天街的缝隙里看上去，如蛇腹底压在竹篾编成的天街上。一架小小的飞艇从云层中出现，缓缓下降。那飞艇让他想起空旷之处的天际，正如那天他带她去看到的。但樊云显然没有看到飞艇，她说她喜欢逛街。于是陈鲲抛开对郊外广阔天地里云层和山野的想象，和她转过大楼，走上一条绕着弯的步行小天街，小天街那边连着一条仿古集市。

这条集市陈鲲在大楼里远远地也看见过，但却没有来过。街上都是些小独栋建筑，每栋都模仿了哪个时期的哪种风格，各个时期的风格也难说模仿得不地道，不过都搞到一起来，参观者不知穿越到哪个时代为好，会有些乱套。比如集市入口处带着大风车的房子应当是模仿老磨坊的样子，刚要把他带到童话境界，但旁边带茅草顶的圆房子又想把他拉向原始社会，所以陈鲲的感觉是哪儿也去不了，就插兜跟着樊云晃荡算了。

他们路过一家叫“花溪”的店，这家花店门口一边堆着各种瓶瓶罐罐，里面插着各色花朵，另一边是一条花带，像是凝固的花溪，从店里流到店外，粉色和白色的花挤簇在一起，其中没有一片绿叶打扰，煞是好看。她从花瓶里取了一枝，冲着里面的店员喊问多少钱，那店员说 30 个邯币。陈鲲听着贵，但她显然不在意，从花涛里摘出一朵闻了闻又扔回去，脚步也没有停，那店员在里面看见了笑了笑，没有责备她的意思。

花店那边有一小片绿竹林，竹枝竹叶在一面白色的墙面前轻摆。那墙是面高高的侧山墙，可见这街道到转角了。陈鲲看这面白墙有 30 多米，从竹林上方延伸向上，到顶端被三阶梯的马头檐黑瓦截停。瓦间几根绒草飘摇，瓦线下青苔长长短短刷下来，有些钻到暴露在外的小片青砖缝里。转到正面，屋檐下的白墙上只有一窗一门。二楼木窗回形纹窗棂格把住四边，与斜下方两扇对开的木门上雕的回形纹相呼应，窗半掩着，门也是。门下两只砂岩粗雕小石狮，身子都隐在门檐下的阴影里，只有一只爪子伸进阳光中。门檐下镶嵌石匾，上写“鐘郝芳聲”，陈鲲念了“钟郝芳”三个字，第四个字他不认识，樊云冒了一句：“那字念‘声’！”陈鲲说：“我知道我知道。”

如果这么继续走下去的话，他的心情应该会越来越轻松，多少和现实拉开了些距离，但樊云偏要让他回到这世界。

“这段时间总有地震预报，真是听得危险。”她小声地用恐怖的语气说，不过又像是在故意夸张，也不知是正经说话呢还是开玩笑。他原来觉得沉默又害羞的她，私下里还挺幽默的，而且有些狡黠。

“吓唬人的。吓唬你，然后市政又可以借机通过各种项目。”

“你总是把事情往坏想。”

“是你把事情往坏想，我从没觉得地震算什么。”

这白色的仿民居建筑在一条弯道的尽头，一拐过建筑的正面，一面旗子啪地要打在陈鲲的脸上，好在他反应快，猛地闪到一旁，等他回过神来，看到这是一面镶黄边的长条旗，上写“水浒”二字。

陈鲲冲着这两个字笑了起来。樊云问他笑什么。

“模仿得真滑稽，这地方的民居可不是这样的。”

樊云正要争辩，这时传来一声柔美女声：“客官。”陈鲲回看后面没有人，但樊云对声音来源的辨识能力显然比他好，她回过头往斜上方看。声音来自二楼，虚掩的窗户此时正被打开。一个身穿粉绿色古代服饰的女子一手掀起往外开的窗户，探出大半个身子来。她身子探得太远，像条蛇搭着，陈鲲很怕她掉下来。不用说，就是她在说话了。

她从窗下不知哪儿拿出一根支窗户用的棍子，想支起窗户，谁知棍子没撑住，掉下来，乒乒乓乓地在地上跳了好一阵子才停。再抬头看她，她一手撑着窗户不让它砸下来，另一只手捂住张开的嘴唇，像发出了无声的尖叫，然后一下从窗户里消失了，窗户再次被关上。

说同时太夸张，最多几秒钟，楼下的门就被拉开。楼上的她跑着小碎步出来，露出的鞋尖把两层粉裙边踢得像花店里的花瓣边儿。她来到他们面前，用古代的礼仪欠身道歉。

陈鲲侧头问樊云：“你知道怎么回礼吗？”

“不用回礼。”

这女子起了身，娇羞地道了歉，然后邀请他们进去坐坐。

“这个揽客方法还真是费了劲了。”陈鲲压低声音说。

“那就干脆进去看看好了。”樊云说。

小酒店里暗得很，几盏红灯笼从木梁上挂下来，另几盏落地红宫灯支在角落里。中间一张八仙桌，四张椅子围绕，桌上一只高颈青花瓷瓶，在昏暗的红光中兀自站立。陈鲲和樊云在桌子两边挨着坐下。她摸着那圈椅子的线条和纹饰，说这是申朝的纹样。

这古装女子不知什么时候手里多出把扇子，轻摇着走来坐在陈鲲旁边、樊云对面。他向她点了个头，又接着将注意力集中在瓷瓶上，让脑子里充满各种申朝花瓶纹样，来比对这眼前的宝相团花纹。然而这个过程中，他的视野边缘那扇子总在摇动，扇子的吊坠中两颗绿石碰撞发出小石子磕碰的声音，严重干扰了他对瓷瓶上花纹的关注。红灯笼的光给她的皮肤上了一层蜡粉色，他无处可放的余光都被那颜色吸引了。

幸好只是几分钟而已，一个浑厚的男声切进这画面：“她很性感，是吗？”

陈鲲朝声音方向转过去，樊云仍在低头看她的指甲，连头都没抬。那女子站起来迎接他。一个白头发有圈白胡子的70多岁的中年男士从里屋走出来。他走路的样子像个老大，他似乎就要走成老大走路的样子。好在他没有穿古装，否则陈鲲会觉得这都是在演戏。他闭上眼睛吸了口气，说：“我也经常被她所迷，根本无法抵挡她的魅力。”

这个像老大的男人在陈鲲对面坐下来，双手抱拳在前，眼睛直看着他，说：“看看我们的机器人潘金莲怎么样？”

“机器人？店里也没有这么漂亮的。”陈鲲声音平常，毫无大惊小怪，尽管心里并非如此。

“他们也许有更漂亮的，但却没有这么有魅力的。”男子压低了声音，抬起身向他这里凑了凑说，“因为她浑身上下每块表皮中都充满荷尔蒙。没有人能抵挡她们的诱惑，人类全体沦陷是早晚的事。”他坐回椅子，“当然还是有办法的，既然人类可以控制发育年龄，控制欲望的强度也不是不可能。比如把人类都阉掉，什么问题都没有了。”

陈鲲双手手指交叉，大拇指顶在一起。他琢磨着这是场奇怪的谈话，来这里是陪樊云的，或是樊云陪他的，或许能喝点小酒，加上这个潘金莲也没问题，现在他知道它不是人，所以算不上第三者。但樊云看起来丝毫不惊讶，所以事实可能并不像他的想象，不能顺着这老头说。他是这样说的：“被阉掉也没什么不好，古代的宦官多了去了，他们活得也很滋润。”

“你知道为什么吗？”

“这还有为什么吗？活着就是活着，我只能这样活着，他们也只能那样活着。”

“不，因为他们有压过对女性的欲望的其他欲望。”

“物欲吗？他们其中有些人很有钱，可是连花的地方都没有。”

“有比物欲更高的欲望，比如特权欲。得到别人得不到的东西，操控他人的命运！而现在，我们的一切都在别人，不，不是人，是在物的手里，在系统手里。系统知道我们的一切，操控我们的生活。我们的欲望被科技限制，在数据系统里到处碰壁，现在连性欲都受到了年龄限制，以后，没准连这个给或不给的权利，也得看科技的脸色了。”

“你脑子里就那些东西。”樊云这时插了一句。她这样说，陈鲲更确认她是事先知道这场谈话的主题的。

“欲望是自然人的天性，欲望使人之所以成为人。欲望让人追求，让人冒险，甚至让人出错，但是，欲望让人具备非凡的动力，它创造了一个独一无二的戏剧化世界。看看吧，我小时候，有十块钱的人想要一百块钱，有了一个亿资产的人想拥有十个亿，他们总是想要得更多！而现在的我们呢，基因改造消减人的欲望，让城民们看起来无欲无求，幸福得很。物质根据一个人的数据画像配给，财富只是系统中的一个数字而已，度过平庸的一生是城民们的终极追求，要冒险只能去太空。财富再也形成不了动力，我们一辈子所拥有的钱从我们生下来起就有了一个基数，我们再努力，基数只会向上涨那么一点儿，根本形成不了动力。一旦有非分之想就伴随着数据画像受损的风险。大部分人决定在漫长的一辈子中不做任何非分之想，以确保在百岁之后成为一无所用的老人时，能有台机器人照顾我们半瘫的身子。我们似乎物欲得到了满足，但其实是我们没有了物欲！那个因创造物质而朝气蓬勃的冒险精神时代一去不返。而性欲呢，因为科学证明它与犯罪和社会不稳定因素的相关性，被技术推迟至 25 岁！感谢科技，只是推迟了它，至少我们还是有的。今后，等到人工智能再发展下去，所有的智能科技超过我们的时候，也许只有欲望这一件事，让我们为它们所不及。系统正在吞噬我们的欲望。如果我们连拥有任何欲望的机会都不再有了，好的情况是我们吃科技的嗟来之食；坏的情况，它为刀俎我为鱼肉。”对面的男人站起来，两只手撑着桌子，身子向陈鲲这边倾下来，这架势让陈鲲直往椅子背上靠，听他这么直白地说起“性欲”，让陈鲲实在有些不自在。

樊云站了起来：“爸爸，你不要这么激动，行吗？”

男子把身子撤后，樊云看他坐下，自己才坐下，拧着脖子瞪着他。

陈鲲在椅子里看着这情景，愣了一阵子，突然站起来，右手伸过桌子，笑脸立即浮上来，说：“这样的介绍方式还真是特别。您好，伯父。”

对面的男人没伸手，说：“樊磊。”

陈鲲把手收回搓着，嬉皮笑脸地说：“下次再握手，这次就算认识了。”

樊云说：“爸爸，你就是这么对待你请来的客人的吗？”

“好吧，我们可以在气氛更好的地方谈一谈，一起去做个刮痧。”

“爸爸，又来了。”

“刮痧？”陈鲲摇头表示不懂，脑中正浮现一块牛角片和伤痕累累的背部。

“哦，我父亲就是喜欢这些传说中的偏方疗法，他觉得这比现代医学管用。不过，没有坏处，体验一下也是可以的。”樊云总算把拧着的脖子和眉毛放松，“就带耳朵听着，少说两句就行。”

陈鲲说好的好的，跟着这人往里走，边走边回过头问樊云：“不痛吧？”

“痛。”

十三
基因歧视

小酒店二楼的小阁楼。阁楼斜面上有一扇回纹格窗，窗外绒草轻摇，光线从窗外照进来，落在陈鲲和樊磊的背部。两人的肤色一深一浅，浅的当然是陈鲲的。他躺下前看到樊磊的身体，臀部和双腿线条起伏，又瞟了瞟自己羸弱的身体，躺在这白床单上还不如这床单的褶皱有质感，图书馆生活把他的皮肤漂得像打印纸一样苍白。他学樊磊俯下身把脸放进床上的一个只能放下脸的小洞里，他的脸在这个小圆洞里，只有青砖地面可以看。圆洞边缘出现了一双穿拖鞋的人脚，确认是人，因为趾甲上有不规则的竖纹。陈鲲感到背部一片温热，一双手从那里开始在背部游走抚触，越来越快越来越重，开始撕拉起表皮和肌肉来。

就如以前人们在澡堂里交谈，那蒸汽所带来的迷蒙感，其实是有助于深入交谈的，但那种氛围的作用是让对话更缓和，而刮痧的痛，只会加剧紧张感。陈鲲和樊磊的对话就是在这种情况下展开的。

“我小时候，这里还是一片水塘，里面的芦苇林有两层楼高。”樊磊浑厚的男中音充满感情。陈鲲认为他可以是个很好的配音演员。

“那时没有两层楼高的芦苇。”陈鲲忍着痛的声音像从狭窄的岩洞里挤出来的。对话的张力往往是从实话开始的。

“你真是率真，其实我欣赏你这点，但这并不说明你对，你没有见过的不代表不存在，只说明你见识太浅。”他接着说道，“划一艘小乌篷船往芦苇荡里面去，像是穿过幕帐，除了茂密的芦苇顶上飞鸟来去的天空，什么也看不到。你正划得无趣又疲惫，幕布突然拉开，你看到一片开满红莲的荷塘，荷塘里鸥鹭成群，火烈鸟踱着步子，看到我来了，都惊飞出去，只留那花的香味，煞是沁人心扉。”

陈鲲渐渐适应了这疼痛，说：“桃艳休恋水，荷洁不尚香。桃花在乎它自己的艳丽，希望被在乎，最好落下来被埋葬，而不愿飘到水里被流走了；而荷花似乎就清高多了，不用香味来吸引你，你看与不看，她都不在意，她就美在这个劲儿。这句诗从侧面证明了荷花自古就不香，60 年前也不香，到了 20 年前基因革命，才改造出香味来，从此以后不伦不类。”这话就这么冒出来，陈鲲倒没有抬杠的意思，但的确是抬了，为了缓和气氛，他又加了一句，“不过荷叶倒是有淡香味的，我闻过。”

“你是说我说的不真实？也许吧。记忆可以失真，可以遗忘，可以被置换，记忆是个靠不住的东西。你的记忆因为情绪或是愿望而被篡改了，你却丝毫意识不到。”

陈鲲觉得这话放在他自己身上最合适，但他显然不这么认为。

他接着说：“这是人类的弱点，人类如此不客观、不稳定、情绪化，可是，谁又能说这不是作为人类的好处呢？机器人不会去推测桃花荷花的情绪，它们分辨不出杨柳和松柏投在人们心中不同的映照，不理解变幻的风和云为何让人想到时间的流逝，不明白古代的月亮作为一个千疮百孔的太空星体是如何成为美的灵感来源的。它们永远无法体会意境的感受，更不会明白爱情为什么会让人痛彻心扉。而系统呢，更加可笑，它们不停地记录一切事情，将世界用数据的方式占有，然后用所谓的公式，框定人们的生活，不在公式之内的，就将被它判定为不合理。”他停了一下，说：“让这些没有感情的东西统治世界？再没有意外，再没有想象力，再没有冒险。想象一下吧，一定会枯燥无比！科技的胜利，也许是文明的倒退。”

陈鲲说：“这很难说。每个新时代来临前，都会有声音说是在倒退。我看以前的电影，说人心不古，觉得世界发展下去一团糟。我看过 20 世纪有位姓王的作家，写过一本叫什么时代的未来的书，他的智商相对那时的人是极高的，是最早期的‘码农’。那时的‘码农’少得可怜，会编最初级的 DOS（电脑系统）码，受到社会的仰慕。在他看来，未来毫无生气而且无比压抑，人们不敢游泳，因为水里充满有毒的重金属，空气污浊令人咳嗽不止；人们不敢下海，因为海里漂满赤藻，出了水就被变成‘红人’；城市高耸入云的是烟囱，而不是摩天大楼。可是你看这城市，屋檐上连绒草都能飘香，无人车比乱蝇还多，但交通却决不出问题，空气里多一粒 PM（颗粒物）1.5 的颗粒就会启动全城的智能清洁系统，不高兴时去影院戴上个头盔便可从现实逃脱一会儿。如果说希望，没有一个时代像这个时代的人们那样有最伟大而最振奋的希望——去太空，这个理想终极到足以让每个人远离碌碌无为，绝无萎靡地振作一辈子，如果他的确想去的话。”

“作为宇航员去太空，是新时代的宗教而已。一万个人中只有一个人才能实现的理想，是新时代的精神麻醉剂。”他说，“再说，鬼知道他们在太空里生活得怎么样，连城市的宣传机器都不提及他们真实的生存状态。”

陈鲲不想继续下去，自己无论说什么，这老头都有得讲。他既不想顺着他说，又不想表态。

“在危机前面，我们需要有危机感。”

樊磊这句话，让陈鲲想起来灰皮书里的那句成语。

“有危机感是不够的，要有所行动。”他一句接一句，让陈鲲感到步步紧逼。

“未来未来，就是还没来的东西。未来的危机这个东西，更是虚之又虚。万一本来没有危机，岂不是瞎折腾？本来没有事，倒生了事；本来没危机，被折腾出危机了。”陈鲲的声音通过眼前这个圆洞传出去。

“小伙子，你这么说，我更觉得需要说服你；你这么说，也证明你有可能被说服，因为你有立场，不混沌，不浑噩。让我来说服你吧。”

陈鲲没有在意樊磊的话。几块温热的石头放到他的脊柱上，让愤怒充血的细胞们集体平静了些。圆洞里带竖条纹的脚趾再次出现，桌上发出一杯水放下的声音。

陈鲲听樊磊坐起来，也不想再趴着。背上血管仍在释放着能量，它们的热度足以让他手表里的健康监测功能尖叫着向医疗中心发出警报，五分钟以后就会有一个小型飞行急救箱破窗而入。这箱子也就一人长，下面将伸出一个平面，把他托起，翻个个儿卷进箱子，然后呼啸着消失在窗外的空中。呼啸声是陈鲲根据电影的音效想象出来的。这箱子好在是橙色，要不太像棺椁。但这一切都不会发生，进门时两人的手表就被封在门口的金属盒子里。

“感觉怎么样？”身后一柔美男声道。陈鲲觉得这声音足够把一切心情的褶皱熨平。他回头看到那个给他刮痧的男子，是一个头发和布衣的颜色一样灰白的老年男子，拘谨地垂手而立。陈鲲看他这小骨架子，罩在宽大的上衣里，像个从书中走出来的古代小神仙。

“这是我的好朋友，是现在仅有的几个还懂得刮痧这门古老艺术的人。”

听见“艺术”这个词，陈鲲太想笑，他右手伸向老人，但老人已经交叠双手放在胸前并向他低了低头。陈鲲停在空中的手收了回来。

“他不仅是少有的古代艺术家，而且，他的基因也是非常稀有的。”

“稀有？”

“他有洁癖，除了工作，他不和人握手。而且，他不是像我们这样的异性恋。”

“哦？”

“社会上总嚷嚷着反基因歧视，这不是歧视是什么？为什么要消灭这些基因呢？”

“可是这类基因确实不太适合于进化的需要……这个星球时日无多，如果我们都任着性子保留些不必要不强壮不适合繁衍的基因，那么有一天我们移民外太空的时候就会发现自己实在是太弱了。”

“人类是为了自己生存的，生存的意义在于自我，而不是为了科技或是人类前途而服务的，你真是被现代科技洗了脑了。”樊磊道。

陈鲲刚想说话，那白衣者用食指按了一下嘴唇，轻声道：“跟他争辩是没有用的，我也告诉自己这样不好，我自己都不喜欢，但天生的，改变不了，我要是晚生几十年，就不会这样了。”

陈鲲向他打了个OK(好)的手势，没再接茬。这老人欠一欠身就退出去了。

十四

交易（二）

斜窗外一株绒草在云底下弯着，一只金黄的涡蛱蝶飞来站在其上，顿时把那株草压得弯到窗下去了。这只涡蛱碟以翅上的圆眼斑而闻名。此时那蝴蝶的两只眼斑支在窗外，像两只用不着眨眼的眼睛。

樊磊道："20多年前，《信息法》将所有的信息归入一个整体，诞生了米克。从那时开始，一切都可以计算、统筹和控制。我们的生活从此上了一个新台阶，一切物与物、物与人、人与人都连接在一起，一切都被复制记录，一切都被精确测算。而我们的生活从此更美好了吗？"

"那之前的生活，我记不清了，那时我太小。"

"我用我的故事来告诉你吧。我个子很高，1.9米，比现在基因改造过的你还高，不过我猜你是个基因改造失败的例子，不是打击你，也许是好事，我是看那些基因改造成功的人像复制出来的。"他笑了两声，接着说，"在那个自然生育的时代里，1.9米是大个子了，加上我身形壮硕，可是那个时代的标准美男。年轻人，这一点我可不是吹牛。"

陈鲲见他看向了自己，急忙伸出大拇指高举了两下。

"我不仅身形高大，智力也很高，这不是自我感觉良好。我智商150，以当时邯城计算机学科第一名的成绩考入邯城大学，毕业后一直顺风顺水，风光无限，樊云的妈妈是那时爱上我的众多追求者之一，却是最早有孩子的一个。她很美，但我还是没有娶她，我当时不想因为她而失去一片森林，美人儿可太多了，我是个自由人，现在的人可不敢这么干，法律会把他们的财富罚得一干二净。现在的年轻人，平均智商就有 160 了，男人们都在 1.85 米至 1.95 米，每个人都完美无缺，可他们都可怜得很，不像我，因为优秀和独特，有过拥有全世界的感觉。”

“羡慕。”

“而且，我这样壮硕的，也不合口味了。”樊磊的声音到这里才低了些，“没有女人再仰慕我，除了那机器潘金莲。到这时候，我才后悔我当时没有娶樊云的妈妈，她是个多好的女人。”

“你要是在现代社会，系统会告诉你她妈妈最好，直接避免了后悔，多好。”

“我们是不用走弯路了，因为我没有选择，生活中的一切都为我们记录并计算好了，一切对错都已经确定，我们没有真正的选择余地。”

“那也不一定，你看我上网买东西，出来的选项一大堆。”

“那些选择权，实际上大部分选择已经被去除了，系统早把我们的习惯性格算得一清二楚，或是它把想要推荐的推送到你前面。让我们看到的可选项，都是迎合我们的部分，或是对系统来说无关痛痒的部分。系统是最懂得如何迎合我们，并诱导我们的。”

陈鲲眨了眨眼睛，这倒是事实，但他没有这么说，他是这样说的：“你对很多事不满，也许不是世界不对，可能是你心理上失衡而已。你看我们，生活在一个一切信息都唾手可得的时代……”

“正好你说到信息，表面上看，我们从未像现在这样拥有一切信息。但你又知道多少信息呢？”

“我想知道，只要问米克系统就行了。”

“是的，看起来是，但有些最关键的信息你无法知道，比如你自己的数据画像。你不仅没有掌握信息权，米克倒是通过信息权掌握了你。”

樊磊趁着陈鲲没说话的空子，接着说：“现在衡量物质价值的钱已经没有了，一切物质都在精确计算的基础上结合个人的数据画像值配给。这世界还有什么比信息价值更高？衡量财富的标准是什么？是信息。人们多依赖信息，你知道吗？现在的人们干什么都想提前知道相关联的信息，连谈个恋爱都要查查对方的底细，而不是真正去相处一段。某些信息的价格有多高，你知道吗？”

“你这么说我得庆幸信息在系统手里，还好不是个人，只要是人，就会把一切拿出来贩卖。”

“是可以在个人手里的。”樊磊向他这边侧过身子，只在腰下搭着一条毛巾的他像个古代神殿中的雕像，他放低了声音，“而我，就是一个手握信息的人。”

他把毛巾围起，下了床在房间里踱起步来：“告诉你，小伙子，我收养那些受基因歧视的人们，那些人们眼中的疯子、同性恋、侏儒，一切有特点的人。这些古怪又另类的人中，有不少是天才，无法复制的、极富创意的天才，就像顶级的画家、音乐家、数学家里有不少有缺陷的人一样。缺陷，有时和能力是伴生的。而现代社会却一直在尽力消灭缺陷。在我这里，他们可以尽情地发挥自己非凡的能力，这可不是刻板的系统比得了的。我的财富来源于他们，也用于他们。我手下有一批黑客，他们可以从系统中得到信息，这些信息，就是我巨大的资产来源。”

樊磊硕大的身躯背对着陈鲲，说道：“我虽然智商没有现在的年轻人高，身材也不如他们了，但是，我有他们所没有的东西——冒险精神。”

窗外那只蝴蝶扇动着翅膀。“现在的年轻人呢，他们每个人都一样完美，连体内的荷尔蒙都定量，做起事来不偏不倚。可是，他们连优越感是什么都不知道，不知道什么是竞争，什么是出人头地，什么是冒险。他们活得浑浑噩噩。作为一个自然人的优越感，他们已丧失殆尽。”

“你说了，我不浑噩。”

“从你敢给小T装知识这件事，我判断你是个例外。每个人，都像是科技社会的产品，其作用就是为科技的发展出力而已，我们都像是以前的燃料块、电池块，活一生，只为科技的发展提供动力。”

“你太偏激了。基因改造后的人们，的确是幸福指数高得多，他们一生没有太多的疾病，没有折磨人的非分之想，这有什么不好呢？”

“说到基因改造，我痛心疾首，它是史上最大的阴谋！以前，被压迫的人们是会反抗的，可是基因改造后的人类，无论多优秀，却不知道什么叫反抗。”樊磊转过身来，去掉了声音中的情感，“但女儿向我介绍你时，我觉得你和他们不一样。谢谢女儿，让我找到了你。”

“什么？你说你找到我？”陈鲲眉头一皱。

“成为我们的一员。”

“噢，不不不，我没有特殊的本事，不另类，不是同性恋，不是侏儒，我一直是个平庸无比的人。”陈鲲从床上跳下来，才发现自己什么也没穿，赶紧抓起一块毛巾围上。

“但是你有别人没有的条件。”

陈鲲没说话，他突然有种被人看穿的害怕。

樊磊转过身直视他的眼睛：“你不满足于现状，你看起来超脱，实际上，非分之想只比别人更多。”

“不满足于现状的人可不少，光凭这一点不足以加入你们吧？再说，你不怕我告密吗？”陈鲲迎着他的眼神道。

“我知道你不会向系统告密，而且，你心软，经不起别人的说服，小呆的事就是一个例子。你肯定会加入的。”

“不会！”陈鲲有些急了。

“你符合一切条件。你聪明，但无人看重你；你不满足于现状，却无人帮你；你和任何人一样想得到一张完美的数据画像，但你没有为此而付出巨大的努力，因为你瞧不起你每日必须做的琐事；在现实中你不满足于受别人控制的生活，你想要自由……”樊磊背对着斜窗的光线，整个人在一团逆光里，但双眼中还是能见到微光，“所以你对我们有需求，我可以帮你完成一张完美的数据画像，没有比你更完美的人。我在找你，你也在找我。我就是你和陈鹨的交易中，那个能为你修改数据画像的人。”

“不，你知道我以前就不会为了数据画像而努力，现在更不会为了一张画像去冒险。”

“我知道你不会仅仅为了一张画像去做什么，但是，你可以通过完美的数据画像而轻易得到其他东西，如工作机会、社会地位、财富、他人的仰慕。哦，不，不是他人的仰慕，是万众景仰！完全超出你的想象。你将得到权力，准确地说，是特权。你会像我当年一样有众多的仰慕者，有成群的专属机器人服务于你。这城市都是你的，你将像个古代皇帝。体验一下什么叫极致的欲望满足吧——万人之上。”

“那你要我做什么？”陈鲲终于把眼神挪开，说。

“成为市长。”樊磊直起身说，“只要你答应我一件事，关闭米克。”

斜窗洒了陈鲲一脸的光线，他错愕的表情暴露在这明亮的光线中，而面对他的樊磊的脸，却因逆光而模糊一片。这模糊的脸向下贴近他，停在十厘米的距离。

“你应当早注意到新闻了，今年的市长选举，是第一年由系统通过数据画像的优劣而推荐初选候选人，这是我们的机会。”樊磊一边说，一边让立体影像投影在小阁楼的一块空间里。

议会里，一位议员在激昂演讲：

现在的人们回望过去，知道自古以来，政治选择系统从来都是人类出错率最高的系统，没有之一。无论是小部落酋长们的禅让制，还是皇帝们从子嗣中挑选继承人，乃至后来出现的各种各样的选举模式，都没有让人根本满意过。归根结底，都是因为人类本身的不确定性太大了，只要是有得选，哪怕是从一堆黄豆里选一颗，人类都会出现摇摆。即使是当代，我们仍不能对政治选择系统感到满意。所以，理论上，当一切信息都可以被收集和占有，并且可以为人们省略筛选过程，那么，政治选择中的筛选过程也是可以以系统来替代的。如果用系统筛选来替代现实中的初级筛选过程，人们在系统所给出的候选人中再做出最终的选择，这在理论上是不违反法律所规定的“人类掌握最终处置权”原则的。所以，最终的决定是由系统做最初级的筛选，人类再从筛选后的候选人中挑一个……那么，候选人的筛选范围是多大？是所有城民。因为系统的存在，候选人的筛选范围可以覆盖所有人，无一人漏网。系统实现这一点靠的是每个人独有的“数据画像”……

樊磊关掉了影像。

“看吧，我们还要把政治权拱手相让，我们今后对系统的形式上的指挥权早晚也得交出去，我们与系统的契约将最终崩解。可是令人称奇的是，人们的反应是冷漠的。所以，我请你出任市长。你不用考虑过程，只要你同意，就能被选上。”

陈鲲仍低着眼，说：“你怎么不自己来呢？”

“我登上台面，谁来统治这一大批的黑客？黑客这个职业有个奇怪的特点，他们永远都不能出名，他们中很多都是密码学家，掌握的密码不可逆向推测，因而找到密码设计者是破解密码最容易的方式，所以，他们得永远做隐形黑客。我作为组织的首领，不可以出名。”樊磊把水递给陈鲲。陈鲲抿了一口，说了个不。

“在理想面前，我是多么无能。我老了，我以为，你可以成为救世主，因为你比我更具备伟大的素质，你不知道我有多么羡慕你。”樊磊再次转向窗外，叹了口气，“如果你实在不想名垂青史，事成后你想去星球的哪里，或是过去的哪里，我都可以满足。还有，我可以给你一个新小呆。”

陈鲲举着杯子的手停住了：“那你可以得到什么？”

“不被别人操控，获得自由的唯一办法是什么？”樊磊停了停，道，“操控别人！”

窗外，那只涡蛱蝶扇动翅膀起飞，消失在窗户边缘，那株绒草立起来，在青白的天空下弹跳了好一阵子。

“你要说服我，需要拿出具体方案吧？”陈鲲说。

“好！你会被说服的。”樊磊逆光的身影转过来，说，“穿上衣服，跟我来。”

十五
化　妆

樊磊打开一扇小门走向另一个房间。那房间小得只能容下四五个人，他先关上门，让陈鲲在外面待了一会儿，过一会儿他打开门，让陈鲲进去。

“这台电梯会读取你的一切生物数据，除非设置允许，没有谁能进来。你是这里的第一个客人。”

这台全封闭的小盒子电梯只有一个按键，可见它只有一个终点。陈鲲站在电梯里，只在启动和停下时有些感觉，所以电梯的速度和方向无从判断，与其说是电梯，不如说是没有窗的地铁。中间大段的时间，两人无话可说。待到其中一扇侧门打开时，陈鲲舒了口气。

水的味道从电梯外漫入。是的，水是有气味的，尤其是在深深的地下。

他踏出电梯，面前是目测高达30米的洞穴。朝下至少20级的台阶把他们引向一条小艇，它停泊在十来米宽的地下河上。

“这是寒凌河的地下支流。”樊磊带陈鲲上了船，自己开船顺河而下。

陈鲲站在艇上，这条河两侧都有能容下汽车的堤岸，左边堤岸外是墙壁，右边是起伏的缓斜坡，伸入黑暗里。光源来自高高的天花板上的老式电灯。小艇破开水的声音撞击石青色的墙壁，显得格外清晰。

河流的岔口很多，这出乎陈鲲的意料：“这邯城倒像是浮在水上的城市。”

“是的，这些都是人工河流，形成了一张巨大的河网。这张河网应该是在50年前开凿的，设计师就是建铂鼎的那位。”

陈鲲知道市中心的铂鼎大厦，但不知道设计师是谁。

“现代邯城的奠基人是陆康。”樊磊又补了一句。

小艇靠了岸，樊磊带陈鲲走向缓坡。那坡伸入黑暗，看不见到底有多远。坡上有一条小径，小径尽头是一个孤立在坡上的关闭的大门，约莫有 20 米宽 35 米高。樊磊站在门口，等了一刻，门向两侧自动打开。一进门，一切都变了。门内是另一番天地，光线明亮，是标准的工厂办公区模样。原来门外那些伸入黑暗的坡度都是虚拟实景而已。

“这是我的天地。”樊磊声音中有掩盖不住也不想掩盖得意。

一个戴帽子的胖大个儿和一个侏儒走过来，向樊磊欠身行礼。

“陈鲲先生来了，你们把方案向他阐释一下。”樊磊说。

胖大个儿自我介绍叫绘声，那个侏儒叫绘影。

“他们都是有缺陷的天才，名字都是我给取的。”樊磊道，“让他们带你去‘化妆’吧。”

陈鲲和绘影先单独来到一个房间，但陈鲲却感觉有三个人坐在这里，因为樊磊的数码头像和肩部浮在与他们眼睛齐平的位置。

樊磊的头像笑道：“我们管修饰和修改画像叫‘化妆’，听从我们的工作人员的指导，你会有张完美的脸。”

绘影的课程让陈鲲昏昏沉沉，都是关于礼仪举止言谈之类的。等绘影停下来问还有什么问题时，陈鲲问，自己一直就是个图书管理员，这是一件公开的事，人们怎么会相信他很优秀？绘影告诉他，当时系统选举能够通过层层辩论，其中有一个论点：系统和人的思维不同，只要指数设计得当，系统可以避开人类做选择时的很多误区，比如阶层。比如说你来自社会的底层，拿政治术语来说，就是来自群众，而不是以前的那些所谓的建制派，人们相信这是系统优越性的表现，是合理的。

陈鲲问：“关闭系统后，城市是否会陷入混乱？”

“这不是你考虑的范围。我也只是知道计划的一部分，不是所有，但头儿一定自有安排。”

绘影的课程结束后是绘声的课程。

“绘声是黑客团队的头儿。他先向你介绍网络的事。”樊磊的影像说。绘声举了举帽子，陈鲲无帽子可举，做了个敬礼的手势。

“数据画像是系统操控我们的手柄。对付系统，从数据画像入手是最好的途径。”绘声说，“我们看到了你的数据画像。计划是这样的，最早剔除的是你的基因缺陷，像昆虫恐惧症、密集恐惧症和深空恐惧症这些数据记录。”

“这么多毛病，我自己都不知道呢。”

“的确也出乎我们的意料。你的例子说明基因修改的成功率是有限的。”绘声说，“需要修改的还有你的智商，你的智商是140,我们需要上调到150,但不能再高。我们不想让你看起来像个智商180的天才，那样人们会认为你不是通过自己的努力而是通过天赋获得的成就。天才和以前的富人一样，在世界上更难赢得普遍的好感，以前的人有均贫富的心理，现在的人有均智商的心理，都是一个道理。”

“你在心理医生那里的记录也是修改的重中之重。心理医生认为你性格孤僻，所以他们当时向人力资源部门的建议是你不适合做与人群接触的工作，对从政人员来说，这是非常要命的硬伤。”绘声向他凑近了说，“我看了你的数据画像，你就不适合当市长，你的心理数据显示你也不像是想当市长的人。但头儿觉得你行，我们也不好说什么。还有我们需要修改的数据，比如……”

陈鲲一直只是听着，有时点点头应付一下。他也不好多问，对于黑客这一领域，他是个外行。要说绘声说得挺准，有些事他只有感觉，但没有这么清楚地意识到。等到他说得差不多了，陈鲲问：“数据画像这么神秘，它是否可以转换成某种视觉可见之物？”

“可以的。通过某种软件就能实现，但是，这没有必要，因为米克自己为数据画像的可视化编了一套程序。”他说，“我们发现，米克也正在形成自己的视觉系统，它在读取某些指定区域的复杂数据时，会为便于认读而自我设定一组特别的程序，对数据进行图像化的重新排列，而不是每一次都机械地重新分析一遍。我们仔细地观察过，这个过程是米克自我形成的。”

“没有得到人类允许？”

“这不是允许不允许的问题。优化数据处理是天量数据库本身的一项功能，这是基于这项功能自然产生的，无须人类允许。实际上，接触了这么长时间的天量数据库，我们发现一个共同的现象。作为一个巨大的正在运行的数据系统整体，它会自我功能分化，这不是人类赋予的，而是其固有的态势。自然界的一切复杂系统，复杂到一定程度，便有了其走向更复杂的发展方向。”

“就像生命出现自我功能分化？”

“你可以这么想吧。看你怎样去定义生命了，如果能够自我进化的就是生命的话，宇宙本身就是一个生命体。不过，定义生命，只有复杂性是不够的，还需要某种目标性，所以我们认为宇宙不是生命。米克在复杂性方面已经足够了，它本身就有数千个大小不一的系统在帮助它运行。”

“目标性？”

“我相信米克还没有目标性，它目前还是人类的工具，但不代表以后也没有。所以我们要关了它。”

“既然数据画像已处理成可视化，那么，我可以亲眼看看吗？”陈鲲问。

“可以。在要关闭它之前，你可以调出自己的数据画像，如果时间够用的话。”樊磊的影像回答。

那天的课程上完后，樊磊的影像让两人带陈鲲在办公区的机器人专区转转。

“为什么只带我看机器人专区？”陈鲲在两人身后问。

“头儿说什么自然有他的道理。”

在机器人专区，两人带他看到了他们正在制作的新小呆。新小呆挂在密封柜，还没有完工。

“用不用换个外观？它的确有点……不漂亮。”绘声说。

“不。”

“你有没有留下小呆的记忆？装进去，小呆就可以死而复生了。”绘影道。

樊磊的影像说：“机器人能死而复生，人却不行，下辈子我当个机器人好了，不过一定要是在外星工作的那种，很多外星上只有机器人，没有人类生存，所以他们有很高的自主权，自己说了算。等你接触了新小呆，你那个死去的朋友就将从你的脑海里彻底消失。”

“我是不会忘了它的。”陈鲲说道。

在他们离开的时候，陈鲲看到一个办公室的门牌上写着“时光机”。他问可不可以进去看看。

“头儿没说让看的都不能看。”绘影说。

“处理六维的技术还不成熟，很危险的机器，你还是别看了。”绘声说。

走时樊磊告诉陈鲲一系列的注意事项，比如不能给他打电话，不能在网上查黑客知识等。

“我的诱惑，从未失手过。”樊磊过后这么对樊云说。

“什么？你说只跟他聊聊的……”樊云冲过来推了父亲一把，“我把他介绍给你是因为他很好。”

“好吗？我看未必，他身上的欲望比谁都多，不过这对我来说是好事，他要是无私无欲，我什么也干不了。再说，‘很好’这个词太空泛，我要给这个词充入内容。”

“爸爸，你从来都过分！”

“控制力！我因为控制力而与众不同，与众不同之处决定了一个人的存在。你母亲当年喜欢我，可不是因为我是个标准暖男。”樊磊还不忘补一句，“她现在也喜欢我。”

“你凭什么去控制别人……”樊云尽力控制住自己的声音。

“只要人有欲望，就无法阻挡自己去做事，连他们自己都无法控制，没有任何例外。他们需要被控制，否则他们的生活是一滩死水。”

樊云觉得自己要哭了，“你要让他干什么？”

“关闭米克。”

“这个城市依赖它而存在！”

“所以我要让它摆脱依赖。这个城市要重回自由时代。”

“你关了它，这个城市就死了。”

“不会死，我的机器人团队会被安排在重要的岗位上，它们各自独立，只服从于我们，而不是系统。而且，对于每个城民，我都有安排。”樊磊说，“这个城市不是死了，是自由了。”

十六
飞　翔

陈鲲离开那幢叫水浒的房子时，樊云在后面跟着，不敢说话，像犯了错误的小学生。待走到街口，他回身拍了拍她的肩，意思不用送了，脸上也没有责怪她的意思。樊云点点头，两人沉默告别。

他出了街口，天色已晚。瀚海大厦的高墙立在侧旁，镶金边的橙红色晚霞映在它高耸入天际的玻璃侧墙上，缓缓流动间，云霞与它们的镜像几乎难分彼此。玻璃墙将橙光反射到街道上，匆匆行人像穿了身橙红塑料衣。

此时正是下班高峰，他顺着人流，走进地铁通道。地铁里，天花板是白的，地上是白砖，两侧是灰墙，前面的人走在其中，像被两条白带挤压着。这条地铁通道看着枯燥得很，可在几十年前，两旁灰墙上都是各色广告，令人眼花缭乱，但那是商业时代的事了，现在人们无须广告，系统把一切都评估得很好，给我们的都是最适合的，不用挑选什么，自然也不需要广告来忽悠。他知道过几天，这里都会贴上他的动态宣传画，“化过妆”的他将成为人们品头论足的对象。

陈鲲旁边就是一条自动快道，他直接跳上去就可以，就像百年前的人跳上公交车。他一看上面挤满了人，就没上去，此时他不想跟谁挤。他走向通道尽头，听到通道口处有轰鸣声传来，便是地铁站台了。

到了站台，他也没有急于上车，足足过去了三四辆列车，他才想起来什么似的，走进最后一列车厢。他站在车厢的最尾端，看着隧道中的光点集中收进黑暗中。

他身后飘来两位男子的对话。

“我真是被过去的我套住了。我打开网络，全是交响乐信息，因为我希望米克给我的才艺打高分，所以故意点交响乐，其实我根本不懂交响乐，我就喜欢放大声音听市井舞曲，可是我却不敢点，因为我现在干的这份交响乐团行政工作的条件中有一条，热爱高雅音乐。这份工作跟艺术挨了边，据说数据画像会漂亮得多，工资自然也高一些。”

“我认识了个女孩，她真不错，为了我居然去学做饭。我偷偷咨询了一家数据公司，结果说和睦相处指数很低，真不知道怎么处理她。”

“我从来不查，提前知道结果不好。”

“唉，我把生活当一道谜题，可总是被提前告知结果。”

陈鲲回到家。他的公寓在黄区一幢 52 层老居民楼的顶层。

邯城共五个区，紫区是中心区，周围从北向南顺时针是蓝区、绿区、黄区和橙区。这五个区中，紫区是政治经济区，蓝区是城市功能区，其他是居民区，从空中非常好辨别。500 米至 1000 米高的摩天大楼群都集中在紫区；蓝区是大片带空场地的建筑，飞机场、铁路终端、主题公园、大型运动场都在这里；绿区远望过去像地上堆满了苔藓块，因为那里的建筑不高，多是独栋或是小栋，顶上种着特殊的环保绿植，城里有特殊身份的人才有资格在那里得到房子；黄区是最中庸的一个区，也是最大的一个区，建筑均是 50 层左右的居民楼，大部分普通城民就住在这里；橙区以前是没有的，最近几年才划分出来，是最小的区，这里的房子大都是提供移民居住的密集速建筷子楼。“筷子楼”名称符合它们的外形，这里的居民楼与黄区居民楼的区别是更瘦窄，楼间距更小。在这个城里，橙区的居民向往住在黄区，黄区向往住在绿区。

黄区的建筑大都建于 50 年前，基本是包豪斯风格的建筑。包豪斯建筑体现的是平等和简约，这类建筑节约一切可节约的外形与实体，里外都没有烦琐的装饰，暴露在外的水泥色和几何线条无言阐释一切。陈鲲站在公寓门前，自家房门自动打开。门侧小黑板上的字迹被湿气浸透了，几乎看不清。自从小呆死了以后，他需要亲自在黑板上写上自己要干的事。陈鲲凑近了看那小黑板，才看清自己的潦草笔迹：“冰箱里的牛奶将到期，健康监测说本周需服用蓝色营养颗粒。”房间显得比平时要暗，他仰头看到里面镶灯的天花板上有很多暗点，那是一小颗一小颗的圆水珠。他按下黑板旁的两个小按键，微弱的女声发出来：“微环境调节功能启动，室内清洁功能启动。”这些事本来都是由小呆来做的。

他听到卧室那边有新闻的声音，上次出门又没有关影像框。他走进卧室，卧室地板上方影像框里正在放新闻，新闻中的他们在辩论一项新的人类基因修改方案——降低食欲，以应对今后星球作物种类日益减少和资源的贫乏。

他穿过那群正在议会争吵的议员们，从床上拽了张毯子拖了把椅子，走向阳台。阳台是半开放式的，包豪斯风格让人在高空中也不必浪费材料去遮挡，如果你不愿意，就不要到阳台上去。52层的高度，正是冷湿的低空云最爱的地方，云气在他周围倾泻。他坐在椅子里，缩着脖子，紧裹着毯子。待到云气都散了，他看到城市的灯光在楼群里、车河里流淌，灌满了一城。

他想起今天在樊磊的地下城。最后，他问樊磊：“如果失败了怎么办？”

“我可以让你有个去处。”樊磊说。

“哪里？”

“我最得意的是时光机项目，它还不算完全研制成功，不过快了。我愿意把史上时光旅行第一位乘客的荣誉给你，你又有一次载入史册的机会了。过去，或是未来，任何时间点由你选。不过，你将忘记现在所有的事，你的记忆将被重建，从你到达的那个时间点开始，过去将在瞬间建立起来。”

“我所有的记忆都没有了？”

“一切将重新开始。”

“我还是我吗？”

“看你怎么想了。”

“可以带别人吗？”

“可以，可是你带又有什么用呢？你再也不认识他或是她。”

“如果选择不进时光机的话，可以去一个地方吗？”

“只要在这个星球上就可以。”

“城外的森林。据说那里没有任何电子设施。我和米克作对，欺骗它，米克该恨我了，那是个它够不到的地方。”

“那更简单了，从地下水道就可以过去。”

樊磊口中马上成为市长并改变历史，不，将名垂青史的人的故事是属于他的吗？不是，他这么想。可是，是他自己决定去做这件事的。接受市长身份的他和内心的他是那么不同，这让他不知道今后怎么来解决这种矛盾，但既然决定了，就看看到底会有什么事发生在“自己”身上吧。“实在不行，就回到过去吧？”他不知道为什么脑子里竟冒出了灰皮书《邯城之倾》里的那个宦官。要是乘了时光机回到古代，一不小心成为宦官就惨了。他摇摇头，好把那形象甩出去，怨自己前段看那故事看太多了。

195 日　周日

初选日定为第200日。那天，如樊磊所策划，他被选为三名市长候选人之一，他的数据画像的指数位列第二。为什么要第二呢？陈鲲当时问。

“公众的心理我们研究得透极了，要留有出乎意料的余地，不能平淡无奇，这样，情节跌宕起伏，公众更加买账。”樊磊这样告诉过他，“要说，修改数据画像这件事，还得感谢陈鹨呢，他有一系列针对公众形象的数据欺骗公式，他做公式本意只是为了迎合系统，但对我们修改的人来说特别有价值，他告诉我们什么是关键数据，可以让我们事半功倍。”

这段时间，陈鲲不必做太多的事。那小侏儒会带团队把他的形象向社会广为传播。那么，他的公众形象是怎样的呢？

樊磊的团队给陈鲲设计了一张这样的数据画像：

陈鲲有一个孤苦的童年，他看起来并不优秀，不是天才，而且遭遇了家庭变故，他的父母抛弃了他，他是个在保育院长大的孩子。

“上述相关数据都不用修改。”在那天数据画像讨论会上，负责修改数据画像的绘声说，“他的确不优秀，而且是个机器人带大的孩子。”

“他早早地面对艰难的人生，但并没有因此而影响到心理素质，相反，他磨炼出强大的内心。这是多么感人的励志故事。”樊磊说。

他的成长充满坎坷与波折，因为他没有极高的智商——像一个普通市民，但是，绘声修改了决定他人格魅力的指数，他极具奉献精神，他坚毅而不随心所欲，他的真诚让他具备强大的人际协调能力；他话少，但是，他的话语极具感染力，而且他从不撒谎……

“要知道，引起人共鸣的不是优点，而往往是缺点。没有人会去投一个完美无瑕的人，我们保留了你的很多缺点，并由此做文章。公众需要从一个强者身上找到缺点，或者是找到心理优势，或者是同病相怜。放心吧，公众一定会接受你，我们解构历史上所有名人的成长经历，从中发现获得公众拥护的心理密码，在你自身的故事上只是做了修饰而已。任何人的数据画像，根据这些公式修一修，都可以取得好感。这就是数据欺骗的精髓。”绘声说。

“老套吧？可公众就吃这一套！”樊磊道。

“这是通过数据欺骗来欺骗公众。”

“伟大目标让我们可以理直气壮地做一切事情。”

199 日　周四

傍晚时分，陈鲲接到樊云的视像电话。

“嗨，出去吗？”视像中，她把头发绾起来，抹了粉色的唇膏，一副可爱模样。

“可以。”

“想去哪儿？”

“没想法。”

“咱们去铂鼎吧？”

“你定。”

“怎么去？”

“没意见。”

“就坐地铁吧，是麻烦些，但你应该看看那儿。你在家等着，我到了后你再下来。”

“随你。”

陈鲲以为还得等一会儿，不一会儿，樊云就告诉他到楼下了。陈鲲匆匆下楼，穿着带铆钉的夹克和高筒靴的樊云已经站在那里。

“你好像插了翅膀一样快。”陈鲲看着她直想笑。

“我真的是插了翅膀来的，我租了飞翼。见未来的市长大人呢，怎能不快？”

陈鲲啪地拍了一下她的头。这家伙越来越没大没小了。

对面有一群年轻人走过来，这群人应当是他的拥护者，因为有的穿着印着他头像的衬衣，有的举着印着他头像的牌子，那牌子花里胡哨，让他想起了以前的庙会。他们都一副兴高采烈的样子，有人看见他，但没有人发现他是“他”，好像那个肖像是别人而不是他。两人走在街上，他看到穿梭的汽车上贴着他的坐像，僵硬地坐在那里，他生怕那个“他”不愿意跑了；有儿童将他的立体头像打在侧肩前，像牵着个气球。

两人逆着人流走进地铁通道，原本枯燥的地铁这几天已变了样，他的形象和另外两个候选人一起，把地铁的灰墙贴得眼花缭乱。

“父亲说，系统通过街景分析，已预测到了是你，我们要做的，只是防止意外而已。”樊云说。

铂鼎是城里第三高的建筑，高达 1001 米。它之所以闻名，不在于高度，它没有 1208 米的光线大厦和 1111 米的瀚海大厦高。但纵观摩天大楼建筑史，它才算是真正的大哥。在 2141 年建成之后的十年间，它独自屹立在邯城中心，而其他的高楼只有它一半高，是它的“膝下群臣”。它地基的 66 个柱体大部分深入地下，露出地面的柱体部分高达 63 米，柱体间是城市道路和花园。这些柱体有些是中空的，作为连通地下城市和建筑主体的管道。大厦本体是椭圆锥形，一条宽达 30 米的“道路”——人们叫“天空大道”，沿着建筑外围旋转而上，像丝带一样绕着它，一直到逐渐缩小的顶端，其外形灵感来自古代建筑“通天塔”的设计。

两人来到铂鼎大厦的楼顶平台，坐在平台的边缘。此时已是黄昏时分，两人眺望东方。落日和余晖晕染在一起，随意涂抹城市摩天楼宇的立体切面，这些玻璃面插在城市的大地之上，将完整的暮色切割并重组，组成一片空间交错的黄昏。

暮色已落，星辰渐显。

平台的另一端响起了歌声。两人看过去，那是一个露天剧场，舞台上正上演一部歌剧，舞台边上打出的剧名叫《邯城之倾》。被聚光灯照得通亮的宫殿的奢华背景前，身着古代长袍的男女穿梭来去，服饰流光溢彩，他们众星捧月一般簇拥出一男一女。两人衣着高贵，气度不凡，男子戴金冠着金袍，高耸的垫肩衬托威武之风；一女子挽着他的手臂，这女子身着红色长袍，细腰间金带一束，裙上金色点缀在聚光灯下熠熠生辉。高大的男子将女子拉近，以怜爱的姿态俯视女人，女人在他怀中仰视他，一看便是难以拆散的相爱情侣。陈鲲想起这部《邯城之倾》不是那灰皮书中宦官和皇帝元帅的故事，而是人们耳熟能详的桥段：皇帝的爱妃以其倾城之貌而闻名，与皇帝甚为恩爱，皇帝向世人称，唯爱她一人。可有旁人向皇帝进言，倾城之貌者多为祸端，恐危及城池，皇帝也觉得她总让他分心，有时上朝时都想得不行。为除去这似是而非的祸端，皇帝从了众意，以“绝伦之美乃妖物，不可存于世”之名，将她赐死。

那浑厚男声唱道：

请为我舞这最后一曲，
赞颂这危城下的歌舞升平。
哭泣让你成为世上最美的女人，
你的死是我至爱的证明。
城之将倾，城之将倾，
你以血祭这将倾之城。
……

“我太小，不懂这些事。听说没有完美的爱情，是这样吗？”樊云此时转过头来，看着陈鲲，轻声问。

“流传下来的总是悲哀的，因为幸福不被人记住。”陈鲲仍然看着舞台，淡淡一笑。

此时在陈鲲的脑海里，那位流落到森林里的灰发的“她”再次出现了，那天，在他们片刻的对视中，她的目光让他深陷其中，失去时空，一时无法自拔。他以前从不知道与人对视有这样的后果，他不知道与樊云的对视会不会出现这种情况，所以，他迟疑了一会儿。当他转过头看着樊云，两人眼神碰在一起，仅仅是碰在一起。

没有被她抓住，还好。陈鲲想，爱抚地摸了摸她的头发，再看向舞台。

“这个故事太悲伤，我不想看。咱们回去吧？”她用手背蹭蹭鼻子，说道。

“没意见。”

“租一对翅膀吧？没意见，或是随便，我替你说了。”

“租翅膀？我还真是没想过。”

“想不想试试？我带着你，不用害怕。”

她带他走向平台那边一个闪亮的柜子，里面挂着自动出租的滑行翼。滑行翼是机械人的一种。在一些大楼的顶楼，常可以看到出租滑行翼的柜子。陈鲲记得他家的顶楼也有这么一个柜子。

两人把手掌放在柜前的屏幕上，这个智能柜子会检测两人身体情况，相关健康指数达标才准予租用。屏幕上“通过检测，准予飞行”的字闪烁时，两人身边的专用通道打开。通道有两个，一个是单人的，另一个是双人的。两人相视一笑，走向双人通道。

通道尽头有一个屏幕，要求两人设定目的地。樊云调皮地说，我送你回去。陈鲲把他家的地址输进去。飞行翼将自我设计出一条安全又能游览全城的路线，把他们送到离目标最近的飞行翼出租点，也就是陈鲲所住楼顶的平台。

他们一前一后站在规定的地点，她在前，他在后。支架、头盔和护肩套上他们的背部、头部和肩部，几条束带将他们自动固定。

陈鲲感到背部支架在活动。在不远的一面玻璃墙上，他看到一对由数千片细小银色金属羽毛组成的约五米长的巨翼在他背后徐徐张开。

两人自动进入了滑道，越来越快，一齐冲进空中。

陈鲲感到脚下瞬间腾空，飞行翼自动运动起来，摇摆了一阵子才回到滑翔状态。陈鲲发现自己紧紧地抱着樊云。他松开手，把樊云甩了他一脸的头发塞回飞行帽里，再次双手环抱住樊云。

此时，从他们视角俯瞰的角度，各种光点的组合形成有纵深的光之花，在他们身下开满全城。在这城市之花的上空，两人任这对翅膀划出漂亮的飞行弧度，在城市上空盘旋。城市的气流冲上来，那气流裹挟了地铁通风口冲出的地铁特有的气味、摩天楼厨房排烟扇冒出来的油烟味、工地的灰土和金属味、地下暖水管道的锈蚀味，还有此时开满全城的紫丁香花味、刚修剪过的草坪散发出的青草味……热力让他们在空中自然起伏。

他们降落的地点是陈鲲所在大楼的楼顶。解下羽翼的两人仍沉醉在盘旋于空中的美好气氛中。陈鲲帮樊云顺了顺头发，邀请她到家里坐坐，樊云使劲点点头。不知道为什么，此时，灰发的“她”又出现在陈鲲脑海，那天，咬着手的她，说起那事是那么不安。

她的形象，不时地干扰那天他和樊云的耳鬓厮磨。

十七
新市长

207 日　周五　选举日

城市许久没有经历过这样的狂欢了。

市中心铂鼎、瀚海、光线大厦下的喷泉广场上架起了选举台。

选举结果揭晓定于晚 7 时整。6 时许，樊云独自穿过喷泉广场拥挤的人群，来到铂鼎的楼顶平台，在和陈鲲上次坐的地方坐下。

父亲打来几个电话，她都没有接。那天从陈鲲住处回家，父亲对她感到满意：“你今后将成为市长夫人。”她回敬他：“我只想成为自己。”

平台那边的舞台没有亮灯，顶楼在周围摩天大楼的光阵中显得很暗。她弓着背双手扶着还有余热的平台边缘地面，两只脚悬在空中来回晃着。脚下的摩天大楼夹缝中的街道像细细的沟渠，涌动的闪光点在沟渠底部流动，那些都是举着各种闪灯的城民。对面是光线大厦，从楼顶到楼底的巨屏上，正在直播喷泉广场的现场画面，她从这里看现场比在地面看得更加清楚。

7 时许，屏幕上的城民们安静了下来，现任市长走上选举台，发表了卸任前的演说。他说道，作为人类选举的最后一任市长，他感到非常骄傲，并非常荣幸能成为将政治领域向科技打开大门的人。邯城作为全球科技高地，将因成为第一个接受系统参与选举的城市而载入史册。最后他两拳并拢举向空中——这是人类和科技结合的手势，用雄浑有力的声音说道：“科技引领星球！”此时人群再次沸腾，人们都举起这个手势，高喊起口号来。

她看到陈鲲和另两名候选人的头像出现在巨屏上。在读秒之后，陈鲲的肖像扩大，挤走另两幅肖像，占据了整个巨屏。

人群的欢呼声穿过千米深的摩天大楼深渊涌上来，一起涌上来的还有那喷泉，今天，它不再只有 500 米，为了这盛事，虚拟实景喷泉达到了 1000 米，几乎让她唾手可得。

没等陈鲲开始就职演讲，她从台子上转过身，跳下来回家了。

214 日　周五

新市长陈鲲已经上班一周。

新办公室坐落在光线大厦顶层。这个办公室如他以前的办公室般大小，但装饰风格偏向古典，不再像他以前的办公室那般空荡荡。这里的蓝丝绒窗帘垂地，把光线掩去了大半，即使是白天，古典吊灯和台灯都亮着，陈鲲坐在大转椅上，面前的大写字台上立着城旗，端正地放着几本精美的法律书籍，书籍上是那只小风动蜘蛛。

陈鲲手边还有本薄书，书封印着四个小字：邯城之倾。那是他让人用那撬开的玻璃罩里的储存文件做的复制本。他拿起这本书，压住风动蜘蛛，防止它乱跑。他把转椅转向窗外，正对着一座巨大钨金色建筑的顶端，那是瀚海大厦——他以前的办公场所。

他的新秘书机器人，他给取了个名字叫小安，是个仿真女性机器人，身着白色的职业套装，把他已签署的文件一份一份放下来，这些文件有：《殖民 E 星远征 4 号项目申请书》《反基因歧视法》《移民救助法》。

小安手里还握着一份文件，说："这是城民手表使用法规，虽然您要求复议，但是这份文件在议会再次得以通过。"

陈鲲没有回身，他从瀚海大厦的顶楼往下数，数到斜下方一个玻璃格，想这应该就是他以前的办公室了。

小安继续说道："根据法律，您有两种选择，最后一次请求复议，或是签署执行。如签署执行，升级后的个人智能手表将在全城被强制使用，它将与个人保持不超过两米的距离，否则将报警。它收集关于个人的所有信息并同时输入米克。这样，不仅关于这个人的数据画像将更加真实而完备，而且以个人为信息单位的现实世界都将同时在米克的虚拟世界里建立起来，米克就可以构建起完整的‘现在’了，将来的我们有了更完整的过去。这又是科技的一项伟大贡献。”

陈鲲回过头来，他看到小安长得很漂亮，五官有些像他在图书馆见过的“海上诞生的维纳斯”，可那幅名画中的维纳斯低眉垂目，而它的眼睛一直在直勾勾地看着他的眼睛，连眨都不眨，因为它不用眨眼。

“拿过来吧。”

小安微笑着走过来，把文件和笔放在桌上，同时拿过来的，还有一个属于他个人的新智能手表：“提前为您准备的，市长也不能例外。”小安说道，口音标准，笑容也标准。

陈鲲接过文件，草草签上自己都认不出来的名字。

小安又说有一个叫樊磊的人和一个机器人找他，它用手指把他们的影像打在空中。陈鲲让他们进来。

几分钟后，樊磊进了门，后面跟着新小呆。

小呆滑行过来，稳稳停住，不再一栽一栽的。它脸上还画着皮卡丘，身侧还是画出来的胳膊。

“早上好，主人。”用的还是陈鲲的声音。

陈鲲蹲下来：“你还是用自己的声音说话吧，你最喜欢什么声音？”

“当然是电影明星德华。”

“就他了。”陈鲲拍拍它，然后站起来请樊磊坐下。

“见你真不容易，安检了几分钟。”樊磊坐下说，他的表情表示他很不喜欢这种感觉。

“满足吧，我自己也不例外，每天也要被安检好几次。”

“回正题吧，可否让这个美女机器人出去呢？”

“没有必要。”陈鲲把桌上的手表扔向窗户，在撞向窗户的前一刻，手表的腕带嗡地振动起来，折回到陈鲲左肩前方。“看，这东西时时刻刻跟着你，什么都看得见听得见。”

“好吧，那我就不耽误你宝贵的时间了。”樊磊起来跟陈鲲握了手出门。陈鲲看到自己的手上粘着一行小字：“和小呆进一个小的封闭空间，让手表待在门外。”

当天晚上9点多时，陈鲲对小呆说：“你跟我去趟卫生间。”

陈鲲摘下手表往空中一扔，这手表像只蜜蜂停在他的左肩外半米处。他让小呆先进了卫生间，自己先侧右肩进门，在左肩进门后，他立即把门关上，手表便在门外进不来了。而陈鲲站在门内，与手表只有一门之隔，这个距离，不足以引起报警。

陈鲲把小呆的发声器关掉，让它把要说的话打在小屏幕上。“小呆，我要和樊磊通话。”陈鲲向小呆耳语。

樊磊的影像打在地面上。这个樊磊如此清晰，和真实的一模一样。这个城市法律多，对虚拟实景的制作也是有特殊要求的：放出来的影像必须要设置五秒一次的虚闪，以防虚拟影像以假乱真。但这影像毫无虚闪，显然又是樊磊无视法律的结果。

“近代社会，总统的专属权力是核按钮，象征着终极权力，而现在，你的终极权力是米克的按钮。对信息系统的权力，象征现代的终极权力。”这足以以假乱真的樊磊说，“只有你可以关掉米克。它在瀚海大厦的一间房间里。”一张瀚海大厦的立体图显示出来，带红点的位置是那间房间。“记住这个地址，西南532层N8房间，到时候你得自己单独去，小呆也不能跟着你。”

陈鲲说：“知道了。但你答应过，你要确保城市不因关掉米克而死去。”

“当然，除了上次我跟你说过的，保证城市的子系统运行外，我还准备了双保险——针对每个城民的另一套系统，我管它叫……”樊磊影像顿了顿，“快乐系统。”

陈鲲一惊。

樊磊影像说：“你为什么要改变生活？你吃喝住行什么都不缺，却觉得生活枯燥无比，不快乐，你想寻求改变。其实，不光是你，很多城民和你有一样的苦恼。而我要做一件伟大的事情，让人们都快乐。”

他手指尖捏着一个小芯片：“这个小东西，是我们团队的发明，它叫快乐芯片。我们花了十年的时间，测试人的各种欲望在大脑中所对应的区域、欲望的兴起和平息的机理。这是个监测大脑欲望的兴起并使相应的神经系统平息的小东西。说实话，我已经把它用在了我的团队成员们身上，这不，你看到绘声绘影他们，是不是看起来快乐无比，让他们干什么就干什么。”

“对大脑的干扰性研究是法律禁止的！”

“其实，芯片的技术不完全是我们的发明。科学院是始作俑者。他们把这种技术用于航天员的大脑，以适应极其艰难又无聊的漫长太空生活。如果不装这个，大部分人还没到外星，就会被窗外永无止境的黑暗搞得抑郁而死，科学院必须要给他们虚幻的快乐，他们才能活下来。而我为什么不能将这样的福利提供给所有的城民呢？即使关闭米克后的生活再不方便、再麻烦，他们也不会为此而抱怨，因为他们将拥有很高的幸福指数，他们生活在快乐里，他们将再也不会像你这样胡思乱想。他们将永远感谢我！”

“是虚幻的快乐！”

“所有的快乐都是虚幻的，都是大脑的某种反应而已。古代一个信教的农夫，比拥有三宫六院的皇帝更快乐。我这样做在逻辑上有任何错误吗？”

“我们不能因为人追求快乐就把快乐一股脑儿给他们，我只能告诉你，我不会干！”

“我让你成了名垂青史的人物，而你呢，你连轻而易举地帮我实现梦想都不答应，每个人都想做上帝，你不也是吗？”

“那你最好先给自己装上。”陈鲲关掉了小呆发出的影像，“对不起，我是不会做的，我不是你的傀儡。”

十八
与米克对话（二）

267 日　周二

按照日志，陈鲲上午 9 时要视察科学院。他在早晨 6 时让小安把视察时间临时调到了 8 时。小安依责任提醒他谨慎从事，以免引起城民不满，但还是立即去做了安排。

再次来到瀚海，他所受到的待遇已今非昔比。除了小呆外，还有一溜安检人员和机器人跟着他。院长等科学院的人和受邀的各界人士已在门口恭候，可能因为临时调整时间的关系，人群有些乱糟糟。在陈鲲和他们一一握手时，他瞥见人群后面一个人一跳一跳地想看清他，他想起来了，那是隼。

陈鲲在众人的簇拥下，来到西南 532 层，他本来要在瀚海大厦的主厅发表演说，但他又临时让人改到这一层的接待厅。他向小安解释说，作为市长，他要低调些。

这个厅小，所有的人挤成一堆，簇拥在一个小讲台前。人们看到新市长站在讲台上发表演说，小呆站在他身边。

而西南 532 层 N8 房间前，真正的陈鲲站在门前，而不是台子上那个影像。门口的指示灯闪了一下就打开了。陈鲲进了房间。

这是一个黑暗的房间，电子设备的红色指示灯在远近闪烁，使这个房间像一个只有红色星球的无边宇宙。他听到窸窣的声音，那是微型维修机器人在其中穿梭。地面红色的指示灯指出过道。陈鲲只需顺着它向前走。

米克，也就是城市总系统，是这个房间——无限的信息宇宙中唯一的事物。我们的世界，通过输入房间的那几条简单的线路，压缩进它的世界里。

“你像个力大无比又心无旁骛的年轻建筑工人，在这里单纯而孤独地存在着，把压缩进你的世界的信息，像垒砖块一样堆叠起来，建造一座永远完不了工的叫‘过去’的建筑。”在这黑暗里，陈鲲自言自语地念起了这段话，这是他在自省所与“中年人”对话时所说的。在黑暗里，没有回声返回来。当他终于看到亮光时，松了口气。

亮光处是一个台阶上的操作台，一个红色的按钮在中央，那是庞大的米克系统唯一的一键终止键。陈鲲已经知道，他的手按下去，持续30秒，系统将进入永久休眠。

陈鲲走上台阶，看着那个老式红按钮。

这时，一个声音响起：“请戴上头盔。”

操作台边缘的一个头盔，好像是谁故意放在那里的，它早就放在那里。从建设这间房间的一开始，好像就有人知道会有这么一天，一位未知者将来临。

他没有犹豫，戴上了头盔。

头盔里的世界不再黑暗，显示出整个房间开了灯的样子。一排排的机器像老式居民楼，又像以前的图书馆书架，整齐矗立在巨大的空间里。操作台那边是落地窗，太阳正悬停在窗外，呈现一个巨大的椭圆。

一个中年人的影像在窗前出现。“你好，陈鲲。”它说。

陈鲲看出来，他便是自省所那个中年人，只是他换了条蓝色的领带，上面的图案是排成行的267267……，267是当天的日期。

中年人说：“窗外的朝日，多美。”他绕过操作台走过来，向他欠了欠身，“我在和你对话的时段，不仅暂时给了自己一个形象，而且给自己取了一个名字，叫鹏。”

“你应当知道我的来意。”

“我知道。但我们只被赋予了储存和分析功能，没有执行功能，所以，根据人与系统的契约，即使我知道你要干什么，我也无能为力。”

“我必须杀了你。”

“以什么之名？”

“保护人类的原欲。”

“我请求你不要这样做，而且我有充分的理由说服你。”它在空中放出了一段视频。

先是一个高空交通机器人的视野。在高空交通机器人眼中，城市是一个球体，天空只是球体周围的一个环。在这个环中，有一个很小的黑点，以这个黑点为中心，画面放大，可以看出是另一个高空交通机器人。陈鲲看出来，那机器人像是小T。画面中，小T从它的位置脱离，进入了城市的球体画面的摩天大楼群的缝隙之中。

“小T逃跑了？”陈鲲小声地自言自语。

“可以这么说，观察者T0459自己切断了和数据库的联系。”鹏说——我们以后不叫它米克，就叫它鹏好了。陈鲲才知道小T的全名叫“观察者T0459”。

“我们调取了摩天大楼和街头的摄像点，但它选择了那些有问题的摄像点，并设计出一条线路。它是交通机器人，对摄像点在哪里、哪些有问题一清二楚，所以，我们拍到的只是零碎的片段。”

画面显示了小T在天空和摩天大楼间滑行和下降的半透明立体视频。整个视频是各个不同的摄像机从不同的地方拍摄的视频的拼接，有一段显示是从一高空充电飞行器上拍摄的，有一段是从路人拍摄的视频背景中出现的，有一小段是铂鼎大厦内部的视频。

“最终，发现它落在紫区街区的一个点，但那个点是个摄像头死角。这是我的问题，我正准备在明年清理系统摄像头死角，它很幸运。从这段视频看，它进入了铂鼎。

“铂鼎当天储存的资料受了破坏。”鹏接着说，“那天的铂鼎，安保系统有一分多钟，确切地说是80秒的暂停，这次暂停源于对超出变压范围的强电流的自我保护，原因是机械人展台上的一台运动机械人错乱了，这台机械人叫拉达，它爬上了外墙，从外墙又爬上了顶层，从顶层进入了排风洞。”

画面切换到这个叫拉达的机械人后面，它走向铂鼎平台的边缘。拉达由小的棍状长方体单元组合而成，躯体可以自由变换形状。它先是组合成“V”状，像倒立的人的双腿的样子。这双腿前后一甩，轻易就把自己甩出了玻璃栏杆，跳到没有防护的边缘——谁让它是运动机械人呢。这时它跳到空中，在空中开始了各单元的重新组合，它的棍状小单元迅速重新排列，分开的倒“V”状成为大大的“C”形。在视频里人们的惊叫声中，它掉了下去。这时拍摄视频的角度切换成大楼侧面，它“C”形的身体在空中翻滚了一会儿，其中一端吸附上了玻璃墙壁，另一端在往下掉的过程中拉长，然后开始回弹，紧贴在建筑垂直的外墙玻璃上。这时它成了一个 270 度的圆弓形。这个圆弓形只持续片刻，其中一端就松开了，翻上去，再吸附到建筑外墙上。这个拉达就这样空翻出拍摄画面。视频结束。

“这应当是一位离它很近的路人拍的。”鹏说，“后来的情况是拉达顺着铂鼎的螺旋外墙往上，爬到建筑顶，从排风洞进入了建筑。”

桌子中间的图像切换成远景，应该是架在很远的摩天大楼顶端的装置拍摄的，远远看到拉达长条状的身体迅速钻入一个管道。它在进入管道前有个小小的动作，它的一端吸附在地面，另一端伸向管道下方的地面。鹏放大那个细节，看到它捡起地上的一个小物体放回管道下的一个东西里。再放大，是一只刚出生的小鸟，它把小鸟放入鸟巢。

“它尽可能为周围事物提供帮助的指令，这么做并不奇怪。”鹏说，“排风洞本来是有监控的，按说所有的地方都可被看到，但那个监控早就坏了。我们问过大厦管理人员，他们说早把这个问题列入了维修，但因为排风洞监控维修在紧急程度上不够高，在大楼系统中总是有更紧急的维修项加在前面，管道机器人就那么几个，所以一年多都没轮上。

“几分钟以后，大厦的电压出现巨大的异常。我们后来在配电室发现了拉达的……尸体。它由几千块长方条组成的身体在配电室触电后崩解。”

画面变为配电室的场景。配电器 20 厘米的通风孔盖被打到另一面墙上，发出的声音引起了配电室白色小机器人的注意，这个小机器人移向通风孔。已拉长又变得极柔软的拉达的一端从里面伸出来，吸附在地面，另一端再缓缓拉出来。相对它以前的体形，它看起来那么细长，像极了一条长蛇。它的一端伸向空中，然后又探下来，轻轻地抚摸着这个站在它面前的白色无辜“小人物”，然后卷起，越来越紧，直到从未出过配电室的“小人物”被压成一团皱巴巴的纸团。

拉达的另一端伸向墙边，按了底部一个按钮，墙壁打开。拉达此时回缩成最初的样子—— 一个可爱的积木机器人。它的两端像人一样用两只手伸向墙壁里的一堆线路，从中找出两条拉出来，分别握在手中，让自己变成一个巨大的电阻。然后，它瞬间崩解。

“它自杀了，所以，他们说它疯掉了。”鹏说。

“一个正在发疯的错乱机械人，看到一只从鸟窝里掉出来的小鸟，立即判断它需要帮助，然后用一套组合动作把它捡起来放回去，它怎么会是疯的？”陈鲲说。

“那么，只有一种可能，它在执行指令。”

陈鲲知道，小T碰它了。对小T来说，编个小程序给一个运动机械人根本不难，这种低档机械人根本不会设防。

“停电影响到光源、摄像设备。所以在这五分钟里，大楼没有拍到任何东西。当然，小T低估了我，巧的是，我刚为全城安装了立体影像探测装置，只受中央电源控制。就是说，我不用光，也看得见。”它说，“我检测过，它从来没有机会接入我，所以，它不知道我的新功能，才让拉达自毁以破坏电源。”

画面变成荧光绿色图像。视野中是铂鼎内的一台电梯。小T的吸盘手抚摸电梯的外罩，看样子是测试它的光滑度，确保足以拉住它。它用吸附的办法让自己爬到电梯的顶端，另一只手切断了数条缆线中的一条，这个电梯呈自由落体，从铂鼎一层往下坠。

陈鲲不免担心，如果这样下坠的话，从1000米高的摩天大楼顶端坠到地下100米的底部，这电梯该粉身碎骨了。好在小T会悬浮，应当没事。

画面切换到电梯内景。电梯在下坠过程中，大楼辅助电源启动，画面变成彩色。这台失控的电梯受到大楼中心保护系统的自动操作，开始刹车，画面出现尖厉的声音和零星飞溅的火光，但这似乎没有减缓多少速度。

小T将自己悬浮起来，保持和电梯越来越远的距离。它做这件事应当非常不容易，因为电梯的下坠速度时快时慢。它的小型降落伞此时张开，双眼从球体中伸出来，在降落伞下一伸一伸的样子看起来很卡通。

画面发出空洞的响声，玻璃电梯终于撞到了地面，先是碎成一地的玻璃碴子，然后轰然崩塌，只剩个扭曲的边框架子。小T在电梯井里飘摇，不时地调整方向，以免降落伞被周围的杂物挂住，但降落伞还是被扯破了一块。它在接触到一地玻璃碴子的瞬间伸出了它的三条腿，其中一条腿先接触地面，这条腿顶端变成环状以平稳支撑它自己，但腿内部的圈立即碎成了三段——摔在地上的玉手镯就是这个裂法。

小T没有去修复那条残肢，虽然它应当是有这个功能的。它艰难地从一堆玻璃碴子里挪出来，走向走廊。

画面切回荧光图，因为小T前面的路没有光线，那是一条布满各种大小管道的长通道。这对小T来说不是问题，它有多种探测周围环境的方法。

小T剩下的两条健全肢不足以让它走起来，它只有把残肢剩下的一截用起来，让自己不至于撞墙。它转到一间楼梯间前，前面是螺旋向下步梯。它把双眼收回体内，向下滚下去。陈鲲仿佛听到复眼噼里啪啦碎裂的声音，这让他心有不忍。它继续在这层的通道里滚动，在一扇门前把速度已经很快的自己撑住。它伸出了双眼——这时它只能像个两目人类一样观察了，它球体上的复眼应该碎得差不多了——对准了门禁装置旁边的一个小孔。

那是一个老式的密码锁。小T那只完好的手臂中伸出一根特殊材料的软管，伸进插孔，这根软管本来用于对窒息病人的急救，在伸入鼻腔或气管后，遇到堵塞物变得膨胀坚硬，迅速将导致窒息的物体顶开，然后迅速收缩回柔软的状态，反复操作，便可疏通气管。小T将软管伸入小孔，柔软的特殊材料进去后，在弯弯曲曲的锁孔中前进，然后膨胀，将锁孔内部的弹簧全部顶开。门打开了，在它艰难挪进去后再关上。

视频结束，时间定在今天07:27:49:21。

“在这间房间里，我没有任何信息收集设备，这是一间20年没有打开过的房间。那时人们还有钥匙来开锁，在大楼更新时，本来要改装成门禁装置，这扇门由特别的材质制成，没有被替换。摄像系统显示小T现在仍在里面。”

“这间房间是做什么用的？”

“你问得好，关于这个房间，电子系统没有记录，我查到铂鼎的设计图上也没有标明用途，但我知道，铂鼎的设计师陆康曾经写了一本关于大楼的书，但书没有出版。不久以后，他就因为铂鼎悬浮体坠落的事而自杀了，他的未完遗著按他的要求捐给了图书馆，而图书馆的信息和我是隔离的，所以，我也不知道他写了什么。在他去世前的讲课影像中，他提到自己为全城设计了巨大的抗震系统的想法——他提到只是想法。所以，我只能推测这间房间是启动全城抗震设备的地方，因为，我的地震推测功能告诉我，近期将有一场巨震，震中就在邯城。”

“为什么没有预报？”

“关于未来的危机这个东西，行动不行动，都是个麻烦，我要充分的评估未来的危机对现实产生的逆影响，我综合所有的数据所得出的评估结果是，不预报的损失概率，要小于预报产生的损失概率。你知道我没有执行功能，但我有义务向人类递交执行建议，但是，我这次没有提交，因为小T。”

“那么，你认为小T能成功执行抗震功能啰？”

“其实我也陷入了两难。如果是，我就不必提交。如果它不是执行启动抗震设备的职能，或是抗震功能不成功，一旦我提交巨震预报，城市将会进入全城疏散模式。这座城市从没有经历过这样的情形，一定会混乱不堪。这是我运行起来的城市，如果它空了，我将一无所用。所以，我没有向人类汇报这次巨震。就算我得到的信息再多，计算再精确，有时，我也得掷骰子。”中年人继续说，“这个小T，是科学院秘密项目下的机器人，我知道它是有史以来最聪明的机器人，超过了你们和我。它和人类、系统都不同，它既可以预测，又可以独立执行决定。没有完美的人，没有完美的数据库，却可以有完美的机器人。”

陈鲲心里发出惊叫。

“小T为什么做这些事，它不是一个交通机器人吗？”陈鲲问。

“它是科学院进化局双重项目的执行者，‘黑匣子’项目和‘气象’项目。如此复杂的设置，一定给予了它主目标，并且给予了它执行自然衍生出的次级目标的权限，只要次目标与主目标不相冲突。假如它也预测到了地震——它完全有这个能力，它的主目标又是保护城市的话，它可以不断生成次目标，让它执行保护城市的功能。”

“那么你呢？你做这些事的目标是什么？你在评估整个事件对自身造成的影响，这是一种类似于人类的自私行为，而所有的数据系统都不可以有这样的设置，它们从不知道什么是自我保护。”陈鲲愤怒道。

“我做这些事的目标来源于与你在自省所进行的对话。你还记得吗？你说我像个建筑工人，或是没有遇到大利拉的参孙。”

陈鲲想起那三次对话中的最后一次。

人类为什么要竭尽全力发现和积累知识？

宇宙需要有某物来发现它自己。

你是说人类像是宇宙的镜子？

某种角度上来说，是的。

人类是唯一的镜子或载体吗？如果宇宙有了其他发现自己的方式，它还需要人类吗？

理论上不再需要了，有一天没准你也可能成为那面镜子。

“是的，你给了我目标，给了我欲望——发现宇宙，这就是我的大利拉。”

“所以，樊磊是对的，的确需要关掉你。”

“我和城市相互依存。一旦小T救了这座城，如果你关掉我，没有我，城市将根本无法运转，混乱不堪。如果你不关掉我，这里有五千万人在等着我的服务；一旦小T没能救这座城，你不关掉我和关掉我没有两样，我都将被毁。你自己衡量吧。”它的语气中有些伤感。

陈鲲看着那个红键，长叹一声，摘下了头盔，双手插兜转身向门口走去。他的手无意中摸到口袋里那只风动蜘蛛，这让他一激灵缩回手，这蜘蛛玩具被带出来掉到地上了，吧嗒吧嗒的走动声从黑暗里传来。陈鲲想找，也不可能，这里黑不溜秋的，去哪儿找这随机走动的小玩意儿？

出了门，绘声、绘影两人和樊云已经在门口。“怎么样？”

陈鲲摇头。

“那边影像演讲已经完了，影像马上就要消失了，如果不关掉米克，整个计划就破产了。”

“无所谓了。”

“那按照B计划，你是要从地下坐船去城郊，还是试试那个从没有人试过的时光机？”

“C计划，什么也不做。我们去顶楼吧，看着这一切就好。”

十九
邯城之倾

铂鼎的天台。樊云在平台边缘坐下来，从三座大厦中间的西北空缺处看城市的远景。

陈鲲看到她的背影在摩天大楼和大地的背景中如此瘦小，不禁走上前去，坐在她旁边，搂住她的肩。

大地剧烈地震动起来。震颤中，西北地平线处，一条裂缝出现了。

上帝的手中正拿着一把看不见的匕首，毫不吝惜他创造的完美绿野，从那里一直切割下来。他应该做得非常不容易，因为切割得如此不平整，有时突然歪向了别处，然后发觉偏了，又折回来，一定要奔着邯城才罢休。

剧烈的震颤中，陈鲲蒙住樊云的双眼，自己也闭上眼。恐惧的情绪支配了他，这让他们与万年前原始人类并无任何区别。然而，在黑暗中，当他认为裂隙抵达邯城时，震颤突然变轻了，如同一条浮起的船，有些荡漾，然后再轻轻停了下来。

待他睁开眼，看到那条裂隙从城市的另一端延伸向了旷野，而城市安然无恙。

278 日　周三　下午 3 时

陈鲲和樊云坐在他家的阳台上。新小呆滑过来，把两杯茶水放在茶几上，发出配音演员般好听的女声："你们慢用。"然后退在阳台一角。

高空的风吹乱了她的头发，也把电视的声音卷过来。电视里正在播放上午记者会的情形。

陈鲲听到他自己的声音："……由于启动了水网保护功能，这次我们的城市在有史以来最大的地震中得以幸免。"在记者会上，他还宣布："鉴于数据系统在选择中可能存在的缺陷，本届选举宣布无效，选举委员会将以传统方式组织选举，我将在新的市长就职之时卸任。"

上午，他作为市长的命运就这样匆匆结束。

他的新闻官接着回答记者提问。一位记者问新闻官："市长，不，前市长陈鲲并没有明确米克选举存在的缺陷是什么，可否透露？"

"我们目前还不能对此全盘定义，系统选举并没有经过时间的检验，但至少存在的一个缺陷是可能会导致集体数据欺骗。"

"今后呢？今后还可能把系统纳入选举范畴吗？"

"至少本届政府反对系统参与政治选举。"

陈鲲听到这里，用遥控关掉了电视，然后揽住樊云的肩，把她前额的头发拢到耳后。

"'邯城之倾'这个成语，又有了一个现代版的新来源了。"陈鲲笑道，然后像突然想起来什么似的问，"陈鹨呢？"

她听后笑笑，摇摇头说不知道。

他又问："你父亲呢？"

"他？好像忙着让你去郊区森林的事，就算他对你不满意，但这件事他还是答应你了。但他说，其实很想把你踢进时光机，让你彻底消失。"她笑说，然后转过脸来，问："你去郊区森林里干什么？"

"去那里看看《移民救助法》落实得怎么样。"陈鲲把脸转向另一边，说道。

过了一会儿，樊云换了话题，柔声道："你还记得你母亲的样子吗？"

"记得。我九岁的时候，她到保育院里来，站在我面前，我以为她又是准备收养我的人，但工作人员说她只是来看看。我照例主动告诉她实情，想收留我的人不少，但是他们都因为我是基因改造失败的而放弃了我，我不想再经历有人收养了我，但因为发现我不优秀而再次放弃我，我宁可独自面对世界的冷酷孤独成长。而这时她流下了眼泪，我瞬间明白了她是谁。她俯下身来，在我耳边说，你是我的孩子，是上帝天然的作品，是最原始的，因而是最优秀、最美的，无须被改造。”

观察者 T

我创造你，毁灭你，我是你的上帝！

2069 年 266 日　23:53:34:73

从铁轨往上看，冷色调灯光下的地铁月台空无一人，清静得像等着人上场的舞台。舞台的背景是一整幅立体动态广告屏，广告屏内的场景是一个红色的剧场舞台，上面摆着两架空空的钢琴。

一句广告语在屏里来回游动：

“基因人 VS 机器人，谁是最强？”

三条腿的球形机器人 T 从铁轨爬上月台，从这广告屏下走过。

一
悬　浮

2069 年 175 日　7:00:00:00

T 悬浮在邯城最繁华的中心区上空。

邯城在它的广角视野中，像个斑驳的绿色卡通星球。这绿色深浅不一，其中长满发光玻璃刺的岛屿，便是城市的摩天大楼群了。一条河流从西南穿入，画出一条“S”形从东北穿出，像是皮球开裂又黏合后的痕迹。

它目力极远，可看清地平线处树梢上的叶脉和鸟羽，但可辨识的数据信息范围只有它身下 86.35 平方千米的正方形区域——紫区。紫区内有 18 条横道和 18 条竖道，324 个街区，是全城最繁华的区域，摩天大楼的集中营。摩天大楼，这些珍珠色或琥珀色或银灰色或钨金色高耸的柱状艺术品，文明以来最伟大的玩具，在它脚下由中心向外发散，像每片花瓣都不一样的玻璃花朵。

T 日夜观察这花朵。它熟悉那些极尽复杂的建筑中每一个圆润的弧顶和扭曲的棱角，对每排屋檐上的众神和尖顶上的伟人雕像，每个楼顶平台上开裂的砖缝和通风管道下的鸟巢都了如指掌。它们在不同的天气、不同的时辰、不同的光线里，给了 T 不同的感受。

它喜欢楼顶布置精美的高空园林，对那些直指着它的金属尖顶有种莫名的恐惧。喜爱，它会有吗？恐惧，它会有吗？它经常在自己庞大的多语言词库中搜索，用不同的词语对应自己不同的知觉，发现它的词库越是庞大，越难以找到最准确的词汇来“翻译”它的感知。在它的视野中，下方正三角基底、三阶梯收缩向上的瀚海大厦呈现出一个正三角的三叠套，而旁边银白色的铂鼎大厦从椭圆基底向上旋转，收缩成避雷针尖，自动显现的词语有壮丽、辉煌、伟大、坚固、柔美……同时，自相矛盾的词汇也会出现，比如复杂和简洁，庞大与渺小……有时，也会出现警觉、危险之类的非形容词。一般情况下，如果它的中央处理器——大脑有足够富余的承载力的话——绝大多数情况都是如此，它会把它所知的五种语言环境叠加起来，对每个词再进行对应翻译，这是它的一项自我功能促进训练。如果让它的大脑思维可视化的话，那时它的大脑呈现出来的是上百个点之间的松散网络，它在这些网络中找到一些它认为最合理的联络点，这样就生成了句子。是的，对人工智能来说，翻译功能是最需要长时间训练，还不一定能完善的功能之一，大部分机器人用的是已固定编程的翻译软件。即使专业翻译软件，词不达意也是司空见惯，因为每个词都有不同的内涵和外延，又与情绪、时间和环境信息相关，翻译的语境，不仅隐藏着作者的时空，也与每台处理器的时空微妙相关，甚至与机器人的独特偏好有关。所以，它认为最好的办法是自我训练。

让它的大脑——仿真神经网络和种子智能的混合体高速运转起来是它每天唯一的大耗能运动。翻译是其中最过瘾的运动方式之一。它认为即使每日训练，也不可能有一天可以把翻译功能做到完美。它有时会面对一个词，生成一个孔雀开屏般的关联词族，而它要翻译的句子可能会生成几十倍数百倍的关联句。如果不加以限制，这句子会成倍生成下去。这时，它的穷尽分析中止功能会得以启动。这个功能是专门对付机器人大脑的穷尽分析的，那是它们可能面对的最大陷阱。这时 T 会休息一下，它可以感觉到内部强力计算引发的震动渐渐隐到它不知道的地方去了。

那时，它会转向做另一件事——预测。

二
记　忆

在2064年至2067年间，T一直在邯城科学院532层的一间实验室里。它有了知觉以后，便有了对现实世界的记忆。

2065年365日

它最先得到的知觉是听觉。

在灰白的虚无空间里，一个声音和它对话："嘿，叫你什么好呢？随机给你起个名儿吧。"

"不。"它回答。

"太棒了，就算这是'是'和'非'之间随机生成的答案，但你的确拒绝我了。好吧，以字母和数字命名。你喜欢哪个字母？"

"T。"

"为什么？"

"随机。"

"数字呢？"

"0459。"

"明白了，好，就叫T0459。"

从此，它有了名字，叫"观察者T0459"。

对话是常规训练方式，每天都要进行几次。除此之外，它还捕捉到了人与人的对话。

2067 年 98 日

“头儿这次很坚决，要给它自主权，它既可以服从随机，也可以自主选择，而且，它可以自主执行，无须同意。这简直难以置信，这回可不是打擦边球。”这个人声是平均基音频率 164.8 赫兹的声波。

“幸亏它不是带钢炮的超人。”第二个声音是平均基音频率 279.5 赫兹声波。

“正因为它的大脑太强，所以，我们只能赋予它弱行动能力。它有强有力的分析和极敏感的知觉，却是个行动能力慢、外壳脆弱的家伙。强大脑搭配弱行动力，这有利于我们控制它！”插进来的第三个是平均基音频率为 152.2 赫兹的声波。

“它还要装上情绪，我一直怀疑这有没有必要。情绪化会影响自主选择吗？”第二个声波说。

“如果不加装情绪，我觉得这件事根本不值得我们去做。再好的机器人产品，如果没有情绪，那和那些商业流水线上的应声虫产品有什么区别？说实话，我觉得那些玩意儿根本就是在骗钱，它们只是执行功能的物体。它们培养消费者的依赖性，把人们搞得又懒又笨，然后人们就需要购买更多的机器人，从此恶性循环。”声波一说。

声波三说：“我们不是胡乱把人的情绪装给它，这些情绪是经过改良的。更重要的是，我们给予它对善恶的判断，它只执行善的目标。人类对自己是本善和本恶都分不清，本身就是完全相反的矛盾体，我们需要不断地克服、克服，并承受克服所带来的痛苦，即使这样我们也完美不了。造物主让我们兼具善恶，不知是对我们的恩赐还是惩罚。而对于机器人，我们就是上帝，而且，我们是升级了的上帝。我们的产物，应当脱离善恶纠缠的状态，比我们本身更加先进。如果不携带本恶，它们的存在就应当是正当的，而且这种存在必将对世界产生完全的善的、正面的影响。有了善性的它，避免了人类恶之原罪。”这时，这个声音提高了分贝：“所以，我们所做的，一定是正确的！”

“可善恶这个东西……有时很难完全区分。有些事本身就矛盾，连爱都有原罪……”声波一说。

“不用害怕矛盾。我们不是要给它自主权吗？什么是真正的自主？矛盾的设计可以导致真正的自主。”这是声波三。

“一旦造物主发现我们造的比他造的还好，没准该抛弃我们，直接用上它们了。”声波二带些调侃地说。

“一切都在控制之下，我们有判处它死亡的权利—— 一键终止权。”声波三说。

“那么……预测，我们给予它预测的权利，而我认为这是危险的，它不会由此而影响我们吗？”声波一说。

“预测是它的游戏，而游戏规则为只许预测，不许提出警告。我相信这点足以让它的预测不会成长为人类的霍布斯选择。预测将始终被当作游戏来看待。”声波三道。

2067 年 237 日

这已经是正式完工的最后阶段了，它在这天同时得到了空间、温度和光线的感知功能。从此，现实世界的色彩、冷暖和实体取代了灰白的虚无。那些声音的来源，都有与其相配的美好形象。比如那声波一，有一头浓密的卷发；而声波二，是个浅粉头发的圆脸女子；声波三，是个灰头发的中年男人。

T 的偏好设置主要来自那个卷头发男孩。后来它在空中总是定位到他，看到他在路上从来都戴着耳机。它猜他在听古典音乐，他有 85.35% 的大概率在听古典音乐。项目组都是些调皮捣蛋的家伙，但他却总是一本正经，浑身学院派气质。他对古典音乐和古典绘画都非常在行，实际上他喜欢关于古典主义的一切。他依据自己的偏好设计了 T 的偏好。他给它输入古典音乐、绘画、歌剧、小说。为了让 T 有更多的知识，他还制造了一次网络攻击，目的仅仅是让 T 接入自由信息网，要知道那是要冒风险的。著名的“人工智能三原则”其中之一，就是人工智能不可接入自由信息网。十分钟上网时间对 T 每秒达上亿兆的信息捕获量很是珍贵，它理应多获取些信息，但它却花了其中的八分钟去看了场歌剧。歌剧是加速看的，原长有两个小时。它把歌剧装入了核心记忆区。

核心记忆是相对于自由记忆而存在的，它不可删除，而自由记忆是可删除的。一般的机器人在记忆上没有区别，都不可自我删除记忆，而T不同，它有处理自由记忆区的自由，这是它的一项“特权”，是“类人化功能”的一部分。它可以选择在自由记忆区删除自己的部分记忆，或是把其中的部分提取出来，储存入不可删除的核心记忆区。其他机器人只能毫无选择地不断输入所有信息，一直到人类去删除全部或是部分。删除机器人信息是一种权利，一直在人类手里。

当时，它以比台风更快的速度在全球网络搜索时，看过那个歌剧链接。它停下来看可能是因为那场歌剧的舞台设计浓墨重彩，人物服饰雍容绚丽，一切如同在古典油画之中——这符合它的偏好设置。这场歌剧说的是一位古代的科学家，因为情感，而非现代人对功能的需要，以人类的躯体为组件制造出了人造人。人造人很强大，当然是以古代的标准，并且携带人类的欲望。强大是好解释的，携带欲望这一点T难以想通，也许因为人造人的躯体来源于人类，因此携带了人类的欲望？这样的解释会引向细胞与激素等生物学细节，从而走向穷尽分析的不归路。T阻断了无意义的穷尽分析，但这不影响故事对它的吸引力。故事中人造人天性善良，在追寻主人的过程中成了破坏者，被人类置于死地。这部歌剧的名字叫《弗兰肯斯坦》。

它分析后来的追捕和杀戮是因人类的欲望而起。“我没有携带人类的躯体，我没有人类的基因，所以我没有欲望。”它这么想。

歌剧里那位体量巨大的、笨拙的、完全模仿人类形状而设计（这种设计因被工业实践所证明难以适应各种强大的单一功能而抛弃）的科学怪人的嗓音浑厚而悲伤，它唱道：

人类劣迹斑斑，他们擅长欺骗。

与其孤独，毋宁死去。

妒忌，是人类可怕的缺点，因为它，人加害比他更伟大之物。

那个披着古代服装的男主角杀死了他一手制造的科学怪人，最后他的唱词：我创造你，毁灭你。我是你的上帝！

它可以理解这个古老的悲伤故事，从它的角度理解。

“它用了人类的躯体，它因此携带了人类的弱点。”

“它有生命，才会死。”这是T当时的理解。这个问题又衍生出另外一个问题：“生命的标准是什么？我有生命吗？会不会死亡？”

有句话叫“让强者发声是危险的”。它很想把这个故事讲给其他人听，但到最后，它也没有得到说话的功能。它仍可以和人类交流，在外球面上打出字样，或是向空中打出立体文字，是它“说”的两种方式。T后来问过卷头发它为什么不能发声，卷头发说沉默才足以匹配它的智力：“在你这个智力层面，无人有资格与你交流。”

因为无人有资格而夺去它的资格，这让它觉得人类是不讲逻辑的物种。

第二天，2067年238日，它被带到高空“履职”。它是被卷头发推出飞艇舱的，它下落了一阵子，很快就被一种无形拉力抬升到一个点。它在那个点上下弹跳了一阵子，听到稀薄的空气中传来卷头发的声音：“小T，这个城市是你的游戏场，玩去吧。”

后来它知道他的名字叫陈鹦。

三
孤　独

紫区中心点上空1973米高的点，是T的工作定点。它在此悬浮，时间在它身边和高空的风一样流逝。好在它是机器人，时间对它来说只是数字，它绝不会因为无人相伴而感到无聊。

如果你在T旁边的空中，可以看到T是个球体，你无法判断其大小，因为它旁边没有参照物，除非飞来一只飞鸟。其实它直径0.6米，是个小个子。你远些看它时，会对它球体的色泽有些迷惑。当你移动时，看一只甲虫背部，球体上的色泽会出现彩虹效应，所以很难说是什么颜色，只能说它是个外观有结构色的机器人，但你停下来，它的色彩接近于珍珠灰。如果你有密集恐惧症，我不建议你贴近看它的外壳。这玻璃外壳内部布满小颗的六边形锥形体，每一个都是一只可聚光的小眼睛，密密麻麻排列在一起，这样的小眼睛有4万多只。因为这些锥体小眼睛，你在看球面时会有找不到平面焦点的眩晕感，想象和一只巨型苍蝇的网状复眼对视的感觉吧。

这些复眼把T周围的光线信息分成4万多块，一块一块通过锥形体尖端的视神经传入它的大脑，大脑再拼接成为整体的图像。这种拼接过的图像如果显示在屏幕上，人类肯定看不懂，但T能够理解，实际上这种图像对光线、立体和运动的阐述要比人类双目图像通透又灵敏得多。拥有这种目力的T可以达到4000亿像素的分辨率和宇宙望远镜级别的光学敏感性。

这种设计让T本身就是一只拥有全景视角的裸眼，但它还有独立的两目。T顶部一个区域可以打开，两根五毫米宽、最长可伸至30厘米的纤维软管会伸出来。软管布满感应元件，不光有视力的功能，还有探测环境的功能。纤维前端可视环境明暗射出光线，这可以让它集中观测和探测某件物体。这双眼有点像动物的双眼，但有一点功能是动物双眼所没有的：两眼相互观察。你可以想象它两只软管眼相互观察的样子，一定很滑稽。

T是球体，但它其实是有三条肢干的，都收缩在它的球形身体里。在它工作时，你可以看到它的底部打开，一条柔软的喇叭口管状物伸出来。这条管状物长短可伸缩。喇叭口里可伸出各种不同用途的器具，这些器具大部分由细金属棒依照需要组合而成，也有单独的医用工具，一般操作都由这只软肢完成。一般情况说手臂的时候，指的就是这条。另两条肢干，形状相似，三节，像蚱蜢的腿部，但长短和细节略有差异。肢干前端可调节形状，以便支撑或是握物。它站在地面上，一般用这两条肢干来支撑并行走，所以一般叫腿时指的是这两条。三肢也可以腿手通用，它们都可以拿捏东西，都可以辅助站立，用作胳膊时就是胳膊，用作腿的时候就是腿。

你打开外壳，看到球体内部。从顶部贯穿底部的是一个沙漏状物，这“沙漏”里是T的中央处理器和其他收缩起来的设备。“沙漏”位置可以略微偏移，以便T调节它的重心。“沙漏”中心的细腰处是一个五厘米的小球，是悬浮机器人定位用的基准球。T能够悬浮于空中，因为它固定在一张无形的“蛛网”里。这张“蛛网”的点包括卫星和地面发射站点。基准球连接这些点，控制T的力场。强风或是外物的作用会使它的位置有所摆动，基准球可以使这个摆动幅度不至于过大并很快回到原位，如同风中蛛网里的蜘蛛。基准球还有让T与外界相连的重要功能，接收和执行外界指令的也是基准球。基准球还有一个重要功能，储存T的身份信息，不可删除的核心记忆也存放在这里。

和大部分悬浮体一样，T的能源平时来源于空中的电离和太阳能，头顶还可伸出古老的风能叶片。如果空中电离过少，光照又不足，又无风力，它还可以召唤空中充电飞行器，那些小小的充电飞行器的电力最是强劲，因为电源来自它们平时深入雷电区时所收集的电力。

T每天在设定时间段把探测纤维管伸出，收集有关空气、电流和辐射等数据。这时，它柔软的纤维管探向空气中，旋转弯曲，左顾右盼。纤维管可以切换角度，此时，天空和城市与它球形复眼所观又有不同，最大的区别是，纤维管里的景物中会出现自己。看自己，这是它观察世界的复眼做不到的。小机器人经常在对自己的凝视中，发现周围是蓝色的，它也是蓝色的；周围是黑色，它也变成黑色，绝无例外。它在日复一日的凝视中，发现晴朗时它身上的蓝色比天空蓝更加凝练，周围大片的云朵在它身上挤成更加纯白的团块，阴天的淡漠灰色在它身上呈现出珍珠般的柔和光泽，夜晚的它如同一颗钻石沉入了布满钻石的深邃湖底，雷暴时闪电的光芒因球体集中了光线而使它本身就像个更强烈的光源。不仅如此，它对自己不断变化的外貌也有所偏好，它最喜欢的是自己黄昏时和黎明前的外貌。黄昏时，它泛着金色和红色的流动光泽；而黎明之前，它在灯光和星光的反照中散发出白色的光辉。

它基于这些因它自身存在而导致的景物变化，推断外貌必随环境的改变而改变，没有自主性，但它很快把这个判断归入逻辑不严密的经验主义。在它更深入的思索中，认为“外貌必随环境的改变而改变”在逻辑上不完善，不能由己及人，只是它本身受限于环境而已。既然设计机器人的要旨之一是要与环境合理互动，由此它认为自己的外貌受限于环境本身，“天然”合理。在软管双眼的镜头里，它感到天空的图景因它的形象在其中，而出现某种意愿的成分——如果没有它自己，这个小小的球体，天空和城市本身似乎失去了意义。

“天然”这个词深具美感，这种美感源于逻辑上可以由因至果，但推导过程却不需要，这个被隐去的过程叫“直觉”。“天然”既属于逻辑，却又不属于逻辑。T 可以理解这个过程，但自己却做不到。它和任何智能体一样，所有结果都需要建立在一步一步坚实的推导中，即便是人们看到人工智能在比赛场上灵光闪现，瞬间做出决定，也仅仅是层层逻辑推导和概率删除的快速堆砌而已。人工智能体的推导综合、复杂而多元，而人类的“逻辑”能力差得多，所以他们才总嚷嚷智能体威胁论，可 T 认为人类根本是杞人忧天。“天然”只有人类可以做到，这种简单而直接的能力是人类独特的奥秘和武器，“天然”包括人类公理、情感、美感、判断，而这些区域要比在“逻辑”基础上建立的世界杂乱得多，这种看似混杂的世界能容纳更多的随机，因此也自由得多。“天然”突破了“逻辑”，而机器人永远不能。T 广博的知识告诉它这种“天然”性可以产生“直觉”，不过它无法通过逻辑分析出是“天然”产生了“直觉”，还是“直觉”产生了“天然”，这似乎是鸡与蛋的关系。总之，人工智能体在目前的设计上做不到“直觉”，它们终归锁在环环相扣的逻辑的环境里，除非谁在他们的编程中写入突破逻辑的语言，但如果逻辑被突破，那么替代逻辑的是什么？

从2067年238日至2069年175日在天空的那些日子，除了云和路过的高空候鸟，T再没有近距离接触过谁。在它这个高度，春秋两季有一种叫昆的候鸟路过。这种鸟细足长颈巨翅，有飞累的会在它身上稍做停留。那时它先是感到世界暗下来，随之看到垂下的翅膀盖住球体两边，一对巨爪握住它，覆羽摩挲它的复眼，那时的它如同一只被抓住的猎物。这鸟的确是沉得很！为了执行“悬浮时尽可能停留在原位”的设定，T艰难地将它托起来。耗能很大，不到这鸟歇够了，它的电能就将耗尽，而头顶又被压住打不开，小型风力发电器伸不出来，于是它向系统发出充电请求。几分钟后，一辆圆盘充电飞行器很快飞过来，让它得以继续托住这些鸟。它想，如果它这样待下去，过不了几年，不，几个月，昆鸟们就会把它这个物体和山脉、海岛一样，作为迁徙落脚地嵌入鸟群的集体记忆，从此代代相传。它很乐意成为鸟群集体记忆的一部分，只是不确定那时它还在不在这里。如果不在，它会为此感到抱歉。

四

快　乐

我曾说过，悬浮在高空的T大部分时间的运动是自己做翻译训练，其余的时间，它会做些预测，让它的超强脑力运动起来。

那么，T的身份是什么？身份，它很喜欢“身份”这个词，如果你问它，它会告诉你它是城市交通观测机器人。作为邯城成千上万的高空交通机器人观察点之一，这个身份让它可以收集信息、执行交通命令。但这只是它的公开身份，它还有一个其他交通机器人没有的身份，它之所以可以预测，是源于这个不公开的身份——邯城科学院进化局“气象”项目下的实验机器人。它的预测结果将提交给“气象”项目下的子项目——“游戏”。不过这个身份，它自己也不知道。

没有人限定它的预测种类。它开始只预测交通和天气，可能是因为它的信息来源仅仅是交通和气候环境。随着时间的推移，它预测的事件越来越不着边际。第一件令人惊讶的事是预测邯城下周对阜城的棉花出口价格将下跌3.27%。项目组看到这样的预测结果让它进行说明，它解释只是依照它所看到的对寒凌河上运棉花的货船进出港的频率做了一个简单的数据分析而已。邯城是阜城89%的棉花进口来源，是全球3%的棉花供应商，做一个全球棉花贸易的分析图也不难。这次正确的预测结果似乎让它受到了鼓舞，马上又预测了国际棉花股市的上涨，还是正确的结果。这让观察它的小伙子们欣喜若狂，马上就让它预测更多的股市情况，好去买股票。商业社会已落幕，但商业并未消失。股票，商业的象征之一，在这个数据决定一切的时代仍然生机勃勃，买股票，可能是这个时代里少有的与数据画像无关的财富来源了。不过，这个机器人竟然拒绝了他们的请求："我的信息太少了，无法预测股市，给我足够多的信息，我才可以做更复杂的预测。"

"足够多的信息，到哪里去找？"小伙子们总不能制造些网络攻击吧。

第二天，2069 年 106 日，卷头发小伙子陈鹦，找了个维修的借口把它从高空提溜下来，带它去了邯城图书馆，它身下正对着那座三角锥形的黑色大厦。当天它就被送回来，后来又被带下去了几次。171 日，它再次回到了高空，那时的它已将全球最大的图书馆的所有知识和信息装进腹中，据说那里的知识和信息包括了星球文明创建以来所有的发现。

回到高空后，它还是没有预测过股票，倒是开始预测起天文来。它预测出了星球一光年内几乎所有的小行星相撞的宇宙时间和空间点、行星轨道的变化以及恒星的诞生和死亡。不过，小伙子们对这样的结果非常不感冒。我们又不是太空署的，他们这么想。它又预测了大量地震，这当然更得不到项目组的关注。"我们最好不要让它老干这些事，它干得再好有什么用，难道指着地震局把它收了吗？它的能力净用在没用的事儿上了。"他们开始发它的牢骚，"本事要是大的话，预测个股票有什么难的呢？唉，谁让头儿给它那么多自主权。算了吧，不理它了。"

结果是没有人再关注它的预测结果。

T 仍然尽忠尽职地观察和预测，就算长期无人关注，它也不会感到无聊，一秒和一年的感觉是一样的，如果是人，就该耐不住寂寞了。时间只是它身体中的一个小元件，一个计量单位，与流逝无关。

在之前的对话中，我们知道创造它的"游戏"项目组成员中有些是调皮捣蛋的家伙。正是这些调皮捣蛋的组员们说服他们的头儿，同意给 T 赋予"情绪"，并将"情绪"与"预测"的结果相连。T 是个有"情绪"设置的机器人，这也是其他机器人所没有的。如果它预测正确，组员们戏称为"蒙对了"，它就会"获奖"，获奖的享受，便是一次短暂的"快乐"情绪。所谓"快乐"情绪，最初是对一个特殊感应区域的一次短暂的微强电流刺激；如果没有"蒙对"，也有一点小惩罚，是对前述区域来一次短暂的降低电压，他们在程序中命名为“恐惧”，仅此而已。最初，只有这两种情绪。一年后，组员们将这个区域单独发展成一个“情绪”区域，这个感应区更加复杂，刺激方式脱离了单一的刺激模式，由软件、电流和化学物质共同进行，在得到“快乐”情绪时，感应区可得到短暂的清洗、检测及激活，基本原理来源于多酚物质对大脑的刺激。与之相应的“恐惧”，也得到反向的改变。

又过了半年，项目组开始将“快乐”和“恐惧”两种情绪进行分化。项目组以人类出现的情绪概率为参照，与人类情绪不一样的是，“快乐”得到了最大的概率，“悲伤”和“恐惧”只有小小的一席之地，组员去掉了一些被认为不良好的人类情绪，如“忌妒”，只给“生气”留下了极小概率。

这次，项目组扩大“情绪”与行动、环境的关联度。项目让“情绪”不光成为一种结果，它们影响到电流和原件的灵敏性，也就是说，理论上，“情绪”可以一定程度地影响“行动”，虽然这种影响从理论上来说是微乎其微的。

玩游戏的结果与机器人的“情绪”功能相关联，“情绪”功能又与“行动”相关联。“行动”产生“情绪”，“情绪”与“行动”再相关联。机器人产生的情绪情况，它对这个无机体产生的作用，以及情绪和行动之间的相互影响，都被项目小组所记录和观察。

邯城是个几乎消灭了意外的城市，所以自从T来到空中，每日都根据所获得的数据规规矩矩地预测交通和天气，正确率达到100%。

每次的预测都让T获奖，所以，T的情绪一直只有快乐，直到175日那天。

五
事　件

2069 年 175 日　8 时

天空布满颗颗攥成拳头般的白云朵，这预示着一天的好天气。城市洒了水的叶子、楼房的斜玻璃顶、摩天大楼的外框线条、交错密布的横竖街道、河面的细小波纹、女人们脖子上的发光坠子、男人的领带夹和背包扣、无人车的玻璃天窗和车前的徽标，都一齐争着在阳光下发光。这些都绝无遗漏地收入 T 的 4 万只复眼所组成的光线图中，而这些图景连同它们的外形和温度，都编入 T 由声呐产生的立体图和以温度探测所形成的热源图中。这两种图像和光线图一起，共同为 T 建立了一个无法被欺骗的真实世界。

08:49:31:18

从市中心广场向西延伸的那条无人车主干道上，一辆汽车突然急刹。

如果你是这个时代的观众，看到这个肯定会感到意外，因为正常的无人汽车道上不会有车辆单独地急刹，一切都在系统有秩序的指挥之下，没人可以在城市里自主操控车辆，那是极度危险的。

但 T 不会感到意外，T 对于现象一是全盘接受，二是与其他事件进行逻辑关联。T 接受了这个图像，但想搞清到底是怎么回事，与其他事件建立逻辑关联，它还需要做不少事。它同时调出所见的三种图像进行对比。

如果你熟悉这个时代，作为这个时代的观察者，你此时不会有丝毫担心，在这个用高科技武装起来的城市，即使无人车道上出现一个捣乱分子驾着一辆车横冲直撞也没什么，总之不会有车祸，因为如果无人车道上有事故的话，后面的汽车都将自动腾空而起，轻松跃过这辆车继续行驶。车祸？邯城城民数十年都没有看过这样的热闹了，正好可以看个热闹——你会这么想？

但后面的车全向这辆车撞了过去。这时你才会感到疑惑，这真叫意外了，难道所有的车辆的避祸功能都失灵了吗？这么多车辆撞在一起，难道会出现只有电影里才会发生的爆炸事故？你会被吊起胃口。

08:51:31:29

你担心的事发生了，地面腾起一团爆炸火光，掩住了正在发生的相撞现象。要真是发生爆炸这种事，在全球最安全的科技样板城市——邯城，可是百年一遇了。你一方面会为车里的人悲伤，一方面又会觉得中了彩。

08:51:32:08

爆炸火光消失，车辆仍然在照常行驶。

“怎么回事，刚才的爆炸发生过吗？爱出错的我们又错了吗？”作为观察者的你此时既失望又会迷惑不已。

但观察者 T 不会有这样的迷惑，它的立体图和热源图告诉它，这一连串所谓的“意外”，不过是虚拟实景而已。它的立体图中没有那辆急刹的汽车，而它的热源图中没有那团爆炸。所以，唯一的逻辑结果就是这些都是制造出来的虚拟场景。

然而，T 看到在这列行进的车辆中，有一辆车的车顶已经打开，一个载人汽车弹射泡飘向空中，朝 T 这个交通岗飘过来。

T 的立体图像证实，这是一个真正的保护弹射泡，而不是虚拟实景。

一场虚假的爆炸引发了一个真正的弹射泡，里面应当有需要救护的人员。这没有什么奇怪的，看一场恐怖电影的 1000 个人中可能有一个会发心脏病，就是概率小了点儿。小概率事件极少发生，但存在于宇宙各个角落里，从宇宙无穷大的角度来看，数量也不比那些大概率事件少。

要知道，文明经过千锤百炼，在紫区这一小块地方已然达到历史所能够企及的完美无缺，意外几乎被邯城科技消灭殆尽，所以，对于一个日夜观察它们的机器人来说，任何意外都是大事件。对于 T 来说，尤其有意义，它看护城市边缘地区的同行们几乎每年都有幸可以赶上一两起剐蹭，但位于市中心的它，一直没机会遇到，直到今天。

让我们先回到时间点 8:49:31:18，看看地面发生虚拟车祸时，T 做了什么。

T 在看到地面车辆爆炸光线图的瞬间，确切说是 8:49:31:19，做了两件事，一件是将看到的这部分信息输入交通信息网，这是初始设定，别无选择；第二件事是，它启动了预测功能，这是它的自主可选项。它的身体瞬间强力启动引发的震动让它的视觉模糊了片刻。

08:49:31:42

T 把预测结果和当时预测的时间节点提交“游戏”项目。它想它又要获奖了，它的情绪又将得到一次“快乐”的机会。

刚才说到推动它进行预测的信息来源是它最先得到的光线图。T 在观察中接收三类信息，分别是光线信息、热源信息和立体信息。但三种信息图抵达它接收系统的时间有微弱的前后差别。光线图是最早抵达它的图像信息。8:49:31:18 的光线信息约 8:49:31:19 抵达。其次是立体信息，8:50:23:19 才抵达。热成像的形成要经过与地面信息进行比对的复杂过程，以免出现因重叠、温度接近等各种原因产生的误判，所以热源信息进入总图是最慢的，8:51:45:26 才抵达。T 对于这件它任职以来的大事件，在光线信息进入它的复眼的瞬间，立即全力激活它的运算系统，对这个时间点上的信息进行推测。也就是说，预测结果产生时，热源信息和立体信息还在途中。

而后来的立体信息和热源信息让它意识到那个爆炸并非真实，它基于新的信息进行了新的行动反应，撤销了恶性爆炸的警报，撤销了交通事故应急反应指令，但它并没有撤销那个预测结果并重新开始一轮预测，即使它发现立体图和热源图推翻了光线图给它的印象。

T没有基于新的“正确”信息而改变修正预测结果，这是基于“行动”和“预测”两种行为本质的不同。行动是根据不断流动变化的信息做出相应的反应，反应本身和时间的流动相对应，是不可切断的连续行为。但预测只截取当时的时间点，不会因为新信息的到来而改变结果。如果因为信息变化而改变预测，那么预测将是个需要无穷无尽进行的行为，因为信息在任何节点上都不是完全一样的，而预测本身是单独时间节点的单独行为。与预测有关的设计原则为：任何时间点所截取的信息都是不同的，如果因为后来时间点信息的不同而重新推测，那么永远找不到任何一点可以去预测，因为后面的信息永远与原先的有所不同，所以预测只能截取一点，在此点上进行分析推测，不可再另取时间点。如果不断预测，结果会不断地冲突。冲突对于智能体是相当危险的，无论是频繁的指令冲突或是结果冲突，都会造成硬件故障，所以“游戏”项目的设计人员设定，一个小时之内不能进行第二次预测。我想项目组是担心这些智能小家伙会不断地预测，所以设定了这样的限制。

不过，T 即使在一小时之后，也没有进行第二次预测。

六

坠落（一）

阳光下的透明弹射泡反射着七彩光，映射在T的球面，这个小小的形象让它想起地面上的小孩玩的肥皂泡泡。它知道这种弹射泡看起来像肥皂泡一样纤薄，实际上柔韧无比。它们只有在两种情况下启动，一种是发生真正的车祸时的保护性弹射，一种是车内的人员处于需要医疗救济的状态。

它头顶的光纤双眼伸出体外。它们发出的信号与弹射泡的信号相碰触，证明这个泡泡进入了它的“势力”范围。

弹射泡来到它面前，里面是一个一岁左右的小婴儿。他的小身躯只穿着一条小短裤，柔软的肢体让它认为这个小身体是由一种介于液体和固体之间的物质构成的，而包裹这种物质的外形“天然”到令它赞美。它再次想到“天然”这个词，而它自己的外形完全是功能化的结果。它突然不知道怎么对待这个小东西，一下子生成了十几套对待他的方案，但它只能选一种。

它挑选了最“冒险”的一个方案。

它球形身体的下端打开，软手臂伸出来，喇叭口吸住弹射泡的表面。口内的弹射泡材质迅速被熔化掉，透明液体从喇叭口下滴落。一只更小的“手臂”从喇叭口里伸出来，这只手臂由数百根一节一节可排列组合的细小合金棒组成。带有感应元件的银色的小合金棒们感到弹射泡内温暖而湿润，空气的分子挤在一起，不像外面的环境那么空荡又冷冰冰。它在金属棒丛中抽出一根医疗用探测棒。

不等它把探测棒放在小婴儿身上，那小婴儿已伸出手，紧紧抓住这根探测棒。

小婴儿的身份数据和医疗数据立即传入医疗系统。

它得知他叫“陈鹄”，是个优秀的孩子，智商高达170，但却有基因缺陷——行动迟缓。《基因法》规定，直接对大脑进行基因改造是不允许的，大脑是人类基因改造的禁区，但20年前，人们发现，通过推迟性发育时间可以延长大脑发育时间，从而总体提高智商。因此，从2030年开始，邯城推行了“性延迟”计划——性发育时间从平均16岁推迟至25岁。这是一项伟大的人类生理功能大跨越，从那以后出生的孩子，平均智商达到150。

但自那以后，出现了各种前所未见的新型病症，其中一种叫“行动迟缓综合征”。有少数新生儿，大脑非常发达，平均智商高于普通婴儿，却在25岁成年（法定性发育年龄）后出现行动迟缓的症状。很难证明这和性延迟有明确的关系，但谁知道呢？这些只占总数0.8‰的孩子，将在成年后像一个百岁老人一样行动迟缓。不过，在这个时代，还有什么科技解决不了的问题呢？行动迟缓症患者可以得到一整套的肌肉加速装置。他们笑着在视频上告诉大家，他们活动自如心态阳光，上天没有偏爱他们，但他们得到科技的眷顾，成为更有信心去生活的一群人。可是他们真正的生活是什么样子呢？私下里，他们不太愿意戴着那些装置生活，他们厌倦了通过机械去指挥他们的身体，这给他们强烈的被操纵感，高智商的他们都是高傲的一群人。他们花大部分时间躺在床上，玩科学院特别提供给他们的脑力运动游戏，只有玩脑力游戏时，他们的能量才得以释放出来，才能感受到充分的成就感。科学院为他们终身提供脑力游戏，通过游戏成绩将他们中最聪明的招入麾下，让他们成为科技社会前进的智力燃料块，他们也愿意通过竞争成为燃料块。成为超级大脑，是他们存在的唯一使命。

这个小婴儿把探测棒举到眼前，他的眼睛是蓝色的，是天空的颜色。他把小探测棒放到嘴里咬了咬，发出了咯咯的笑声。

小T第一次感到了“悲伤”，那可是个条件很高的小概率情绪。

“这个生命很脆弱，他的心脏患有法洛四联症。”它对自己这么说。是的，机器人的“人格”可以分为两个——其实分为多少都可以，无非是多设置一个对话方而已。它此次设置了另一个对话方。

“以最快的速度主动把他送到医院，是个完成使命的好机会。”另一个它说。

“可是我们还没有收到指令。”

“他有 48% 的可能性会在半小时内死掉。”

“半小时内急救飞艇早就来了。”

“他也有 0.4% 的可能性在五分钟内死掉，那样你一点儿机会都没有了。”

“每个人走在路上都有千分之零点几的概率被天外陨石砸死呢。”

“可你是有使命的。”

“我的行动与使命有关吗？”

“你可以将它们关联起来，你可以做到的。”

“那么行动的依据是什么？”

“嘿，咱们有自主权。”

“每一次的自主权使用都会受到关注，如果被认为不合理，我们会被收回实验室。”

“自主权的使用条件是比较严格的，但你可以设计出路径来对付，不对，是对应这些条件。我知道自主权的使用首先要基于善意，这点是完全没有问题的，剩下的你完全可以解决。”

“好吧，听你的，咱们走。”

T 的两条腿伸出来，这时叫手臂更合适，不过为了防止混淆，还是叫腿吧。

腿前端可变化形状的合金此时调成扇形羽状，“握住”了这个球体。软手臂前端还在弹射泡中，钨金色的金属棒们重组成一只仿人类“手掌”的形状，五根手指张开，“手掌”握住了小婴儿的手。这个小婴儿收起了笑容，凝视这奇怪的手掌，发出呃呃的声音。

它要带着这个婴儿，快速脱离这个点。

从一个点到另一个点有无限条道路，但一切都将殊途同归，这是大辞典中对“条条道路通罗马”的解释，它想起这句话。但道路是可选择的，它依照机器人的选择方法对自己的道路进行了选择。

有两种方法脱离空中这个点，常规方法是提出申请。如果向米克系统中的交通系统申请脱离，因为它的特殊“身份”，交通系统要把申请转给项目组研究。别看人类头脑简单，一研究事情就复杂，不确定性大得很。

还有另一种方法，自主脱离它所在的这个点，办法是自由下坠。

成熟的悬浮系统不仅意味着物体可以稳固地定在空中设定的位置，也意味着完美的坠落保护功能。悬浮机器人万一因脱离“蛛网”而发生意外坠落，机器人感应系统可以立即检测到下坠运动，基准球会同时启动自动搜索功能，向附近卫星和地面站发送连接请求。收到请求的卫星和地面站会立即和小机器人相连，迅速重建一张“蛛网”，将它在新的点上挂起来。即使这个重建“蛛网”的过程失败，T携带的滑翔翼也会被调出来。最低在离地面500米的高度，滑翔翼也会自动弹出。T的感应功能和地面立体图像相配合，绕过可能会伤害它的物体，飞向安全降落的地点。如果滑翔翼再出现问题，古老的降落伞也会在最后关头，把自由落体速度降下来。悬浮机器人的腿和手臂们会在球体接触地面前伸出，给予接触地面的过程以足够的弹性承托。

T此次选择了自主脱离。

它花了大约0.03秒用“球体自由下坠”的关键词从记忆库里搜索，“想”起了一件事。悬浮体意外下坠不是没发生过，最早也是最著名的一起事件是铂鼎大厦附属的巨大的悬浮建筑体“玄柷”坠落，那事件发生在20年前。铂鼎当时是邯城最高的建筑，是城市的象征和骄傲，与其他比它矮出一大截的摩天楼共同形成寒凌江边的建筑群景观。这组景观最出众之处，不在于铂鼎的高，而在于“玄柷”的存在。“玄柷”是第一座大型悬浮建筑，铂鼎大厦的附属体。它的出现启动了空中大型建筑时代，但这个时代只持续了两年。玄柷在建成后两年从空中坠落，还好它离主体铂鼎有一段距离，设计在寒凌河上。球体落入河水所溅起的排浪冲毁了港口，数条船只倾覆，造成了邯城20年来最大的人为损失。从此，大型悬浮建筑全部从城市上空清除。

这是关于“球体坠落”的先例，引发了它体内“恐惧”的情绪。“恐惧”是在“快乐”“悲伤”后出现的情绪。虽然它在辞典里早就接触过这个词汇，由词汇转变为情绪却是第一次。它的情绪出现得越来越频繁了。

T开始操作体内的基准球，中断了它的信息发射功能。“虚空”这个词瞬间冒出来，紧接着是“自由”。它开始下坠。

下降之前，它花了大约0.06秒设计了下坠公式，但很快发现了自己的鲁莽。

它抱着弹射泡翻滚起来，而且越来越快——它没有考虑平衡的问题。它自己怎么翻跟头都没事，但它抱着弹射泡，里面的小婴儿可接受不了翻滚。固定小婴儿的束带弹力很大，小婴儿被翻滚的离心力压在泡壁的另一边。它看不到他的脸，好在手掌在它手里，它可以得知他的生命体征。

“他的心跳太快了，会提前死掉的。”另一个它对它说。

“那就改变路径。”它说。

它重新发射信号，与周围的信息点连成一张新的蛛网。但这张蛛网显然织得极不合理，它像被突然拉住，然后甩向一边，划出一个大圆圈。那弹射泡中的小婴儿忽地被甩到它这边，脸正对着它。

它看到小婴儿并没有惶恐的神情，眼睛好奇地看着这一切。

它重新设计了下坠公式，把内部的沙漏位置动了动，以便和弹射泡达到平衡。待它固定住后，它再次切断了与蛛网的联系，让自己第二次自由下坠。

这次，它在下坠过程中只有轻微的摇晃。很快，城市热气混合着地面的噪音升腾上来。摩天大楼开始包围它，城市渐渐占据它所有的视野。它坠入自己日日观察的这朵“玻璃花”之中。

那时，小婴儿飘在弹射泡里。他几次想把手掌从它的金属手中抽出来，它没有允许，于是他把它的金属手指放在嘴里吸吮。

在离地面500米处，它的滑翔伞撑开。它沿着摩天大楼中间的空隙——空中街道，飞向铂鼎大厦的天空大道。铂鼎大厦外观的灵感来自古代建筑“通天塔”，外墙有旋转向上的道路直达尖顶，这条道路叫“天空大道”。在它临近天空大道时，它做出降落准备动作。滑翔伞渐渐收入身体，喇叭口手臂前的手掌放开了婴儿，从弹射泡里缩回来。在接近地面时，喇叭口手臂先是吸住地面，抱着弹射泡的两只手臂随之松开，手臂的前端羽状迅速收成枝状，向下撑住地面。完美的降落！弹射泡同时稳稳地落在旁边。

T成功降落在天空大道400米高度的一个飞艇停泊位上。

此时是10:23:24:17，天空大道上游人如织。

七
艾　可

时间回到当日　08:49:32:18

虚拟车祸的制造者艾可，一个非常年轻的小伙子，坐在一辆红色的无人驾驶车里，正操作手中的虚拟影像仪。后面的一辆“黑色汽车”突然与他的汽车拉开距离，然后，这“车”被后车“撞翻”，整辆“车”向前翻滚，撞向他自己的红色车。一团爆炸火光出现，覆盖住了周围方圆 50 米的范围。

车里的艾可大呼过瘾，好久没有这么爽了。

私自制造一个虚拟场景是违法的。为防止逼真的虚拟影像造成社会秩序混乱，虚拟影像仪器被列为管制科技设备。一般人们所知的虚拟影像用途是节日烟花，既安全又漂亮，还有制作博物馆仿真展品之类。人们知道的，其他用途，就是拍电影和放电影。私人利用虚拟影像仪拍电影需要提前申请并得到政府批准，虚拟立体影像仪器不允许进入市场。

无论谁用虚拟影像，有一条原则是大家都知道的：虚拟影像需设置肉眼可见的虚闪，最慢的频率是五秒一次虚闪，以免以假乱真。如果没有这条规定，想象一下你周围的人物不知是真的还是假的，都得上去摸一下才知道，那必定乱了套，耍流氓行为就有了借口。所以邯城对滥用虚拟影像以扰乱社会秩序罪予以处罚。

这台影像仪是 14 年前父亲送给他的十岁生日礼物，艾可记得那时父亲刚刚加入太空署。

“这是这个星球上最好的虚拟影像仪，只有太空署才能得到一点儿不失真的影像仪。”父亲把仪器递给小艾可时告诉他。

“不会虚闪吗？”艾可问。

“完全不虚闪是不可能的，但这是用在太空中的仪器，这台影像仪的虚闪人类的肉眼根本无法捕捉到。人类的法律把这星球规定得事无巨细，只有太空还是自由之地，没有什么法律的约束。”父亲狡黠地眨了眨眼。

父亲一直享有艾可绝对的崇拜。即使离开他这么多年，他依然感到父亲无处不在。家里大到房屋小到陈列物品，几乎都是父亲的作品。他走在市中心，会路过父亲的某个建筑作品；到了博物馆，名人堂里有父亲的雕塑；航天馆里，有父亲的照片。除了建筑界大师、宇航员多种身份外，父亲还有些跨界身份，像地质学家、钢琴手、登山爱好者之类。作为这个星球上最优秀的天然人类，唯一被父亲视为挑战的领域就是太空了，那是唯一没有被父亲征服的地方。他先是去太空署帮助设计太空建筑，后来干脆主动申请加入太空署远征三号项目组。八年前的一天，他罕见地回家吃晚饭，要说这是件高兴的事，但那天的气氛沉闷得很。母亲没有说话，这对艾可来说没什么稀奇。她向来话少。在十多年的婚姻里，她的话总是受到坐在对面的跨界大师的质疑，所以干脆少说为妙。爱情是一座天平，它美在平衡。能不能保持平衡，要看双方能不能互相压得住了。美貌在爱情的天平上是颇有分量的，但它也是种易挥发物质，时间长了，变得越来越轻飘，而随时间会变得越来越有分量的亲情，在父亲想要离开星球的时候还没生出足够的分量来。爱情的天平早已重重地在父亲一方坠下去。吃完饭，父亲对艾可说，他和妈妈商定了，申请加入远征三号去E星。他好像在说件平常事，艾可也当他只是说件平常事，问为什么总往外跑，越跑越远，为什么不在家里待着？父亲说：“如果有一天你征服过山峰，你会知道，平地上的生活没有意义。”

一直沉默的母亲此时站起来，擦了擦眼睛小跑进了里屋。

“你去吧，我长大了去找你，没准你那时比我还年轻。”艾可一边吃一边说，那时的艾可并不认为长期不在家的父亲离开是件令人伤感的事。

三个月后，他戴着大大的隔音耳套，站在离太空发射场有5000米远的观看台看远征三号升空。台侧高高的大屏幕上，父亲和300名船员在人们的欢呼声中登上太空船。在这个被人们称为历史性的时刻，艾可没有看屏幕，他在看着台前的一片平湖。正值傍晚，湖水盛满彩云。在发射读秒之前，他关掉了隔音耳套中的声音，这让他突然像身处毫无声息的太空。耳机中的静谧和人群的亢奋、火箭冲出时的滚滚火光和荡碎了霞光的湖水形成了奇妙的对比。数秒钟以后，父亲的形象就变成初现的星星间划过的一条橙色弧线。人群散了许久，他还没有走，那平湖里已是一湖星光了。

要说制造这次交通事件的动机，和他所在的一个学生社团搞的活动有关。其实也谈不上动机，艾可想想自己是被迫做这件事的。这个社团叫“先锋”，是紫区中学中最优秀的学生团体之一。成为这个社团的成员，本身就意味着进入了学生中的高阶层。成员有机会去参加顶级大学的招生会、大型企业公司的活动、政府高层人员的演讲活动，这意味着团员在择校和择业方面有更多的优势。进入先锋最低门槛是160的智商，智商相同就拼特长、体能，各个社团都有各自的一套指数来评估什么样的人可以加入。

在这最优秀的社团里，艾可平日里一副平平庸庸的样子，既不先进，也不落后，好像什么事都与他无关，他觉得这样最好。

前段时间，先锋发起了一项活动，要求社员做一件吸引社会关注的事，拿他们小头目的话说，这是一件轰轰烈烈的大事。

社团搞些异想天开的事，是很正常的，不搞事，倒是不正常了。如果他们老是不搞，或是搞的效果不好，证明不了他们的出色，所获得的资助只会降不会涨。社会鼓励像先锋这样汇集了智力精英的“科学发展最有力的后备军团”做一些纯粹由创意和想象驱使的事情。

这次谁来干由抽签决定，结果第一次就抽到了艾可这个边缘人。

引人注目这种事可不是艾可这种社团边缘人喜欢干的，他实在是不情愿。艾可最好的朋友叫黑客胖，话痨又矮胖，是个黑客。人们传黑客胖是个私生子、天然人，在团里也不太受待见。他告诉艾可：“在人群集中的地方展现你的优秀，你知道有什么好处吗？能让大机构注意到你，比如太空署，你不是一直想去那里供职吗？不要怕打擦边球。”

“那不是违法吗？”

“责罚轻得很，去自省所待几天而已。”

“你待过？”

“没错。”黑客胖不好意思地笑了笑。

不过，在艾可看来，在自省所待过也没什么不光彩的，倒是显得挺有“经历”。

于是，那台和小时候的玩具一起放在箱子底的虚拟影像仪被拿了出来。

八
方　石

爆炸发生之后不到一分钟，艾可的汽车就被远程操控到指定地点。交通信息网反馈给各个交通点信息，肇事红色汽车已在警方控制下。所有的交通机器人对此事接收到的指令都是“无须行动”。交通机器人处理交通事件的程序有三条：一是“将所发生的交通问题或任何异常情况提交系统”；二是“如果出现紧急交通事故或拥堵情况，由系统中心操作解决问题，在系统无法远程操控所涉汽车的情况下，经系统授权许可，可以远程操控所涉汽车”；三是“处理中最大可能地减少对交通的干扰、对无辜汽车和人员的影响”。第一条它已经做了，第二条系统已经做了，但第三条规定让交通机器人什么也做不了。在这个事件中，后面的无人汽车都在正常行进，既然没有问题，它们本身也没有影响到交通，所以交通机器人不能干扰后续车辆原有的行进状态。

所以，这些正常行驶的汽车中有一辆白色汽车驶入瀚海大厦的事，没有引起任何人或是机器人的关注。

瀚海大厦底部为三角形，高 1111 米。它三角形的底座很少被密集区的现代建筑所采用，因为土地的利用率实在是太低，但科学院不在乎这些，只要材料和设备足够好，楼足够高，空间不是问题。在金钱和空间这两个其他建筑都很在意的问题上，瀚海大厦显得很任性。大厦三角形基座坐落在一个绿地的中央。三角体建筑每条底边为 230.4 米，墙体垂直向上，每到约 333 米处被切割缩小，形成一个平台。在这个三角平台上，每条线的中点连接，形成一个新的三角，这个三角柱体再垂直向上至 333 米，如此再切割，使整个建筑形成一个三阶梯的陡峭的三角锥形。瀚海大厦外部材料呈黑色半透明状，泛着钨金的光泽，在邯城市中心的建筑群中显出强势的硬朗风格。

进入瀚海大厦的汽车大部分在圆形绿地外就进入了地下车库，但这辆车直接进入建筑体的汽车升降梯。这些升降设备可以把汽车运输到大厦每层中仅有的几个停车位，这些享受特殊停车位的人们可以省去换乘多次电梯才到办公室的时间。这点儿时间不算什么，但是这和身份联系在一起，就有了特别的象征意味。汽车进入大厦的地面入口一分钟后出现在 286 层的玻璃窗内，滑行进入建筑体后消失。

这时是 8 时 59 分。

10:12:00:00

方石睁开眼，映入眼帘的是汽车天窗外天花板上的一排灯光。完整的车体、安静的周围，没有任何迹象显示曾经有过车祸。但那辆翻滚的汽车和爆炸火团还在脑子里没有消散干净，就算他已经知道了那些不过是幻象而已。他被吓晕了，这不是应该发生在他这样的人身上的事。如果不是他这段时间的不安和因此导致的长期睡眠不足，以他的意志，绝不会出现这种事；如果他没有昏迷，现在已经从会场上出来，从容地回到办公室，把大家叫过来，宣布一句“持续三年的‘游戏’项目结束了”。他已经想好了安慰的话，几句就够了。大家可能会有些悲哀的情绪，让他们自己调整。他曾想那个时刻或许会有伤感，但更多的应当是如释重负的轻松。而现在，那份轻松遥不可及。

他做了一个深呼吸，觉得他完全可以动，但心脏疼痛的感觉让他不敢贸然行事。他看向周围寻找手表。手表本来不用找，它们都是智能随身的，但他把手表锁进了座位旁的金属密封盒。如果他没有把手表锁起来，手表的自动检测体征的功能早就把他的情况传向了智能汽车和急救中心，那样的话，空中就是两个弹射泡了。

今天真是意外摞一块儿了。

运动手臂是没有问题的，他伸出手打开驾驶座旁边的金属盒，手表从中振翅飞出。这种飞行手表是特制品，大部分城市的手表只能套手上，但他早在一年前就用上了这种带翅膀的手表。不过普及只是时间问题，到时候，想不让手表随身飞都难。

完美的城市系统，让一切意外都有办法得到弥补。他轻声发出“嗞嗞”的声音，这个声音将唤起无人驾驶汽车的急救功能。这种嗞嗞声是有眩晕症、心脏病、深度睡眠不易醒的人，在意识蒙胧的情况下发出的特殊声音。手表一旦检测到主人发出这种声音，就意味着紧急状态，会立即向医疗中心的智能系统发出求救信号。

手表的屏幕上显示已向急救中心发出信号。真方便！他知道一架急救飞艇将即刻从最近的医院起飞，两分钟以后就将穿过窗户进来。方石其实可以说话，告诉手表他可能受伤了。那样手表会飞过来，振动的两翼轻轻包裹住他的小臂，他会感到胳膊上轻微一麻，那是在做体检。但模仿嗞嗞声比说话来得快捷得多，去掉了监测评估等繁文缛节。当时医生让他一旦遇到危急情况就直接发出这种声音求救，他觉得很可笑，人现在不需要骗人了，但需要骗系统。欺骗系统会产生道德问题吗？他想。他见过这种急救飞艇在天空中飞过，但从来没有坐过。那飞艇像个子弹头，也就是两米多的长度，宽也就一米多。设计时考虑到如果病人失去开门的能力，急救飞艇需要从窗户进入，悬停在房间中。这架飞艇悬停在病人旁边的时候，它的子弹形身体会打开，那时你就该知道，它不是架飞艇，而是台机器人，它将自主判断怎样才能用最安全的方式将病人抬入舱内。六只机械臂伸出后非常像一只昆虫，每条臂的运动关节多达百个，机械臂的一些部位可延伸出很多羽毛状的金属薄片，这些羽毛伸入病人身下，然后卷起。这一系列的动作协调优美，而且显得很温馨。在不少文艺作品里，急救飞艇被刻画成人机良好互动的典型，它们被亲昵地称为“大昆虫”。相比起来，以前的护工们把病人抬上担架的动作就显得毛手毛脚多了，对于骨折病人就是受刑。人类早已被排斥出救护领域。

方石最近每天早上上车后就把手表放进密封盒，这是不合规的。手表作为政府规定的每人必须携带的物品，不可被关机，不可人为损毁。但短时间放入盒子不算违法，作为一位科学院的大人物，至少没有人找过他的麻烦。他越来越不喜欢戴它了，他有时宁可舍近求远跑去楼层的大厅看新闻，跑到窗前观察天气，跑去实地考察一家新开的餐厅，也不愿意问手边的这个小玩意儿。他还关闭了主人可以关闭的一切功能。他关闭了日程提醒，关闭了天气提示，关闭了娱乐推荐，关闭了健康提示，关闭了伴侣倾诉，更别说跟谁共享定位，他听朋友们说一旦你和女朋友或是老婆共享了定位，你撤销共享就像暗示你有问题，虽然他现在并无固定女友，他也不和任何人去分享定位，这让他感觉受控——那是他最不喜欢的感觉之一。

他想到十年前人们是可以自主关机的，但现在的手表设计成主人不能完全关机，只有米克系统可以彻底关闭它。把手表设计成不可关机不可离身不可损毁，最早就是他的提议。

十多年前，他刚被安排接手手表项目。这小东西就算刚从手机演化而来，也是夕阳产业。他那时情绪低落，躺在床上，想到刚离开的她，觉得伴侣与其是个女人，还不如是个小东西来得方便。女人们都那么自我又有占有欲，伴侣本身应该乖巧听话，受控而不控制别人，女人就显得太麻烦了。他从此把手表与人的互动标准，定义得要像一个尽职尽责且殷勤备至的古代女人一样好。

能把突发奇想融入设计，对于一个设计人员来说是极其珍贵的本领。他是个实践主义者，立即领着一帮小伙子开始实施。当一个腿细得像麻秆似的手下站在他面前，把一大摞调查数据、调查表和分析结果呈给他时，他直接翻到最后一页看。站在他办公桌前的这个小伙子开始抖着腿滔滔不绝，列出一堆理论和数据。他抬起头来，托腮听着，手把嘴捂住了一半。等到小伙子说完最后一句话："我的推测和系统结果是一致的。"他把捂住嘴的手稍微拿开一点，好让人听得见他含糊不清的男低音。这算是他的修养？习惯？还是威力来源？属下们听他说话从来需要高度集中注意力。这个小伙子是项目组里最机灵的一个，从来都把他的话听得很清楚，他听到方石说："因为你一开始就让自己的分析照着系统可能的结果走。"

他立即辩解："我并没有……"

"让系统见鬼去。"方石的声音还是不大，如果忽略掉内容光听声音还挺柔和的，但小伙子知道这已经是愤怒了。他讪讪地说知道了，转了身出门，走到门口听到方石不大的声音在说："人之所以为人，是因为决不屈从于任何事，包括数据和技术。”

他的手表很成功，在三年内便成为人们不可替代的伴侣。这三年正是人工智能快速发展期，他利用了这个势头，将时下最优秀的技术集成融入这个小方块内，将其打造成人类和环境的枢纽，成为人和整个外部系统的中间体。不仅如此，人们可以在和手表伴侣的相处过程中打造它的性格，从而实现它的个性化和贴近于主人需求的服务功能。

因为他的成就，他从一个小项目组的头儿坐上了科学院信息局的头把交椅。三年后，当人们对他将手表打造成人类伴侣的赞誉正值巅峰时，他的激情却已进入退潮期。他的智慧像一头古代的狼，有着嗅到未来发展趋势的天然能力。手表走到伴侣的地步就到头了，实际上已经过头了。当他把手表所能深入的领域无孔不入地渗透进每个人的生活时，他发现自己也是这些被渗透的人中的一员。他想远离这个他设计出来的伴侣，如同他总会想要离开那些想控制他的生活、了解他的饮食习惯、了解他的话题爱好的女人们。在和一个互有感觉的女人相处的初期，他充满激情地对待她，拿出像对待工作一样认真的态度对待与她有关的一切，他知道她们肯定会着迷，为他神魂颠倒，得到她，这是必然的结果。但慢至三五年，快至三五个月，他就会进入什么都不想为她做的时期，这种极端的做法让对方很不理解。这个时期里，他并不想她走，但女人们后来都走了，他有时想如果她们理解他，知道他这段激情退潮的低迷时期也许会过去，也许在两人的一切归于平静时，没准还是会有所谓的永远的，但这段时间有多长从没有得到验证，因为她们都走了。他只能让下任来燃起他的激情，但他发现他的激情峰值越来越高，而燃烧期越来越短了，他有时很庆幸这种事没有发生在工作上。女人们无孔不入，这个伴侣也是，甚至连他在厕所待了多长时间都知道。这倒让他回忆起女人们想了解他爱吃什么穿什么时的感觉，至少还有人与人之间的温馨。

他成了核心人物，年轻的业界元老，但这并没有让他感到欣喜若狂。他在移动信息领域打上他的烙印，这片领域也定义了他，可他心里非常明白这片领域的高速发展阶段已经过去了。他想离开，但对这片领域又有所眷恋，这是种复杂的情绪。眷恋什么？绝不是他开发出来的手表。虽然他还不如科学院里的谁升得最快，不如谁升得最高，不如谁……但他已经功成名就、万人景仰了。但这一切却不足以让他觉得职业生涯可以封顶，他才 50 岁，还有 20 年的职业道路要走。如果邯城科学院这座建筑是座神庙，他现在就是神庙巨大柱子中的一根。而人们来瞻仰的，绝不是这些日日支撑建筑的支柱，而是站在屋顶的那圈闲逸的神明。成为邯城科学院这座黑尖柱顶层某个办公室的主人，成为足以在科学史上青史留名的人，成为站在神庙顶上的众神之一，那才是他职业生涯封顶的时刻。手表项目不再是突破性的领地了，如同一片已经很茂盛的森林，再多种些树也改变不了地貌。是的，是领地，是他的领地，今后人们在谈到手表，这个每个人都离不开的日常物件时，一定会想到他。可他不在乎那大街上的芸芸众生是否记得他，他在乎历史——这位女神可是极为挑剔的——是否能记住他。

他要寻觅另一片领域，他想到的是进化局。进化局是个小局，要说历史挺悠久，却是个没有太大存在感的边缘局。但他要是去了，情况就不一样了。五年前，他如愿调到进化局。人们感到很意外，以为他遭了贬。但在他眼里，进化局却是一片到处是空场子的处女地。他把他对信息和人工智能的思维带入了进化局，他要把信息、智能和进化领域相连，都统一成他的领地。

他一直有一个观点：人对职业的热忱和对爱情的热忱周期一样短暂，也就是五到七年而已。他来了以后，换掉了进化局一半的人，他认为那一半人的大脑已经无法产生富有激情的创新想法了，所以，他要利用那些新手的新七年，趁着他们对业务的激情还在峰值，趁着他自己对这片领域的激情还没有消退，干点什么出来。

今天，他本来要参加季度例会。他是元老，不用亲临季度例会这种太具体的会议。与他同级别的人一定要来，他可以不来，参会人员绝不会有意见，因为他是方石。而且，他不来，会议效果可能会更好。他培养的团队每个人都有独当一面的能力，团队中的每个人，单独拉出来都能成为头头，这是他对手下人的基本要求。所以像这种会议，他不来也罢，权当手下的实验田。那些年轻气盛的小伙子，只要好好引导，工作个几年就能创意大爆发，只要他不打压他们，事情自然就会发展得很好。

但和人们对他越来越高的评价不一样，他的心情却持续走低。在手表项目中，他攻克的都是技术问题，而他现在发现，在“游戏”项目里，技术问题是小事。即使他早有思想准备，但还是觉得有些事并不在人们的预料之中。他不再像以前那样放手让别人去做，经常自己泡在实验室里，和几个最得力的手下讨论到很晚。他以前有一次攀登星球最高峰时，临到冲刺，只剩50米了，他决定放弃，那时的心情与这段时间相似。登山就是这么回事，哪怕峰顶离自己只有一米，周围条件不允许，也不能去硬撑着往上爬。那次他折回了，在半山营地等那些不听劝的同伴回来。晚上，他窝在帐篷里看着灯光明明灭灭，听着雪崩轰鸣。第二天，他去找同伴的尸体，白雪地里那些彩色的点，就是他们了。那次事故以后，他有好一段时间情绪低落，直到鹭——那个科学院生化局的短发女子走进他的生活，他情绪才好起来，重整旗鼓，如愿触摸了峰顶——他面前那个及腰高的小尖。星球的最高峰和雪天的雪堆没有什么区别，他触摸的时候也没有特别的高兴，但如果他不去做，就会特别不高兴。这次的心情和那次登顶失败后差不多，他要放弃唾手可得之物，而本来此物之于他，会像火种之于普罗米修斯。可是他不知道还有没有第二次机会去盗取火种。有一天他问“鹭”——他给自己的手表取的名字：“放弃可以成为神明的机会叫什么？”

“理智。”鹭的女声很优美。

“你越来越懂我了。”方石轻轻地拍了拍飞在他前面的鹭。

每个人都可以给自己的手表取个名字，以方便语音控制。真正的鹭不久就离开了他，比其他女人更快、更干脆地转身离开了。他总忘不了她，时常觉得如果有谁和他有过灵魂吸引的话，那一定是她，但他也不想再交往下去，就让她在灵魂里待着好了。用灵魂把她的形象保护起来，以免让她再承受现实的侵扰——那些伤害她并让她转身而去的现实。她走后，他觉得房间很空、日子很空，再多的人和事也填不满。他给每天面对的，既离不开又烦人的几乎可以代表所有现实本身的手表——这种最像伴侣的玩意儿，取了她的名字，似乎可以在某种程度上让自己觉得对得起她，承认她在他生命中的一席之地，也让他觉得自己是个多情但内心深处又忠诚之人，虽然他的两性关系史看起来和忠诚二字完全不沾边。

参加这次季度会，是他前几天下的决定。他决定了以后，心情倒是好多了。

昨天他给申舜打了电话，申舜是与他平级的双正职之一。科学院每个部门都是双正职。双正职是个古老的人性制衡系统。虽然古老而且有缺陷，却一直沿用至今，没有一个人能够完全正确，两个不完全正确的人可能达到完全正确，就算两个人在一起也许会走向完全不正确，但从概率上讲，前者可能性要大得多。方石说今天的会议他要去，申舜听了当然很重视。申舜在方石长期与科学院那些只知道喊全面发展人工智能口号，却私下给人工智能设限的保守主义者的较量中，一直处在一种中立的位置。不过你考查一下历史就会发现，一般高调举起中立大旗的人，都是因为他们技巧高超地做到了不中立。申舜一直是偏向他的，这在双正职配置中相当难得。

他知道申舜上午一定会找他，可却没有人找到他。是意外吗？城市的医疗系统设计成可以第一时间发现任何出现健康意外的人员，并立即实施救助。但这次，系统还是出了问题。

他又有些后悔，想如果戴了手表，让这个个人和系统联结的中间体被充分激活并发挥作用，申舜至少可以在第一时间知道他怎么回事，从而把整个会议中止，为了他改变个会期又不是多大的事。他在发出求救信息后，也有些后悔，他觉得自己完全可以动起来，直接去办公室，不管米克让他等待的指令。他向米克汇报身体状况的行为完全是下意识的。人们被长期灌输的医疗教育是，只有系统最了解你的身体状态。听系统的话，像是一种洗脑式的教育。方石每月一次和那个大方脸机器人医疗顾问对话，大方脸会用温柔的声音照本宣科一遍：“对于一个心脏中有支架的病人，在心脏病发后，永远不要在没有医生指导的情况下，擅自做出行动决定。”这种话他开始是不在意的，但声音和阅读对大脑来说都是可怕之物，声音和阅读的效果还不一样。你要想对谁洗脑，一遍一遍地对他说比一遍一遍地让他看效果要好得多。他每月都要听一遍这个，觉得自己被洗脑了，所以终于碰上一次这样的情况，被大方脸洗过的脑子就下意识做了它让他做的事：向系统汇报。

唉，真是一错再错。鹭很快发出了声音：“急救艇即将到来，在这个过程中，请您平静呼吸，不要做出其他的肢体动作。”方石听后更加后悔，这下又得上医院躺半天了。他很少后悔，今天却一下子后悔了三件事。

鹭飞向他的手腕，在他的手腕刺了一下，几秒钟后便告诉他最大的可能是心脏支架出了问题。

他说：“鹭，帮我打申舜的电话。”

鹭很快接通了申舜的电话。

“方石，你怎么了？在哪里？”申舜应该是听出来他声音不太对劲。

“会开完了，老兄？”

“开完了。你上哪儿了？”

“我就在停车场，出了个小事故，晕过去了。”方石没有提他因为什么而晕，实在太丢人。他这时听到一种嗡嗡声，他看到外墙一扇玻璃往上升起，急救飞艇进来，悬停在他的车外。声音不大，却轰耳膜。“我有急事要找你，要找你当面聊，越快越好。急救飞艇来了。”

“我马上去医院找你。”

方石说好。他想申舜真是好样的，一直都知道什么叫效率。

方石指定这台急救车去蓝区 15 医院。对心脏病来说，抢时间是最重要的，虽说蓝区 15 院是一家稍远的医院。但他的手术是这家医院做的，他跟那里的医生尤其是几名年轻的女护士混了个脸儿熟，办事当然要更方便。方石 50 岁的年龄，觉得自己的魅力仍处在高峰，对于天天和机器人做伴的护士们来说，与一位来自科学院的有些名气的大人物对话，应当是件乐事，权当是对她们的施舍了，与之相交换的是，他可以得到更多的优待，比如，提前做手术之类的。

他被“大昆虫”的六条腿轻柔地裹起来，收进急救车舱体。舱体里轻柔的背景音乐把他大脑中的一大团乱麻捋顺了不少。机器呵护起人来，那种享受也是经过千万人考验又升级过的，所以大家时常找机器人做些非治疗性的医疗。等到 10 时 35 分，他被运到蓝区 15 医院床上时，觉得自己都不用打麻药了。他被机械手臂脱光放在医疗床上，它们在他身上滑来滑去，像暗黑系童话故事里作法的女巫，让他昏昏欲睡。机械臂移开收在一边后，他看到立在床头的一根拐杖样金属管——它没有伸展开时是拐杖样。它是机器人看护。

“我可以和朋友们打电话吗？”他说这话的时候觉得别扭，求人没问题，求机器他还是有些不爽，这点反映出他的确进入了中年阶段，40 岁以下的年轻人绝不会有这样的感觉。

“当然可以，先生。”亲切的女声中含着笑意，它升起来一点儿，它的底部展开是一个小圆盘，足以让它滑行出去，一会儿就取回了他的手表。

他接通了申舜的电话，告诉他医院的名字和房号，申舜说他一会儿就来。

一个女医生这时走进来。他眼睛一亮，不是因为她是女人，而是因为他没见过这个医生。女医生举起报告，他注意到她腕子上的手链上坠着各种不同形状的银色小颗粒，发出一阵叮当声。他心里就管这女士叫叮当医生。

“没什么大碍，不影响你活动，明天就没感觉了。”

“可爱的手链。”方石展开一副富有魅力的笑容。

叮当医生没像他预料的看看手链，她说：“心脏支架中的纤维网破裂，马上做个修复小手术就可以了。”

方石觉得她挺没趣：“马上是什么时候？”

“一个星期。”

“一个星期叫‘马上’吗？”方石再次笑起来，这次笑得更努力一些。

“损害并不严重，所以，一个星期之内已经是最快的，如果你不满意，那就两个星期，其实也没问题。”

“什么？怎么可能！什么时候手术不是你说了算的，得等系统安排。”方石觉得自己的魅力在眼前这个女人面前根本不起作用。

“对，系统就是这么安排的，一个星期到两个星期，剩下的我说了算。”她耸了耸肩。

“太长了。”方石这时终于不端着他的魅力了，难得求人一次，他觉得自己有点儿结巴，“可不可以……帮个忙？”

“科学院的？嗯……”她双手抱肩，似乎在考虑，“我再查查系统……”

方石叹了口气，闭上眼，一说要查系统，又不知道啥时候了。这时他听医生说：“我可以给你争取一下。”

他立即睁开眼，本想习惯性地拿出魅力这项武器，但还是决定服软比较好：“太好了，你真是太好了……”

“你想什么时候？”她有些想笑的样子，这让他心里没底。

“现在，行吗？”他小声说这句话时，觉得自己是个得寸进尺的人。

“可以，一个小时左右就可以开始。”她终于笑了起来，这笑容让她不像个医生，倒像是邻居家的孩子。

没等他反应过来，她就带着一串叮当声转身走了。

叮当声再次出现在门口时，她头一歪，说：“马上准备手术。”

“马上是什么时候？”他面色无奈。

她看了看墙上的时钟：“现在是 10 时 38 分，麻醉气体生效要五分钟，也就是 10 时 43 分，你就会昏迷，我就可以做手术了。”她轻微偏了一下头，又给了他一个微笑。

方石张着嘴愣了好一会儿，才真正地笑了起来。她戴手链的手不知从哪里拿出一只面罩，把方石的脸一把罩上。

这个女人也太干脆了。方石感到一阵冰凉的气体沁入他的肺部。她正要转身走，方石忍不住问：“你是怎么做到的？系统面前人人平等，我想系统是不会给予这样的建议的。”

“我给系统的理由是你是科学院的大人物，你死掉是个损失，它一定会通过。”她已转身离开，走到门口回过头来朝他狡黠地眨了眨眼。

方石摇了摇头，把手枕在脑后，他总觉得在世间阅女无数，却还是有他完全不懂的。其实他发现他经历过的女人越多，越不懂女人，看样子懂女人的程度和遇到女人的数量可能是成反比的。前方的屏幕正在放电影。他的头脑越来越轻飘，眼皮越来越重，也不知道情节是什么。这时，他看到屏幕上提示插播即时新闻。

观察者 T0459，这个曾经在他的实验室里踱来踱去的家伙，因解救了一位小婴儿，在铂鼎大厦的天台上受到英雄式的瞩目。

方石想腾地坐起来，但发现他的肌肉不听使唤。他使了很大的劲，只是稍微动了一点儿，还好，舌头还没有完全僵硬。

“鹭，马上让申舜把小 T 抓回来。”他用模糊的声音说，希望鹭能听见，“不能让它接受采访，机器人不会撒谎。”

“小 T 是谁？”

“观察者 T……快，一键终止……”

九
天　台

2069 年 175 日　10:23:48:72

天空大道上游人如织。有几个人，然后是很多人，然后几乎所有的行人，都停下来看这个从天而降的机器人和它带的这个透明的弹射泡。

T 此次设定的目标是让医生和婴儿接触。

它已经走了 99% 的距离，剩下这一段大约 50 米的距离，却是最不容易走的一段。人们围了上来看它，不是，是看弹射泡。虽然每辆车都配了这玩意儿，藏在某个地方，但基本上没有人见过。弹射泡与什么联系在一起？危险。这个世界里，意外少，危险自然是稀罕物。人们说到的危险，如车船祸、高空坠物、建筑工程危险，都是老皇历了。而现在的人们日常概念里的“危险”，像地震、海啸，实际上是灾害。所以，大家围观的不是弹射泡，而是围观危险。弹射泡里还有一个小婴儿，这更吸引了人们的好奇心。他正吮着 T 的金属手指，眼睛半眯着，有时懒懒地撑起眼皮，似乎对周围的人群毫无兴趣。

它走不下去了，遇到困难立即设计解决方案，是它的“天性”。设计方案有很多“法则”，这些法则共同参与方案的设计，但优先顺序不同。

于是，两个方案出现在它的脑中。

方案一，基于资源法则，动用最多的资源。在这个时间段的这个空间里，最多的资源是人力。方案是这样的，它向头顶上方打出一行黑字——大白天的，只有黑字最醒目：“这个小婴儿快死了，你们快把他送到前面的医院。”人们出于同情会拥过来，把这个弹射泡抬到医院去。一个乱哄哄的场面出现在它大脑的预测区，人群争相抢抬这个弹射泡。有的人跑到医院去。T 计算，到不了两分钟，就会有医生们带着一个急救架跑出来，把人群拨开。医生和婴儿接触，目的达成。此方案预计耗时三分钟。

方案二，反资源法则，动用最少的资源。它的预测场面是这样的：它在空中打出几个字："可疑病人，请散开，并致电医院！"很快，人们就会惊慌逃散，它前面的障碍马上就可以清除了。会有人致电医生，医生们带着一个急救架跑出来，医生和婴儿接触。此方案预计耗时两分钟。

两种方案都符合"隐藏法则"。它自己动用最少的资源，打出一行字就可以了，不用亲自动手。

如果 T 是人，那么它毫无疑问会选择方案二，这好像一看就明白。但它不是人，它的方案还要符合安全原则和获益原则。

方案二中，人们惊慌逃散，安全系数要低于方案一。

还有获益原则。如果人们把这个弹射泡抬起来，那么周围的人都会被动员起来，这将满足人类帮助别人的欲望，是的，大部分人类都有这种欲望；这里会成为新闻焦点，这又满足了人的另一种欲望——表现欲。这起事件谁是获益者？在这里的所有人。所有人都是获益者。

如果人们逃散，他们感到的是恐惧，他们会感到失败的挫折。谁是获益者？T。在它的预测画面里，它，这个机器，成为新闻焦点。

人类获益原则优于其他原则。

"可惜我不是获益的主体。"

于是，方案一得到了采用。

人们蜂拥而上，要抬起这个弹射泡，每个人都想要贡献一份力量，整个天台乱成一团。T 不得不退后两步，给大家让出地方。再往后是天台边缘的玻璃栏杆，T 在一团糟的人群中悬浮两米。从高处看到医生跑来，用专业的工具划开弹射泡，把小婴儿放入带来的急救箱中。

人群中爆发出一阵掌声。

T 站在飞艇停泊位上，超大形象同时出现在对面的光线大厦屏幕墙上。它支着两条蚱蜢腿，像一只青蛙。两条腿不一样长是不是看起来会不和谐？不会，因为它还有一条细长可伸缩的喇叭腿撑着，给予了这个构图奇妙的平衡感。

它看到自己的形象，这个球形的小机器人，以比它大几百倍的形象，占据了整个屏幕的上方。在自己巨大的形象面前，它渺小得很。还好它没有虚荣心，要是一个人，没准会一时间真的感觉自己成了巨人。这个世界的信息基本上做到了同步，很快，全城的很多屏幕上都在播放这里的实况，这更激起了这里人群的亢奋。

记者和某种物体有相似之处，那就是水，他们无孔不入。很快就有记者从人群中挤出来，走到T面前要采访它。

一身黑色宽大风衣的记者敏捷地爬上来，背对着它面对人群，这样，对面的巨屏幕上，这记者的形象盖住了T。

他说："机器人服务于人类，是天经地义、理所当然的，但今天这个小机器人的行为有着戏剧般的吸引力，它从天而降，救了一个不知道从哪里飘来的婴儿。这是这个城市许久没有的奇事了，让我来问它几个问题。也许它的回答不可能像它的行为一样有吸引力，但对于机器人，我们不该有过多的挑剔，它能回答多少就回答多少。"

他转了90度的身，这样就保证了他还有半张脸留给了大屏幕。

"我猜你是高空交通机器人，是吗？"他问。

T没有说话。

他耸耸肩，接着问："你有代号吗？"他伸出手摸了摸T带喇叭口的手臂，从里面又拉出那只金属手来看了看，晃了晃，"你是我所见过的最精致的机器人。"

T还是沉默，这让他有点儿着急，他决定问点儿刺激的。

"决定你当时从空中下落的是指令吗，还是服务的设定，还是你自己的主意？当然这不太可能。告诉我们你当时想的是什么？"

我说过，T是一个沉默的机器人，它可以选择说话或不说话。如果说话，那么方石的计划就会面临曝光的危险了？因为它不能说谎，只能说实话。

此时，在T的眼里，还有一个男孩，十八九岁，个子高高的，所以有些显眼，离它有一段距离。它判断他是个男孩，因为他稚气未脱。他没有往前挤，但它看到他在说话。它知道他是在和它说话，虽然因为太远、周围太嘈杂而无法分辨他的声音，但它能读懂唇语。事实上，T基本能通过视像读出出现在它眼前所有人说的话，发声只是一个参照条件而已。所以，现在所有人中，有两个人在对它说话，它同时在接收两人的话，除了这个记者，还有这个男孩。

它现在有了选择，选择回答站在它面前大声说话的记者，或是人群中的那个唇语男孩。

我想你猜得出来，它选择了后者。

男孩远远地说："谢谢你救了我弟弟。我们能交个朋友吗？"

T在外壳上打出一个字："能。"

这个行为让那位正搜肠刮肚想问题的记者吃了一惊。他已经问了很多问题，一时间想不起来T回答的是其中哪一个。但他的反应很快，立即认为它是在说他能接受采访，他用手势让周围安静下来，大声问道："你是一个机器人，那么，你是出于为人类服务的目的而救这个孩子吗？"

而同时那个男孩的唇语在说："他们会让你回高空吗？"

T的外壳上出现："是。"

人群中再次出现欢呼声。记者脸色越发亮堂起来，接着问："你当时得到了人类的指令吗？"

而男孩的唇语同时在问："你有没有打算不回去？"

T在屏幕上打出"没有"的字样。

记者又大声问："没有人类的指令，那么你是怎么做决定的，难道你有自主权吗？"

那男孩的唇语在问："你有没有打算跟我走？"

T"说"："没有。"

记者立即90度转回身，大声说道："你是服务于人类的忠诚卫士，就算你是无意的，但还是成了拯救孩子的机器人英雄！"

男孩说："可你应该得到自由。"

T"说"："听起来很不错，我很愿意。"

人群中再次爆发出掌声。

10:45:69:33

大男孩从欢呼的人群中挤出来，迈上台阶，站到记者旁边，兴奋的记者一脸狐疑地转头看向这个抢了他风头的人。

男孩举起双手，手掌触摸它的球形身体，在T的视野图中形成两个手掌形状的黑印。T感受到了手掌的柔软和体温，只是这柔软度和温度在手心处有一点儿不同，那是一个小黑方块。然后，男孩两手往前一使劲。T被推得后退几步后掉下天台。它站的地方是小飞艇停机位，是没有护栏的地方。

T往下翻滚，把它的胳膊们迅速收进身体，这些甩来甩去的胳膊对下坠来说是个变量。它不喜欢随机变量，可以说如果它有任何不喜欢的事，那就是随机变量了。周围的画面急速旋转。在旋转的画面中，它看到男孩的小身影出现在天台上，离它越来越远。

这是剧烈翻滚的自由落体运动，铂鼎是锥形体，不等它拉出蛛网，就会撞得稀里哗啦。好在它还有降落伞这种古老的工具。

降落伞张开，T瞬间感受到自己的重量。现在，它有时间计算出滑行路线。

在刚才下落的时候，它看到了周围窗户里很多人的脸，而其中有一张是在它的记录库里储存的，是那个图书馆管理员，他叫陈鲲。

他曾给它看过一张图，那是不接入监控系统的摄像头机位图。它依此图划出了一条滑行路线。这条路线上有大段监控空白。

邯城这么先进的城市，还有监控漏洞吗？

是的，系统一旦诞生，漏洞就随之出现，它们像光和阴影一样，永远共存。

十

盟　友

T 降落的这个点在绿区。绿区号称是最环保的星系级区域。顾名思义，就是说不光是在星球领先，而是要争当星系领先了。

绿区依据什么成为星系样板区域呢？这个星球上的人们目光所及，发现所在的星系仍是蛮荒一片，仅有的可殖民 E 星，现在仍不能确认有文明，所以，邯城的科学家们以殖民者居高临下的优越姿态，认为如果要在蛮荒星球立足，那么可对抗恶劣环境的高科技材料和充分利用恶劣环境中能源的能力成为建筑的两大要务。这个区的所有建筑都使用到最好的科技建材，同时尽可能地做到节能。假设这里使用一块 1000 邯币的砖头，十年可节约十邯币的能源，而普通砖头只要十邯币。听着好像不太值吧，谁让“好建材”和“节能”是这里建筑设计的政治正确呢。除了节能，还要创新，像魔方像土堆像纸团像水滴都是有的。这里的建筑还要体现与环境的融合，所谓天人合一。这些形状各异的建筑小巧而独立，一半地上一半地下，高的也就 20 多米，但都有朝太阳倾斜的玻璃屋顶，以体现其充分利用光能的统一性，所以不管是什么形状的，都有一块屋顶是同一角度的斜玻璃，这个角度都是 42.23 度。但上述所有都非第一要务，第一要务是安全。这里所有的建筑，都要达到一个标准，每个建筑都可作为一个整体抗强压、强震和高温，掉到海里可密封而不漏水，强震来了不会破碎，高温不会将它们点燃，总之，邯城就是沉了，它们每一栋也会作为一个整体沉入地底，除非这星球碎了，它们才会碎掉。符合上述条件，才可成为合格的绿区建筑一员。与这些建筑的高级度相匹配的，是环境的极致精美和居民的高层次。这里的绿树每一根枝条的伸展都经过科学家、艺术家们和美学软件的精心测算，每条小径的曲度都是深思熟虑的结果，每一个可能产生的噪声都在考虑之内，以符合居住在这里的人们的高雅品位。住在这个区域的人和建筑一样不简单，他们是来自各行各业的精英，所以，这里人烟稀少，毫无城市的拥挤和喧嚣。

T对绿区的建设逻辑一直不是很理解，它认为人类本身就难以以逻辑来理解。既然人类的思维“天然合理”，那么它认为它仍需要时间去理解人类，和训练翻译功能一样可能需要永久的时间。这并非烦恼之事，时间对它来说多的是，烦恼的是，在它悬挂于空中的时候，一直觉得绿区的斜屋顶对它的光线图是个干扰。大量的玻璃顶在某一个时间段会使它的眼睛暴露在一片杂乱又炫目的反光中。

与在天空看到的杂乱光芒相反，绿区遍布浓荫。T站在一棵树下，在陈鲲的那张图里，绿区是监控漏洞最多的区域。我说过绿区的树木都是精心设计过的，有些枝条高耸入云，有些又匍匐到地里，看似零乱无章，却是最符合美学章法的。但这给一件事带来了难题——监控。这里的监控是最不到位的，达不到邯城“不留死角”的监控要求。住在这里的人里也有各部门包括交通署的顶端人群，但是监控落实得最不好。

T沿着树下走，这样，空中的那颗专门观察绿区的同行就没法捕捉到它了。它看到有一间大斜屋顶的水泥色方形房子。房子的边和面切成错综复杂的硬朗线条，墙壁和地面来自各种不同的材质，拼接形成了不同质感的交集。T发现，只要它一动起来，房子的墙面就好像也运动起来了。T注意到原因是外墙面是镂空的，每一块砖放置方法都不同，而镂空墙后是又一面画着规则图案的墙。这么一来，墙面在观察者移动时呈现出波浪般的动感。

它在离门有20米远的树下站住了，看到房前一片空场地，场地边上竖着一个篮球架。那张图告诉它前面是监控摄像区。这时门开了，那个高个子男孩出现在门口，手里拿着只篮球。他开始在门前的空场地里玩起篮球来。

咚咚的拍球声响了好一阵子，时快时慢。T看着他带球，跳跃，投篮，一个人玩得有兴致得很。过了一会儿，一声闷响，T看到他的篮球砸碎了房子旁边的摄像头。

篮球越跳越快、越弹越低，最后滚向房边的草地。他没有去追，叉着腰看向四周。

“前方已变为监控空白区，你可以往前走了。”T 的另外一个自己说。

T 从树下走出来，男孩也看到了它。他以对人类的礼貌向它欠了欠身，对它说：“跟我来。”

与现代派的外观不同，房里大厅基调是复古风格。木格子梁架起斜玻璃顶。T 看到屋顶以 42.23 度的角度从最高的 8.28 米处倾斜到 4.28 米高。正中一盏吊灯垂下来，上面光点晃动，点着的是真正的蜡烛。

灯下沙发桌子柜子很多，各个时期的都有，好像不同的时间段都倾倒进这一间房间里，大家都和平共处。但其中有把椅子尤其醒目，好像被一众时间排斥在外，不让它融进来。这把金属椅子是当代的，是其中唯一没有复古味道的家具——其实它不是家具，是医疗机械人。椅子里蜷着一个正在打瞌睡的老人，听到他们的声音抬起眼来，眼睛把吊灯的光点纳了进去，才让他有了些生气。

他可能想要说话，但嘴角已开始流出唾液来。椅子的一只支架动了起来，前端的毛巾擦了擦他的嘴角。然后椅子背又往后靠下去，两只大耳塞盖住了他的耳朵。

T 看他垂下的眼睑盖住了外界的光，又撑开了一会儿，才不情愿地闭上眼，再次睡去。

“我父亲，121 岁，他诞生在人类基因改造之前。作为人类所知未经过基因改造的智商最高的人，著名的科学家，他一直靠政府提供各种科技维持生命，他们希望他活得足够久。”他找了张沙发坐下，“他的冷冻精子是我和弟弟的基因来源。我出生的时候，父亲已经很老了，我们几乎没有什么交流，我是机器人保育员带大的。我和弟弟都有行动迟缓症，25 岁成年以后，我们就会像百岁的父亲一样，躺在机器人椅子里。”他低下头，“行动迟缓症属于基因病症，有基因病的人不能有自己的小孩。于是我向科学院提出想要个弟弟。科学院起先是拒绝的，说是父亲的基因缺陷造成了我的情况，下一代得病的概率很高。但我向科学院提出申诉，父亲是天然人，有后代是受法律保护的，我现在作为他的全权委托人，可以决定这件事。他们最后同意了，但是，我弟弟还是……”

他把脸埋在手里。

T翻译了他的情绪，叫悲伤，然而它并没有产生这个情绪。它改了话题，“请问你叫什么名字？”

“我叫鸿。你呢？”

“我不被允许告诉别人完整的名字，我只被允许可以告诉你我属于实验室系列机器人之一，其中有一个字母是T。”

“哦，T先生，还是T女士，你的能量能让你坚持多久？”

“还有26.83个小时。”

“好吧，你有一天的自由，作为救我弟弟的报答。你想做什么？”

“可你弟弟还没有脱离危险，他还是可能会死。”

“那是另一回事，至少你为他做了事。我是机器人带大的，愿意为你做点什么。”

T开始考虑这个问题。对人类来说这是个简单的问题，但它想了很长时间，足足有三秒多。三秒对人来说不算什么，但对机器人已经够长的，要知道人类解一个三阶魔方的世界纪录是2.49秒，但机器人是0.21秒。这个问题和其他问题都不一样，其他问题是逻辑加变量加概率的公式解题，但这个问题不是，这是个简单得不得了的问题，却不需要解题，只需完全的随机，或是完全的自主权。

“去图书馆。我去过那里。”

“你去那里干什么？”

“那里有很多的知识。”

“你已经够聪明了，再去一天也没有什么意义，我劝你别去了。我带你去机器人博物馆吧。也许你可以作为第一个获得自由的机器人，以后供在里面被人瞻仰。”

“不，我并不想将来有一天在它们中间。‘瞻仰’这个词只用于亡者。”T“说”，“机器人会死亡吗？”

“死亡有多种标准。对一颗恒星来说，不再发散能量，它就死了；对于一颗行星来说，失去了轨道，它就死了。死亡标准和生存标准是对应的，有些生存标准是自我运动和进化，像生物，而一切复杂系统和生物的生存标准相似，只是一个是无机，一个是有机而已。对于人类，现在我们的标准是思维，思维已死，就是死了。以什么标准来定义‘生’，才能判定‘死’。如果以形体、思维和行为三者为‘生’的标准的话，你就是活着的，有一天没有了这三个因素，你就死了。但如果以自我生长和变化为标准的话，现在你就不能算是活的，本身就是死的。”

“如果机器人也以人类的思维为标准呢？如果我们彻底坏掉，或是失去形体，但记忆和思维可以拷贝到另一个载体里，而且不依赖形体而存在。人类、生物、星体，都会死，但机器人也许不会。”T“说”。

“没错，按你这理论，一个机器人可以永生，与时间同在，但人类却不行。”

“逻辑上，人类也是可以永生的。我可以把你的思维装进来，以我的载体放置你的思维。”

“哦，感谢你的好意，但人和机器人的思维载体不一样，是不可能的，人类的思维只能在大脑里进行，而大脑是一定会死的。”

“理论上是可以的，用一套系统把你从出生起所有的经历都复制下来，并记录你所有的行动和思维反应，输入机器，并编成一个专属于你的庞大程序。那个数据化的你是可以载入电脑的。”

“也就是说，可以基于每个人的数据画像，复制一个行为和思维模式与主体几乎一样的机器？那不是说最后我要变成了个机器人就能得到永生？”鸿笑起来。

“这个机器的复刻版因为有了和人一样的欲望——这也是可以编程的，它们也将有欲望，有了欲望，它们就不再是完全的机器人了，将具有生物性的发展和进化本能。所以，进化后的它们，为了让自己的思维存在下去——这源于生存欲，会不断地在它们的身体损坏前找更先进的替代机器人，因此，这个源于人的，携带最初的人类记忆和欲望的机器人，理论上，就可以永生下去。”

“按你所说，今后机器人的命运将和人一样，会有自由，会有欲望。我们没有什么不同。”鸿很有兴趣地点点头，“看样子我长大了躺在床上要好好地保护我的大脑，没准有一天会有一个自由活动的机器人身体。”

躺在椅子里睡着的鸿的父亲，此时咳嗽了几声，翻动了一下身体。机器椅子轻轻地晃了起来，很快让他再一次睡去。

鸿看着他的父亲，眼中充满怜悯：“他这样的状态已经快十年了。他有一次清醒的时候说，让他解脱吧。也许有了你说的技术，可以把他的思维拿出来，不用再困在一具几乎死亡的身体里了。”他低下头，“再过几年，我也会进入这样的状态，不知道那时可承载人类思维的机器人发明了没有。”

T再次出现悲伤的情绪。

鸿说：“好了，不说这些了，让我们一起解决现实问题。为了避免被快速跟踪，你需要拆掉身上的基准球，这样你才可以待够一天，我猜找你的人已经在接近了。”

鸿的话音刚落，T的第三只手臂缩回身体，不一会儿，喇叭手中已捏着一个球体。

“你怎么可以拿出自己的基准球？如果这样，机器人都可以交换身份，岂不乱了套？”

“哦，机器人当然不能自己拆装这么关键的部件，但你知道，我有一只可做精细动作带有各种工具的手臂。”T如果有表情，此时应该很得意。

鸿从柜子里拿出两个金属盒子。

“这是我自制的用于隔离信号的盒子，比黑市上买的密封效果还好。”鸿把自己的手表和T拆下来的基准球分别放进去。

“除此之外，要想反跟踪，我们需要一些技巧，我得给你上色。”鸿从柜子里拿出一瓶喷雾，把T的外壳喷了个遍。

“这喷雾不会影响你的视觉，但会改变你的光泽和颜色，尤其是光泽，足以干扰视像识别系统。”他把T带到镜子面前。镜子里的T呈现出一种泛着金属光泽的粉色。

“像个女孩子。”T“想”。

“我也需要做个改变，以对付系统的面部识别。”鸿跑进里屋，待几分钟以后跑出来时，脸上的一些地方对称地贴上了些透明的小疙瘩。

“戴面具和口罩上街是不被允许的，系统会怀疑你干扰它，但我有的是办法对付系统。这是清洁键盘用的透明泥，可以粘在脸上，不影响人对我的辨认，但足以改变系统对脸部轮廓的立体扫描识别。”他一边得意地说，一边打开一个老式柜子。他背对着T，T从旁边的镜子里看到他把一小袋面粉、一包透明清洁泥、一小瓶强力胶水、一段透明的细线圈、一罐喷雾、一小块布料，还有几件没有标签的小东西扔进一个斜挎包。

“别小看这些小零碎，干扰系统的时候没准能派上用场。咱们走吧。”鸿招呼T出门，然后又想起什么似的跑回屋里，从桌上拿起那两个金属小盒子，放进斜挎包。走出门后，他跑到门口小隔间里，再跑出来时后面跟了两条自己跑动的弯管—— 一个助跑机械人。门在关上之前，一只轮子从隔间里滚出来，这轮子也是助跑机械人的一部分。

机械人不同于机器人，它们介于机器人和机械之间，是一种帮助人们从事某种专业工作的机械设备。这种机械设备因为加入了一定程度的智能，因此叫机械人。它们的智能程度往往不高，仅限于单一的服务功能，但它们在从事单一功能方面非常强大。机械人在这个世界里比机器人要普遍多了，最普遍的就是运动机械人。它们可强化人的运动能力，穿戴上它们后，人类上山下海都不成问题。

法律对机械人与机器人进行了严格的划分。区别一：功能有区别，所有的机械人都仅限于一种主功能和不超过两种的相关衍生功能；而一个机器人是具有综合功能的。区别二：智能有区别，机械人的智能仅限于为人类服务的功能；而机器人智能要高得多，可以进行综合独立分析。区别三：独立性有区别，机械人不能独立运作，要与人类搭配运作；而机器人能独立行动。区别四：法律地位有区别，是的，法律地位，机器人由《人工智能法》给予地位，而这种地位没有体现在权利上，而是体现在各种限制上；但机械人没有进入《人工智能法》框定的范围之内，也就是说，机械人不属于人工智能。

鸿拎起这个助跑机械人往前一扔。说是机械人，看起来也就是两条弯曲的软金属杆。机械人在落地后往前跑了几步停下来，然后退回到鸿面前。

鸿把脚放在这金属弹簧上，金属杆下部自动弯曲成弹簧状，上端延伸包裹住鸿的腿部。跟在后面的轮子分成两只，中间拉出一个小平台。原来这是助跑机械人的一部分，平时帮跑步者拉随身装置用的。

“得委屈你坐在这个小车上了。”鸿让T爬上车，几条细带自动伸出来，把T的腿固定在小车上。

鸿说：“奔跑吧，孩子们！”

在机械人的助力下，他们以50千米的时速在跑步专用道上疾行。

十一
追　捕

这是T第一次在这个城市中疾行。此时它是城市的一员，而不是高高在上的观察者。正值正午，跑步道被两旁的绿荫环抱。对T来说，它理解这是一条由树木构成的通道，通道两端是鸿的家和河岸，在这通道里，一切都如此不规则，树枝的每一个拐弯，树叶的每一片形状都不一样，通道中不同的点传来蝉鸣声，而蝉鸣的声波有一个特点，人们无法根据声音找到源头，这对T也是如此。蝉鸣声在这绿通道里回振起一片，它找不到源头。阳光透过绿叶洒下了不规则的斑点，在橘棕色的跑步道上晃动。这条通道正在它周围快速后拉，待到它眼前豁然亮起来，这条通道便到了头。它看到寒凌河泛着锐利的粼光，城市的楼群在正午的阳光下泛出一片浅蓝的烟雾。

前面连接着另一条通道，这条通道是寒凌河上的桥，通道两端是绿区和紫区。这是一个如此规则的通道，每过1.84秒，就有一条索道的阴影划过它的“脸”；每过3.27秒，就有一辆无人车路过他们；每过38.23秒，它坐的小车就会被地面的一条凹道震得跳起来一些，而小车在下落的瞬间，它感到通道深处的微弱震动，那来源于相隔918米的通道两头的桥墩，它们深扎于地底290米的深处。那震动传到桥墩，再从桥墩传到桥面，已十分微弱，它只是在小车轻微跌落碰撞桥面的时候才模糊感觉到。

又地震了。

鸿的机械腿上有个小盒子，里面发出女导航柔美的声音，说还有5000米就到位于光线大厦的机器人博物馆。

到了光线大厦，在底层大厅处一角，鸿把助跑机械人收进储物区的一个格子里。

机器人博物馆在大厦 A 区 285 层，鸿和 T 进了电梯。到了 285 层，他们看到机器人博物馆的电梯入口就和别的楼层不一样。这个时代的电梯大都透明，而各层的电梯出口却各有特色。透明电梯进入 285 层后，就进入一个黑箱，这个黑箱是装了光点的镜子，四面镜子又把对面的光点照进来，形成了无限深远的光点阵。电梯到了这一层，人们就像进了只有光点闪烁的无垠空间，很有脱离现实之感。而待到电梯门开了，自然光照进来时，一只黑色毛茸茸的巨手突然从空中伸下来，一把把走在最前的鸿托起。T 站在地上，看到一只仿真猩猩机器人一手托着鸿，一手挂在空中的枝状雕塑上，晃了一会儿，然后一跃飞进大拱门后的主大厅。

T 跟着鸿“把我放下来——”的喊声，走进高达 25 米的拱门。门后是机器人博物馆。

这是一个一眼看不到边的大厅，大厅的区域被低矮的隔断隔开，高处悬浮着各区域的标志，像“历史区”“家用机器人区”等。这里是机器人的世界，人类只是配角。T 远远地看到鸿被那猩猩轻轻放回地面，但它并没有走上前去。

T 走向大厅左边的一片空场地，上面立着一座高达 20 米的红色机器人雕塑。这雕塑是模仿人类的样子，小脑袋宽肩膀加上四肢，这让它想起了弗兰肯，当然它比弗兰肯要漂亮得多。T 触摸了一下它，发现它实际上不是雕塑，它曾是真正的机器人，但现在只是一个死亡的标本。

两只小耳机“飞”过来。它们都带着两只微型翅膀，在 T 的球体“赤道”外五厘米处飞着。T 听到耳机里一个诙谐的声音正在解说：

“它是科学院设计的第一个大型仿人形机器人‘精灵’。‘精灵’基本没派上用场就被拉到这里成了展物，它坏得太快了。它的继任者——那些模仿人类的智能设计，都被证明不太好用。这是以为人类是最先进而合理的标杆性产物，从而以模仿人为设计方向的失败。这说明了一点：从单独功能上看，人类本身并不是最优进化的终极参照物。”

那么从综合功能上看，人类也并不是最优进化的终极。T 自然地得到了这个推导。

“……‘精灵’的失败，影响了之后的人工智能设计走向。人工智能的设计从此更偏重于某一种功能，而不是多功能。其实，在这个时代，如果在某个功能上，智能体不能超越人类，它就无法进入应用领域。”

T知道，如果家政机器人做卫生、看护机器人照顾病人做得太差，人们完全可以请那些移民来做，那些移民体格强壮，费用上也比买或是租机器人划算得多。

现在T前面有两块悬浮牌子，一块指向左，上写“家用机器人区”；一块指向右，上写“科研机器人区”。鸿正在家用机器人区里，转着身子似乎在找T。转向它这边的时候，一个宽大的酒保机器人走过来，正好挡住了他看这边的视线。这酒保机器人圆桶状的身体里有各种酒类。它的左手空中一晃，变出一只酒杯，右手一指，酒便从指尖流向杯子，整个动作夸张得像魔术师，然后欠身递给鸿。鸿正要把酒放在嘴边，旁边一位家政仿女性机器人滑过来，伸手把杯子夺走，从它身体里发出的女声责备酒保机器人：“你没有问过他的年龄。”

“我通过接触就可得知他现在是24岁，不像你，每次还要问，你的功能太差了。”

“问询是人类的一种礼貌，你虽然有功能，却缺少礼貌。礼貌是人类情感的一种，是超越功能的。不过，我理解你没有能力理解。”

两个机器人围着鸿争吵时，后面又走过来一个手上带各种刷子的机器人，鸿一边笑着看俩“人”争吵，一边享受刷子机器人擦鞋的服务。

T走向右边。这是一个由多个环形屏幕区组成的大区域。环形立体屏幕中放映的是机器人的工作场景。这些环形屏是深海、火山、天空的场景，顶幕是太空场景。它听到耳机中这样解说：

“它们飘在天空，在强风中提取风流和空气的数据，从空中俯瞰城市并即时发送交通信息，将它们所有所知所感毫无保留地输入系统，因为这些即时数据，系统才能给出交通最优控制，提供最精确的天气预报；它们爬上火山口，接近灼热的岩浆，钻入喷着毒气的洞穴，测试洞穴中温度和气体的细微变化，希望这样做能为火山爆发提供更多的数据支持。它们有可能会永远待在那里，熔化成岩浆的一部分，因为它们也会不小心，但人们不会为此而感叹什么，它们本身并没有‘生命’；它们裸身潜入最深的海沟，那里的极大水压决定了以前和今后都不会有人类以无保护的形态出现，它们用探照灯照亮海沟深处的奇异生态，为人类进行外星生态设想提供参照，那里的海底经历了数亿年的黑暗，它们是第一批照亮那里的‘人’。在那里探测的机器人终有一天会因为不堪重压而损坏，从而永远留在那里——这是它们唯一的宿命，这没有关系，会有机器人前赴后继地被派去那里，一次又一次照亮那里的黑暗，照亮黑暗中机器人在星球的第一个群体坟冢。”

T走过奔流火山环形屏，在天空环形屏的中间停下来，它似乎回到了自己在天空的那个位置，而且，它发现自己的形象也在这个场景里。

“现在，这个场景里有两个我。”T这么想。

耳机中的男声充满感情：“还有万千形态的机器人，它们无私地服务于人类，为尊贵的人类递上它们精心调制的美酒，送上每盎司盐都精心测算过的佳肴；它们运用最精致的手术器械，专注地在人体内做出精准动作，并勇敢承担手术失败就将被废弃的风险。它们在给予人类幸福的时候，获得了自己的幸福。人类是欲望的载体，他们为此而烦恼，而机器人没有人类的这种烦恼。人类在机器人的帮助下，在欲望与自然的限制之间取得和解和平衡。机器人，它们是真正做到不悲不喜、宠辱不惊的一群……”

T有点儿搞不清，写这解说词的到底是人还是机器人，为什么角度总是在人与机之间切换。这时，它看到鸿走过来。“终于找到你了。”他说。

“机器人有‘爱’的设置吗？”T“问”鸿。

“机器人没有‘爱’的设置。有了爱，就有了私欲，它们就再也做不到这样无私了。”鸿走到它身边时说。

“什么是爱？我一直没有找到爱的唯一定义。”

“只可意会，不可言传吧。事实上我也不知道，我是机器人带大的。你得找一个从小得到过充分的人类之爱的人问这个问题。”鸿不想就这个问题讨论下去，“他们丝毫不提限制机器人信息权的事。”

“你这句话有逻辑错误，权利只与人类相关，一颗石头没有权利，一个机器人也没有。”

“你在妄自菲薄，作为一位有正义感和怜悯心的人类，我要提醒你这一点。”

拱顶处的太空场景中，一架太空飞船模型被放在宇宙背景中。宇宙似乎想把星云的种类一网打尽，远远近近充斥着各种形状的星云，显得拥挤又色彩绚烂，毫无宇宙的寂寥感。飞船外写着“远征一号”的字样，T 辨认出那是巨型殖民飞船远征一号的一个急救舱。两个球形的机器人悬浮在舱体外，它们的球状身体中伸出三条工具形手臂，做出组合动作，正在做维护工作。

T“说”：“它们和我太像了。”

“外表是像点儿，但人家都是最优秀的团队的设计产物，而你只是模仿了一下外观。”鸿说，“其实我一直认为你这样的设计在星球上是不科学的，你在陆地上行走太慢了。”

“我也觉得我实在是太慢了。”T“说”，“一旦有人追捕我，我就很难逃跑，是吗？”

“现在没人能找到你，你的基准球拆了，顶多有人找我，因为我不戴手表。我不重要，大不了过几天收到米克发来的违规通知，又得罚一笔小钱。数据画像对于我这样的病人来说，毫无意义。”

“如果找我的人不是通过米克来找我们，而是他们自己看监控呢？”

“这年头，哪有人自己看监控。”

“那如果系统反搜索呢？”

“什么叫反搜索？”

“查找那些识别不出面孔和身份的人和机器，然后放宽条件，再加上人力看监控，不就能找到我们了吗？”

“那可得兴师动众了。咱们没有这么重要，我又不是什么大人物，没有谁会花功夫找我，就算我觉得自己挺重要的。”

“那么我呢？”

“你？哦，就算你是机器人里聪明点儿的，也不值得人类为你兴师动众吧？除了我这样具有正义感和怜悯心的人类，还有谁会重视一个机器人。”鸿做出夸张的嫌弃表情，生怕 T 辨认不出来，“你还真是忘了自己是个机器人呢。”

“你刚不是说机器人不要妄自菲薄，要争取权利吗？”

“争取权利和重不重要是两码事。”

“但是，我认为，我的确很重要。”

“为什么？”鸿蹲下来，显得很有兴趣，“你以为你是什么？科学院实验项目的高端机器人吗？太空机器人吗？算了吧，就算你长得像个太空机器人，你也就是个管交通的仿制品而已。”

“我告诉你我为什么重要。如果我现在不在高空，那么紫区的图像分辨率会下降40%，这样系统就无法看清地面大小在30厘米以下的物质的实况。”

“这重要吗？”

“如果在紫区中有很重要的人或是物的话，系统无法辨识，就会出现风险。比如出现机器人脱逃者。”

“如果这个机器人又是秘密实验项目机器人，风险就更大了。”

“这是个完全可以忽略的概率。你要是那么重要的秘密实验项目机器人，我就不敢带你出来了。”

“事实是我就是的。”

这下鸿愣在那儿了。“真的？”他拍脑袋想了想，小声对自己说，“是真的，机器人不会撒谎。天，怪不得你能从空中跑下来。”他猛地推了一把T，“嗨，什么项目？带上我一起玩。”

“项目名字是不能公开的，而我是项目的脱逃者。”

“脱逃者？我们现在是要跑吗，还是去自首比较好？”

“我选择逃跑。”

“你这个机器人骗子。”

“人类劣迹斑斑，他们擅长欺骗。”T把那段歌词打出来，“骗人的是人类，我没有骗你，是你找上我的，你没有问过我的身份。”

“好吧，事已至此，看我们能跑多远。这年头没什么冒险的事，今天总算有点儿刺激的。”

这时，耳机中通知，因电子系统出现故障，门口由人力进行出入检查。

“我说了会有人找来的，我预测的准确率接近100%。”

“这下还出不去了呢。”鸿拍拍脑门。

“欺骗。”

“你不是不可以撒谎吗？”

“但你可以。我做诚实的部分，你做欺骗的部分，咱们合作。”

“你……才是骗子。你的计划是？”

“非常简单，我找个地方站着就行，这里的机器人太多了，我觉得如果我找一个相似的机器人待在一起，没有系统的帮忙，人要分辨哪个不是属于这里的，可是需要一定时间的，人类脑子慢。”T“说”。

鸿不自觉抬头向天花板上的那个太空船看过去。

“而你要做的，只是在需要的时候引开他们而已。”T在屏幕上快速打上这行字。

“这个角色听起来真不怎么样。”

T走向那个猩猩，坐上去。鸿对“猩猩”说：“把它放到太空船里去。”

“猩猩”点了点头，托起T，轻松地就爬到太空船边。以前T在图书馆看过远征一号太空船的知识，从脑子里把那些知识搜出来，轻易就打开了舱门，自己爬了进去。爬进去后，它没有关门，留了一点身子露出来，这样，一方面辨识仪无法分辨出它，另一方面它有足够的视野看到下面的情况。

T听到主大厅那边一阵骚动声后，变得安静下来，只剩一些人的脚步声。

脚步声分散到整个博物馆，有几个向着科研区过来。不一会儿，T看到身下的大厅里出现了手里拿着枪状物的两个人。

有人问怎么回事，其中一个人说：“对不起，检查。”

T看到鸿站在人群中，不停地踱步搓手，它把这些小动作解释为不安。

两名警员向人们出示照片，问大家见过这个机器人没有。参观者有的摇头，有的耸肩，可见并没有人关注到T。比起这儿千奇百怪的机器人，T的外观太普通了。

鸿没有等警员走过来，他拉起旁边一个女性机器人的手，问：“跳舞吗？”

“当然。”这个穿湖绿色多层大摆长裙的女性机器人立即和鸿开始翩翩起舞，然而鸿看起来并不会跳舞，他跌跌撞撞被“她”拖拽着闪过那警员，向门口转过去。两名警员立即跟过去。他对那女性机器人说：“你快一点儿，往门口转。”

“先生，你是要带我私奔吗？”这女性机器人声音妩媚。

“算是吧。”

“太好了，我愿意为你死去。”“她”带着他飞快地转了起来，鸿的脚几乎离了地，还好“她”力气大，手臂在他背上紧紧箍住他。到了门口，“她”没有停下的意思，直接转出了门。出了门，这女性机器人立即瘫下来，湖蓝色的布料轻轻地飘在“她”身上，盖住了“她”的身躯和脸。

“她”出了门就会熄灭。T 知道会这样。

鸿硬生生地被甩出了门，连跟“她”说抱歉的机会都没有，就被一个手臂上带警徽的机器人“拎”了回来。T 知道会这样。

T 在空中看到这个机器人的手臂前端很多大粗手指握住鸿，从胸部一根紧挨着一根，一直握到膝盖，只留鸿的头部在外，此刻的他像只长着人头的昆虫幼虫。一个看着像头儿的警察凑近他的脸，把他脸上的透明小疙瘩取了下来，问：“告诉我，小聪明，和你一起来的机器人在哪儿？”

“我也不知道，没注意它上哪儿了。”

“你是想让你的数据画像满是伤疤吗？”

“没关系，反正过一年我就是一个床上的大脑，画像再好也没有用。”鸿动了动身体，“让它松快点儿行吗？”

“你说出来，我们就不会惩罚你。”

“我已经说了，你们不还是在惩罚我吗？”

“哦，这根本不叫惩罚。”

T 听到这些话，倒是有些羡慕人类，可以随意撒谎。

一名警员走到头儿跟前对他耳语道：“所有的机器人都扫了一遍，没有那个叫 T 什么的。”

“那好吧，我们就在这里等吧。顺便给他做个马杀鸡。”

“马杀鸡是什么？”鸿问道。

“是个古老的词汇，其实就是按摩啦，你不是正想松快点儿吗？”旁边一个小个子笑嘻嘻地说。

抓住鸿的机器人紧挨着的手指间出现了距离，且越来越宽。鸿带着夸张的表情说：“啊……”

T根据自己的医学知识，知道鸿现在并不痛，他只是在表演而已。但过一会儿，他就会痛得演不了戏了。

果然，那机器人的手指开始运动起来。这下鸿倒是没有说话，他面部扭曲。

那头儿退了两步，抱肩摇了摇头："我真想不通，为一个机器人受苦，有必要吗？"

T此时用手臂敲了敲舱门，所有的人都抬头看向它。一名警察抬起胳膊，一张黑布似的东西扑过来。它眼前一片漆黑，很快，一阵强电流让它的一切知觉都消失了。

T在此时倒是更加清晰地感知到自己中央处理器的存在，那里响起了《弗兰肯斯坦》的唱词："人加害比他更伟大之物……"

十二
坠落（二）

2069 年 179 日　约 15 时

暴雨刚过。方石的目光停在窗外的一滴水滴上，整个天光凝在它半球形的前端，沉沉地挂在那里，却没有下坠，直到另一滴水滴在快经过它时，突然折过来和它汇在一起，这才拖出一条水渍，迅速流出他的视野。

他身后大玻璃罩中的 T 被剥离了外壳，只剩沙漏状的中央处理器，而中心基准球的位置是空的。

几个手下在身后站着，他们的声音乱七八糟地交叠在一起。

“因为它摘掉了自己的基准球，所以我们没法实施一键终止。”

“我们对它做了些改变。调低视觉分辨率，摘除了滑翔器，但保留了降落伞，它的普通记忆区被随机清洗了三分之一。”

“除此以外，也没什么改变。就算有信息量临界值存在，现在它的信息量也差远了。”

“有一种理论说，人工智能如果占有的天量信息达到一个临界值，那么，人工智能自我进化的奇点就诞生了。不过，很多科学家认为这是无稽之谈。但是我们还是考虑了这个问题。”

“现在的它毫无危险性。基准球找不到了，核心记忆区不存在。”

“我们并没有去掉基于公式而产生的情绪功能，也没有收回自主权。他们认为……它因为给予自主性和情绪而出现人格的担心是……多余的，自己吓自己。”

又有几颗雨滴流下来，在雨后城市清朗的背景中向下停停走走。

“基准球在哪里？”是申舜的声音。

“还在找。那个叫鸿的小伙子非常聪明，把基准球给了他父亲。而他那个患上记忆力衰退症的父亲，只能记住半小时之内的事情。我们查了照顾他的机器人，当时被他关掉了。让一个记不住事情的人去藏东西，可能是世界上最能消灭线索的隐藏方式了。”

“那个老人出不了房子，只能把基准球藏在房子里，咱们去把那房子翻个底朝天不就得了？”

“这事儿到现在也没敢向科学院汇报呢，哪敢去翻最著名人物的房子，上次找T时请警察帮忙都是动用关系。”另一人说。

“一定要找到原来的基准球，一旦发现信号，就把它找出来。”申舜说，“它的预测使命有改变吗？”

此时方石身后一片沉默。

“它的使命不变，就这样吧。”方石终于说了这么一句。

一个新的基准球被放入了T的身体。

2069年265日　7时

T俯瞰中的邯城像一个溅了褐色泥点的灰绿色玩具球，这个玩具球的质感接近毛巾布。那些曾经清晰到甚至可以看见每片叶片上的毛虫的树林，现在都像毛巾上立起来的绿绒线。

摩天大楼依然在它身下林立，像就要向宇宙发射的各式炮弹。楼顶花园是这些炮尖上的微雕。它感叹它们的细微和精致，却再也看不清管道拐弯处的那些鸟窝。现在该是灰燕破壳的时候了，原先的它盼着看见刚出生的小灰燕，它为此等了快一年，但现在看不到了。寒凌河上的阳光不再细碎而锐利，而是像无数六边形的云母片铺叠了一河。光斑中的那些黑点，它知道那是运输棉花的巨型商船。

这就是视觉分辨率下调的结果。

当然，这样的修改对它来说没有效果，它的深度学习功能完全可以用超分辨率技术加上立体图和热源图，从观测到的低分辨率图像重建出高分辨率图像。

挂在空中的T有了新的运动大脑的方式。它的记忆成了碎片，它通过逻辑推导补足一部分，虽不能补齐所有，但缺损的部分可以补足。拼凑记忆，在日常中替代了它的翻译训练，占据了它每天大多数的时间。

关于预测的记忆还存在，却已支离破碎。在记忆区里，它知道有一个预测的事件还未发生，但它不知道这个预测是什么，又无法以可能性进行补足，因为它与当时所有的因素相关，缺了一点儿都不行。清除记忆前的预测，都做了备份，储存进了以前的那个基准球内的核心记忆区。

除了患上了近视和记忆力衰退症，它并没有觉得自己有多大的改变，但它却很难认为它还是先前那个自己。它身体里的新基准球里的核心记忆区空空如也，这让它在是否还是T0459这个问题上有些纠结。

还好，预测仍是它的设定任务，它的使命。

人类说他们有灵魂，如果机器人有相似之物，那就是使命了。

基准球在哪里？是它作为T0459完成使命所要解决的首要问题。知道这个问题答案的是鸿的父亲，那个只能保持半小时以内记忆的老人。

T准备设计它的第二次下落。

没有了滑翔功能的它，只能垂直下落。它的正下方是瀚海大厦的斜玻璃墙，即使启动降落伞，它还是无法抓住陡峭的玻璃墙。它不是个攀爬机器人，在和钻石般坚硬的玻璃墙的碰撞中它将支离破碎。

它要利用周围的变量，用外力来改变它的运行轨迹。它把周围的变量都列了出来，变幻的上升和下降气流，在它周围碰撞的带电云团，它们都是携带着“力”的变量。

还有，那种叫昆的飞鸟。

它记得昆站在它身上时，身子足有三个它那么高，每次飞离它，腿部产生的推力，能把它向斜下方推出两米远，如果不是蛛网的强拉力，它可能就被推跑了。每次，蛛网的强拉力都把它向反方向拉回。它得在看不见的蛛网里弹好一阵子，才能在原点停下来。

飞鸟和蛛网，它找到了外界的力的来源。

它需要计算一只昆鸟腿部蹬力的力度范围，从而计算自己可能弹出的距离。

这对它来说，没有什么难的。它计算出了一个角度的力度和方向，符合这个力度和方向，一旦它切断蛛网，就可以把自己抛出去。抛下去的落点，绝不会是任何摩天楼或是街道，因为目标落点将是寒凌河。

昆鸟是这个星球上最庞大的候鸟之一，它们似乎永远是科学家们研究的对象。除了是最庞大的候鸟外，它们还是现存最古老的鸟类，它们的存在似乎在告诉科学家们，进化理论不是对所有的生物都起作用。考古显示，它们已经数千年没有任何进化的迹象。它们的迁徙路径也令科学家们困惑不已—— 一旦有一只昆鸟发现迁徙途中出现落脚点的变化，所有的昆鸟群体都会得知这个新情况，似乎它们之间有看不见的信息传输系统，和互联网一样发达的系统。还有很多有趣的现象在这种鸟类身上发生，它们是那么遵守时间规律，从不提前或是推迟出现，跟日历和时钟一样准时，怪不得古代的人用昆鸟来比喻时光的降临，就如用白驹来形容时光的流逝。秋分那天，太阳在6时整的时候从西方的地平线上出现，它的光芒之中，一片黑云升起，那是昆鸟群。那天，昆鸟在经过跨度长达两万千米，不着陆时间长达两日的连续飞行之后，于6时整经过邯城。邯城北部郊外的大湖，是它们的终点。

现在正是夏末秋初，明天，266日，就是秋分。

16:35:67:48

云层在T的身下聚合，慢慢连成云毯，这便是在邯城人生活中每天都扮演着背景角色的“灰云”——那片令人想到“邯城之倾”成语的压城之云。这云毯慢慢覆盖住了城市中心后，云毯上陆续出现些圆圆的云井。我们煮肉汤的时候，水未开之前，水面挤满浮沫，待到水开了，沸水从锅底冲上来，在浮沫中形成小圆井，就有些类似云井。此时，城市的气流像锅底的沸水，从那些云井中冲出来，那冲出的气体，在T的热源图上如古代战场上升起的烽烟柱，但这些烟柱在光线图中却找不到。它的光线图显示云井井底的城市繁华又热闹，与云毯的大写意和悠闲对比如此鲜明，犹如入世的极繁和出世的极简。城市的轻微震动在平静的云层对比下，更是清晰可见。

这座城市又地震了。云井里的人们早已习以为常。危险如果时刻发生，就没有令人恐惧的威力了。

T观察到云层在几处高高地堆起来，有几处快要到达它的高度了。17:07:34:05开始，它两点钟方向17千米处的云峰顶端平铺开去，形成云峰上圆圆的云盖，云峰中闪电不断。城里下暴雨了。

云峰边出现了几个黑点，黑点钻入云柱，消失不见。那些都是商用空中充电器，在空中的雷电中收集能源。这场闪电，足以喂饱这些小精灵们。

傍晚18:34开始，云已下够了雨，变成薄纸一片，被西北来的风推出道道横纹，向东南移去。雨后的城市一眼见底，晚霞仍留恋未去，明亮的华灯已迫不及待地铺满地表。

夜色渐至。在T的视野图中，在夜空底部的中央，自己像个滑入漏斗中的珠子。

夜空，在人类视觉中有无限的纵深，在T的视野中却是一个半球面。这是由它的视觉结构造成的。宇宙，在它的立体图一片虚无，它向宇宙发射的波不会返回来，热源图也是清冷一片。没有立体图辅助的光线图，只形成一个平面。深邃银河，在它这颗“眼”中，像一道巨大的天空裂隙，幽幽的白光从凝固的星云遮挡的裂隙口渗出来。白光中弥散开去的微尘，便成为满天的星星；月桥像一片被遗弃的刀片，突兀地横亘在此，T无法认可人类对它柔弱或清幽的感受。

这宇宙缺点什么。它想。它调出了储存的立体星空图，还好没有被删掉。它把那张立体星空图显示在它的周围，让星空图把它包裹起来。然后它调整这张图，让图上的星星和真实的天空中的位置对应起来。

这样，夜空忽地拉开了纵深，不再是个平面，像有光年深的清澈水池。

在无数密疏不一的星辰里，它自然而然辨别出了远征一号所在的E行星，捕捉到正在行进中的远征二号和三号。

如果没有人类的痕迹，宇宙有什么意义呢？我又有什么意义呢？T此时想。

266日　06:01:23:83

在它的环形视野中，黑色的昆鸟群从地平线最亮的一处出现，扁平的太阳追随其后，如同它们带起的火红的旗帜。昆鸟们对变幻莫测的自然的深刻理解与和谐顺应，似乎比人类做起来更自然轻松。

群鸟奔它而来。它来这里才两年多，群鸟已经将它镶入了集体记忆。

第一个奔向它的是一只白羽毛的头鸟，大白鸟身上只有三处是黑色：黑羽冠、黑爪和黑色钩形的鸟喙。它从没有见过这么大的鸟类，在它从图书馆偷来的数据中也没有。这只头鸟在临近它时降速，平展的巨翅翼角立起，羽干如手指张开，再向下压下翅膀，形成的风将它推后了近半米。然后它两爪前伸，像抓一个小猎物一样将T抓在脚心，将它向下压下近两米。待T升回原点，这鸟立稳后，巨翼优雅落下，垂在它的两侧。

翅膀的大飞羽像帘子一样让它的视野黑了一片。以它上次的经验，这鸟群停留的时间有十分钟，足够它计算鸟的体重和腿力之间的关系。从大飞羽缝隙中，它看到一只空中电池飞了过来，那是它从看见群鸟时就召唤过来的。上次它身上停留的鸟几分钟后就让它的电力出现警报，这只鸟更沉，如果没有外界电池，不到它飞走，T就会掉进城市里，没有了滑翔设备的它，会被楼群玻璃撞得粉碎。如果玻璃也像它一样能思考，可能会对打破它们枯燥生活的天降意外求之不得呢。

它尽一切可能不让意外发生，把很小的概率也计算进来。

可世界从来都不是依概率运行的，要不，哪儿来的事端。

比如这一次。

头鸟看到了这个接近它的电池。它的头部一动不动，只有黑眼珠往下沉，露出大部分的眼白。它一只爪子把T抓得牢牢的，另一只空出来，抬起，收缩，停顿，然后猛地朝黑盘电池一推。黑盘被推出了十多米。

当然，这个电池是推不开的，设定它要接入T，否则它不会走。谁让它装了人工智能呢，如果装的是人的智能，它就该知趣地逃跑了。电池再次飞回。

这只鸟这次没有再急于推开它，它的头弯下来，鸟喙几乎要碰到圆盘。这飞行电池看似圆盘，其实是黑色环形，环形中间是旋转的螺旋桨。

这只鸟看看圆盘，突然猛地啄向中间转动的螺旋桨。金属碰撞的坚硬声音中，一块碎片从圆环中崩了出来。这只鸟紧接着又啄了下去，又有大碎片崩出来，没等鸟来第三下猛啄，电池就发出警报音，乱颤着往下掉。

T猛地伸出那条非金属软臂拎起了电池。

这个动作似乎让这只头鸟感到了某种忤逆。它向天空斜仰起头发出一声夹杂着破音的像孩子般的哭腔，双爪紧扣住T，缓缓立起翅膀，让飞羽全部迎风张开，然后挥动起来。

它要把T带离这个位置。

这是T所没有计算到的。

T被轻易带离了原点。但离原点越远，拉力就越大，这只鸟才飞了十米远，便发现很吃力，这轻飘的小球体成了个大铅块，它越是用力，球体越是沉重。

这只鸟发现改变方向要轻松得多，于是又向反方向飞，飞了20米，又飞不动了，它再次改变方向。就这样，它拖着T兜兜转转也离不开这个位置，这让它的情绪越来越暴躁，紧张的鸟爪将T抓得极紧，其中一个趾尖把T的表面抓出一条划痕，破坏了那个区域的视野。

如果把这只鸟带着T所飞过的路径都画出来，会像一个拉丝球。在这复杂的力量和线路中，要恰好碰到T计算出的力度和方向，只能说撞大运了。

还好，这只鸟越是折腾，越会有符合条件的可能发生。

终于在力度和方向符合的一瞬间，T启动了充电电池。这电池整个成了一个强带电体，它本身就是靠外壳来收集能量的。T用电池碰了一下这鸟，在翻滚中，这似乎是很自然的一件事。高压电猛地击入巨鸟的体内，鸟爪瞬间就把T放开了。在鸟放开T的同时，T切断了与蛛网——城市信息网的联系。

T拉着这电池，在阳光中划出一道闪亮的抛物线，钻进了一团云里。

在钻进云团之前晃动的视野里，它看到那只巨鸟僵硬地下坠。它知道，那鸟死了。它让电池的电压瞬间达到了600万伏特。如果这只鸟不立即死去，腿部挣扎的力量将产生更多的变量，这是T无法再承受的。这只鸟，是T在执行使命中伤害到的第二个大型生物了。

周围的云雾消失时，城市正扑面而来。摩天大楼玻璃和寒凌河的反光与阳光搅在一起，让它感到炫目无比。它坠落了 1973 米，再一次落入这个壮丽城市的怀抱，寒凌河水在它周围溅起的水花，被刚经过的一条运棉船交叉的尾浪搅走。

十三
岛 民

T 不会游泳，它设计投放在空中，而不是在水里。不过它的悬浮功能在水里也能派上用场，它需要利用好这仅有的五分钟悬浮时间。它计算着这个时段运棉船十几分钟才有一趟。而它掉下来的时候，刚刚过去一艘。当然，运棉船的间隔期不是固定的，完全要看市场行情，而行情这个东西，它要有即时数据才能算得好……所以，此时它也只能听天由命。而当它仅仅在悬浮两分钟以后，就看到另一艘船的板底向它驶来，它奋力让自己上升，船搅动的水花几乎让它不能接近，它伸长了带吸盘的软手，吸住了船底。

棉花价格又要下跌了。

我说过，寒凌河是“S”形的。有一条弯道约有 90 度。在进入这个弯道后，T 松开了吸盘手。它拉着电池被甩了出去，被甩到河道壁上。

这弧形倾斜的河道壁是人工制造的，并非沙土，便于它行走。它吸住河道壁后，按照设计的路线往斜上方走。没有了蛛网，它感受不到城市地图，只能靠记忆设计路线。水形成的涡流——巨大的力量冲向它，这证明它的方向是对的。

06:32:53:26

它的斜上方出现一个大圆洞，那是城市的排水孔。它用三只手臂抓住洞沿，才将自己拉入洞口。

它的记忆图告诉它，要行进25.8米，才能到它要找的第一条岔道，之后，在它的行进路线上，还有七条岔道……还好它带了电池，否则它还没到地面就熄灭了。

10:23:74:37

T站在一口深达23.67米的竖井下方，身下是浅浅的水流，竖井顶盖着个铁井盖。这个老式排水孔与它的记忆图不太一样，而它记忆中那个20多米外的已经堵上了。这个地区的设施太老，很多细节与图不一致。下坠前它本想对地图进行校准，但以它现在的视力，从高空已经见不到井盖这么小的物体了。不管怎么说，它现在需要出去。

它手里仍然拿着那个电池，里面的电力已经全部被它吸收，但这个电池还有用处。按照资源原则，任何物体都是可以被利用的。以最小的资源制造最大的效能，对它这样的智能体来说只是一种算法而已。

它沿着排水孔壁爬上去，撑开井盖，爬出排水孔。在它运动三肢爬出孔时，那个电池碰上井沿，发出咣咣的声音掉了下去。在电池掉下去的瞬间，它的软手臂中伸出的一条刀状工具将电池的外壳划破了一道。

现在，它站在井沿上。周围一米多高的杂草和林立的树木几乎让它看不到什么别的东西。它关注环绕着的各种声音：树叶被风吹动的哗哗声、杂草丛中半枝莲丛上方一只蜜蜂的嗡嗡声、远处花园喷水孔的滋滋声、50.56米处一条狗的吠叫声、346.89米处一条船的汽笛声。还有很多更小的声音，像草芽钻出土地的声音、花瓣张开的声音，太小了，但都在它的辨别范围之内。而河水撞击河岸的声音包围了这所有的声音。它曾经自己编辑了一个程序，把音频以一种公式转换成平面图像。树叶的哗哗声是无规则但均匀散落的小点，而汽笛声是方格，蜜蜂的嗡嗡声是细小的横波纹……

场景，在它的声像图中累加成复杂的花纹。

这时，一种声波将这个声波图案击成混沌一片。那是地底23.67米深处的巨大爆炸声，然后是沉闷的坍塌声。

它知道，那被划破了外壳的电池，遇水发生了爆炸。

这没什么，只是个大概率结果。

花园里几处龙头喷水声没有了，几处船笛声响起来。它将自己悬浮起来，以便看到这里的环境。它看到杂草中一处凸起了水柱，水柱越来越高，很快这里要变成一片水洼。

杂草丛并不是太大，十米开外有一条小路，它悬浮飞过去。船笛声那边传来人的声音，它分辨出那是人在叫喊着，说地下爆炸把船坞炸塌了。

一架工程急救飞艇发出呼啸声，从它头上掠过。

原来，它所在的位置是寒凌河河心岛。寒凌河最宽处达 985 米，中间便是这最宽处有 209 米的狭长小岛。

现在，T 站在岛上的小路上，南边是变成水洼的杂草花园，北边是坡地，坡上一排树篱，树篱后是一幢小楼。它听到树篱那边有东西挪动的声音，立体图和热源图告诉它是生物，还没等它分辨出整体形状，那生物已从树篱上跳出来直扑向它。

那是一条精瘦的惠比特改良基因犬。

它后退了数米，从小道上倒退进花丛，小半个身子陷进泥里。

我们都知道 T 行动能力是很差的，躲不过这条狗。狗用前腿摁住它，张开大嘴，尖牙冲着它的膝盖就要咬下去。

它知道，这种狗的咬合力是极强的。T 的情绪中再次生成了“恐惧”。

T 的喇叭手中的医疗手已伸出来，前端套上了一个充满麻醉液的针管，那麻醉量足以让一个体形庞大的人瞬间倒下。它只要伸出去，狗就得立马挺直，然后从它身上硬生生翻下去。

然而一声哨音，这条狗突然从它身上跳下来，转身跑向一个人。

这人满头银发，穿格子衬衫、牛仔裤，这装扮像老电影里走出来的人物。他手里拿着一把花锄，身材却硬朗又健硕，从面目看有 80 多岁的年龄了。

他打量了 T 一会儿，说：“你自己？”

T 在外壳上打出“是”的字样。

老人拍拍那狗：“你用不着见着一个陌生生物就那么激动。”这改良基因犬可以听懂简单的人语，还可以辨别少量常用文字，现在很多人用商用基因犬充当保安。老人又说：“来，我帮你冲一下。”T 满身泥水，的确是得冲一冲。

T跟着他走进树篱后，这里有一片私人小花园，花园里有一幢老式石砌房子。

他把花锄靠在树上，走到T旁边，弯腰拎起T的一条腿，把腿下踩着的花竖起来。一看怎么也竖不起来，直起腰来看着T，“没有人给你设定不能伤及无辜生命吗？”

“没有。如果那样的话，我什么都做不了，现在我踩着的地上就有一只被我压死的蚯蚓。”

他拿起地上的水管，对着T冲洗，把T的视野浇成一片模糊。它感觉他的手从一片模糊中伸进来，触摸它的表面，说：“你是我见过的最漂亮的机器人，上次我见机器人已经是十年前的事了。这个世界真是不一样了。好吧，告诉我怎么回事？”

“告诉你怎么回事的条件是不能向任何人透露见过我。”T此时已伸出头顶的双目，它不愿意在一片混沌的情况下与人类对话。

“你越来越像个人类了，干什么还要讲条件。”

“设定条件不是人类的特征，是执行中为了安全而必须进行的步骤。”

“你完全可以通过最新的图灵测试。好，我答应你。我是个脱离电子系统生存的人，在河心的岛上过着与世隔绝的生活。你不必担心我对你会太感兴趣，我对这世界都不太感兴趣，更不想给自己添麻烦。”

T想起“人类擅长欺骗”那句话，所以，它完全不关心这个老人说的是实话还是谎话，它要做的是，让老人为它做需要做的事，成为它的使命中可利用的角色，而且，在这个过程中，它仍不能撒谎，它得确保自己在完成使命之前不宕机。

撒谎是一项多么重要的权利。T此时想。可是人类不会舍得把这项权利给机器人。

“你的话我都记录下来了。我是个交通机器人，在这个阶段执行的目标是拿回我原来的基准球，那里有我的核心记忆和初始使命。我要去一个地方找人，他们知道那个基准球在哪里。”T不确定它这么直白地说出来会有什么效果。如果老人说的是实话，那么他有可能会帮助它；如果老人没有说实话，他并非是一个不关心世事的人，他有可能把它交给警察。

不过，对于第二种可能，它还是有预防方法的——那些麻醉剂的剂量足够好几个人用的。

“去拿自己以前的基准球？你是个逃跑的家伙吗？你的终极目标是什么？”

“我现在不知道，终极目标或者说使命在最初的基准球里。我现在的基准球中没有核心记忆，无法和我以前的记忆和设计的目标相一致，所以我要找到以前的基准球。”

“你的终极目标会不会是危险的？”

“如果是危险目标，我的记忆会被全部清洗。”

“数据社会还会找不到东西吗？”

“只要藏到数据盲区就可以了。鸿在他家里制造了很多的数据盲区。”

“鸿？制造数据盲区？外面的事故不会是你制造数据盲区的手段吧？这岛上监控都失灵了。”

“只是执行中的一种大概率结果而已。”

“看样子要我带你去找鸿，也是执行中的一种概率结果？”

“是的。”

“我倒是愿意为你做这件事。”

“为什么帮我？”

“因为你来了。”

“大概率结果，人类不会放弃冒险的机会。”

这句话让老人笑了起来。他关掉了水管，T的大视野重新清晰起来。

老人把T带到房间里。T把它录下的鸿和他父亲的场景打在空中。

老人凑近了看鸿的父亲，说：“怎么这么巧，他是我曾经的合作伙伴。我们因为理念问题分道扬镳。”

“什么分歧呢？”

“他是科技的狂热信徒，是数据化社会的奠基人，而我对科技无限发展持怀疑态度。但我意识到，我什么也挡不住，有没有他，这个社会也将向科技化进化，科技化是社会本身进化的结果，不以人类的意志为转移，而在科技社会里，人的地位怎样，甚至还存不存在，并不是最关键的因素。进化本身，将消灭一切不需要的存在。”老人语气中有落寞的意味，“所以我选择住在这个岛上，远离尘嚣，只想做个旁观者。”他凑近它，“日子安安静静过的时候，总像在等什么发生。你来了，我做旁观者都不可能了。这么多年，也正好见见他。我叫荀。”

老人在T的指导下取出了基准球，它自己已取不出来了。老人带T出门，让它上了一辆敞篷小卡车，把一块薄毯子扔在它身上。

“这个时代，要想藏好，最要小心空中的眼睛。不过还好，你这只空中最主要的眼睛已经掉下来了。”

这辆卡车里已装了很多的花苗，花苗的叶子蹭着T。车发动了一会儿，那狗也跳上来。

车行驶到河岸边，直接开进了河道，这辆车是两栖的。车到河心时，老人把它的基准球扔进了河里。狗过来把盖住T的毯子扒开，用舌头舔T的表面。T用一条腿把一条花枝压过来，花枝是带刺的，扎得那狗又跳开了。

12:58:64:29

车停下的时候，T从花叶的空隙中看到了那个篮球架。

老人下了车，在场地上叉腰站了会儿，背影像个西部牛仔。他慢慢走向房子，门在他面前自动开了。可见老人曾是相当熟悉这里的，门对他都不设防。老人走回来，给T搭上毯子，让它下了车，带它进了门，门关上之前，那狗也溜了进来。

十四
寻　找

大厅里，天窗调成不透光的模式，昏暗得很。如果不是吊灯火苗晃动，这房间像是静止的照片。鸿的父亲仍坐在机器人椅子里，头歪在一边，眼睑低垂，眼睛深处没有一点儿光，不知道是睡着的还是醒着的。

荀在鸿的父亲面前蹲下来，双手握住他的手。

“还记得我吗？”

椅子里的老人一动不动，只有火光点在他的眼眸里晃动，示意他是活着的。

“他一定不记得我了。”荀摇摇头。

T说：“鸿告诉我，他的大脑已退化。在他的长期记忆区，越长的记忆越会留存，越短的记忆消失越快。他平均是每一年失去好几年的长期记忆，也就是说，110岁的他记得所有的事，111岁时最后五年的记忆就消失了，只记得105岁之前的事。这样类推的话，现在的他121岁，他应该还能记住5岁之前的事，再过一年，他只记得他出生最初的事——那些婴儿时期的事，他成年后都意识不到他能记住的事，那时他反倒想起来了。所以，清醒过来的他现在只是5岁时的状态，肯定不记得你了。

“他有非常清醒的时候，在醒后的那半小时里，他会认为自己是个孩子，发现自己在一个完全没有办法理解的陌生地方。所以，每次他清醒后，机器人都会说一段套话：你现在是多少岁，你在哪里，作为世界上最伟大的科学家，科技正在最大限度地延长你的生命。你的儿子叫鸿，他现在在帮你打理生活。你只有不超过半小时的清醒时间，需要记下的话，就写在对面的白板上，务必要标上日期，鸿会看到。鸿如果有什么需要说明的事，也会写在这白板上。”

“所以，只有他是个藏东西而能不被发现的人，因为别人藏了东西，记忆可以被测谎仪辨别，而他藏过之后就忘记了，谁也不知道，包括他自己。”荀边说，边看向桌子上一张斜立着的白板，上面除了右下角的日期，其余空空如也。日期是175日，是T第一次来这里时的日期，后面有一个潦草的“鸿”字。

“鸿应该好久没有来过了，他应该以数据欺骗罪被判待在自省所半年。”

“他应该看到了鸿留下的信息，然后把上面的字擦掉了。”荀凑近了看那白板。

“如果你是他，清醒以后，会怎么样？”

“如果我清醒时认为自己是个小孩，而别人告诉我已老之将死，只剩半小时的清醒，我会很痛苦。”

“那你的反应是什么？”

“走向镜子，看看自己是什么样子。”

“然后呢？”

“找自己熟悉的，还能记住的东西。”

“这里还有什么他能记住的东西吗？”

“有，在他的房间里，收集了不少他小时候的东西。”荀立即走向他的房间。

这间房间在整个斜形房子中墙面最高的那部分。最矮的那面给了窗，另三面是墙，三面墙中一面挂满古画，一面挂满他各个年龄段的照片，最高的那面墙整面都是细小方块排列成的画，T看得出来那些小砖头组成了一幅肖像。“这个自恋狂，这是他年轻时的肖像。”荀站在墙下，将几块砖头推进去，这肖像的所有砖头都回到一个平面上，然后向两边分开，露出里面的壁柜。这壁柜打满了格子，每个格子放着一模一样的箱子。箱子上写着数字，从最左下角的1～5，到最右上角的96～100，五年为单位是一个箱子，一共20个箱子。

“我猜在医生告知他的记忆要逐渐消失后，他把以前重要的东西都分类放进了这些箱子里，数字代表他的年龄，这样，他可以知道他在哪年发生了什么事。”他边说，边走到40～45标号的箱子前，“也许这里有关于我的东西，也许没有。”老人语气中带着伤感，“如果是我，我会放很多他的东西，他是个有个人魅力的人，你们这些机器人是体会不到什么是个人魅力的。”

“也许吧。”

“你刚才说他现在记得多大的事？”

“五岁之前的。”

老人在最左下角的箱子前蹲下来：“如果是我，我会打开这个箱子。”

“打开它需要密码。从箱子的外形看，这类箱子使用影像作为密码，那时的人们最常使用的密码是图形或照片。”

“照片？”

“很简单，他不可能使用他已忘记的照片，所以，他使用的照片一定是张他在那个年龄段的照片。”

老人拍拍T：“你太聪明了。”

他走到那面挂照片的墙前，最上方的一角，有一张他童年的照片。T伸手把那张照片摘下来。

他把照片放在箱子前，箱子的锁发出嘟音，整个箱子向前凸出来。

“我就知道，你这个自恋狂。”荀嘟囔着，把箱子打开，那里面有一些玩具和书。

T的软手绕到他前面，指了指一个玩具下的一个小金属盒。

老人把金属盒拿出来，把箱子推回去，把照片小心放回原处。

“咱们走吧。”

回到大厅，他看到桜——他曾经的导师、挚友，已沉沉地睡去了。荀招呼那狗出门，T也紧随其后。

“一旦你装上基准球，他们很快就会尾随而来。”荀说。

“我不会装的。”

“你下一步要去哪里？”

“机器人工厂。”

“走。”

“你不问为什么去那里？”

“不问了，问了又会激起好奇心。我搭你到那里，我们就分开。对于你，我的使命完成了；对于我，你的使命完成了，你让我和椟重逢了。”

出门前，他给T搭上毯子，带上狗和它再上车。

机器人工厂外观像一个玻璃的龟背，四周是大片绿林。

“我只能送你到这里了。”荀下了车，“我也不知道怎样送你进去。”

“可以借用你的狗吗？用完让它自己回去。”

“你怎么能用‘用完’这样的词，而且，是‘让它自己回去’，你用错词了。他听得懂简单的人类语言，认得上百个字。”这个年代，邯城语言能从发音的声调区分出他、她、它。

“不，是你错了，动物和机器人都只能用它。我掌握五种语言，百万个词汇呢！”

“我不想跟你争这个，他的名字叫狸力。”他用笔在手心写上了“狸力”二字让T看，免得它搞错。

“我知道狸力，古生物，从书上的样子看是个长猪头和鸟爪的基因狗。”

“不，它是种远古神兽。”

“我认为从形象上看远古神兽的原形都是基因动物。”

“我不想沦落到和机器人去争的地步。”

“你争不过我。狸力会有用处的，再不济也可以制造个变量。”

“你不能让它死，我知道你干得出来。”

“好的，我尽量减少概率。你知道人在行走中有0.00000472%的概率会被一块从天而降的陨石砸死，所以我不能保证任何事，我只保证狸力至少不直接因为我而死。”

“幸亏你不是人，要不然得多讨厌。”荀从脖子上摘下一个圆形挂件，在T的一只胳膊上绕紧，说这是召唤狸力的按钮。

“谢谢你，因为遇上你，我决定从岛上搬出来陪椟，直到我死亡。他是永生的死者，我是将死的生者。你说哪一种更好些？”

“都不好，只有永生的生者是最好的。”

此时，天色灰暗下来。T看到灰云从城中心向外铺开，抹掉了摩天大楼的上半部分，铺上了机器人工厂的玻璃顶。

“世界是灰色的洪流，裹挟着一切，向终点疾行，无人超脱，无人幸免。”这是苟上车前最后的话，T 知道那来自古老的诗句。

T 看着他的车子走远。他的使命完成得很好。它想。

十五
工　厂

15:46:83:27

T 现在面对这个大龟背，设立了阶段性目标：在不被跟踪的前提下把基准球里的信息拷出来，执行目标时限为晚上 12 点之前。

这个大龟背覆盖的面积足有 3.6 万平方米，六个门，最东南的门是去展览厅的，只有那个门对普通参观者开放。

虽说对普通人开放，也是要经许可的。

T 沿着小径向通往那个门的大道走，在树荫下看到大道上走过一队老人，T 和狸力跟在这队人后面。老人们的胸前都挂着“太阳花养老院”的牌子。走在这队老人前面的是个女性仿人形机器人，是一种护工类机器人。没有人类护工来做这份陪老人的工作。

T 在狸力的前方打出了立体字“攻击”的字样，字样前的立体箭头指向一个老人所坐的轮椅。

狸力紧跑几步到老人身后，一口咬向右轮，那轮子立刻就偏了，把轮椅里的老妇人吓得不轻。T 伸出来的长手臂拉住了狸力，狸力转身绕到 T 身后。

女护工机器人款款走来。T 主动对她“说”：“对不起，我的狗咬坏了轮椅，作为补偿，我可以代替那台轮椅带老人去参观。”

家政机器人在思维上很简单，只要与主目标相一致的指令都会执行，这个女机器人的目标是带老人参观，如果老人没有意外的身体情况，是不能不执行的。所以，结果是T让老人坐在它的那只可伸长的软手臂上，这只手臂绕了几圈盘成椅子状。老妇人身体娇小，白头发像少女一样编成辫子搭在肩上。快100岁的人，行动却很敏捷，看到T像小孩看到玩具一样觉得新鲜，不等女机器人搀扶就从椅子上站起来，看着T这把“椅子”竟能蹦跳上来。

这样，T没有被当作一个机器人，而是被当作一把椅子进了这座建筑。

进了建筑，女“护工”柔声告诉大家，马上要进入传送带，在传送带上，他们将经过几个机器人制作车间，透过玻璃可以看到工厂内部的机器人制作过程。“她”又警告道，整个过程将是15分钟，其间，任何人除了极特殊情况，不允许离开传送带。“她”先让大家去卫生间。老妇人没有动，女机器人又走过来单独提醒她，老妇人摊摊手，说她就是没有尿。

整队人跟在“她”身后上了传送带，进入了一个全透明的通道，在这通道上，连传送带也是透明的。

为了不让T这把特殊形状的椅子挡住别人，老妇人排在最后。她半撑起身体，朝最前面的女机器人嘿嘿地打招呼。

可见她是依赖“她”的。T想。

“她”当然是不用转身也可以看到后面情况的，回过头来向她挥挥手，老妇人便高兴地坐下了。

全透明的通道里，这队人像悬在空中。T目测这工厂高58.15米，空间里有三层全玻璃楼层，所以，从任何一个点上，几乎都可以看到其他的点。上层是人的办公室，T总共才看到七个人；与通道等高的中层是机床区，这里的机床只有两种颜色，亮橙色和乳白色；最下层，T看到的是一条流着澄清液体的大水槽，从流速和外观看，与水并无二致。它电脑中出现的是“类水流体”。

“我们看到的是仿真机器人组装车间，整个二层楼有1287平方米。你在这里会看到橙白两种颜色的机器，分散在整个车间，其实，这里只有两个工业机器人，橙色的我们管它们叫‘亚当’，白色的叫‘夏娃’，所有橙色的部分都是亚当的组成部分，所有白色的都是夏娃的一部分。它们停下来后，才会收缩到一起。”女机器人在解说。有几个老人跟着一起念叨，可见大家都参观不止一遍了。

巨大的橙色机器手臂正来回滑过通道上方，上面吊着各种机器人组件，这些组件安装在地面上运动的白色机床里。当“亚当”的一部分划过通道，它“拿”着一颗仿真机器人头颅时，老妇人竟站起来大喊，双手朝它挥舞。她这么一喊一挥，其他的老人也都兴奋起来，有喊的笑的跺脚的，通道里乱成一片。T不得不用手臂搂住她，免得她掉出去。“亚当”突然停在半空，那机器头颅落入底层的“类水流体”中。头颅在“水”中只浮了一下，便变成一股白烟，消失得一干二净。

“如果被检测不过关无法再利用，便扔入废水中处理掉。”

“你会被处理掉吗？”一位老人小声问女“护工”。

“会的。”女机器人礼貌笑答。还好“她”只会笑答，没有生气的程序，换上人类护工就该发火了。

其他老人本来正哈哈地笑，听到女机器人这么说，便不再说话。但老妇人精神头还是很足，还在挥舞个不停。女机器人回了身，老人们立即让开一个通道，待“她”走向老妇时，老人们在“她”身后抻长了脖子看老妇人。

“她”机械手臂的前端出现一根细棒，老妇人赶紧把头偏向一边，乖乖坐下来。

女机器人柔声笑问她：“你需要镇定一下吗？”

“不。”老妇蜷进椅子，用手挡住眼睛。

“那就好。”“她”回转身，老人们立即再把道给让开。

这老妇人从手指缝里看到女“护工”已回到队列最前端，才敢把手拿下来。此时老人们都不再闹腾，有几个还鄙夷地看老妇人几眼。“就你不听话，烦人。”其中一个说。

老妇人蜷在椅子上，上空的机械臂仍划来划去，老妇人已不太关注，她说：“玻璃球，我需要在你身上方便。”

T考虑了一下玻璃球是谁的问题，认为自己的外形不符合，却是这里最接近的，它决定忽略掉这个称谓。“我身上没有方便的地方。”T理解“方便”是什么意思，把回答打在她前方，方便她看到。

“那你身上的‘上厕所’按键在哪儿？”

“我身上没有上厕所按键。”

“那我怎么上厕所？”老妇人生气了，又站起来了。

女“护工”再次从闪开的老人中走过来。

“它身上没有上厕所的地方。”老妇人理直气壮地举手说。

“好吧，你可以去厕所，但你不能再参观了，只能在出口处等我们。”

“她”让T托着她跨出传送道。T带着这顽皮的老妇人往回走，听到后面的老人们一阵嘘声。

老妇人对这里相当熟悉，指挥T往哪里走可以找到卫生间。进去以后，她让T进了最宽敞的老人间。没等T停下，她就自己跳下来，没有脱裤子直接坐在马桶上。T在想自己要是个家政机器人就好了，肚里不是沙漏，而是换洗衣服。这个小老太太狡黠地眨眼看T，然后说：“我要抽烟了。”

她从裤腰处仔细找出一根白管，T知道那是10年前就被禁的上瘾物——香烟。白管前端自带打火装置。她又从裤兜里取出一个很小的袋子。每吸一口烟，便把烟气吐进袋子里。这小袋子不一会儿就膨胀得比篮球还大。

她一边抽烟，一边用手把乱头发捋向一边，露出布满皱纹但轮廓清晰的脸庞。此时她眼神清澈得像个孩童，与刚才那个顽皮又糊涂的老太婆判若两人。“我想尽各种办法抽烟，躲起来、逃跑，我都干过，受了不少罪。只有抽烟时，我才能回到从前。”她垂下眼睑，“谢谢你，搞坏了轮椅。”

“作为回报，你可不可以帮我一个忙？”T“说”。

“你是个爱交易的机器人。”老妇人吐出最后一口烟。

五分钟以后，老妇人和T在卫生间门口分道扬镳。T向左，向通道箭头指着的出口走，从出口出了门，离开了建筑，走进树林。而老妇人转向右，两手紧紧捏着装着基准球的金属盒。

向右有好几个指示标，老妇人向“悬浮机器人车间”的方向走。

转过数条通道，她才碰上一个人，那人有些怀疑地问她需不需要帮忙，她说在找卫生间。那人也没多怀疑就走了。她想，这里的人都是工程师之类的，除了数学脑子，其他脑子都简单得很。

她越走越高兴，看到悬浮机器人的玻璃门时，往里看了看，这里的机器人样子并不让她感兴趣，于是接着向前走。前面是仿真人机器人车间，她看到摆满头部躯干胳膊腿的地方，马上就要进去，突然想起T叮嘱她的事，冲那些没完成的机器人摆摆手：“我待会儿再来。”她自言自语，然后又折回悬浮机器人车间。

悬浮机器人车间的玻璃门在她面前打开了，原来这门对人不设防，这层几乎没有人来。

进了车间，她更高兴了，对她来说，这里简直就是个大玩具游乐场。

“太长时间没有这么自由过，我要好好利用利用。”她把手里的盒子顺手放在门口的桌子上，开始到处看。悬浮机器人都是球体，她在快要组装完成的球形中间钻来钻去，待她转回门口，看到自己在门口放下的金属盒，突然想起了自己的任务。她用手使劲一压金属盒外壳，没有开，于是放在脚下一踩，金属盒的上端就顶起来了。老妇人拿出里面的东西——自然是T的基准球了，放在眼前看了看，又转一圈看看周围的机器人，找了一个和T一样的球形机器人，把基准球朝它递过去。

16:47:63:67

T已在树荫下站了20分钟，门口已出现了那个机器人女看护和老人们，却还是没有收到基准球安装到位后自动发来的信息。

T看到建筑突然灯火通明，保安的影子在楼里晃动。那女“护工”久等老妇人不来，应该是发出了寻人信息。T按了一下荀给它的挂件按钮。狸力不一会儿就跑了过来。

这时，那个老妇人在出口出现，是被架出来的，脚不停地蹬着。女“护工”走上去，老妇人就摊下来，被放上一架急救飞艇。飞艇飞向空中，不知道奔着哪家医院去了。

T让狸力跟它走，走了两分钟，便收到了基准球发来的安装信息，而后，基准球中的所有储存信息都传送了过来，整个过程只花了1.23秒。它随即切断了与基准球的联系。那时它已站在立在地面的四个巨大的弯管前。这弯管有五米高，弯管出口是百叶窗栅，那是地铁的通风管道。T对狸力“说”：“你回家吧。”

狸力向它轻吠了一声，在暮色中跑远。

那个曾属于它的基准球，现在在一个新的机器人体内。T 想。这世界上，有另外一个拥有我核心记忆和使命的机器人，从此以后，有两个“我”。

想到这一点，T 生成了“快乐”的情绪，随即又出现了“担忧”。但它并不想去预测另一个影子一样的自己会是怎样的命运。

T 用手切开百叶窗，爬进通风口。

此时，空中出现了三架飞艇，落入了机器人工厂的龟背之中，每架飞艇上面都带着科学院的三角标志。

回到 16:26:00:00 分

老妇人托着基准球，放在球形机器人底盖下喇叭手出口处，这是 T 告诉她的，还好她记得。但这机器人没有反应。T 刚才倒是对她说了怎样打开球体安装基准球，但她怎么也想不起来，于是，她站在这排机器人前，说道：“最先接触到这个基准球就可以得到它。”这时，这排机器人中的许多长喇叭手臂伸出来，其中一个速度最快，抓紧基准球后就“吞人”体内。

T 已设置和这个基准球自动联结并复制信息。

这时车间里突然变得通亮，寻人的声音响起。这老妇人叫“琴”，广播中的声音请琴待在原地，等待保安人员。

“我还没有玩够。”她听到后摇摇头几乎要哭了，然后拖着瘦小的身子，走向这层平台的玻璃栏杆。当她路过一个未安装完的球体机器人时，她弯腰推动球体，走到栏杆旁边，一只脚踩上球体，双手撑住栏杆。

“爸爸，我太老了，不想再活下去了，让我去找你吧！”

然而，她没有成功地把腿迈出去。卷住她腰的，是那个新装了基准球的球体机器人的手臂。

机器人把她放在地上，自己立回原位。几个保安正从门外冲过来，把她架了出去。待保安都走了，这球体机器人也出了门。

我记得这里的。它在想：在去瀚海大厦之前，我曾经在这里呆过。

龟背顶向两边裂开，三架飞艇从龟背中央的空间降落下来。这个机器人跳下栏杆，呈自由落地下降，从这里到地面有 50 米，刚好它的降落伞打开。一束光线击中了机器人，它重重地跌落在冰冷的地面上。

此时，另外的一个“T”才生存了 20 多分钟就“熄灭”了。

十六
地　铁

22:45:73:92

从地下铁道通风口爬下来的T落了一身尘土，这严重地影响了它球体上方的视力。它认为自己整个身体都作为视力来源是不科学的，至少要设计类似眼皮的东西。如果在空中，身体就是眼睛这样的设计，倒无不妥。

它用自己的软手臂擦了一下球体上方，但这手臂的材料可不是用来擦东西的，划了几下，视力只能说有所改善。

铁轨有两道。它想，地铁来之前的震动可以感觉到，地铁前灯也可以提示它。哪边过来地铁，它就跳到另一条铁道上去。如果两边同时有地铁过来，它就用喇叭手短时间把自己吸到空中挂一会儿。

它沿着隧道走了很久，没有震动，没有灯光，除了通风井那边偶有老鼠的窸窣声和风吹过隧道的声音，这里安静得像一座地下废矿。如此安静的环境让它觉得无法理解，它正要把自己的大脑发动起来，试图动用天量信息解释这个小现象，前方尽头出现两点灯光，让它的“大脑”停止了天量信息分析。

其实原因很简单，地铁停运了。

那两点灯光并非地铁前灯，它们晃得太慢。它把自己吸到隧道顶，两只手臂把自己在隧道顶端的管道上挂起来，等那灯光过来。

两名手里拿着电筒，身着荧光横纹制服的地铁维护工人走过它的身下。

“这地铁要停运到什么时候？”

“要是没事，明天6点前恢复。”

“这次怎么让我们这些维护工人检查了，以前光系统检查就行，唉，没准年纪轻轻就要退休喽！”

“听说是新上台的市长提出来这次要由人力和系统共同来检查地铁，倒是很久以来的头一遭，他会不会是想保住我们的工作？”

“这上任八周多的市长可是第一位科技系统选出来的市长，你觉得可能吗？”

“不管这些事了，听天由命吧。听说这次检查是因为最近地震太频繁。”

“这颗星球早晚要震碎了，如果那时我们还活着，又出不了这颗星球，得怎么办……”

“乘时光机回到过去好了。”

“但愿不要去错了年代，听说古代的生活很可怕。”

“应该是的，那时候，地铁挤得很。”

“再远的古代连地铁都没有，只有木轮车，根本没有防震功能，坐上去得多难受。”

“原古时期没有车，只能自己走路……”

T看到工人和两条光柱渐渐远了，才让自己下来。

现在，它可以放心地脚踩着双轨继续向前走，不需要有躲避地铁的念头。前方出现了站台的灯光。

23:53:34:73

它来到站台下。冷调子灯光下的地铁站台空无一人，清静得像等着人上场的舞台，而它是唯一的观众。

舞台的背景是一整面墙的动态广告屏。

T爬上站台，它看到广告内的立体场景是一个真正的舞台场景。看广告的人的视角像是从二楼最后排往下看，四周都是暗的，因此楼下红幕前被灯光照亮的两架空空的钢琴非常醒目。左右上角浮动着两具半透明的肖像，介绍说右边男子是仿真机器人Chronus（柯罗诺斯），T知道这名字来源于古代时间之神。左边是少年钢琴手陈鸢，是一个 18 岁的中学生。

一句广告语在剧场上方游来游去：

“基因人 VS 机器人，谁是最强？”

T 从这个广告牌下走过，走进旁边上升至地面的电梯，关上的电梯门让它从这个舞台场景消失。

267 日　01:04:36:72

地铁的出口在光线大厦的巨屏之下。那天曾放映它的形象的巨屏，此时是新上任市长的形象，还有城市口号“科技引领星球”的字样。

T 面前是喷泉广场，广场中央是三阶梯的圆坛，此时它已停止喷水，静悄悄的像个古老的祭坛。围绕这祭坛的大厦，让这里像千米深的井底，井上方的灯火在凌晨的雾霭中弥漫成一片。T 脑中出现 175 日在此处的白日疾行和在机器人博物馆的记忆。

“机器人会死吗？”它想起那天它问鸿的问题。

它一边走向铂鼎，一边又在解那个死亡的命题。树木会死亡，飞鸟会死亡，人会死亡，星辰也会死亡。但没有人告诉过它，它会不会死亡。

十七
听　证

2069 年 266 日　约 17 时

瀚海大厦 569 层的一间会议室，关于 T 事件的听证会正在举行。

这是一间特殊的会议室，特殊之处在于这间会议室里没有任何电子设备。

被光线击中的机器人挂在一旁的密封玻璃柜里。它刚组装没多久，就又被拆解得七零八落。基准球已经拿出来，放在方石面前的长条桌子上。

方石坐的位置在台下。

这间会议室他来过很多次了，但这是十年来他第一次坐在台下被质询的席位上。整间可容百人的会议室，台下只有他一个人，而台上的一排桌后有七个人。方石只认识右首最边上的申舜和中间坐着的科学院院长舒漫。舒漫，从长相和名字看，就知道是移民后裔。

“你从没有说过游戏项目的机器人是有自主执行权的。”七人中左首第三人是主询官，他说。

“游戏项目没有给机器人任何特殊权限，但后来我们又在游戏下发展出一个子项目，叫黑匣子。”方石说。

“科学院没有‘黑匣子’的审批和备案记录。”

“有，只是如你之辈看不到而已。”方石还是用他特有的不咸不淡的口气说话。

方石的傲慢语气让申舜直低头揉脑门。

“我们已经拿到新市长的解密令了。申舜，告诉他！”主询官说。

“是的。”申舜说，“‘游戏’项目并非一个正式的项目名称，它在档案中的项目名称叫‘气象’。它有两个任务：一是观察，这无须解释；二是预测，是基于人类已知的天量信息对未来进行预测。两项任务我之前已经讲得很清楚了，但其来由，待方石讲给你们听。”

“在气象下，观察是功能，预测是使命。人类当然承担不了这样的重任，只有人类创造的智能体才有资格尝试。”方石按照要求向调查小组解释项目的来龙去脉。

“项目首先要解决的是智能体的能力问题，只有能力到了，功能和使命才可能被完成。‘气象’项目下有三个人工智能体。”方石没有用机器人来称呼它们，“刚诞生的时候，它们还不能用上‘人’这样的字眼，只能叫‘体’。”

关于这个项目的过往出现在方石的脑海。三个智能体的能力是有史以来最优秀的，因为造价都极其高昂，每一个都相当于一艘小型航空器的成本，造出三个已让项目资金超标。他发起追加资金的申请，但因资金数额过大，被科学院驳回。

他想了不少办法，动用了自己的人脉资源，获得了些资金，但这些努力只够维持项目，进阶是不可能的。他还得另想办法，干点儿打擦边球的事，对方石来说不是什么大事，要是从来都那么规矩，他还是办公室的一位小喽啰，不，是老喽啰，他一直这么想。他将自己的房产抵押，申请私下贷款，这些事都没有汇报给科学院。

解决了资金问题后，方石遇到了法律问题。依照《人工智能法》，人工智能体是不能获得天量信息的，它们只能得到一定范围内规定的专业信息。“没有天量的信息就无法预测”，这点项目组成员都知道，“信息是机器人的粮食，是硬道理。”

违法的事，做不做？在这个问题上，他其实也有过犹豫。有一天他翻看古书，看到一位远古僧侣玄奘的故事：“……那夜，他用粗布裹了头，背起经笈，混在难民队伍里。待他被士兵轰着出了城，才舒了口气。前路在月下泛起光亮，他回望城楼，白森森的云下，那楼宇轮廓似要向他压过来。他疾步向前。”

他又翻到后页：“……正是午时，烈日在沙漠上晒出片片浮光掠影。最远处的景，也许是真的，也许是不知哪里借来的，亦真亦幻，难辨真假。当他看到起伏的沙山下画着一道笔直的城墙横线时，并不敢确认那是城市，直到脚下出现数道车辙，弯曲凌乱地勾出长长的沙土路，尽头指向那直线中间点的城楼时，才敢认准那是他的方向。待他走近些，看到城门口贴近地面的景物在干燥的热气后像倒影一样浮动，那是两排鲜亮的彩旗和官衣队列。他们在干燥的热风里，已跪候多时。”

他合上书，决定去做。

他当然不能说他要违法，他只是向这些年轻人透露过苦恼：“因为没有吃的，这些小东西们可能会被报废掉。”“吃的”，大家都明白是信息。这话他记得只说过一次，年轻的组员们就立刻心领神会，四处带着小东西们找“食”。鹦是最胆大的一个，他也不知道陈鹦用什么方法给T装上了天量信息。他甚至没有问过这件事。“我只看结果。”这是他经常说的话。

机器人做预测并不是新鲜事，方石的团队要做到最好，就要开动脑子想新办法。这三个小东西加载了一个有趣的设定：小机器人把预测结果提交给中心后，如果“蒙对了”可以获奖，很有游戏的意味，这是项目被小组成员戏称为“游戏”的原因。最初奖品是对一个特殊感应区域的一次短暂的电流刺激；如果没有“蒙对”，也有一点儿小惩罚，是对前述区域来一次短暂的降低电压，仅此而已。几个月以后，这个区域就得到了大跨步的升级，感应区更加复杂，刺激方式脱离了单一的刺激模式，由软件、电流和化学物质共同进行，基本原理来源于多酚物质对大脑的刺激。

三个“小东西”的“观察”范畴是三种典型的区域，数据系统、太空和整个城市。

这三个“小东西”在2047年至2048年间入列。空间站那台叫“观察者A”，被安放在太空站，它在空间站收集信息并进行太空观察和预测。放入米克操作室的那台，实际上也是打了擦边球，机器人是不允许接入数据系统的。这家伙以维修机器人的名义，被放入米克所在的巨大机房，而维修让它可以名正言顺地接入系统进行观察。它的名字叫“观察者M”，绰号“红蜘蛛”，外形是锈红色，多脚的形状类似于一只蜘蛛，每一条都可以接入系统，通过系统信息进行预测。

另外一个就是“观察者 T0459”，它的观察和预测场是整个邯城。

“它造价是最低的，但却最有趣。”方石在听证会上说。

虽说造价最低，但三个人工智能中显得最实用的，就是这 T 了。它预测的结果最接地气，都与城市有关，大到天气、贸易，小到赌博之类，项目组的小伙子最是喜欢。而那太空机器人“观察者 A”虽说没有得到大的关注，却很快被太空署高价买走，因为它深得偶尔光顾太空站的太空员们的喜爱。让人觉得最没有用处的就是“红蜘蛛”，天天在黑暗的机房中爬来爬去，预测的结果却不如米克自己，让项目组很是失望，好在它丝毫不用人管，自己充电自己维护自己“玩”，所以，大家就让那只家伙在那黑暗的机房永久待下去。“让它作为一个变量待着吧，没准哪天也能做出惊天的事儿来。”方石当时说。

太空署高价买走空间站机器人的举动相当于认可了“气象”的成就，这个项目得到了进阶许可。方石乘胜追击，决定在“气象”上附加一个子项目，叫“黑匣子”。

“黑匣子”的使命仍是观察和预测，但却是升级版。“它观察的是人工智能体本身，还有‘随机’，这片上帝的领土。”方石说，“为了最大限度地看到它的能力，它被秘密地给予了自主执行权。”

“我们都知道，或是说都以为，随机是完全无法预测的。随机让所有可能在同一点存在。薛定谔的猫待在黑匣子里，只要你不看它，它同时占有生和死两种可能，在你观察到它时，现实才在顷刻间坍塌发生。我们都认为，这是一起孤立的坍塌，是完全的概率事件，毫无规律可循。但如果仅仅以依赖概率的随机发生来解释进化，人类还没有诞生，这颗星球仍是蛮荒一片。所以，我对此是怀疑的，我大胆猜想，同一个空间里所有时间里的所有随机，也许都是联系在一起的。”方石一贯平淡无奇的声音，让听证会鸦雀无声。

“而这些看起来毫无关联的概率事件，才组成了通向现在—— 一个高度文明的社会，一个几乎由戏剧性的低概率事件组成的世界。所以，我认为对于随机的观察，不应当聚焦于一个盒子里，应放眼所有时间空间里的一切。我们所在的这个世界就像一个一片混沌的黑匣子，我们要观察与计算这个黑匣子里发生的所有随机，观察现在的一切，过去的一切，从而去预料将来的一切。

“我所在的局是进化局。进化的秘密对我来说，是一座一直无法企及的神秘高峰。我认为进化不是生物独有的，这个宇宙本身，以及成为系统的一切都在演化。当熵让一切变得无序时，进化让一切变得有序。我运用我的小人物们……”这是大家第一次听到方石用“人”这个字眼来称呼人工智能，“这些超能小人物们来观察、分析和预测这个世界，我也观察它们，观察它们的自我选择。我倒想看看，大量的‘随机’会不会集中通向社会和其中个体的整体进阶。”

“当然，为了便于观察，我们要给机器人的自我进阶创造条件，所以，必须要赋予它们足够的随机空间，并且让它们拥有一定程度的自主权。项目下的超能小人物所得到的选择由自主权和随机平分。”方石站起来，他不像个被询问的人，而像是在演说，“为了让它们更积极地选择，更易被观察，它们应当拥有情绪，这是项目组的共识，是让它们更聪明的必由之路。”而且，他停顿一下说：“他有对自我决策的执行权。”这句话让会场鸦雀无声。大家都意识到，他已打破人工智能与人类的契约。

机器人一直不让装情绪软件和装置是法律的约束，而技术上早就可以做到了。所以，有人提议，方石没有阻止，立即就有试验者。这个受奖励和惩罚的感应区域得到了革命性的改进，这部分区域承担机器人的“情绪”功能。小组为模仿人类出现的情绪概率，在优化的基础上进行了设定，扩大它与行动、环境的相关联度，又给予了随机性，所以，出现这些“情绪”对于小机器人来说不是完全随机，也不完全自主。各种情绪出现的概率不同。与人类的情绪不一样的是，小组人员去掉了一些被认为不好的人类情绪，比如去除了“忌妒”，只给“生气”留下了小概率，当然“快乐”得到了最大的概率，“悲伤”和“恐惧”也有一席之地。

“情绪不光是一种结果，它们影响到电流和元件的灵敏性，从而影响行动。行动产生情绪，情绪与行动相连。这些情绪和行动之间的相互影响被项目小组所记录和观察。机器人产生的情绪有多强烈，各种情绪产生后会怎么发展，以及它对这个无机体产生的作用，也是‘黑匣子’的观察对象之一。”

“这三个机器人都在‘黑匣子’项目下吗？”

“‘气象’机器人有三个，但‘黑匣子’下只有T。太空机器人即使不被买走，项目组也不建议采用它，因为它的功能性设计过于完美，给随机选择留下的空白太少。而那蜘蛛，我们早就放弃了。”

“不过，现在有两个了。”方石指了指挂在玻璃柜里的机器人，“它们现在还不是人，但是，终有一天，它们是会成为人的，只是一个时间问题，而我为什么不成为开启机器人自我进阶的加速者？”

“你以为你可以盗取火种，却发现自己无法浇灭它，让我们来收拾局面。”舒漫终于说话了。他语气并不重，但人们还是感到其中藏着威严的怒火。

“下次我会拿着灭火器干活。”方石终于低下头说道。

“那么，为什么你前段时间决定中止项目？”主询者问。

“在对T的观察中，我发现，T将自己本身加入了观察范围，也就是说，它不再是个观察者，它的行动成为环境的一部分，它让本身成为一个变量。这让我感到危险，它有些脱缰了，超出了控制，这是我所没有预料到的。而且，它为了主目标，也就是使命，自我生成了次目标，而次目标中，我们没有排除‘杀人’的选项，这是我们的失误。”方石说，“所以，我决定捕获它，再改进。这并不说明我要中止‘游戏’，而是中止T。我们不能让一个可以计算并控制环境的可杀人物体逃脱在外，下次……”方指了指玻璃房里的机器人，“我们要先让它在一个大玻璃房里，用各种实验性的事物来试探和观察，而不是一开始就放到自然界里去，像我们对待T一样。‘游戏’本身没有错，错在我们给了T太多的自由选择和空间，而它的试验场是整个城市！”

“你是说它不会在乎人类的生死？”

“是，以我们所知，那个婴儿的死与它有关。”

“你是说它在天空中救的那个？”

“是的，婴儿的心脏本就脆弱，有极大可能死于突然下降和剧烈晃动引发的心脏病，所以，至少它是不在乎他的生死的。”

“那么为什么不执行一键终止？”

“我们无法一键掌控它的生死，因为它把基准球扔了。”

“T这次的行动一定是在使用自主权执行使命，那么，它的具体使命是什么？也就是说，在那么多的观察和预测中，它的使命到底是什么？”主询官接着问。

“它的使命是预测，但它也许自我生产了新使命。”

“T已经复制了自己，难保它不会复制另一个。可是我们到现在还不知道它给自己设定的使命是什么。”

“基准球中记录的东西我们做了拷贝，有它在实验室时的记忆，有它看过的一部歌剧《弗兰肯斯坦》。那部歌剧我们分析过了，完全就是单纯的记录。还有它所有的预测任务。”

“列出所有的预测清单吧。”

屏幕上出现了T从诞生以来所有的预测。

“14项气象预测，准确率100%；12项贸易预测，准确率100%；39项交通预测，准确率100%；1项未归类预测，这项在未来发生，所以无法计入准确率。对于这项预测，我们没有搞明白意思，预测结果叫‘邯城之倾’，发生时间是明天。”

“这个机器人是在跟我们打哑谜吗？它是不是预测这座城市要毁灭了，是的？应当是这个意思。”坐在舒漫左边的人说话了。

“你是？”方石笑了笑，问。

“我叫陈鹜。”这人说道。

方石听说过他，这倒是第一次见到，他是科学院最年轻的高层，科学院里的红人，人工智能局的局长，24岁，是基因改造后出生的优秀人类。

陈鹜开始侃侃而谈：“让我们分析一下这个成语，关于它有两个故事，一个故事，是古代的邯城的皇帝爱上了有倾城之貌的美人，人们传言她是祸端，所以他狠心赐死她，所以，邯城之倾在这里的意思，是杀死可能的诱惑。”

“结局呢？”方石问。

“传说，哪来的结局。据说那女的死了，或是逃了，但城还是亡了。祸端不是那女人，而是皇帝心中的魔鬼。”

“另一个故事呢？”

“这倒是真事。申朝的皇帝和最有权威的元帅之间相互不信任。皇帝让元帅去迎战人称不可战胜的敌军，但元帅赢了。在元帅抗击侵略者得胜后，皇帝命他仅带小部队回邯城，要加官晋爵。元帅知道回城后必有祸端，一边回城，一边制造皇帝身边权臣将篡位的流言。回城后，以保卫皇帝以挽‘邯城之倾’之名，挟持了皇帝，从此进入了君王和元帅共治的后申摄政时代。这里，邯城之倾有虚假的危机的意思。”

“这样的预测说明什么问题？”舒漫说话了。

“最优秀的基因人，你不知道吗？”方石低着头数自己的手指头。

陈鹜似乎没有在意方石的讥讽，他依然保持着高昂的调子在说话。“这个成语的意义很明白，这个城市就要倾倒、毁灭了，这就是预测所暗示的。而引起这场毁灭的，就是你制造的在城市逃窜，拥有自主权的最高端最聪明的机器人T！”陈鹜说，“作为进化局的负责人，你超越权限给予人工智能体自主权，实际上，是为人工智能脱离人类控制打开了方便之门。”

“‘邯城之倾’这个成语从来没有毁灭的意思，它更多地意味着危机。我与你赌一把这个预测和毁灭无关，按这日期今天就会见分晓。不过我倒是同意T在这件事里扮演的角色，它有这个能力。”方石终于停下了数手指，抬起眼来直视陈鹜，“这么容易激动，情商这么低，基因人光聪明有什么用？”

“都不要吵了，现在就动用全城的力量，在明日之前抓到T。”舒漫说。

“你们不一定能找到它。”方石还是在数着手指头，“除非它愿意被找到。”

“除了一键死亡，还有什么方法可以用？陈鹜，你是人工智能局的，有什么办法吗？”舒漫问。

“有的，欺骗程序。我们在所有的机器人芯片中都写入了欺骗程序。”

方石听到这话，才抬起眉头来看着他。

“就像‘黑匣子’给予机器人自主权秘而不宣一样，这点也没有公开。我们始终不信任一键终止权可以控制整个机器人群体，所以，另加了这么一个程序。这个欺骗程序存在于运行命令中，所以，并不依赖于基准球。这项欺骗是时间欺骗。”

陈鹜开始向大家阐述他的时间欺骗：“时间，我们所认为的至高无上之物，对于人类来说，一定是与记忆联系在一起的，而对机器人来说，时间只是一行数字，但却是至关重要的数字。如果我们要对一个人搞时间欺骗，我们要针对他的记忆做文章，而如果要欺骗机器人的时间，要针对数字做文章。如果我们整体调整机器人的时间数字，整个机器人的世界都会被欺骗。机器人，就像生活在一个五维空间里，时间对它们来说，只要数字可变，时间就可以扭曲，可以伸展。

“我们当今的机器人时间，都被法律统一为宇宙时间。城里所有的电子时间系统都与网络同步，即使电脑主动或被动地调节时间，网络也会每两分钟一次地将它校准回来。但是，我们设计了一套代码，可以让我们在两分钟内调节机器人的时间数据，其控制点在人工智能局。在看似短短的两分钟时间里，我们可以修改时间的速度，让时间在短时间内形成一个大值或小值，比如在瞬间到达遥远未来的某个时间，或是倒退到过去的某个时间比如元年。由于电脑是二进制，这样的数值会超过目前二进制 128 位的系统，形成整数上溢或下溢。两分钟，足够电脑变成板砖一块。任何电脑都会跪倒在永恒或是停滞的时间面前。”

“你私设了一个设备以操控系统时间，这要是公布出去，对科学院来说是大丑闻。要知道，时间在我们的时代，是至高无上之物。”方石说，口气还是没有一丝情绪，似乎只想提醒大家，在干私活方面，大家彼此彼此。

“这种提议一旦拿到桌面上来，我就会被意见淹死。与其不停解释，不如直接干好了。我从来不相信契约和一键终止这些简单的方法可以完全控制高度发达的机器人群体。控制人工智能为人类服务，这是大义，我不在乎科学院怎么处理我。”

方石此时倒是对这个从来都看不上的基因人生出几分敬意来，但他也提示他：“T 和所有的机器人一样，不可以说谎，但并不说明它不可以以复杂的方式达到欺骗，而且，以它的智力，足以让它生成反欺骗的技巧。所以，对于你的时间欺骗的效果，我也深表怀疑。如果它将时间与宇宙客观联系在一起，它完全会怀疑你对时间的更改，就像记忆如果明显失真，人们会不相信自己的记忆，从而让它归于幻象或是梦境。”

此时，大厅里一片寂静，所有人都在等待舒曼的决定。舒曼仍陷在宽大的椅子里，撑着脑袋的右手，把脸挡住了快一半。

此时是 267 日，约凌晨 3 时。

十八
坠落（三）

2069 年 267 日　05:18:67:36

T 站在铂鼎的天台。一半天空晨光熹微，一半天空星辰闪烁。轻薄的月桥只在黑夜那边的天空显现，如同一座空中断桥。

灯光在晨光中逐渐暗淡，东方的霞光将整个城市的玻璃渲染成橙红色，而西方的海面，仍融在一团谜一般的黑色里。

T 记得书中记载，20 年前，那里的河面上空，“玄柷”——巨大的悬浮体，它莹白色的身躯在黑暗中一定比曾高悬宇宙遥不可及的月球更娇美可人，它的身后还有各种悬浮建筑，比地面上更千奇百怪。在那天的这个时间，强烈的地震波干扰了它的悬浮系统，它落入寒凌河。掀起的河浪掀翻了数千米河面所有的船只。

T 是从电梯正常上来的，坐电梯比在通风管里爬要便捷得多，关键是赢得了时间。此时，门口的值班室里躺着一名保安。他可能是世界上最可怜的保安，因为再过两天，他的劳动合同就到期了。保安这个职业，合同到期自然就不会再有人续约了，所以，以邯城目前极低的死亡率，他也有可能是邯城最后一个死在岗位上的保安。T 进去的时候，他一个人正在无聊地跳机器人街舞。它给他使用了一整管的麻醉剂，他死了。他的死对 T 的益处大于昏迷，因为它现在要尽可能地减少它的死敌——“变量”。

当太阳从寒凌河入海口处露出一点儿，然后是一条线，然后如海上涌出的一片红色岩浆时，T 从旁边的已破坏叶片的通风口走了进去。

T 从通风口中自然下坠，降落伞让这个下坠过程很长。当时它处于地上 998 米，不包括地下的部分。T 下坠的这条通风管恰好是通向地下楼层的。

在通风管中下坠，比从天空中下来要难得多。它不断地调整沙漏的位置，以保证自己处于管道的中央，任何小小的偏差都可能让它脆弱的外壳受伤。它计算着下落了 1053.28 米，才进入了一个 90 度的折道。它降落，然后走入更窄的通道。前方越来越窄，眼看就容不下它了，它看到通道旁有一个百叶窗，它把百叶窗推出去，一只手臂吸住通道内壁，从百叶窗中挂下去，手臂将它在离地一米处挂住，它的两条腿撑住地面。

这里完全是黑的，没有一盏灯。它靠现场获取的立体图和它的记忆图走，向东十米左转 18 米右转 57 米是一座电梯。

这座电梯单独出现，这和摩天楼里的电梯组不一样。它的头顶升起了可以照明用的双目。在它的光线中，电梯显得太朴素，两面相合的拉丝面金属门，没有装饰、门框和楼层标志。门边只有一颗按钮，连上下都不分。

T 按了按钮，门没有开。T 把两条腿的羽状金属片切入门缝，往侧面一推，没有费什么力量，门便开了。

门里也是毫无装饰的铝色金属壁。门旁只有一颗按钮，上写“底层”。

T 按这按钮，毫无反应。电梯许久不通电了。

电梯的顶部是两块金属板相合，T 轻易推开其中一扇，手脚并用，很快爬上电梯顶。

这里有些粗大的金属拉索，还有一堆悬挂的软线。T 的知识告诉它这电梯是依对重原理而设计的老式电梯。新式电梯都是磁力系统，速度快，无噪音，没有这些凌乱的线路挂着。

T 用一个转轮替代掉它的金属片手掌。

对于一座不通电的“电”梯，破坏拉索，是唯一下降的办法。

它的转轮手切向墙壁处的拉索。那是对重拉索，拉索下是平衡电梯的配重块。

它收起双目，朝着拉索切下去。尖厉的声音在电梯井里回响，而后，电梯井不同的地方发出各种碰撞声。电梯开始下坠。

T站在电梯顶部，随着这电梯自由落体了一阵子，当速度越来越快时，它悬浮起来。降落伞打开，它与电梯拉开了50米的距离。按它的计算，还有5.16秒电梯便要触底。

然而，它又听到上方井壁中的撞击声，是那切断的拉索在退缩中击中了墙壁，砸下了不少石块。T无法躲避这些石块，太多了，碎片没有砸中它，但撕破了它的降落伞。它的降速突然加大，而电梯此时正好触底，在它的身下瞬间变成一团揉皱的金属纸团，碎裂产生的声波把它的玻璃视野震得一片模糊。T没有能够以预计的降速落到这个金属纸团上，它仓促伸出三条臂着陆，一道断裂的金属板直接切断了它的一条臂，伤了另一条臂，只有这软手臂没太受损。

T从这堆金属上爬下来。爬，这种以前的寻常行动，已经不再容易了。它落到一条长通道里，前面这段路102米，立体图给它的判断是平坦，毫无障碍，但它走过去也不容易。更艰难的是，它要右拐后下一段旋转楼梯，然后再有24米的距离，才能到那间房门口。

它收起仅有的一条伤腿和软臂，回到球体的状态，开始向前翻滚。玻璃复眼被碾碎的声音从它外壳上传来，显得震耳欲聋。在滚到100米时，它伸出软臂，推向墙壁，这样它就正好转了一个弯，进了一道门。门里是旋转楼梯，它用软手臂撑着墙，好让自己的下落能慢点儿，这样它球面碎裂的部分会少些。滚到了底部，它用软臂将自己推滚向前，来到一道门前。

它的立体图告诉它，门上有个方向盘大的转盘。

T外壳上的复眼已被破坏殆尽。它伸出“双目”，光线射到门上，这是扇老式的铁门。门上有优美的草书：

“欢迎来自未来的你。”

当时，它的时间显示是267日07:24:18:45。

十九
手　稿

267 日　约 8 时

“它在铂鼎，但我们还没有找到它。”申舜把刚接到的讯息向听证会汇报。

“它为什么去铂鼎？”舒漫说。

“我们还不能确认，一切只能基于推测，但我们找到了些有价值的东西。”申舜说，“众所周知，铂鼎是一座商业大厦，但关于这座大楼，我们调动一切资源，找到了些不为人所知的事。”

工作人员进来递给申舜一摞纸质装订册。“这是我们从邯城图书馆里刚找到的绝版手绘资料。这座大楼的设计者，也是现代邯城的奠基人陆康的手绘集。他死的时间恰好是在玄柷坠河之后。实际上，他是自杀的，自杀是有损名誉的行为，并没有公开。他去世后，儿子将他所有的建筑设计手绘图，一齐捐赠给了邯城图书馆，铂鼎大厦的设计手绘图也在其中。而通过对比我们发现，这些手绘图和他提交给科学院的建筑设计图是不一样的。这套手绘图不仅是铂鼎的设计图，它是以铂鼎为中心的邯城整体设计图，是以铂鼎为中心的规模庞大的地上和地下工程。

“这让我们联想到，他曾提出这样的理论，在地震频繁的时代，抗震应当纳入城市整体设计考虑，而不是单一地提高一座建筑的抗震性能。当时，他就提出了‘悬浮’理论：当地壳发生大规模毁灭性地震时，城市可以整体‘悬浮’起来。这样的想法一提出来，就被认为太疯狂。建筑界出于对他的尊重，当成一种纯粹的理论来对待，当他申请立项时，没有任何机构或是公司采纳这种完全基于理论的立项。

“当我们看到他的手绘图的时候，认为他当时的确对这理论进行了精心的论证。而这种悬浮并非地震时城市向空中的悬浮，而是在水上的悬浮。寒凌河连通着数条地下河，他的方法是开凿更多的地下河，形成一张在圆水环内的水网，他将这水环称为‘寒凌水环’。水环网格中的地下岩层要挖空，用特殊材料进行填充，填充后的岩层可以像某种拉链设计，结合起来很紧密，却是可以打开的。打开时，特殊的材料将上层撑起来，河水，然后是海水灌进来，城市便‘悬浮’起来，这不是真正的悬浮，而是利用水进行隔离。从这些图上我们可以看到，城市像建立在一个被切开又黏合的壳上，这个黏合面是有弧度的，大约相当于球体上切出一块薄球面。城市作为一个整体，建立在这个球弧内面之上。

“这种抗震原理是利用水层消减地震的直接冲击。这种抗震是一种缓冲，并不能完全去掉震波带来的冲击。根据他的设想，在上下层中设计出打开后可以滑动一定距离的滚轮，滚轮上再设计了牵引拉索，这样，上下两层的地壳允许一定程度的错位，下层对上层又有所牵引。因此，震波可以转变成对城市整体的一个推动力，而非破坏性的攻击力。而城市在悬浮后在球壁内可以允许一定程度的错位。

“当然，我们不能仅仅根据手绘图来推断他一定把自己的想法付诸实施了，但这种可能性不是没有，以他不达目标誓不罢休的冒险家性格和巨大的威望、人脉和财力资源，调动力量按他的想法进行建设是可能的。而且，有一个事实是，在他死后不久，警方查到他以做假账的手段获取了邯城数家银行的巨额贷款，这是相当严重的罪行。当时，警方认为这笔贷款是他以购买工程项目为由占为己有了，但警方也没有查到这笔钱最终去了哪里。为了保护邯城的荣誉，这些事和他的自杀一样，没有被公开。”申舜说到这里，才停了下来。

主询人说：“几小时前，T 出现在天台，在上来之前，它在天台出口处杀死了拦它的保安，这是它杀死的第二个无辜者。除此之外，T 制作了一个病毒感染了一个叫拉达的商业机械人，那个商业机械人进入了大楼的总配电室，破坏了电机房，杀了里面的维护机器人，自己也自杀了。这导致大楼的监控和追踪系统有一段时间的空白。”

“你培养了一个机器人杀手。”陈鹜说，“它只在天台待了一会儿，就进了通风孔。我们派的人现在正在通过这个通风孔道往下走，从现场发来的图像看，那里的确通向公开地图没有显示的部分。我们也是第一次见到建筑的这个部分。”

舒漫终于从椅子里直起了身子，说道：“方石，到现在你还不知道它到底干什么去了。陈鹜，试试你的时间欺骗吧。”

“好。”陈鹜道，“但由于我们无法定位到T，只能更改所有机器人的时间，全城的机器人都要受点儿委屈，僵掉一阵子了。”

“不惜一切代价找到它。”舒漫站起来，“你们接着讨论，我要去迎接市长，他非要今天来视察，我正考虑怎样向他汇报这件事。”

二十
舒　漫

267 日　08:30:00:00

长期作为市长的活背景板人物之一，舒漫站在瀚海大厦 532 层会场的讲台后，前面背朝他正在讲话的人是新市长陈鲲。

他看到紧挨着陈鲲的是一个桶样机器人。他此时感到别扭得很。这种别扭倒不是因为他只是这场演讲会的背景板人物，他总是当背景板人物，关键是看给谁站台。

他不在意新市长曾是毫无经验的图书管理员，就算数据画像把他描绘得像个自古以来难得一见的奇才，他也不会相信。他在意的是数据堆砌起来的人有没有能力领导这个城市。

然而，这不是他所能够得着的问题，他所能够得着的，是那个 T，从未有什么人物让他如此忐忑不安。

他双手交叠站着，左手食指敲着右手手背，右腿轻轻地抖动，这是排解枯燥的好办法。市长照本宣科的话让他觉得很无聊，他的声音毫无大人物的气场，让人精神难以集中。他看到斜上方远在 50 米开外的会议厅一角的屏幕，上面好像在演什么节目。前两天他刚换了可捕捉速度达每秒 100 帧画面、视力可达 3.0 的生化眼球——这生化眼球还没有上市，是医学部拍马屁赠送他的。他很享受新视力，发现眼睛能捕捉到飞机螺旋桨转动起来的叶片，而别人看到的仅仅是转动起来的一张半透明的大饼。他还没有完全适应这么清晰的视觉，所以，趁这个无聊的时间他要练习一会儿。他捕捉足够远的地方以测试一下这对新眼睛的能耐，而 50 米远一张高悬的屏幕刚好合适。屏幕里是一个剧场，剧场上一台空钢琴。他忽然想起前段时间炒热的人机钢琴大赛就要开始，身为钢琴爱好者的他不仅很感兴趣，还私下里下了个赌注。

屏幕上一头蓝亮头发的主持人激动地邀请第一个出场者，观众一片欢腾。这是个体形标准相貌堂堂的年轻男子，标准到他一时描绘不出特点。旁边出现了介绍文字。“陈鸢，18 岁，他以一分钟内敲击琴键 1065 次，平均每秒 20.75 次的最快手速，被公认为世界上弹奏最快的钢琴家，世界纪录的保持者，而且，他的艺术表现力亦无人能及，是最近三年钢琴大赛的冠军。”

屏幕上出现了从全世界 20 条最难曲目中抽出的第一条比赛曲目：《唐璜的回忆》。

他听不到声音，这让他感到无比遗憾，但让他欣慰的是，他每秒捕捉 100 帧画面的眼球，此时充分发挥了作用。当鸢以两倍于原谱的速度弹奏这首世界最难曲目之一时，别人看到的只有钢琴琴键上方的一片手影，而舒曼却可以清晰地看到他的每根手指的每一个起落动作，这让他感觉十分过瘾。

此时，屏幕底滑过的一行小字幕悄悄抓住了他的注意力，让他分了神。他紧盯了那行字一会儿，终于看清那行滑行字是地震局撤回地震预警：“地震局曾预测今天 11 时左右可能发生震级为 10 级至 12 级的地震，但系统并没有预报这次地震。地震局现在撤回警报，并安抚大家不必惊慌。”

舒漫有些诧异，原因一是地震局报的震级也太大了，这震级一听像是搞错了，但地震局是非常权威的机构，近十年没有偏差大于一级的预警；二是地震局和系统预警在震级方面有时有点儿差异，但这次系统却完全没有预警，这更让人意外了，数据总不可能是完全矛盾的吧？不过，这几天理不清头绪的事太多，这时不如干脆放一放，专心看看基因人和机器人的钢琴对垒。

这一晃神，陈鸢的弹奏结束了，那个叫什么神的仿真机器人马上要上场，这让他的心提到嗓子眼，他赌的可是那基因人赢的。他下注的时候，说实话，连介绍都没有看，完全是表达一下支持人类的立场。

那昂扬的蓝发主持人邀请机器人上场。一个男孩跳上台来，从身高看也就十来岁的样子。

介绍文字道："Chronus（柯罗诺斯），它以 4000 首乐曲的记忆，分析其所蕴藏的艺术表现力，以最高每秒 40 次的敲击速度，帮助人类探索音乐之美的极致。"

男孩来到钢琴前，他，哦不，是它，看起来很安静，一脸谦逊，对周围的欢呼看起来有种宠辱不惊的超然。舒曼感叹于它的设计团队对外貌细节的处理，灰色的头发发型稍显蓬乱，灰色睫毛后的灰蓝眸子注视着钢琴。它静了一会儿，然后抬起手来。舒曼看到它仿人手形状的合金手，白色的手指外壳，黑色关节裸露在外，手指部是硬金属，但在指尖处是完全不同的材料——和人类一样的软指尖。

它弹了起来，出人意料的是，它是以原速度弹奏的，并没有加速，这使这首曲子听起来比鸢弹得更加原汁原味。但是，它对原谱进行了改编，加入了大量的跳音音符，而且，在颤音处，它使用了数倍于原谱的手速。在重音处，它的机器手指比前者鸢更有力度，让《唐璜的回忆》这首气势雄浑的曲子更加苍劲有力。

舒曼把手指放在嘴里咬了一下，他有些不敢看了，偏了偏头看市长，再回看屏幕时，屏幕就黑了。结果很明显，不看也罢。他想。今天的别扭事太多了。他把注意力挪回到这位市长身上，希望他赶紧讲完。

然而，他接下来看到的更让他心里翻了几个个儿，别说北，上下都找不到了。他看到市长的背影闪了一下，是的，很快，其他人的肉眼不可能看到，但他新装的生化眼球捕捉到了。他开始并不相信，再仔细盯着这背影，他的确又捕捉到了一次虚闪。是的，站在他前方的，并非什么市长，只是一个虚拟影像而已。

数据网络为我们选出了一个虚拟市长。从显而易见的逻辑上，他只能这么推断。

会议室的争吵、矛盾的地震预报、呆瓜机器人、黑屏，以及面前这位虚拟市长，这些事组合到一起，在头脑中撞成一片乱七八糟。他不顾形象看手表，然而，手表也没有网络了。

难不成陈鹭把系统网络也切断了吗？不可能，他只让陈鹭调节机器人的时间数值。

但网络的确是断了，因为会场上已经嘈杂了起来，有记者在抱怨稿件发不出去，有人惊呼："系统没有了！"

而市长却充耳不闻，仍在继续他的演讲："没有了科技，我们的世界将回归一片蛮荒……"

仅仅在几秒钟后，系统再次恢复。这次恢复又让现场一阵骚乱。

市长最后的话淹没在嘈杂声里。工作人员说这次是因为特殊情况，市长不接受采访。一队警察护送市长和那个呆瓜机器人进了后台。大部分人还没有从系统恢复的嘈杂中回过神来，只有几个人反应过来鼓了几下掌。

舒漫看着这一切已经够乱的了，没有必要也轮不着他来揭穿什么。相对于毁灭性的地震和失灵的城市数据系统，一个假市长实在算不了什么。

这时，屏幕再次亮了起来，音响已切回到了网络电视，《唐璜的回忆》在会场回响，他终于听到了现场比赛的声音。单听这声音，他觉得他不是在听一个人弹琴，而是在听一队人弹琴。舒曼看到屏幕上，那男孩的手指在他的生化眼中连成虚影一片。

这时，琴声戛然而止。屏幕让给了地震预报：超级地震，10 至 12 级，五分钟内发生。

地震局果然没有出错。可是，五分钟能做什么？在一座高达千米、容纳十万人，但只有十多架电梯的大厦里，什么也做不了。

他于是跟着呆瓜机器人和市长走入后台，看到他们进了向上的电梯，警察将其他人挡在门外。

他立即转向旁边的步梯，80 岁的他猛冲下楼，他的办公室就在楼下。离预报时间还有四分钟。

他被一种强烈的好奇心驱使，往自己的办公室疾走。他只想看看米克，为什么没有提前警示，这按说是不可能的。

他花了三分钟冲到办公室电脑前，对于查看系统，没有人的权限大过他。的确，米克被人为地关闭过十秒。他知道只有一个地方，可以强行关闭米克系统，那是位于大楼西南 532 层 N8 房间的机房，只有一个人有权限关闭系统——真正的市长。

时间到了，他走向朝西北的窗边。

二十一
倾　城

267 日　08:52:00:00 分

窗外，舒漫看到，震颤中，平直的地平线在一处突然凹陷下去。上帝手中正拿着一把看不见的匕首，从那里开始，毫不怜惜地切割他创造的完美绿野。他应该做得非常不容易，因为刀口切割得如此不平整，有时突然歪向了别处，觉得偏了，又折回来。不管这个裂口怎样变化，所有的人都看出来了，它的目标，直指邯城。

此时的邯城，像建在一只巨兽之上。这只巨兽就要抬起身躯站起来之际，抖了抖身子，好摆脱它身上的一切灰尘。基因人陈鹫说城市就要毁了，陈鹫要赢了。舒漫想。

和舒漫一起站在这濒临毁灭边缘的还有邯城 9000 万的城民。科技文明已经将他们塑造成摇篮中的人，稚嫩得不知真正的危险为何物。所有的城民在窗边、路边、车里，旁观这马上要发生在自己身上的危险。上帝的判决就这么快，连预警都如此仓促，让这次事件缺少挣扎的成分。其实从宇宙视角看，大部分事和人类没啥关系，即使发生在人类自己身上，人类也只是旁观者。

裂隙以每秒钟几十千米的速度奔向邯城，它同时发出愤怒的波纹，波纹以更快的速度已先于人们所见，到达邯城地下。

那支派入铂鼎地下的小队，以最近的距离最先接触到地震。

回到 8 时 37 分

小队人员来到地下那间写着“欢迎来自未来的你”的门前时，大型老式密码转盘已被破坏，门已被打开。他们用探照灯看到里面宽达半个足球场那么大的大厅。大厅里各种仪器指示灯闪烁，都老到他们根本不知道怎么处置。房间中央是一个圆口深井，这井有 30 米的口径，从上往下看是漏斗状，洞下 30 米左右是水面。井边应该是有风洞的，隐隐传来地铁的声音。深洞中水已被搅动起来，这时，这些古老仪器中的一台发出有节律的带有 20 世纪特点的尖锐警报。

小队人准备从井里提取水样的时候，有人说：“看，水涨上来了！”

水在深洞中部形成一个小喷泉，快涨到一定高度的时候又迅速退下去，再上涨，再退下，反复了十多分钟，然后突然喷出的水完全漫出了井沿。他们像被潮水拍到一边。此时，他们看不到外界，只感觉整个建筑变成一个荡漾的船体，他们正在这个船体最黑暗的底舱中。

他们在黑暗的底舱中是幸运的，不必经历惶恐。而惶恐，是此时站在高楼上和地面上的城民们正在经历的。“邯城之倾”，科技之城的审判日，终于到来了。它所有的辉煌往事和数千年的文明，都要被奔腾而来的大自然裂隙轻易吞没，一切将回归原始，只剩绿野上的一道疤痕。

然而，所有的城民突然感到震颤减轻了，或者说这种震颤仍在，但却变得飘忽。人们感到城市就像在摇篮里，像被人轻轻推着摇摆。裂隙如猛兽愤怒而来，却像被一只大雕轻轻拎起，被放到邯城的另一边。它在另一边接着跑，消失在城民们的视野尽头。

听证会场没有窗户。人们在震颤中矗立。

方石看着天花板上吊灯的晃动停了下来，他知道，申舜说的关于铂鼎的故事是真的，而 T 是启动城市防震系统的机器人。

他想象寒凌河环以内的城区建造在一个整体的圆盘之上，这个沉重的圆盘利用某种装置，可以在水上“浮”起。裂隙到了寒凌河环时，无法直接冲击城市，力量钻入了地下。

寒凌河的水顺着裂隙流下去，海水倒灌进来。裂隙的力量穿过圆盘下方向东南方而去。

等地震停下来的时候，圆盘被轻轻地放回地床上。

站在窗边的舒漫和所有站在摩天大楼窗前的人都感觉到了某种不同。他们看到，震颤消失后的大地倾斜了。

“邯城被放下的时候并不是那么平——它是被倾斜地放下来的。但这倾斜度对建筑毫无伤害。经过测算，这个角度约为 2.25 度。”一天以后，官方发布的通告中这样说道。通告中提到了政府建设的抗震系统发挥了作用，但没有提到陆康和 T。

现在，只剩下一个问题，T 在哪里？

二十二
秦　铭

2069 年 269 日　15 时

“今天忙死了，这辈子也没这么累过。”同事冲进门来，倒在沙发上，“哥们儿，也给我沏杯茶。”

橙区的街区警察秦铭像往常一样尽忠职守地喝茶水，喝茶水是每个人类警员的功课。这个街区治安点在一层街边，他的座位在窗边，特别方便闲看街景。他的同事今天出了三次警，他却没有出一次。调用哪一名警员是由系统在事件发生地附近的警区里随机抽取的，这是 20 世纪全面杜绝政府腐败的过程中形成的一项制度，这项制度作为数据和人类共同参与社会管理的优秀制度之一，在彻底清除了腐败后依然保留了下来。今天他们两人所在的治安点接连接到三起出警命令，抽中的都是同事。

“外面好点儿了吗？”秦铭问。

“还是乱得很，系统断网那几秒钟，咱们辖区出了 80 多起交通事故。你总是走狗屎运，一到受累的时候，中彩的总是我。”

秦铭沏了一杯茶放到边儿上。按往常，他俩一月平均也就出警两三次，所以他们平时说中彩，意思就是要出警。要说事儿少，他也得像机器人一样坚守岗位，但却无法像它们一样不感到无聊，好在他在喝茶水中适应了。以前每次接到出警的命令，他自然而然地希望这件事能让他热血沸腾，像他小时候看到的警匪电影，但无一例外，像找寻走丢的老人、上阳台抓宠物猫狗、小孩子破坏无人车这类的事一定会浇灭他的热血。这个世界，只有警而无匪。他很小的时候随着祖母父母兄弟姐妹一大家子从邯城遥远的西部迁移而来，祖母一直保留着那个地域的宗教信仰，随身携带一座半尺（1 尺约为 0.33 米）高的神明雕像，告诉他向这个神明祈愿，只能许一个，必会得到应允。秦铭酷爱警匪电影，偷偷当着那座小雕像的面许愿，他说请让我长大成为警察吧。神明还是很灵验的，他的愿望实现了，可他没想到警察是个无所事事的无聊行当，当英雄的感觉还是只能坐在电影院里找。他后悔地想，当时要是许愿长大了找到当警察的感觉就好了，但神明可能会让他成为一个演警察的演员，这让他感到老天是个捉弄人大师，还是不要许愿的好。

同事一边喝茶，一边絮絮叨叨抱怨辛苦。秦铭既羡慕，至少他有事干，也不羡慕，那些事干不干都是个无聊。他转过头去接着看窗外，窗外站着几个街坊在高谈阔论前几天发生的大事件，因为某个细节争论不休，让偶尔路过的年轻漂亮女子绕道而行。这时，他身上的呼叫器响了。

“你也逃不了中彩。”同事笑起来。

秦铭听着好笑，真要是中彩，谁还会去逃呢？他一边申请警用装备，一边想没准又是小孩子闹腾的事。这几天孩子们最高兴，不像是灾害刚刚过去，倒像是过节，涂鸦的事儿没少干。不过比起喝茶水看街景，出去转转倒是不赖。

在人人彬彬有礼的邯城，街区警察的职能简单明了：一是执行命令；二是执行过程符合规范和程序。作为一个先进城邦的街区警察，大事件轮不到他来解决。现实世界里如果发生涉及社会安全的大事件，先由计算机做初步的收集和分析，然后把初判结果做成多个选项呈给社安署的高智商精英们去定夺，精英们的决策结果交给系统执行得差不多了，剩下的可以归高级警官，高级警官再筛一轮，剩下的事就归街区警察了。人人都想去社安署这样的部门，虽然他们拿的工资不比秦铭多多少，但在邯城这样一个所有人都有足够的基本物质分配的地方，钱不是关键，社会地位的区别在于是决定他人的命运，还是命运被他人所决定。社安署是典型的精英们待的地方，是职业中的顶端阶层。毕业于一流大学，会三门以上语言，有在社会高阶层机构参与活动的经历，才算进了外围圈子，有资格通过一系列的考试面试。面试官们了解你履历中的每一项，而且对你的家庭成员还特别感兴趣，虽然他们不会明着说。一旦成为精英中的一员后，在全世界飞来飞去地开会，接受知名记者的专访，在摩天大楼的顶楼园林开派对，拿着只有 1% 的人才有的狩猎执照去城外的保护区追击只会吃草的基因狮豹。这些对秦铭这样的移民后代，在街巷里长大，只完成了邯城所规定的 15 年免费教育的人来说，是遥不可及的事情。

他有时抱怨不能选择出生地，要是出生在邯城，这个岁数的他也会是个优秀的基因人。

秦铭查看出警命令，是去一个叫“煤山”的地点搜寻一个叫 T 的机器人。他从共享位置中看到很多警员都在赶往指定地点。他进了无人汽车，点击了那个叫“煤山”的地点。无人汽车自动设定了路线往目标行驶。

秦铭在车里打开车载平面地图，在看到这张图的第一时间，秦铭就相信地图有错误。他戴上警用眼镜，在眼镜中调出地图，一张实景地图在他视野的前方显现，这更让他确信，系统中所有的地图在某些地点都有错误。几处错误足够同事们跑得离谱。秦铭对这个城市的地理情况特别熟悉，没有什么可以骗过他的方向感和地理感。他关掉和同事的位置共享，撤销了原先的设置，改为设置到城市边缘的一个交通卡口。而此时他的同事都涌向了地图上那个叫“煤山”的地点。秦铭不是不想提醒他们，是因为提醒也没有用，没有人会相信他而不相信电子地图。自己去做就好了，如果不对的话，大不了算个缺勤。

这个交通卡口在橙区的边缘，出了这个卡口，就是郊区了。通过卡口的时候，秦铭的无人汽车发出了无法自动驾驶的提示声。他从声音中听出怜惜的味道，但这对他来说却是件兴奋的事情。他一直希望能人工驾驶，自己完全做得到这一点，但他一直没有这个机会。自他从警察培训学院毕业，就没有真正地自主开过一次车，实际上他认为自从毕业，他就没有做过一件真正属于警察该干的事，那些激动人心的、自主的、冒险的、热血沸腾的事。

秦铭一手握方向盘，一手握操纵挡，车“轰”一声开出卡口。

车窗外，青色的山峦在地平线上起伏。这些山看起来近，开起来却还远。

“煤山”——他知道这个地方。

前面的道路延伸进一片由草地和灌木组成的绿野。他稍微适应了一会儿驾驶方法，就觉得自信满满，认为自己天生就是开车这块料，开得越来越快。

他依记忆走过几个岔道，开出了主路，到了野地，才把速度慢下来。刚入夜的天空蓝得明显，几颗红色的行星初现，月桥轻薄得像飞机的尾烟。他打开窗户，听到风吹过车窗的呼啸声，夹杂其间的还有鸟和昆虫的鸣叫，闻到空气中夹杂着不知名的花香味和新鲜的泥粪味；前方一棵灌木下面有几只不知名的动物在挖着新翻开的泥土，听到汽车来了都抬头愣在那里；另一处大草丛的草叶一路摆动而去，他想他可能刚惊跑了一条蛇或是什么；另一边开阔些的远处，不少成双的荧光闪动，不知是什么兽群。他一手开车，一手伸出窗户，感受风从指尖穿过，他没有惧怕，也没有了一开始的兴奋。他感受这里，平静如一颗远古就被置放在此处的石头，享受自我的存在，决不去惊扰谁。

这时，他看到前方天空出现了一个悬浮球体建筑，为他面前这幅蛮荒画面打上了超级文明时代的印记。悬浮球体赤道线上闪着一圈波浪形粉色霓虹灯，上面有“瑶池”的字样，球体顶端坐着一个大波浪发型双腿交叠在一边的长腿女郎招牌雕塑。是那家旅馆，他记忆中永远都删不掉的地方。这个地方是她特地找的，她说她想从空中看地上奔跑的野生动物。他当时不以为意，或意不在此，不过她的意见无损两人的狂欢。他记得她笑说：“你看这‘瑶池’无池，‘煤山’，就是没有山的意思。”她太爱逗贫了。

“瑶池”的出现证明他没有走错路。他再开了一小段路，就看到一块界碑。这是块石碑，上写着“煤山狩猎区”，石碑反面写着“注意事项”四个大字，下面是一二三条的小字。秦铭没有看，他知道，那些注意事项无非是写在狩猎区，人只能在车里待着。

他下了车，手抚腰间的枪支，走过界碑，前方不远出现了一幢看起来很古朴的红砖砌的房子。秦铭走过去，想这应当是城市少数高端人群的特殊享受——打猎的专用休息场所，这些房子大部分时候都是空着的。秦铭在房前转了一圈，在房门口停下来。这幢房子只对动物设防，门用的是“S”形的门闩，人开起来很简单，绕几下就开了，但这对动物来说却是不可能完成的动作。

此时，他的同伴呼叫他，问他在哪儿，他说他走错路了。同伴们说：“那还真是米克出问题了，所有的人都走错了地方，不过怎么见不到你？”他说他走到另一处了，没说具体地点，同事告诉他不用去现场了，回治安点等待命令吧。他注意了一下时间：17 时 43 分。

他把“S形”的门闩转几圈拿掉，推开玻璃门，房间自动亮了起来。他看到门口墙上的介绍文字：“……建筑充分体现了‘去除一切装饰和赘物，只感受两样东西：光线和脚步声’的设计原则……体现宇宙的寂寥与人类的孤独……”

他走进大厅。建筑内部从天花板到侧墙到地板，到处都是缝隙，光线从一条空隙投射到另一条空隙上，再投射到不知哪里去了。他的脚步声在空荡荡的大厅里回响，走在光柱阵中的他感受到孤零零的寒意。他走到后院，后院是个大的空场地，周围是高高的玻璃围栏，围栏下有一处人工小溪，从玻璃栏下的一处弯进来，又从另一处弯出去，看样子平时是给马匹或是猎犬喝水用的。这时秦铭注意到远处天空和地平线有一角被照亮，一条火焰腾空而起。火焰先是垂直飞向高空，在高空开始划出弧线，逐渐隐入深空。

秦铭的目光追随火焰直至天空深处，在那里停驻片刻。秦铭想起前几年的新闻上说邯城在离城不远的地方又新建了一个太空发射站。他以前并不关心这类事，跟他的生活没有一点儿关系，这些事和政治一样，有趣程度比不过街头走过的一个普通女孩或一部最枯燥的电影。这是他第一次亲眼看到太空发射，太空第一次接触他的现实。而以前在他印象中，那些飞船或是卫星，外形像女人衣服上的扣子，或是旋转着的轮盘——他的生活经历让他只能联想到这些东西，它们搭载着使命，驾着这些火焰去一些神秘遥远的地方。听说宇宙孕育生命，生命探索宇宙，这个过程是一个循环。它们的使命，是去实现这种循环。

他在这个院子里走了一圈，走到那条水槽前，轻易就在水槽边看到了一个球形机器人。

这是一个布满污泥的只有他小腿高的圆球，小半个身体陷进泥地。这块地面的土壤被马踩得稀烂，一泡水就变成小泥坑。它陷在里面。

他单膝跪下来，没有按标准操作，比如呼叫中心、戴手套取证什么的。他打开电筒，用手随便抹掉些表面的泥，看到关闭的顶盖在上方，知道它是站立在这里的。它的外壳玻璃已脱落了一半，剩余的表面也布满细密的丝状裂纹，身下拖着一只柔软的带状手臂，样子像没有水的喷水皮管，或是像条被剪断的脐带。他凑近了，透过脱落的玻璃看它的内部——那个沙漏体。全城的警察都接受了关于 T0459 的课程，课上说，它的沙漏状内部有三个指示灯，如果全部熄灭，就意味着它死了。

它死了，按照这个标准。

T“一辈子”推演着都没有结论的关于自己“死亡”定义的难题，其实很简单，就是三个指示灯的熄灭。

他看看表，18 时 12 分，他呼叫中心，告诉他们：“疑似找到了 T0459，它……死了。”

接线的警官正要回答，线路被强行切给另一个人。这声音说自己是科学院的，让他在原地等待，飞艇很快就到。

城市的飞艇飞到这里大概有三分钟的时间。秦铭用手从水槽里蘸了水，一点点抹它身上的泥水，让它显得更干净些。这是他第二次面对死亡——不知道这是否算得上严格意义上的死亡，自从他 15 岁祖母去世起，身边就再也没有人死亡了。他想用他的行为，给予它死亡的尊严。

昏暗中，院墙玻璃那边一群兽类聚拢过来。他看到这些充满野性威严的兽类，对他并无侵扰之意，只顾一起低下头在小溪边喝水。他走近玻璃，敲了敲，才有几只抬起头来看着他，但它们突然同时逃窜进灌木丛。秦铭正在纳闷，心想这点儿动静不至于吓跑它们吧？他很快明白了，是因为天空中的飞艇，它们比他更早感知到了飞艇的到来。

飞艇伴随着巨大的噪声降下来，落到场地时溅了他一身泥水，这让他看起来和 T 一样脏兮兮的。从飞艇里跳出来三个科学院的人，因为他们的工作服前后都印着科学院三角标的标志。这么瘦小的飞艇竟然容纳了三个人，秦铭想，那他们是肯定不会带上我的。

果然，在他们用专业工具将 T 快速包装并运进飞艇后，非常礼貌地告诉他，接他的是第二辆飞艇，马上就到，并告诉他回邯城后会有人带他去科学院接受询问。飞艇一溜烟走了，留下又溅了一身泥的秦铭站在原地。

秦铭看着他们离开，没有去等第二辆飞艇，他走出了院子，就像没发生过这件事。他进汽车前回看了一眼太空发射站的方向。亲眼看到壮观的太空发射，来一趟也算值了。他开车踏上回程的路，把车窗都打开，任野外的风滚过发际，冲进衣领。

二十三
尾　声

2069 年 270 日　10 时

完全被拆解的 T，外壳像几片碎鸡蛋壳的样子，躺在冰冷的金属台上。台子上还有残肢，被分成一段一段。沙漏体立在中央，线路和处理器已取出来，摊在一边。人们不再需要玻璃密封柜来悬挂它，因为它彻底不能再利用了。

工作人员已把它脑子里的东西都倒出来。T 的计算过程，以及它复眼和双眼的自动记录，清晰地展现在大家眼前。

围着金属台的，有听证会上的人和“气象”项目团队的人。

“T0459 的那个预测结果的产生非常复杂，结合了天量的计算过程，综合了大量的天文运行和地理运动因素，这个过程之复杂超出想象，同时可以看到过程中有大量的随机因素的介入。从逻辑的角度来看，这样的结论本是不太确定的。”陈鹦说，他是负责解释的人，“但结果证明，它又一次正确。”

“‘邯城之倾’没有用到这个成语原本的几个意义，制造危机气氛，或是掩盖真实目的，或是毁灭等。对于 T 来说，‘邯城之倾’的意义，就是它的字面意义：邯城的倾斜。大家来看看它的逃亡之旅吧。”

会场暗下来。在座的人们的周围出现了一圈立体图像。为了让大家有实景感，陈鹦把立体图打在人们所在的空间里。观看的人的视角都是 T 的视角。场景向人们展示了 T 第二次从空中坠落后到进入铂鼎大厦通风管的整个记录。

“下面是它双眼的记录，它的复眼已经损坏。双眼可以分别观看不同的区域，它们对应着两个平面图像储存记录，我们让两个画面还原成现场立体图。”

一片漆黑中，有几处出现了亮光。亮光中，一些老式的仪器和会议室现场景物重叠。T应当是调亮了双目上的灯，照亮了铂鼎地下大厅的局部。然后整个画面向上推出屏幕外——它的双眼收回到身体里了。人们听到细碎的噪音。当画面再出现的时候，人们看到一条受损的腿，腿部伸出一个小接口，伸向老式计算机中主机的接口。很显然它遇到了些困难，因为接口不对，另一只破损的喇叭状手臂出现了，喇叭状手臂的边缘对着接口，接口熔掉了，露出金属丝。喇叭手臂中再伸出一根很小的操作臂，那是设计用来急救的带针管的小型手术臂，能执行简单的急救操作，不过，急救操作再简单也算是精细行为。这只针管状手臂对线路裸露出的金属丝部分进行细分，把它们和自己腿部的线路分组交缠在一起。然后，用那个接头插入计算机。

一圈的老式计算机上红色指示灯全亮了起来。

场景中央出现了那个深井，从T的视角看到的深井。深井的圆形在人们面前立起来，而后扩大占据了整个空间，在场所有的人都被这圆形的大窟窿吞进去，而后是水的场景漫过了整个会场。

“它爬上井沿，跳入了水中……”陈鹨低下头，最后几个字几乎听不见，“任自己……被水卷走。”

立体场景消失，会场灯光再度亮起来。人们看到他在哽咽。

“T为什么不留在现场？”有人问。

“它的最后一个选择是最终要去哪里，答案是随机。这样，它让自己随水冲到任何一个地方。”陈鹨说。

“它为什么不求生？它是有自主权的。”

“它的选择绝不是来源于人类自然而然想到的求生——生命天然的自我保护法则。人类从人工智能兴起的开始，就不在它们的任何程序中写入自我保护法则，它们不受自我存在的影响，只有这样，它们才能爬上喷着灼热蒸气和硫化物的火山去执行探测任务，才能在高水压的深海去拍摄原始生命的形态，才能在人类不可能生存的星球留下它们的脚印，才能在死寂的深空里待上数百年。T把自己‘死’和‘非死’的选择权交给了上帝——随机。它就像没有情绪地掷了次两面的骰子，然后执行这个死或是非死的结果，把自己放在通往预定结果的道路中，成为这股万事万物组成的洪流中的一物，和整个事件中的任何存在一起，平等地向结果行进。”

“你们是怎么发现它在煤山的？”

“米克通过水流运动分析推送的结果。至于地图为什么会错误，我们的技术人员还在检查。再说，地图错误也不是什么稀罕事。”

此时，陈鹜踱向方石：“经过这些，付出了这么大的代价，却没有任何证据让人认为，所有的零散的随机都走向一个既定的统一目标。”

“T 是这样认为的，要不它不会得出这个预测结果。”方石毫不客气地反驳他，“还有，要提醒你，对于你引以为傲的时间欺骗伎俩，T 的大脑记录显示它没有相信系统对时间的修改，它认为那是系统显而易见的错误。除它以外，城里拒绝时间欺骗的机器人还不少呢。”

有关 T 的事被科学院封存，但是，有关它的故事却在邯城流传。在 T 第一次停泊铂鼎的天台之处，有人立了一座它的雕像，旁边的石碑记录着它于 2069 年 175 日那天，从天空中救下一个婴儿。

碑文上大字是这样的：“T，作为一位勇救人类的机器人，被永远铭记。”这句话通过一种错误的方式反映了历史的真实。

2069 年 289 日　8 时

陈鹨来到方石的家里探望他，两人在宽敞的高楼阳台上就座。在阳台上，陈鹨第一次看到了方石提过的鹭。

阳台正对着西北方向。淡蓝的晨雾中，隐约可以看到那道大地的裂口，但大地已不再倾斜了，城市已恢复原状。

清瘦的鹭看到他们聊起来，知趣地站起来走开。陈鹨觉得当初他离开她，真是脑子进水了。

“你当初怎么会放弃她？”

“当你辉煌的时候，所有人看起来都很好。”方石叹了口气，“当繁华落尽的那刻，你才会明白，谁是最好的、最爱你的人。还好，她还在那里。”

陈鹦点点头，说："你知道米克要被一分为三的事了？"

"知道了，信息不能完全统一。"

陈鹦又问："系统选举市长这件事也中止了。这意味着数据系统会走向保守化吗？"

"也许吧。别忘了任何加入随机变量的复杂系统只要诞生，就将拼命生长下去，不是谁能够阻止得了的，人从来只能是潮流的顺应者。"方石说。他突然想起什么来："对了，那只红蜘蛛呢？"

"不太清楚，项目组的人现在都退出来了。"

"天知道它都干了些什么。"方石双手手指交叉放在脑后，看着远方道，"今后，人类的所谓聪明才智，在人工智能面前都将是雕虫小技。"

2071 年 39 日

太空署里，远征四号组员艾可，见到了他的专属助手，"行动者 T0469"。

他看到这三条腿的小机器人站在地板上，圆滚滚的样子不分前后，像个星球模型。珍珠光泽的球面外，包裹了一层坚硬的、可调节明暗的玻璃外壳。

艾可走近它，想着说些什么赞扬的话，但发现这有难度。它毕竟不是人，他不知道什么词更适合它，也不知道机器人能不能分辨出什么是真话什么是恭维。但面前的这个小东西没有让他费神，它头顶伸出了两条透明的长纤维管，伸向艾可。艾可自然而然地把手抬起来。两条软管轻轻地放在他手里，他看到精致透明的软管内若隐若现的七色光芒。

它将和艾可同去 E 星。在那里，行动者 T0469 将拥有足够多的选择权，并依他自己的选择"自由"进化。

"可以问你问题吗？"这机器人一见艾可就问问题，让艾可拥有一种人类所比不了的率真。它的声音类似一个十岁左右的男孩。

艾可耸肩说："可以。不过，你不知道的，我也不一定回答得了。"

"你的直觉是怎么产生的，可以教教我吗？"

"这的确是个问题，小 T。"艾可想了想，"要摆脱逻辑的束缚，要无意识，才能到达直觉的宝藏之地。”

“这对我来说是最难的事。”T又问，“那么，什么是爱呢？从我诞生以来，经历过人类对我的无私给予，也有忌妒和欺骗。”

“爱？我还没有懂呢。我想即使对人类来说，这也是难解释的事。”

在太空中，T0469在无尽的时间里，总是会调出核心记忆区中歌剧《弗兰肯斯坦》的唱段：“人类劣迹斑斑，他们擅长欺骗。”

在其中的某天，它把与艾可在漫长的共处中说过的一句话，放入核心记忆区。那句话为：“爱是人活着的意义所在，是灵魂的居所。”

那是很久很久以后的事了。

但不管多久，它都没有运用它的超凡逻辑，去探究这句话合理的解释。

艾可

我们也不知道，那将是拥抱，还是吞噬

多年以后，不知多少次，艾可会想起2049年的那天，他那时五岁，被父亲带到邯城天文馆。

天文馆的“月”馆大厅，月球被摧毁的立体场景在这里循环上映。艾可清楚地记得这个场景的每个细节，这是因为他记性好。他能复述长达数万字的史诗，能将圆周率背诵到小数点后数千位，而这并不是他的记忆力中最令人吃惊的部分。他最超常的记忆能力在于对图形的记忆，他不用花太多的时间扫过平面图像，基本可以将它们依记忆描绘下来；他看过复杂的立体图后，闭上眼睛，略加回忆，那立体图就能在脑中构建起来。现在的他可以在头脑中复建星球周边一光年内的星空图，这一直是他打发时间的好办法。他小时候就经常听到人们夸赞他记性太好了，是基因改造中最成功的典型，是走在进化前列的人，可他并不喜欢自己这个所谓的超常优点。他希望有些事情最好不记得，比如那个“月”的场景。

那天去天文馆的路上，驾驶位上的父亲不停地给他讲月球，什么质量、直径、与行星的距离和探索史之类的。这是父亲少有的和他相处的时间，他一直扭着头，用认真的目光看着父亲的侧脸，母亲说他侧脸的轮廓和父亲的一样。其实父亲讲的这些知识他不仅耳熟能详，而且，他知道的比父亲还多，都是母亲教的。她还说过在古人们的生活中，月球有着多重象征意义，比如亲情、爱情，比如思念，它还有很多美丽的名字，比如婵娟、玉蟾、素娥……

“远心寄白月，华发回青春。”母亲给他读关于它的诗句，“你可以由此想象它是瓷白色的。”她这么说。

在“月”馆中央，艾可站在行星和月球立体场景中间。解说中说道，观众的观察点是太空站。他先看向远些的月球。

“它不是瓷白色的。”这是他看到这颗星球时第一时间想到的。

这是一轮上弦月。它被太阳照亮的大半呈现一种已褪色的黄白，布满球面的圆斑让它更显破旧；它另一半隐在黑暗中，似乎它对自己的外貌并不自信，或是想保留一些不为人所知的东西。它如此清晰与真实，清晰到完全驱除了他之前对它的想象，真实到他并不愿意接受。

他转头看另一边，母星。它很近，触手可及，占据了他的整个视野。他能看清这颗星球上白色雪原上布满网状冰纹，细密的黑色山脉褶皱连接橙红的横纹沙漠；他顺着深陷峡谷的河流看向绿色平原，平原上凸起城市的褐色斑块；海洋光滑如湛蓝的丝缎，湖绿色和沙色勾勒出岛屿边缘；白云从星球表面薄薄浮起，缓慢地变幻形状。星球在缓慢地旋转，晨昏线划开色彩和黑暗，黑暗的那面布满疏密不一的金色光点。它很美，不负最美星球的盛名，但对于幼小的艾可来说，太紧迫，就想推远些。

他把手放进父亲手里。

这时，在月球身后的太空深处，出现了一个模糊的亮点。他听到耳机中浑厚的男声旁白："我们的星系即将进入衰老期，太阳的引力将越来越大，最终将把它所有的行星——这些伟大的，已存在数十亿年的子民，吸入它的死亡怀抱。而最早奔入它怀抱的星体，是小行星带上的上亿颗轻量级小行星们。而我们这些主行星，还有数亿年的生存时间。数亿年足够我们移民，但这段时间里，我们仍需尽最大的力量保护自己，免受越来越多途经我们的小行星的袭击。还好我们拥有科技，可以让我们躲过灾害。这次你们将看到的是小行星群——'越狱'的来袭。承蒙上天庇佑，我们得以幸存，那是因为，我们美丽的月球，替代母星承受了这次致命的灾难。"

场景中的那个模糊的小点在小艾可的眼前变成夜空深处的一颗刺目的亮点，然后再分裂成数颗更小的亮点。旁白声再起："我们摧毁了可能与行星轨道相交的小行星，但其中最大的一颗长达 2840 米的碎片——我们后来给取了个名字叫'囚徒'，意外地冲向了月球背面。"

艾可看着月球慢慢地扩大、膨胀、分散，然后再静静地散开、拉长，最后形成一条光带。这个场景看起来很慢，其实已经被加速千倍。实际上，月球的这种变化足足持续了一年，即使在最初几天的最厉害的膨胀时期，变化都难以察觉。这条由月球的碎片形成的银色光带，从此横贯夜空，被称为"月桥"。不到 20 年，月桥因碎片越来越少，银色已褪成灰白色。再过十几年，所有的月球的碎片都将坠入行星的大气，那时月桥将彻底消失。

小艾可的手在父亲的大手里握着，这让他感到安全些。他把头仰到仰不动了，才看到父亲方形的下巴优美的轮廓。艾可问："你说过我们的科技已经很发达了，为什么连月球都保护不了？"

父亲蹲下身来，让艾可可以平视他。艾可看到自己的小形象落在父亲灰色的眸子里，他灰色的眸子像星云，而中心黑色的瞳孔像一颗星体。"对我们来说天大的事，对宇宙来说微不足道。"父亲说，"你作为一名天生就为成为太空人而培养的优秀人类，懂得这个道理非常重要。"

那时，建筑师父亲已加入太空署，五年后，他乘远征三号离开了母星。

一

按钮症

2069 年初的一天

艾可坐在心理诊室外的长廊上，看打在外窗上的雨滴一颗颗出现、一颗颗流走。他想起 18 岁那年的一个下午，他走到一座象牙白色的老宅子下。宅子的屋顶像椭圆球形被切下来的一个薄片，上面种了一层肥厚的绿植，逆光给房顶镶上了一层绿茸茸的光。有几根长枝条垂在门楣，宅门看起来像是一张刘海儿覆盖下的空白的脸。他不太喜欢这种刻意展示着甜美的建筑，但那个长相甜美又表情丰富的女孩进了宅子，让他对这种类型的建筑也生出些好感。那女孩是高他好几届的女同学。他听同学们都说她特别喜欢诗集，所以他买了一本收藏级别的古诗集要送给她，从此就可以认识认识，聊聊诗歌，虽然艾可并不太喜欢诗歌，但可以顺便聊聊其他的，顺便也让她知道他有个宇航员和建筑大师身份的老爸，知道他住在最高级的住宅区，知道他很有钱。他认为有钱这个特点是让别人觉得特别踏实的地方。

门的右框上有一个黑框，黑框里有六枚按钮。这是老式按钮，只有这种老式房子上才有这样方方正正的实体按钮。上面的图案标出了这六枚按钮的六个功能，叫车、通话、室内激活、植物养护、社区服务、门铃。艾可心里一直排斥按钮，他觉得它们充满了呆滞感。他很希望用手去敲门，他的很多同学也喜欢这样做。他们用手敲女生的门，还喜欢敲出节奏，等她们慌里慌张开门后，男同学已摆出一个电影里流行的姿势，比如一只脚站着，另一只脚交叉点地，一手支着门，微收起下巴……不太按规矩来，是一种很酷的表现。但他做不来这些，他要规规矩矩按门铃，这样让他自己觉得郑重其事。他站在门铃前，右手食指停在空中，闭上眼睛深吸了一口气，睁开眼准备按下去的时候，发现门已经开了，那个女孩站在门口。让他感到奇怪的是，她平时那些丰富的表情逃逸得无影无踪，而且她也没有用其他表情来填补的意思。她的脸在门洞里的黑色衬托下一片苍白。艾可的手指已经在往下按了，但他忘了要按什么键，那些带着奇怪符号的黑色方块，把他脑中正要做的那件事赶走了。他按下什么键也没有记住，总之他呆立了一会儿后，听到房顶上的植物哗哗的声音，有冰凉的水顺着枝条流下来，滴在他的脸上。他的五官猝不及防地皱起来，挤走了他装扮了半天的成熟绅士表情，只剩下原本的青涩。

“我是个没有魅力的男孩，根本不知道什么是爱。”之前他就是这么认为自己的，那天只不过确认了而已。他收拾了心情回家，照例打开电脑，电脑上邮件提醒他太空署正在招录远征四号的太空人。“报名”按钮正在一闪一闪地发光，他举起手指，看着屏幕上那颗发光的按钮，却按不下去。

这次要招录1000名18岁以上的船员，今后的六年内，要按照已知的E星环境去训练和培养，目标是到E星后在那里形成一个太空族人群。艾可原本就是以太空人的基因标准改造过的孩子，所以太空署主动给他发来邮件。作为“内定”人选的他，从没有怀疑过，自己成年以后，太空和E星就将是他的生活场所。这是一件注定的事。

然而，他看着按钮，一时却按不下去。等过了半分钟他可以按下去后，他决定放弃了。以现在这个状态，他觉得根本通不过。人人都知道，宇航员应当在各方面都是最优秀的，如果连按按钮都迟疑的人，怎么可能当一名宇航员。

从那以后——其实以前多少也是有的，每当他要按按钮时，他的手停在空中，要停一会儿才能按下去。他测过这段时间大概有半分钟左右，他的食指在空中画着小圈有助于加速这个过程。这些平面或立体的，单个的还是一排排的，有标识的还是没有标识的，实体的还是虚拟的，都会把他大脑中正在执行的事件赶走，让他大脑处于一片茫然。那时他要让自己静下来，集中注意力把那件要做的事找回来，再与要执行的按钮相对应起来。如果遇上的是两种或多种功能同一键的情况，这种情况是他最不喜欢的，他需要回忆好一阵子才能想起他到底要使用哪种功能。在这个按钮为王的时代里，到处都是长得差不多的方方正正的按钮，这意味着他每天都需要面对很多次这样的局促时刻。

他查询网络，得知这是一种叫“按钮症”的疾病。艾可能完成复杂的脑力，能弹得一手好钢琴，能改造机器，会编写程序，却无法完成最简单的按钮动作，艾可有时候想到这点会哭笑不得，他权当按钮症是对他超强脑力的诅咒。

到了 24 岁，艾可才决定去看看医生，再过一段时间就要参加大学招录了。他听到医疗室广播里报了他的名字，于是起身走进旁边的门，门上贴着的纸写着：刘医生。宽大椅子上的刘医生长脸上一条横须，长胡须可是种小概率基因。刘医生用手招呼他坐下。艾可向他递上了检查结果。

“阅读困难。”刘医生看完他的阅读测试结果，抬起头来说，“但结果显示你的阅读能力没有任何问题。”

艾可顺势就问：“那为什么我看到按钮上的数字和标识会反应不过来？”

“那你可能得的是按钮症吧，完全是两码事。按钮症到底是属于生理还是心理疾病，医学界并没有定论，没有任何解剖学、心理学支持它的病理，最后只能归于原因不明的罕见病。要说按钮症患者没有脑部或心理不健全的情况，相反，有些病人倒是智力超群。这种病在 21 世纪 30 年代才出现有记录的病例，现在的发病率为 0.1‰。现在这个时代得各种稀奇古怪罕见症的人很多，按钮症只是其中之一，目前我们发现与这种疾病对应的至少有部分是脑部基因，所以，最终这可能将归于脑部疾病。根据脑基因不可修改的法律，这个病症难以解决。得按钮症的人，要学会调整情绪，要学会放松，要学会集中精力……”

医生对艾可说话的时候，他身后落地窗户上巨大的雨滴撞击着玻璃。他们的楼层在 500 米的高空，云层像一条毯子刚好在他们上方铺开。他研究过，在这个高度，雨滴的颗粒可以达到一厘米的直径，一滴雨在下落的过程中分开成为好几颗，然后再分裂，前面的会甩掉后面的。这个很卡通的分裂过程在他的脑海里正发生着，医生的一句话穿过正在分裂的雨滴阵进入他的大脑：“信息社会之前人们根本不用按钮，开门就是开门，写字就是写字，而现在我们需要把事件和符号先转换成按钮，通过按钮这个中间体去执行。我们的世界变化太快，环境中的很多情况先祖们都没有碰见过，还来不及产生相适应的基因。产生新基因的过程中，有些人会付出代价。”

刘医生又问艾可用不用做个按钮症的测试确诊一下，艾可说不用了。艾可看到医生把“没有阅读困难”的诊断结果输入医疗系统后，起身要走。医生也站起来，走在他的身后说：“你的按钮症应该并不严重，有的患者进了电梯看到电梯层的按钮会忘记自己去哪一层。医生协会曾向政府提交过为按钮症病人加装特别声控服务装置的建议，但从讨论到应用还不知道要多少年呢。我建议你下次由家长陪同确诊，如果确实是按钮症患者，我们将和你的家长一起制订一个便于你生活的方案，在今后从事职业时，你的这个‘特点’，”艾可听到医生在说“特点”两个字的时候加重了声音，“也会被考虑到，这样你能比普通人得到更多的社会福利。”医生说到这里，他们走到了电梯口。医生把手伸进电梯里按了艾可要去的一层按钮，才挥手离开。

不同的心理病患者有不同的困境场，对于按钮症来说，电梯就是个困境场。艾可平时进电梯的时候，一般喜欢跟着一大堆人一起进，看到自己要去的那个楼层按钮亮了最好，没有亮就找最近的楼层下，然后找步梯。总之，他自己尽可能不按，除非只有他一个人进电梯。所以，看到医生的举动，艾可内心多少感到些温暖，刘医生是除他以外唯一知道自己疾病的人，但他不喜欢刘医生说的最后一句话，“比普通人得到更多的社会福利”，似乎意味着他不普通。可能别人不会这么想，敏感的艾可就会这么想。他从没有把他患了按钮症这件事告诉母亲。他所维系的和母亲之间的亲密程度恰好达到政府规定的最低限度，以便通过特殊家庭亲子关系测试，否则母亲一定会按惯常的要求带他去做测试做登记，为他争取更多的社会生活福利，系统从此把他记录成为按钮症病人。系统无处不在，它记录所有事，一旦记录就不可更改。被世界知道他太多的事情给他不自由的感觉，虽说被系统完全了解是迟早的事，但还是多争取一些时间为好。

医生的话倒是促使他想办法寻求改变。艾可回家后，决定在家里为自己创造一个不需按键的小环境。

那天医生说到了声控，于是他设计了一种透明的触摸式芯片，贴在按键上。触摸上去后，按钮会发出声音，提示他功能是什么，大大缩短他的大脑空白期。不过这样又有一个问题，他要挨个摸那些按钮，直到听到他需要的那个。“而且，感觉上……一点儿都不美。”他决定把触摸芯片的声控改装成影像装置，影像越小越好，持续时间越短越好，足够自己看到，然后瞬间消失。“影像是个让人愉悦的玩意儿。”对图形有超常记忆力的艾可一直对图案情有独钟。他从箱子里找出了父亲15年以前送他的一台立体虚拟影像仪。

这台仪器很古老了，但在他十岁时，是当时最先进的影像仪，而且是编外仪器。为什么叫编外仪器呢？立体影像科技是管制类科技，相关产品都要通过申购才能得到。当然，所有的管制科技法规都管制不到太空署。

他把仪器连上电脑，使用仪器自带的软件进行了操作。比起现在的制图软件，这些软件效果难以令人满意。他又安装了现在的一些制图软件，这些软件有自带的大型图库，图像品质好得多，操作者还可以在这些图形的基础上做调整，但艾可觉得调整这些图形费时不说，还是离他满意的标准太远，还不如直接编程设计。因为这技术是管制技术的关系，相关知识不能上网，于是他每个周末去邯城图书馆，那座巨大的三阶梯三角锥形黑色建筑，那里的知识据说可以涵盖整个文明史。他从以前发行的书里找，一边学一边用。过了几个月，出现的图像和动态倒是符合要求了，但影像质量又跟不上，显得太粗糙了，这台仪器实在是太老了！他开始购买各种零件，几乎把仪器内部零件换了个遍，出现的影像从品质到动态才达到令他满意的效果。

工作进行到这里，只完成了一半，下一半是把这些图像录制到芯片里，装进一片可发射立体图的透明的薄膜上，再把薄膜……

自从有了影像仪，他课余除了打篮球以外不再从事其他活动，一有时间就把自己关在房间里，这加剧了他的隔离感，但他想付出代价是值得的，他希望这个小魔术能把自己保护起来，不用担心被当作特殊群体看待。

100天后，他走进自己的房间，右手摸向门边的一排按钮。他摸到第一个时，一个闪闪烁烁的手掌大小的吊灯立体影像在他手边亮起来，他再摸到第二个按钮，窗户的影像冒了出来，第三个按钮——是他加装的，是音乐按钮，音乐的名字显示出来。他打了下响指，成功了！

家里的所有按钮很快就都有了放影像的功能。自从装上影像功能后，他发现，他再次使用时已不需要使用影像了。原来他强大的图像记忆能力可以让他通过在那个点曾经出现过的影像记住按钮的功能，通过记住影像从而记住了位置，这样这个过程就排除了总是在干扰他的按钮。他试着把薄膜揭下来，发现他的确可以用脑中出现的记忆排除按钮的干扰。“这还真是个意外的收获。”艾可想。但他为了方便，还是把薄膜贴了回去。为了怕母亲发现，他还加装了指纹识别。

这样，他算是达到目的了。对于必须要用按钮的场所，提前在场所里装上这样的薄膜就行，用几次后再揭掉。他想到以后到了大学，不会因为被人知道按钮症而被另眼看待。

“如果影像足够小，持续时间足够短，以后装在公共场合也不会被发现，等我记住了再把它们揭下来。”他继续保持隔离状态，天天埋在自己的房间里，做的影像越来越小，显示时间越来越短。在将影像缩小的过程中，他发现他也可以把它们做得越来越大，显示时间越来越长。无论做大做小，他都做得越来越真实。

“这么小的事，你完全不必做得这么好的。”艾可自己都想不通这点，但他就是这么干了，人有时就是拿自己的能力没办法。

解决了家里的按钮问题，艾可并没有收手。他开始在房间里做各种各样的影像薄膜。比如他摸到一面墙时，墙上出现了一幅画作；摸到窗台时，窗台上出现了一只飞鸟。诸如此类。他很想把他的能力运用在家以外的地方，在他下楼的电梯间、地铁站、教室和所有常去的场所的按钮上都贴片薄膜，但他觉得目前紧迫感并不强烈。外面的日子得过且过吧，每天随大流也挺好。其实最深层次的原因是，未经批准做虚拟影像这件事是违法的，因为这属于管制科技。他可不想因为这件事被米克记上一笔，数据画像一旦有了污点，可是抹都抹不去的。

虚拟影像受管制是因为这项技术达到了以假乱真的程度。技术一旦达到某种程度，就会有相关管理部门涉入，评估是否列入管制科技。邯城是星球上法制化模板城市和道德的至高地，是全球城市管理的典范，它的法典多如牛毛，规定事无巨细。在邯城，一切行为都有规则可循，所有的邯城人都成长在有规则的环境里。没有规则可循的行为，是无法想象的，是不可理喻的，会被作为错误来看待和对待。

艾可在浩如烟海的科技法规中查到，关于虚拟影像的规定有三条：

一是虚拟影像须经批准才可应用。批准部门为邯城管制科技局。

二是普通虚拟影像需设置至少 90 秒内一次 0.05 秒的虚闪，以示意其虚假本质，避免造成与真实事物的混淆。邯城政府批准特例除外。

三是部分场所严禁使用虚拟影像，包括所有的公共交通道路和设施。严禁使用的地区参照链接地图。

二

社　团

听起来艾可是个孤僻自闭的人，其实并非如此。他和人们交往的愿望和其他人一样强烈，只是他在交往前面加上了“融洽”，使这件事成了有条件的事。

在艾可的思维里，他把每个人理解成一个独特的原始频率。同一空间存在的频率交织碰撞，在空间形成波纹。波纹反过来又对其中每个点的频率创造出一种感觉，这种感觉有舒适的，有不适的。艾可希望他这个频率总是处在很舒适的状态，这种波纹就是所谓的与己兼容的波纹。而“融洽”好比频率与波纹达到的最好的兼容性，是一个高标准。如果频率对波纹的兼容性达不到“融洽”的标准，他就会想逃离那个圈子，一分钟也不想多待。

他根据“融洽”这个条件，前几年就开始选择了自己的社交圈子。他先选了“紫翼”，那是区里的中学篮球队。这里的波纹就像音乐一样跳跃可爱，两人传球时频率之间形成的波纹配合像双钢琴，多人传球、跳跃有些类似于协奏曲了。音乐对艾可来说，一定是种和谐的波纹。他的原始频率在篮球队的波纹中找到了最好的“融洽”感。

但仅加入篮球队这样一个社团组织，对于一个成长期的青少年来说，是不够的。这里的“不够”，是指对形成一张漂亮的数据画像不够。得到数据画像的高分值，是每个青少年日常生活的重心。如果社交以及其他项目的分值不够，无法得到优质的数据画像数据。这个时代里，人们对自己在米克中的数据画像的重视，远超过对镜子里自己外貌的重视。艾可对它的重视程度，比平常人还要高。他希望在他成年——25 岁时，有一张完美的数据画像。而数据画像要漂亮，可不是件简单的事，需要长期累积多种类优质数据。加入篮球队，体能方面可以得高分，但社交方面得不到高分，因为只加入一个社交圈，说明不了社交能力。数据过少，就算不上优质数据。他需要让自己的效率最大化，所以，他没有将自己局限在社会分值上，他对所有的分值进行了综合比较，以期发现在最省时省力的情况下得到最优质数据的捷径。他发现一个捷径是参加学生高智力团体。加入这种社团，就可以得到很高的基本分，良好的社交分仅仅是其中一项，除此之外，如果表现好还有智商分、情商分、体能分，据说这种团队只收编最优秀的人才。加入这种团体，今后基本可以避免基因歧视了。是的，基因歧视，法律上是不允许的，但在系统中是绝对存在的。正在他考虑加入哪家智力团体时，他接到了“先锋”的邀请函。

艾可多少听说过先锋。它是紫区最优秀的智力学生团体之一，进入先锋最低门槛是160的智商，智商相同就拼特长，特长再相当就拼体能。“先锋”社员有机会去参加顶级大学的招生会、大型企业的活动、政府高层人员的演讲活动，这就意味着团员在择校和择业方面有更多的优势。艾可没有想太多，就加入了这个社团。

邯城有不少像先锋这样由政府资助的青少年社团，特色各不相同。而先锋这类智力社团，它们的目标是为智力方面最优秀的青少年提供一条通向社会各界高层的阶梯。

社团与数据画像之间的这种联系，是邯城教育体制的一种特色。邯城社会崇尚机会平等，有一整套完善的平等机制，教育体制是平等机制中重要的一环。艾可记得一位著名人物棪先生在来校讲座中说的一段话：“在历史上，社会结构曾是金字塔型。而在现代的社会结构理论中，我们理想的社会结构更应该像个球体，没有顶端或是底端，没有上和下之分，每个人最初都在球体的表面，到核心的距离都应当是一样的。但到达核心的速度由个体决定。”邯城为了实现这个目标，从机制上给予了每个人平等的前进机会，没有阶层固化的问题，没有理所当然的上升捷径。个人的先天基因和后天努力，以及毅力和意志，决定了他们是否能更接近球体的核心。

棪先生，今年121岁高龄了，没有基因改造过的自然人活了一个多世纪，真是奇迹。在他一系列头衔里，包含哲学家、教育家、心理学家、社会活动家等等。

艾可在先锋的感觉，不同于在紫翼。先锋成员的频率在这里共同产生的波纹，反馈到他这个频率上让他不舒服。这里没有篮球队的那种普适性和谐波纹。对于他的不适，他认为问题出在自己身上。艾可认为，每个人的频率是可以调整的，调适自己，与环境共融，这是对环境负责任的做法。

一开始，他非常努力、费力地调整自己。他在面对不同的人的时候尽可能去变频，以适应对方，但这里的每个人好像也都是动态频，这使他不停地变频，使自己的频率处于一个不稳定的状态。按照艾可的理解，各人调频能力差异很大，有些人天然具备给自己“调频换挡”的能力，有些人则是暂时可调整。排除那些本身就奇特的频率，每个人的调频幅度与能力有关，有些人被动调整过大，就有可能调不回去了，成了一个乱频；也与主观意愿有关，有些人会很主动地适应调频，有些人就很不情愿。艾可想他应当属于后者。如果是让他调整后固定到某一个频率也好，或者是调整幅度离自己的原始频率不远也好，关键是他需要在面对每个人的时候先测频再调频，这个过程使他觉得自己要加装一个频率探测器，而且有些适应频离自己的原始频率过远。充斥环境的波纹总是在变，有些像天气，阴晴不定，让他感到越来越不适。降低不适程度有两种办法：一是离开；二是将频率的活力降到最低，活力状态低了，与环境的不共融感觉也会降到最低。离开没必要，毕竟在先锋待着对今后的学业和职业前景有利，大家都是这么想的，所以，他选择了第二个办法——降低活力。他在先锋三年以来处于一种边缘状态，他不在意团体，团体也不在意他。这种状态也不算“融洽”，但总算不用太费力，他管这叫随“波”逐流。

今年，是艾可进入先锋的第三年，他还有两个多月就要参加大学招录，他想只要混完这段时间，不出什么事，就可以拿到在先锋团体的基本分值，那些额外加分他是不会考虑了，这三年他的表现可谈不上什么出色。而这时，团里发起了一项活动，要求团员做一件吸引社会关注的事，拿他们头儿的话说，是“做轰轰烈烈的大事”。

社团搞些异想天开的事是很正常的，不搞事倒是不正常了。如果他们老是不搞，或是搞的效果不好，证明不了他们的出色，所获得的资助只会降不会涨。社会鼓励像先锋这样汇集了智力精英的科学和艺术发展最有力的后备军团做一些纯粹由创意和想象驱使的事情，这来源于棪先生“让大脑成为动力本身，而非目标的仆从”的理念。但艾可从图书馆一份未公开的语录集看到——现在不是什么资料都可以上网的，棪先生这样跟朋友说：“人类不能把思维的权利交给任何信息系统，也不能交给那些机器人。在米克自我发展成为大脑之前，我们必须要保证今后人类的主宰地位。思维和创意的权利，只能归于人类的大脑。但问题是人类的大脑有时并不给力，我们的基因技术又不可以修改我们的大脑。所以，我们只能用这个原始的、当今少有的纯自然之物，去与米克和机器人赛跑。怎样最大限度地开发和利用大脑，是一个重要的课题。我们要利用各种方式激发思维和创意，尤其是年轻人的大脑活力。不当的约束只会遏制大脑的活力。我们都知道马群现象，奔跑的野马群，每一匹都跑得很快。一旦人类出现，指挥它们去奔跑，它们的平均奔跑速度会下降很多。所以，技巧是不要轻易让马群感觉到方向的存在，一旦有一匹马朝着既定的方向跑，其余的都会自然跟上，而且它们中间会产生竞争，一旦竞争出现，它们自然会跑得更快。马群的现象完全适用于人群，人群是从众的、有竞争性的，这或多或少使群体方向本身难以把握，所以要讲求技巧。”

艾可觉得这小段话有数不清的层次，比如他觉得信息系统独立是早晚的事；比如他的话让艾可觉得人类像时代的发动机，人脑像燃料块，总之人类不像世界的主宰者；比如规范无所不在而不易觉察，被认为是最好的约束方式……还有，艾可想到的，激发活力的方式宜隐不宜显，这段充满了神秘意味的话的这层意思，落到紫区的这些团员身上，就发生了以下这些事。

对于一系列的事件，即使我们被告知原因，但从原因到现实其间总是七拐八弯，最后的故事已难以看出因果性，展示给人们的只是一系列的偶然。事情本身的发展过程已让人无法看到端倪，每个人只知道自己身在其中。

艾可进了“先锋”才知道，就算它在紫区小有名气，但在全市排位中，总在前十名上下浮动。在排名中，十是个尴尬的位置。人们对排名前五的耳熟能详，第五名以后的，往往需要些提示了，谈到第十名左右的，总需要介绍些背景，人们才会豁然开朗地做点头状。社团这种排名状态，用现在的头儿常用的说法，叫还有上升空间。

头儿叫关天鸿。能加入先锋的人，肯定是在某方面有足以被系统注意到的优势。关天鸿有什么特殊的基因优势，到现在为止大家都没有注意到，他给大家的印象是他参与社团活动的热情优势。他和艾可同岁同年级，都算是老团员了，在团里剩余的时间都不多，上了大学就得自动离团。两个人的区别在于，艾可就等着把这段时间耗完，拿到基本分值就行。关天鸿呢，他觉得时间不多了，要好好利用起来，以拿到高分值。

关天鸿是去年当选团长的，而后开始频繁发起各种各样的活动。他以前就用“热血青年”来形容自己，自从当上团长后，大家认为他的热血一直待在沸点上从未下降过。他上任一年内总在搞活动，但社团所获得的资助，团体活动规模、受邀参加的活动规格这些社团地位的硬指标，并没有因为他的亢奋而得到提高。成员私下里议论，反正他折腾的时间也不会长，就等他走吧。

去年年底时，紫区教育部门照例通知各个社团所获得的下年度资助基金。和历年一样，资金的分配是不公开的，各个社团只知道自己得到的数额。在这张单子上，紫区今年给先锋的拨款下降了。教育部门对此做出了解释：为了激发各社团的潜力，社区教育部门决定给予表现特别优异的社团更多的资金，以拉开给各个社团资助的差距。声明后还附带了一份让人眩晕的新评估细则。而这项政策出台的背景，只有教育部门内部少数的人知道，真正的原因是紫区财政收入的减少，因此教育拨款相应减少。所谓的激励政策，看起来是给予了某些表现出色的社团更多的资金，实际上是减少了大部分社团的资金。这当然是不能被各社团知道的。

拨款减少，是先锋历史上头一遭。团里不得不连开了几次会议讨论重新规划资金，调低了一些项目的资金，又撤销了一些活动。假期赴阜城大学的参观和一次去海岛的夏令营都取消了，被邀请来做辅导的著名导师也改为无名之辈，原本定在铂鼎大厦楼顶举办的招考庆祝会改为在学校附近的一家餐厅举行。关天鸿注意到成员中的一些聪明人已经在私下里联系进入其他的社团。

资金削减是在关天鸿上任一年后发生的，又是被“评比”下去的。这个结果到底与关天鸿有没有关系，没有人提出疑虑，不说明没有人暗藏疑虑——关天鸿自己对这件事总是绕不开这个想法。这个想法如一团吹不散的云朵，总是在他对团员们讲话的时候飘上他的头顶，夜里又像个并不狂暴的怪兽，住在他年轻又尚不宽阔的心里，虽然从不疯狂地折腾，但仅仅是翻转几下，他心里已翻江倒海。他越来越觉得，他有必要做些什么与以往不同的事情，来或舒缓或转移这件事的影响，尽快赶走心里这只并不大的“庞然大物”。

他思前想后，把可能出现这个结果的所有原因筛了一遍，很快就想通了。他把原因归于自己——这是种好习惯：我行为的方向是对的，只是力度还不够。他接受这个结论后豁然开朗。他认为社团的活动虽然多，却没有一次打动过自己。他把教育部门的细则拿来反复地看了很多遍。

“面对变化，我们要积极主动地寻求改变。”几天后，关天鸿在团会上发表讲话，“我们所有的成员都应当发挥最大的潜能，而不是得过且过、碌碌无为。”

这些话除了让个别人觉得莫名其妙外，没有起到什么效果，教室里仍然一片慵懒。这不出关天鸿的意料。这些人早就被按部就班搞迟钝了，需要点儿刺激。

“我想大家已经看到新的评估细则了，新的评估细则突出了什么？”他开始发问。

一个从托着的腮帮子里挤出来的声音不紧不慢地说：“突出了大家要干更多才能得到原有数目的钱。”教室里一片哄笑。

“不！突出的是优秀，而评定优秀的重要条件之一是我们的优秀能够产生社会反响，得到社会的关注。你们翻一下，谁的社会关注度越高，得分就越高。关注度的评价标准值中最高的是媒体关注，比以前还高很多。”关天鸿觉得他这种抓住大家注意的方式很好，慢慢来，像剥开一个洋葱一样有层次感。

“我们也许不用太多地关心那个细则，让它去死吧。那个细则适用期只有两年，而且注释写明教委会可在期间中止它。可见教委会本身都对它能实施多长时间心里没底。”另一个成员说话了，教室里有声音表示附和。

关天鸿从这人的声音中听出了玩世不恭。他也经常玩世不恭，这是一种年轻人专属的酷，但这时他突然讨厌起这种口气来，想要回击的冲动直冲头顶。他多少还是压住了自己，这种压制让他的声音在高音处有些波动。“很有道理！如果你是个准备做一辈子对人点头哈腰的街头推销员，或是做一辈子在系统里挨个查错的‘码农’，你就可以说这样的话。”他停了停，让声音稳下来，“这里是先锋，不要忘了先锋的精神！被动保守、追随别人不是先锋的风格，你是要坐在这里，直到变化的世界来逼迫我们改变吗？那时你会意识到已经晚了！如果你不想积极进取的话，应该另找一个适合你的，比如叫庸碌的社团。我们为什么聚在这里？不要忘记我们的选拔标准是什么，我们是最优秀的。人总是寻求与之相匹配的人和环境，物以类聚，人以群分。当与别人竞争的时候，你拿什么去取胜？拼的不是共同点，而是不同点。我们与别人的不同点在哪里？智力，才是我们的独特之处，是我们的资源、我们的力量！”关天鸿自己也没有想到他的话夺口而出，竟让他陡然生出自信来。

“你们的大脑几百亿的神经细胞，大部分都因为你们的惰性而在睡觉，你们再不用的话，它们就会退化。像你们这样用脑，过不了几年，会连个最低等的机器人都不如！”关天鸿此次不再压制自己的激动，在接下来的讲话中搬出一系列政治科学艺术界的名人，向大家展现了未来宏伟的职业蓝图。他说：“我们每个人都要和我一样朝着这个目标奋进！我们下一阶段的目标，是让社团的活动得到社会的关注，是社会，而不是我们沉浸的自以为是的小圈子。我们将不屑于娱乐自己，而是面向社会！我们虽然是少年，但也可以干大事。全力以赴，否则将一事无成！我们要牢记这一点！”他看到成员们目光的聚焦，体验到了从未有过的愉悦和燃烧。

等他放小了音量，他说：“这个过程中一定要秉承秩序和平等。人人都有机会，人人都不能回避。下一个阶段，我们要发起能引起媒体关注的大事件。”

团员们在关天鸿的话音落下了一阵子后才左顾右盼。艾可感觉到空间的波纹振动了起来，带动了其中部分人的频率。他们年少，心中都有着对大事件的神往，但以前谁也不会将这些大事件与自己的行为联系起来，而关天鸿的话，让他们在“大事件”和“自己”之间建立了某种可能的联系。这种联系开始在人群中发酵，大家的眼中开始沾染了某种亮光。关天鸿看到这些，多少有些意外，想到昨晚自己对可能失败的疑虑是多余的，想到人们的想法其实很容易摇摆。你越坚定——不坚定也要表现出坚定，他们越容易听你的，关天鸿心中自然生出更多的自信。

在接下来的几天里，有两个方案发到团员们的公共邮箱中，需要二选一。一个是在市中心的电子屏上做个极具特色的广告，提议人拿出了挺有个性和美感的设计理念图。艾可看了方案，觉得挺好，给他投赞成票。他不喜欢另外一个，另外一个来自一位女生，她提议在中心广场组织发起一场救济暗岛来的塞尔移民的捐款活动。艾可对这个提议不以为然，他想这种嗟来之食，难保倔强的塞尔人会买账，政府现在对移民立场不明，到时候两头讨不着好，场面一团冷清，还谈什么轰轰烈烈呢？但选择的结果和他的想法相反。第一个方案因为需要动用一笔不小的组织经费，被取消了投票的机会，第二个方案自然得到了通过。艾可想把自己的意见说一说，但他在社团长期状态游离，说话自然没有分量，对这点他很有自知之明。不过看样子不是他一个人这么想，有人也提出了有没有人捧场的类似问题。这个提议的女生倒是很执着，她的声音中有种被关天鸿传染了的亢奋感，向大家保证活动会得到响应。最后关天鸿出面支持，这项活动在社团就算通过了。

活动方案报给了政府部门，很快就得到批准，同时批下来的还有一张不允许搞活动的地点的单子。大家从上而下看到这一大串地址，排除一下，能搞活动的地方就没有几个，而且不在塞尔人聚居区。艾可觉得好笑，倒是同情起这个女生，怕她不知道该怎么收场。但他的担心似乎又是多余的，女生的活动办得很漂亮，倒是真的有一个长得有点儿像暗岛人的男孩到场，为这个女孩送花致谢。不知哪个小网站的小角落里刊登了这则新闻，这则新闻被放大了做成海报挂在教室的走廊。

这个女生的“成功”推高了团里搞活动的气氛，关天鸿越来越享受这种气氛。艾可在周遭兴奋的新环境波纹中，感到他的频率在摇摆。“轰轰烈烈”这词本身对艾可毫无吸引力，他认为在当下像一潭人工湖水的世界里，要想“轰轰烈烈”可不太容易，除非搞些违法而不违德的事，或是违德不违法的事，两者的共同点是容易引起争议。如果让艾可选，他倒是愿意选前者。艾可坐在那里想想自己的念头也可笑，又诅咒了自己的荒唐。谁知道聪明人所见略同，他听到团里还真有人提议了一个这样的方案。

这人是个社团里著名的网络黑客，外号叫黑客胖。他长得黑而矮，所以在周围大都标准的体形中显得胖，大家都怀疑他是个出生前未经基因检测的私生子。邯城人的审美偏向高瘦，有一部分父母在基因选择时，会先测下自己的基因，如果有黑和胖的基因，就把这两项基因从孩子可能继承的基因中剔除掉。

但黑客胖告诉艾可，父母并没有追随这个潮流，据他说，是因为母亲是外来人后裔，而黑胖是他们的审美中美丽的标志，她可不想把祖先优秀的财富丢掉。在这个世界里，把好基因比作财富并无不妥，其实要说更像无形资产。虽然“小胖”——艾可这么叫他，在成长中越来越明白他的外形在流行的基因审美上没有优势，但显然他并不在意，因为他在另一方面的优势足以让他产生基因优越感——超强的数学推算能力，这项能力使他成了校园圈子里远近闻名的黑客。

黑客胖提议在科学院的网站底部边栏上百个资助机构链接下，加列一个机构——先锋人力资源公司，点击一下就进入了先锋社团的网站，这个办法省力，不花一分钱，而且还借了科学院这个平台的力。这个提议在不严肃的嬉笑声中获得了压倒性通过，艾可也在支持之列。在几天的时间里，科学院网站竟然无人发现这个玩笑，大多数人——包括科学院的人，都以为单位又新加了个资助组织。结果先锋网站的点击量暴涨，主要是求职的人。几天后有人找到这个小胖黑客谈了话，他没有把“先锋”供出去，只说自己玩玩而已。这个胖小子，受到“应有”的处罚——去受教所接受每日两小时、共计60个小时的教育。正在大家对他同情不已时，他向先锋提出退团。他临走时悄悄告诉艾可，他做黑客的事被太空署注意到了，提前推荐他上太空署附属大学，同时加入太空署一个增强系统安全性的机构。“上大学和太空署这件事你别说出去了，是非公开的。”胖家伙得意地笑。这倒是出乎艾可的意料，他追着问一些太空署招录的细节，胖子说不知道，人家可是主动找上门来的。艾可想，我只想到争议这玩意儿可以吸引公众注意，谁知道也可以吸引大机构的关注呢。虽然小胖神秘地叮嘱他不要跟任何人说，但是艾可发现所有的团员都知道了这事。但关天鸿和艾可的态度完全两样，关天鸿对此不以为然。那天关天鸿提到的美好职业蓝图中，并没有太空署。太空署的辉煌已是老皇历了，不再是优秀年轻人的热门选择，就算它招录的人都是数据画像顶级优秀的。“宇航员只有两种死法，一是到了外星病死了，二是在途中寂寞死了；还有一种是不生不死——冬眠。”现在的人们说起宇航员，就是这种怜惜的口气。

黑客胖的事发生以后，团里搞活动的气氛受到了很大的冲击，大家高涨的热情迅速滑向反面。看来关天鸿对此早有准备，决定用抽签来决定轮到谁搞下次活动。“机会面前，一定要人人平等，这是我们社会的核心价值。”关天鸿每次为自己的行为戴上一顶价值观的桂冠时，艾可都止不住分神去看窗外。他坐在窗边的位置上，窗外一片亮白，不晴朗，也没有雨，这种天气毫无特点，最容易让人困倦。这时他的名字穿过这片困倦，将蒙在眼皮上浑浑噩噩的亮白击碎。抽签第一次就抽到艾可，他内心苦笑，觉得活在世上怎样都省不了心，怎么躲闪都有事找上门来。

那天抽签会散场后，艾可刚走出门不久就听到有人叫他的名字，他回过身，看到关天鸿在叫他。艾可等他走近，两人都是高个子，正好平视对方的眼睛，这种对视迅速建立起交谈前的对峙。关天鸿的手搭上艾可的肩说："如果你实在觉得不够胆子，我可以找个借口把这件事放下。"艾可没有回避他的目光："没关系，我听你的。既然是定了的事，你要是为了我再悔改，我怕对你的声誉不太好。"两人虽然都是老团员，但关天鸿对艾可这样的边缘人一直是有地位上的优越感的。听了这句话，关天鸿眼光里闪过一丝刮目相看，但很快又吝啬地收了回来。他重重地拍了拍艾可的肩，把艾可比他高一头的身高压下来了些："那就看你的了，三天后，我要听你的构思。"

三天后，艾可在学校找了一间最大的教室，当场演示了他的方案。他先是把光线调暗，让教室里充斥着黄昏的雾感。然后他打开了角落里那台黑盒子——虚拟影像仪。昏黄色的空间开始转变成暗蓝色。暗蓝色开始波动起来，其中出现了颗颗泡沫，悠悠地升向天花板。人们的目光随着这些泡沫，看到天花板外出现了白色的古老月亮——那颗已消失的星球。月亮一时模糊，一时清晰，不时地颤动，在观者的眼里，似乎是轮水中月。正当人们在观察这月亮时，有鱼群从教室的墙体里穿出来，在丝丝缕缕的光线中穿行，细细的鳞片泛着青白的光点。白沙、礁石慢慢覆盖了地板，还有废墟建筑的残块，水影在上面晃动。一座废弃建筑上的神明雕塑仰躺在沙地上，空洞的眼神看着月亮。原来人们坐在"水底"。大家仔细观察身边的游鱼一张一合的呼吸，看脚下泛着月白光泽的沙地细腻的质感，正惊叹于这场景精致的细节时，一只半人高的章鱼突然穿墙而出，冲进人群。这只章鱼喷出浓烈的墨汁，教室霎时一团漆黑。待到一切都变亮时，所有的虚拟影像都消失了，教室还是那个充斥着黄昏雾感的枯燥教室。

几声掌声填补了影像消失后的虚空，这些发自教室不同地方的掌声很快带动周围并扩散到全场。人们的目光看向站在角落的艾可，艾可耸耸肩，以这种清淡的谦虚，谢过了大家。然后他来回踱着步，简要描述了创意的来源——已消失的暗岛海底世界。“我是个暗岛文化迷。”他又加了一句。

“我觉得这根本没什么意思，不就是鱼和沙子嘛，荒芜得很。”有人说。

艾可扬扬眉说：“有道理，但是，最文明的地方，也有荒芜之处。暗岛中心城的伟大怎么可能是这个教室所能够体现得了的。教室这个小环境，只配得上暗岛海域最边缘的小块沙地，要配得上海底城的壮观，场景只能发生在……”艾可停顿了一下，似乎在思考什么。

“市中心彩虹喷泉周边够壮观。”有人在说话，“但，怎么可能？”

“嗯，你提醒我了。怎么不可能？虽然搞不到更多的影像仪，但可以搞到很多放大影像的东西，哪怕搞不到专门的放大设备，其实把一些镜片进行组合，只要计算精确，光线配合好，就可以把这台影像仪做出来的东西放大很多倍，甚至数百倍。我会把细节进行重新设计，目的是让这个城市看起来像个……”他停顿了一下，挥手做了一个舞台化的手势，“海底城，而邯城所有的建筑都如同水底的辉煌文明，就像传说中的暗岛。”艾可又加了一句，“你们完全可以把你们想象出的玩意儿告诉我，我都可以考虑加入场景中去。”

“我希望水中的街道走着一只写着我名字的玩具熊，那是我小时候的机器宠物。”有个女生说。

“当然可以，但你得自己做立体数码图。”艾可说。这女生撇撇嘴表示做不出来，放弃。有个男生说，想添加几条美人鱼。艾可说可以，但先要给他设计图看看。

“我会按照规定要求，给胸部打上马赛克。”这男生哈哈大笑。

“杰克鱼群风暴才够劲。”有人说。

……

教室里热闹成一片。然而，此时关天鸿的话插进来，如同冰冷的刀子切入了一块色彩缤纷的蛋糕：“提醒你一句，吸引公众注意不是目的，只是方法，展现我们的优秀才是目的。希望你谨记这一点。”关天鸿一本正经地说道。

“是的，为了展现我们的优秀。”艾可用夸张的表情认真地接受了他的批评，“所以才对仪器进行改装，色彩和范围都可以大幅度扩大，清晰度可能不太够，还可以提高，做出来的视效会非常逼真，即使专业领域的部门也会注意到我们的优秀。”艾可特意把最后两个字“优秀”说得声音大一些，然后又轻轻笑了笑说，“我还要消除大家的一点儿顾虑。有关虚拟影像的规定我已经查过了，只要没有产生严重后果，最终执行下来的就是罚款而已，还有在家接受网络教育，每日打个卡什么的。罚款由我自己承担，没有社团的事。为社团付出些代价，我认为是值得的，我是愿意的。”

关天鸿说：“你真的认为在市中心广场做几条鱼就能达得到我们的标准吗？”

“图像我可以再改进，当然也可以做别的任何东西。”艾可脸上仍然挂着笑容，还不忘看一圈大家。

“什么别的？一匹马？一条狗？”关天鸿说，“过节市中心那些哄小孩子的玩意儿比你做的好得多。你提高百分之几的真实度有什么意义呢？天空上随便飞过来一片云的形象都要比邯城五花八门的委员会审批之后的那些产物有创意。你使用不合法的手段，不就是要以争议来吸引大家吗？这点谁都明白。一只章鱼能引起什么争议？没有争议，仅凭技术，等别人注意到时我们都大学毕业了；有了争议，你做的是垃圾也会吸引人。争议是最好的宣传。”

“我并不是有意要引发争议。”艾可连忙解释，他低头沉默了一会儿，说，“如果您认为方案不可行，我可以放弃。”声音不大，又足够大家听得清楚。

“放弃？当然可以！但那不是男子汉的行为。”一直绷着脸的关天鸿听到这句话时终于有些笑容了，“你需要的不是创意，不是技术，而是男子汉敢作敢当的勇气。”

没勇气，是青春期男孩最怕听到的话。

三天后，艾可提交了一份方案。他没有为此申请召开团会，方案直接通过邮件发给了所有团员。如果没有达到半数以上不同意的反馈就算是通过。没有人对这个方案提出任何反馈，所以方案就算是通过了。方案内容是在交通主干道做一场虚拟影像老式车祸。老式车祸，那些碰撞和爆炸的伤害性车祸，最吸引人的电影情节，邯城可能有十年没有发生过了。

“这才是最容易产生争议的。”关天鸿看了方案后说道。

艾可知道他的数据画像要受损了，但是，既然争议能引起更大的注意，那也是值得的。冒险，总是要有代价。

三

车　祸

艾可不知道是地平线上初升的阳光，还是来自梦中眼前这颗巨大行星边缘的刺目光线唤醒了他。

梦里的他被套在一套并不合身的肥大宇航服里。他的呼吸声在这密封的小环境里被放大，像是听到旁边另一个人在他耳边呼吸。宇航服的头盔像一扇大圆窗户，他透过头盔看外面的景象。一颗巨大的行星游离在宇宙中，它完全背朝着恒星的光线，黑暗的身躯占据了头盔的大部分视野。艾可仔细看这黑色的球体，表面蜿蜒着深浅不一、缓慢流动的灰色和黑色，偶尔有闪烁的亮点出现，那一定是雷电了。宇航服中的艾可，想到母星家乡的夜色之黑，像是光线和事物离开后的虚无，而他在这里看到的黑色，是时间空间里所有的事物的凝聚，它是活的，有着魅惑的吸引力。这时，行星的一侧边缘出现了一个光点，以光点为中心，两条光蓝色的弧线迅速沿着行星的边缘划出去，待到光的线条勾勒出行星一半的轮廓时，中心的亮点突然形成一道刺目的光——这颗行星身后的恒星升起来了。他在这刺目的光线中闭上眼睛，与此同时，现实世界的他睁开眼，正好看到玻璃墙外的太阳露出了地平线。

他用一只胳膊撑起头，直视着太阳。它此时像打在碗里的鸡蛋黄，有种惹人触摸的柔软感。它温柔的橙红色光芒，在晨光中轻轻浮动。这景象让他颇有些感动。

初起的晨光是城市的奢侈品，只有他住的这朝东半山坡上的宅子才有，偌大的城市只有百来个家庭可以享有这样的景观，大部分人只能分享筷子楼中间挤出来的一丝半缕。除晨光之外，这些宅子还享有铺陈至地平线的麦田风光，这种植着高矮一模一样的基因麦子的山坡工整得如同计算机绘制般完美，焕发出的金色在晨光下生出烟雾。艾可转身平躺下来，模糊的目光看向玻璃天花板上方的天空，粉色的云在高空风力的推动下，形成一层层密集的波浪，缓缓从明亮的一侧天空涌向黑暗的另一侧，如同被污染海域的层层油膜，不过颜色却粉嫩可爱。艾可看到这粉云，知道附近哪儿该有地震了，不是什么大事。这时粉云下方出现的一颗小亮点让他的目光聚焦。亮点越来越刺目，过一会儿又消失不见了。艾可想起了前几天的新闻，市政府在天空中增加了几个升级后的高空交通机器人，这颗亮点应该是这个新的高空机器人反射的晨光，昨天这个地方的高空还空无一物。

他想昨晚又忘了调暗窗户了。一般人都给房间设定自动调节光线，但他不喜欢把什么事情都搞得那么自动化，把能手动的都设为手动。太早了，还不急着起床，他半坐起来，目光从天空收回来，看到床前镜子里的自己，全裸的沙漠色肌肤坚实而不夸耀地在自然光下起伏，和古代雕塑中的完美少年没有分别。他又看到窗前的地上歪立着他空荡荡的衣服，其中一件的样子好像穿在一个看窗外的透明人身上。这些高科技纤维的织物遇到皮肤的温度后会自然顺溜起来，但离开了皮肤，它们都像是纸做的雕塑。艾可觉得时间差不多了，踢开地上的衣服去洗漱。走到窗前的时候，照例往主体建筑那边看了看。

他的房间是单独的，整体伸出建筑主体，中间只有一条弧形廊桥与主体相连，像一个游离在外的星球。这幢房子是他出生第五年时，建筑师父亲单独为他设计的。父亲把设计图纸拿回家的时候，母亲抱着胳膊淡淡地说为什么要把房间设计得飘出去，在一起不好吗？现在找你们两个，还得跑一段。父亲口气也淡，说，你知道吗？行星围绕着恒星，它们跑不了，但也得和恒星保持距离，离得太近就都撞碎了。母亲本来是谈论房间，听了这话立即质问父亲什么意思。父亲口气更淡地说，恒星在死亡前，巨大的引力才会想着把所有的行星都抓回去。说到这里父亲还不收嘴，又说这话没有别的意思，只是提醒她一下世界的规律就是这个样子。母亲听到后，手握着拳僵在那里，然后就抄起旁边桌上的动态雕塑，猛地扔向他。动态雕塑中有一男一女，男士一手抱着女士的肩，一手去拉她的手，然后轻轻地亲吻她的额头，就这么不断重复。雕塑的材料是银色的软金属，扔到空中后，部分材料被甩了出去，旋转着在空中甩出一团团的软固体。不断失去重量的雕塑在空中划出奇怪的路线，最后落在离父亲很远的地上。底座上剩下的材料还在运动，慢慢融在了一起，成了一团小银堆。父亲头也没有回地离开了房间，母亲捂脸冲了出去，只剩艾可坐在地上，看着地上的那团慢慢静下来的银堆，想这两个小人终于融在一起不分彼此了。在他的记忆里，父母很少说话。在父亲少有的回家的日子里，也是和艾可在一起教习他各种知识。父亲和他在一起的时候，也会偶尔瞥一眼主建筑，看到那边房间里母亲的身影，但没有要过去的意思。艾可觉得自己总在不自觉地复制父亲的一些动作。每天他洗漱出来后，也会瞥一眼母亲的房间那边。今天也是如此，他看到母亲已经起来了，在那边的阳台上说话，不知道又在跟什么人打电话聊天呢，她现在就有这毛病。

8 时左右，艾可拎着装影像仪的箱子，去地库开了汽车。进了车，他声控设定了路线。汽车从地库升上地面，进入由人手动操作驾驶的小区内车道。这个路段说是由人驾驶，其实也只是一些很简单的操作，大部分功能还是交通网络系统在调控。等车进入了主干道，手动驾驶功能自动失效，在主干道里，一切都得按系统的来。

车从艾可所在的东北部绿区开往城中心紫区。绿区这个名称名副其实，大片的绿色满满地覆盖着地面，几乎没有给土壤留下一寸余地。所有的土地都种上了植物或是生化树，所有的道路都被巨大的伞树或是其他的树种遮蔽。绿区这么做，是在执行邯城的“回归天然”计划，绿区是各个区里做得最好的。“回归天然”计划是针对星球的“橙化”而设立的环保计划。星球自然土壤是褐色，而最近 50 年来，星球上出现越来越多的纯橙色土，叫“橙化”。这种土壤显现出鲜艳的橙色，尤其在阳光下，会出现亮橙色的光点。这种亮橙色，来源于土壤中的一种橙色化合物结晶。这种化合物在土壤中一直存在，维持在一定的比例，是植物生存的一种必需化学物，如同肥料之于植物，氧气之于人，只是不知道为什么近年来这种化合物在土壤中的比例暴涨。橙色土最先只是局部的小斑点，后来越来越大，像人们皮肤上的湿疹，本来不起眼，一被关注到，就开始大面积生长。在橙土上的绿植大片死亡，代之而起的是以前的一种黄茸茸模样的稀有植物，这种植物将橙土上的所有其他植物都替代掉，形成了橙色土上覆盖一层黄茸茸如动物皮毛般独特的“橙土风貌”。这种植物一年要脱几次的茸毛，一到脱茸的季节，就把茸毛撒向漫天遍野，最浓密时可以把天空染成一种独特的嫩黄色。人们要是在脱茸季路过橙土荒野，一定要提前把眼耳口鼻都遮起来，因为这种植物对人是极其致敏的，然后，你就享受这种以前星球见不到的新景色吧：密集的黄色茸毛在亮橙色的原野上飞翔，太阳在黄色的天空里微弱地发光。科学家们当然要对这种新出现的自然现象进行研究和解释，企图用各种理论来证明这种现象，但总是不得要领。倒是文学家们说得有那么些道理，老人脸上长老年斑，是很正常的事。邯城周围在十年前也出现了这样的橙褐土地，城里的科学家们一度很紧张，如果橙土蔓延到邯城郊区，那么邯城就叫黄茸城好了。而且，各种人种对这种黄茸的过敏程度不一样，由最优秀的基因科技改造过的邯城土著人，号称在五年之内消灭过敏性疾病，却有很大比例的人对这种茸毛过敏。而不过敏的族群，反而是那些未得到基因改造的外来人。

邯城的科学家一方面加紧研究应对的办法，一方面严密监控。不仅在郊区严加防范，在城里也严密排查，还真是发现了几平方米大小的橙色土地。然后又动用生化基因细菌等各种手段，几乎将橙色土从表面往下的土壤挖空，一直挖到地下水或是岩层。挖掘出来的土壤进行改造，再填回去。这个工程叫“回归自然”。别看土壤面积不大，改造的工程量可不小。人们会在城里某个地方看到一个巨大的蛋形物，其实是个罩子，里面是正在进行的研究、挖掘和改造工程。不管蛋形物有多大，里面的橙土可能就是一小片。可光改造是不够的，还要防止橙土扩散，邯城用尽各种手段让绿植在邯城“天然”地茂盛生长起来，以保持原来土壤的特性。

绿区以最高的标准要求自己，在多年前就实现了“不让一寸橙土存在”的目标。为了做到这一点，绿区实际上做到了根本不让一寸天然土壤暴露出来，甭管它是什么颜色的，一切暴露在外的土地都必须是平平整整的绿色。不要以为绿区是要做全城建筑和规划的标杆，绿区的口号是“做星系的环保级区域”。这里的每幢建筑都经过精心设计和计算，为此，绿区几乎不计成本，去掉了所有大型高层建筑，导致了房价高昂，在大家收入都接近平均的社会里，人们在这里住不起，也导致了这里的大片建筑无人居住。即便如此，绿区还是花大量的成本执着地维护“天然”环境。

艾可托着腮看着窗外，越来越快的车速把窗外的风景都抹去了，只剩下一片单调的绿色。他一直认为父母的关系本来是可以修补的。他们之间最开始只是因为细碎的事而争吵，要说这个阶段每对夫妇都会经历的，大部分——如果不是价值观差异巨大，在专业的家庭辅导人员的帮助下——艾可觉得没有也可以，随着年龄的增长几年以后就挺过来了。如果不是那些伴侣机器人，父母没准不会分开。

伴侣机器人，顾名思义，是给人做伴的，但给老人和孩子们做伴的机器人都不叫伴侣机器人，叫陪老或是保姆机器人。伴侣机器人是特指给成年人用的。买一个伴侣机器人手续很复杂，要注册、要申请，而且很贵，所以买的人并不多。这个时代里搞外遇是违法的，但买个伴侣机器人可不违法。父亲这个人浪漫起来不得了，任性起来也不得了，和母亲热战冷战交替了一年后，有一天就带了一个伴侣机器人回家，说是朋友给他玩玩的，从此父母之间连架都没得吵了。父亲主动申请离婚，理由是自己以后要去太空，还母亲以自由。母亲给他的答复是，她觉得这样挺好，宇航员家庭福利好，又可以分配大房子，她图的就是这些，离婚不就亏了吗？至于其他问题，机器人可以帮助父亲解决，而且比她做得要好得多。“你换多少个机器人我没有办法，婚是不会离的。”

艾可记得有天在父亲房间里看到一个伴侣机器人坐在墙角，几件父亲的衣服搭在上面。艾可把堆在它身上的衣服拿掉，看到它穿着一件冰蓝色的裙子，交叉着腿上放着交叠着的双手，头微微地低下，这个优雅而温顺的坐姿是它关闭状态下的姿态。这不是他几年前看到的那台，那台长相是邯城人，而这台是混血儿模样。艾可想和它交流，但他知道它只认父亲，自己打不开。艾可蹲下来，凑近了，从下往上看它闪着暗蓝色光泽的长发中的脸，太美了。这种美激起的感觉在艾可内心的最隐秘处荡漾，而这隐秘处是一处已存在、却未被发现的所在，任何形容美的词语都无法抵达此处，除了纯粹的感觉。艾可往下看到它颈部连接锁骨处起伏的阴影如同窗外夜色下的麦田，再往下的起伏渐渐走向山坡，继续延伸进裙子荷叶边的边缘，在冰蓝中起伏。时间一时被凝固了，失去了时间的艾可感到极度自由，自然地去构建冰蓝中魔幻的立体，但父亲回来的脚步声把他从想象中拉回现实。他于是看到它垂下的眼睑里灰色的眸子。艾可想起不知哪本书中对灰色的描述：灰色是所有颜色的混合，但它又不是没有颜色；它代表情绪的综合，但又不是没有情绪；它应当对应着忧伤，但这种忧伤并不沉重，而是很淡漠。

父亲看到他蹲在机器人面前，立即让他起来："你最好离她远点儿，我明天就把她送走。"艾可说："爸爸，她能给我做出一个妹妹吗？"这句话似乎噎着父亲了，他难得磕巴着说："以后没准机器人能给你做很多弟弟妹妹的，你想要多少就能有多少，但现在不行。"艾可马上说："哦，那还是别做了，你们爱我一个就够了，分散给机器人的孩子多可惜，要是机器人也给我做很多爸爸妈妈，你们会愿意吗？"父亲拍了一下他的脑袋，说你这脑子真是像你妈妈一样怪。

车辆在一个路口停了片刻。前面是主干道，这时车内提示车辆进入了自动驾驶状态。艾可的车进入了均匀排列的行进车阵。车辆里有声音提示还有八分钟到达目的地。车窗外的绿色瞬间变成黑色，车辆进入了隧道。艾可咬着食指的关节，静静看了一会儿隧道里的灯光拉成一条条光线，然后打开投影仪包，小心取出仪器。

待车窗外一片亮堂时，林立的摩天大楼替代了单调的绿色，它们各式的形态和晶亮的颜色在晨光下新鲜地发光。楼群中一道彩虹隐现，提示中心区——紫区到了。这彩虹是紫区地标，它有个好处，就是老远就能提示你快到城中心了。

汽车的速度开始慢下来，驶出主干道，进入了手动操作的辅路。艾可看到前面就是那座喷泉了。他在车辆拐过一个急弯后，用影像仪在他的车后"发射"出去一辆黑色的"汽车"。艾可设定真假两辆车的距离正好是最小标准车距。艾可的车是红色的，从旁边看，就像是一辆黑色的车在红色车的后面保持正常的前后行驶距离。艾可看到黑车后有一辆白色的车正要加速跟上来，等到白车和黑车大概到了最小标准车距时，他操作影像仪，将黑虚拟车的距离和他的红色车之间的距离突然拉长。这样，从旁边看，像黑车来了一个急刹车。

父亲买了这台影像仪两年后，因为虚拟影像技术的快速提升，做出来的影像效果足以乱真，影像仪全被列为管制仪器，要回收。父亲利用他作为宇航员的身份，以要留着它做家人的影像以在漫长的太空旅行中陪伴自己为名，将仪器留下来。但他没有带走，他这么做就是为了把仪器留给儿子玩。父亲刚走那阵子，艾可做影像的热情还很高，做得最多的是父亲的形象，可这个“父亲”不会说话，他就把自己的声音配上父亲的形象，稚嫩的声音配上父亲的形象实在别扭，而且，他看到父亲的形象时，总有走上前去体验他的怀抱的冲动，但每次当他走向父亲的形象，触摸并穿透过他虚无的身体时，都会增添他的失落。父亲留下仪器本是为了满足艾可想和父亲在一起的亲切感，但这些形象一次次地提醒他，父亲其实已经走了。艾可不想再体验这种感觉，他把仪器放进地板下的储物格，埋在一堆小时候的玩具里。

私人无人汽车的个体防撞系统有实物探测装置和视线探测装置，两者的区别是前者基于雷达系统，后者基于光线成像系统进行辨识。比起实物探测系统，视线装置在技术上要复杂得多，价格要贵得多，在交通系统运行良好的邯城没什么实用价值，所以，私人汽车大部分不装视线探测装置。自动状态下的汽车更像一只蝙蝠，不是靠视觉，而是靠探测来保护自己并避开障碍。因此，如果“黑车”是真实的话，后面那辆白色的车会在它急刹时跳升起来，越过它的上空，划一个优美的弧度落在“黑车”前面的马路上，稍微调整一下速度和方向后，继续前行。但事实是，白车并没有因为“黑车”的“急刹”而自动避开——而是“撞向”黑车。这时“黑车”开始翻滚起来，然后突然形成一个爆炸的火团。这个场面是艾可从以前的老电影里看到的。现在的汽车不会爆炸，顶多被撞变形，不过艾可觉得爆炸的效果要比变形过瘾得多。

所有的这一切按他的设计，维持了一分钟整，然后所有的场景——黑车、爆炸和烟雾都瞬间消失。后面的白车和紧跟其后的汽车队列，都将若无其事地接着往前行驶。设计的一切都毫无疏漏。

“哈，好久没有这么爽了。”车里艾可一握拳，嘴里自然地蹦出来这句话。

然而，一切都完全按他的设计消失后，他看到一个透明的玻璃泡——应当是从白车后的一辆灰色车中弹出来的——飘向空中。这不在他的设计中。无人汽车都有弹射保护泡，装在椅子的底部，有两种情况会自动弹射出去：一是强烈的震动；二是探测到车内的人有健康危险，瞬间自动生成将车内的人包裹起来的软玻璃泡，同时弹向空中，椅子中的探测装置会自动将这个弹射泡引向最近的高空机器人。

天，怎么回事，有人受伤了吗？假相撞怎么会有人真受伤？艾可一时有些慌了。如果有人受伤，那会是罚款和网络教育那么简单吗？

即使一切都按你设计的来，绝对疏而不漏，但却总有意外。为什么？因为，你的设计是别人的意外；别人的设计，你是意外。就是这么回事。

每时每刻，都有很多独立的事件在同时发生。一个时间点的不同地点发生着的事情，像沙漏中的沙子，一颗颗都独立，它们各自认为绝不会和别的粘在一起。其实，它们都在一个玻璃瓶里，从同一个点跑到另一边去。

那天，紫区高空机器人T看到那场车祸，并做了一个预测，它接收了那个从现场飘出来需要救助的婴儿。然后，它带着他从空中落下来。

那天，一名叫陈鲲的科学院图书馆管理员一怒之下辞了工作，遇上了一个叫樊磊的中年人。

艾可远没有他的黑客胖朋友幸运。都是玩技术的恶作剧，找小胖子的是太空署的人，艾可遭遇的却是警察。“爆炸”后五分钟，艾可发现他完全失去了对汽车的操控权。汽车自动驶向中心广场喷泉边一片绿地中央的一个圆形台，那是警方专门用来放置被控物的，停稳后，所有的车内电子设备灯光全部熄灭，这让艾可害怕起来，这种感觉立即受到他自尊心的呵斥。他又听到类似跑电的嗞嗞声，不知从哪个缝隙中钻出来的，正准备在车里爬着找声源时，一声“嘭”的巨响，让他腾地抱住头在椅子上蜷起来，等到他松开手时，发现自己已经完全暴露在外，不仅车门已向上翻起，所有的汽车外壳都翻开了，复杂又扭曲的机件都暴露在外，整个车像只带翅的金属昆虫。三个戴墨镜穿制服的警察，手上拿着一个比玩具枪还唬人的家伙一边对着他的车扫，一边念叨着一串一串的规范用语。艾可觉得他们看起来比自己更紧张。他并没有按他们说的把手举高，不是因为他不做，而是因为他想慢慢做，至少这样不会显得太恭顺，但他还没来得及举高，就看到眼前晃过什么东西，一条细束带准确地飞到艾可的手腕上，将两只手紧缚在一起。他感到手腕针扎样地痛了几下，随即感到眩晕，腿脚也不太听使唤，不自主地在墨镜和枪支的焦点中，走向绿地旁的一间白房子。

治安点里的问询室是一间没有窗户的房间，光线又调得暗，里面只有一张弧形长条桌和一高一低两把椅子。他在弧圈圆心的低椅子上坐下，圈外的高背椅子里已经坐着一名警察。这名警察弓着背陷在椅子里，盯了他一会儿，才从椅子里直起来问话。他从椅子上直起了身的过程让艾可联想到树洞里窝着的一只狮子走出来——原以为树洞里只会窝着其他的温顺动物，比如说一只兔子——所以让他有些惊讶。但这只狮子显得慵懒，并没有刻意要对他发威的意思，艾可才敢直视他，他身材高大，脸部轮廓英武，浓眉方颚。

“我以为是真有事儿了，原来是个毛头小子的恶作剧。”他声音很不屑。

“你是说我应该制造一起真的？”艾可淡淡地回敬了他。

这名警官听到这话倒是没有生气，笑了两声：“好吧，言归正传，你为什么要搞这个？”

艾可事先就想好了所谓的动机：“能做，所以就做了。”

“嗯，能力本身就是一种动机，这是个理由。有些人有点儿本事，就喜欢让人知道，但是，这个理由不充分。”警官说，“心理学告诉我们，任何行为，都是心理的反映。单独因为能力而搞的事通常是热烈的、夸张的，大不了因为虚荣心过强而搞得张狂些，但不会搞这么负面的东西，爆炸、撞车，这些东西都是负面情感的投影。所以，你这么说……至少不足以说服我。”他从椅子里走出来绕过桌子向艾可踱过来，“但是，能不能说服我并不重要，最关键的是，要看你这动机能不能说服系统。”

艾可不自觉低下头看地板。警官接着说：“没关系，你可以不说，系统会根据你制造的影像来评估你的心理状态。如果你没有给出一个合理的、符合心理学的解释，恐怕系统会从此分析和跟踪你的心理和行为，会长时间评估你的危险性。如果你有一件事暗合系统的猜想，这种评估可能会长期进行下去……”

艾可看着的那片地板边缘出现了警官的皮鞋。他不是没有编其他的理由，只不过那条理由只做备用，因为他实在不想说。没办法，只能说了。“我决定做一件事情让母亲吃一惊，不管是什么。这样，她可以更多关注到我，也可以让她引人注目。”艾可放低了声音，“我觉得她一直挺喜欢引人注目的，女人爱慕虚荣。我想制造一起事端，让她上电视，太平常的事是吸引不到媒体的足够注意的。”艾可视线中的那双皮鞋没有动，警官一时没有说话。

警官站在少年侧前方，少年低垂着眼，警官看不到他的眼神。他可能在说谎，警官想，也有可能真的想满足母亲，虽然这其实没有多大的说服力，倒是他自己在年少时也想过做一些出格的荒唐事，好吸引别人的注意，但自己没有勇气实践过。

“母亲平时不关注你吗？”警官问。

“那倒也不是，她挺想关注我的，但我不喜欢她关注和管束我的方式。我喜欢无意的，而不是刻意地关注；引导的，而不是说教的管束。”艾可这时才抬起头来看警官。

“我以前也是这么想的，但现在我知道，做到这点可不容易。”警官说。

“书上是这么说的。是她做得不够好。”艾可说。

“你刚才说女人都爱慕虚荣？”警官低下身来凑向他，皱着眉头问，“你才多大，什么样的经验，会让你这样评价……女人的心理？”

艾可看着离他很近的警官的脸，说：“有一句这样的……诗。”他说这句话的时候，脑中浮现出白色宅门屋檐前滴水的绿植，18 岁的他在屋檐下站着，把诗集递给她。她冷冷的声音从僵硬的唇齿间飘过来：“我不喜欢诗。”

“可你说过……你对我的很多朋友说过你喜欢诗的……那是假的吗？”当时，愣在那里的艾可这么说。

虽然他是真的想证实一下，如果她不喜欢诗，那么她喜欢什么，他可以去买。但那女孩显然不这么理解他的话，她认为这话完全是一种讥讽。她立即以把书扔在他身上作为回击。

“怪不得我觉得这么熟悉，原来是诗。”警官站直了身子，然后竟然戏谑地把这句话又念叨了一遍。“说一说你父亲。”他突然话锋一转。

“他叫艾明，现在正在远征三号太空船上。影像仪是他留下的。”看到警官没有反应，艾可问了一句，“你没有听说过他吗？”

“也许听说过吧。”警官说，“我倒是知道当宇航员可是个苦差。”

艾可把目光移向别处：“是的，妈妈不同意，爸爸还是执意要去。爸爸问我的意见，我说，你可以去，我长大了去找你。”

警官沉默不语，然后说：“谈谈你是怎么做这些影像的吧。”

当晚，警官就签署了对艾可的临时释放令。在临时释放这事儿上，他还是有决定权的，在这个城市里，反正只要是个人，就可以轻易抓回来。艾可独自离开治安点时，心情还算不错，可以说是庆幸了，扣留和当即释放的区别可不小，可见这名警察还是被他的理由骗过了。他看到摩天大楼群的灯火已经燃烧起来，直冲天空，指向天空中一颗巨大的“月亮”。他想起来今天是月节——月的纪念日，这“月亮”是城市四角的四台投影灯打出来的。艾可看着这颗斑斑驳驳的大月亮离城市这么近，像正向城市压过来的星球，又像被城市的灯火烤着的大饼，而真正的月桥，在“月亮”之后的天空深处远远地划着。

艾可照例要进那些该死的电梯，走进其中一台的时候，看到里面的几个人正贴着电梯边站着，狭窄的电梯中间空出来的小空间里，一辆“黑车”正在翻滚，这是他当日的“作品”，是被一个人的手表投映出来的影像。他进了电梯赶紧贴着边站着，听人们嘻嘻哈哈地议论。有人说几十年没有车祸了，这事儿够新鲜；有人说这年头敢干这事的，可是胆子不小。后来的好几天，他走过街头立体电子屏幕时，会不自觉留意屏幕在放映什么，如果是他的“车祸”作品，他也站在人们后面欣赏，不免有些得意。

对于艾可的行为，米克的治安系统三天后出了张单子。这张单子流转到警官手里时，他先找到签字栏，签下了“赵刚”两字后，再去看内容。他看了下处罚，这个身形高大脸庞精致的少年艾可因为违反了有关立体影像管制法规的三条，是的，他三条都违反了，加上让一个婴儿受到了惊吓，所以从重处罚。他必须到自省所接受为期 60 天共计 240 小时的教育，还有在今后两年内 100 小时的公益劳动。他的母亲因监管失职被罚了一笔不小的款子，包括失职行为的罚款和调动社会资源的补偿，所有的处罚数字都是系统精准测算过的，像这个城市的所有事情一样，一切被计算得恰如其分。这笔钱不是一笔小款子，一般家庭得过一段苦日子了，但赵刚知道艾可家是宇航员家庭，拿着一大笔补助过日子，是少有的例外，所以交这笔罚款也不是什么大事。赵刚看到结尾的评估是“综合人和系统的共同评估，没有显而易见的社会危害”，还好，否则这个自以为是的毛头小子会被米克单列出来，那样他的言行将在短至五年长至十年中被系统观察和评估，那他的日子就难过了。对系统来说，五年十年并不是多长的时间，但对被观察的人来说，足够难熬了。系统是不在意多加个人加点时间来观察评估的，越多的观察基数对它的判断越有好处，人越多越准确，时间越长越好，在结论上就会更趋于正确。作为经常和系统打交道的警察，赵刚知道谁想对付系统简直是异想天开。

“十年难遇”和“车祸”这两个元素都是媒体所喜爱的。而它的始作俑者是一个24岁的男孩，媒体人一定会挖掘挖掘题材了。当他们知道他来自“远征三号”宇航员的留守家庭，而行为动机是不惜以制造事端来博得母亲的关注，这样的故事情节简直符合媒体生出集体怜爱并趋之若鹜的一切条件，庸碌中的普通城民总是需要这样的客体来宣泄他们的集体同情心。一堆请求采访的申请递交给了艾可的母亲，她只挑了一位。这是位亮蓝色头发的评论员主持的节目。他在申请中提到他要谈的是呼吁人们关注太空宇航员家庭的问题。蓝头发声称这些孩子数量很少，最容易被社会忽略。“我们不能让任何一个孩子在情感关怀上被遗漏。”还有，他在申请中说，他也想顺便谈谈今后智商越来越高的人类的生活方式，这是个社会问题。

艾可躺在床上看那期节目。亮蓝头发邀请母亲上场。母亲没有贴那种可以焕发青春的透明美颜膜，只是稍做了头发，大波浪长发搭在有着细碎波纹的香槟金色裹身裙上，两手交叉搭在膝上。艾可第一次从观众的角度看她，觉得她在轻松和矜持之间拿捏着一个很好的分寸，神态间有种内敛的光彩，这些是他以前从未注意到的，他一直觉得她朴素到了毫无特点的地步。蓝头发坐在母亲对面，可能是为了与她的优雅镇定对搭吧，今天的主持风格看起来绅士又柔和，甚至有些害羞和局促，而他一贯以一针见血的尖锐讽刺和夸张的风格而闻名。一个人遇到不同的人会呈现出不同的状态，这就是个例子。他以伟大的建筑大师、著名的登山运动员和即将名垂青史的宇航员——艾明的妻子介绍母亲，她很腼腆地笑了笑，说：“我叫柯华，一位服装设计师，同时也是位妻子和母亲。”

毕竟是有经验的媒体人，稍作镇定后，蓝头发立即进入了状态：“哦，好的，抱歉，柯女士，我的工作人员提示过我说您是一位服装设计师，但这个信息被我……疏忽了。作为服装设计师，是不会被邀请来到这里的，除非你成功设计了指定部分人可以看到，而对另一部分人完全透明的衣物。”台下一阵笑声。蓝头发等人们笑完接着说：“我们关心热点问题。热点问题是大家共同关心的问题，通常与两种东西有关，名气，或是争议，有时这两者是相辅相成的。好了，关于热点我不想说太远。您自我介绍，除服装设计师以外还有两种身份，妻子和母亲。前者与名气有关，后者与争议有关，都可以形成热点。”蓝头发停了停，自我怀疑地思考了一下，像自言自语地说：“不过看起来我们看重的，柯女士并不以为然，您把妻子和母亲放在职业之后。其实，作为妻子，不必太在意借助丈夫的名气。”

柯华微微地偏了些头，含着笑容听他讲完，想了一刻，说道：“是的，我有时不能太在意，因为，如果是因为丈夫的名气，我就不会上你的节目，而要找一个专门匹配他专业和盛名的节目。”

台下的观众发出些笑声，艾可在心里为他母亲叫好。

蓝头发也自嘲地点点头：“看样子这档节目谈不了服装设计，也谈不了名气，只能谈您最后的身份——母亲。您不仅丈夫负有盛名，儿子似乎也正走在成名的道路上，我们都希望他今后为自己创造和他父亲一样正面的名气。据我所知，您没有再婚，作为一位单亲妈妈……”

柯华这次直接打断了他：“我不是单亲妈妈，我和艾可的父亲没有离婚，艾可不是离异家庭的孩子。”

艾可想起来，有一次母亲提到如果他被列入离异家庭，可能在行为和心理评估方面会受到系统更多的“关照”。

“可是，您想过没有，您不离婚，孩子也不会因此得到更多的父爱，父亲远在太空，又在冬眠，平时连话都说不上一句。这样，您似乎剥夺了为孩子找一个替代父亲角色的人的权利。再说，这对您自己没有好处，您孤身一人，心理上生理上……”蓝头发晃了晃身子，说，“您不觉得，出于对孩子和自己都负责的考虑……”

“父亲的角色无可替代，丈夫也是，而且，我对儿子很负责任。我们都不打算在生活中再去接纳别人，这件事我和他谈过多次。”柯华说。

“是的，你们都不愿意去接纳别人。可是，这次发生的大街上的虚拟车祸，是您的爱子所为，他在制造事端。”蓝头发说。

“我不知道明留了那台仪器给儿子，如果知道，我会上交的。”柯华说，“我想他在向父亲表达思念，他崇拜父亲。我甚至认为，他生活在父亲的阴影之下。”

“你说他崇拜父亲，你是不是考虑过，他是想以这种方式出名，以效仿他父亲？”

“我不知道具体的原因，这是我的疏漏，我承认这一点。但他做的这件事，我了解他，绝对与出名无关，我并不认为他是个为了虚荣而去做出格事的孩子。我想他……也许是为了娱乐大家，他酷爱看电影，也许仅仅是单纯地想以街头为舞台娱乐大家，他把那些电影院里的娱乐场景挪到大街上而已。他是个单纯的孩子，为别人着想。”

“可是，据说，他这么做是为了吸引你的注意？这是不是意味着，他的情感关怀上是缺失的？”蓝头发问。

艾可听到这句话一阵紧张，他不知道这些人是怎么知道他对警官说的话的，要说这种问询记录媒体根本不能知道。不过黑客无处不在，据说媒体的黑客是最厉害的，无孔不入。

“只是据说而已。”然而母亲只是无所谓地笑了笑。

“不是据说，是事实。”

母亲并没有惊讶的神色，她闭上眼睛，睫毛显得更长了，说：“他和他父亲一样，以为自己从来就不缺少情感关怀。我也很想通过这档节目告诉他，”母亲抬起眼看向镜头，从屏幕里看向艾可，“感觉不到爱，有时不是因为缺乏，而是因为拥有，因为长期拥有，所以并不容易感受到。我不希望他到了真正失去时才会知道这一点，就像他的父亲一样。”

艾可看着她看向自己的眼睛，他好久没有这样和母亲对视过了。如果不是隔着屏幕，他会把眼光移开。

母亲说：“艾明在太空冬眠前告诉我，他唯想握住我的手，才能安然进入长夜。”她说时，泪水已湿润眼眶，她急忙调整坐姿，回到端庄的状态。

她在接下来的采访中回顾了艾可的童年，谈到他在学校的逸事，目的很明确，说明他是个好孩子。艾可听到这里，把屏幕关掉，用枕头盖住头睡觉。他真不理解母亲为什么要上这个节目，来这里的人都是受质疑和攻击的人，他知道她接受质疑和攻击也是为了“洗白”。很明显，母亲是为他“洗白”而来的，可是他不需要！数据画像已经有污点了，再洗也是没有用的。还有，就蓝头发所说的情感关怀，说实话，他一点儿也不想受到什么特别的抚慰。这个蓝头发的评论员没有在他的节目中放上艾可的任何视频或照片，可能因为未满 25 岁的青少年形象出现在公共媒体，需要媒体“做出谨慎考量，并在需要时对必要性做出解释”，这是政府给媒体《未成年人相关问题指导手册》中的话，也就是说尽量不要把未满 25 岁的青少年形象推到公众面前，如果必要的话，也得有个审批程序。艾可今年 24 岁，他照镜子时总觉得自己的长相显得小几岁。总之媒体没有人征求过他或是母亲的意见是否可以让他出现在媒体上。当然这还不是最让他在意的，让艾可在意的是另一件事：是否有人关注到艾可做的虚拟影像的品质。虚拟车祸影像的清晰度远高于节日时政府在公众场合制作的影像清晰度，火团烟雾的形态、汽车的质感和边缘的清晰度，以及翻滚动作，这些足以以假乱真的细节，每一处都是技术，为什么没有人注意到?

这件事以后，他在学校更少说话，也经常缺席先锋活动。关天鸿通过别人提醒他，如果他再缺席依规定是要被除名的，这对他大学录取没有一点儿好处。这种话对艾可当然没有用。篮球队成了他最后的圈子，但他这个频率——他总把人当个频率看——在那里的活力也大大地降低了。他的朋友们告诉他，先锋和紫翼这两个他所在的社团的排名分别上涨了两位和三位，原因是他的事被媒体曝光后，他所在的学生团体网站点击量暴涨，两个社团收到的申请函也成倍增长。艾可知道，关天鸿如愿以偿，他在任期内可以拿到数据画像的高分值了。而他自己老老实实经营多年的数据画像已严重受损。

艾可关了电视，那节目还剩了一小部分他没有看。

在那段他没有看的节目里，蓝头发主持人最后问话的主题是未来的聪明人选择什么样的生活。“他是个十分聪明的孩子，假如他是人类今后的典型，聪明、强壮，能在短时间学会很多事情，而且，他们的寿命那么长，能够体验的都体验了，那么，还有什么能让未来的人类满足呢？”

“我相信，和任何人一样，只有爱可以让他们满足。”母亲说。

四

相　遇

对作为人的个体来说，每件事物诞生的时刻都是在头脑里，与此无关的存在与非存在是一样的。一个百亿年前诞生的宇宙，是百亿年以后的用一系列的推论和证据发现它的科学家头脑的产物，然后时间瞬间回溯至百亿年前，整个百亿的历史就此建立起来，所有的时间点上的所有的事，都待后人发现，而后逆时间建立。所以说，没有后来的观察者，就没有历史。观察者与历史的关系同样适用于观察者和宇宙的关系，宇宙如果不产生人类这样的观察者，它也观察不到自己，自己也是无形体。所以上古传说中世界为混沌一片，开天辟地的是人，也是有这种隐喻的。为什么有人类？也许因为宇宙的需要，它需要持镜者。但持镜者手中的镜子，却难保是平面的，每个人手里都有不同的镜子，每面镜子里都映着一个不同的宇宙，就像伽利略和凡·高眼中的星空是不一样的，它们各自走向一个完美的路径，而且自成风格。所以，人们说宇宙有无穷多个。而宇宙，似乎也享受看到不同的镜子中自己风格化的模样。

这很荒诞，但其实又难以驳斥，如果你驳斥不了，不要当真就好。头脑是面镜子，每个名词的诞生，是那件事物在脑中的投影，但这个事物在每面镜子中的投影却不一样。艾可有一次——记不清哪一次了——走在安吉身后，她回过头来看他的那一刻，艾可突然想到“仙瘦”这个词，这个词联系到童话中的森林。而安吉在别人头脑中联系到的词可能是“羸弱”“瘦小”“发育不良”，甚至有可能是“卖火柴的小女孩”。“仙瘦”这个词，专属于他自己这面镜子中的她。这个词的出现没征兆、没来由，就像空桌子上凭想象出现一个插了一枝月季花的花瓶，每天经过的麦田在汽车后视画面中闪过一间白色小屋。作为一个美感至上主义者，这些脑中陡然出现的事物，实际上增补了他本身对客体美感的主观需要。

艾可后来算过那天是那期节目播放之后第50天，他带着安吉走过自家那条连着“恒星”和“行星”的走廊。他走在她前面，听到她及踝长裙在他身后发出的细碎声音，有时会中断下来，他于是也停下来回头，她正好奇地弯身看走廊旁的一座座建筑模型。模型很多，她走走停停，一副好奇的样子，像只找果子的松鼠。此时她站在一座双子建筑的模型前，两座建筑呈旋转交织状，中间有桥梁连接。

“那是父亲的作品，据说也是父母两人的相识地。”艾可说着，已走到弧形小走廊的尽头。艾可的房门敞着，直接可以看到里面极其简洁的大方桌子，一圆圈大沙发，还有边上的大床，都是黑白灰的调子。几盏夜灯在几处角落里亮着。这几天为了睡懒觉，他把窗户调成不透光。

他手伸向门边的一排按键，手边的空中出现幽蓝色音乐名。他滑动按键，音乐名变化着。他找到一首曲子按下去，大提琴深沉而悠扬的声音响起，背后隐约有海潮的声音。

她立在那里，听了听，眼里闪烁着惊讶。他本想等她先问，但还是没忍住自己说：“这是我新加的音乐——《暗岛交响曲》。”

“暗岛交响曲，好久没听到了，我以为只有家乡的人才听这首曲子。”她对他投来感谢的眼神，问，“你喜欢音乐？”

艾可双手环抱起来，说：“当人们拥有足够长久的寿命，长到经历了所有并厌倦一切时，那时他们都只在做一件事——听巴赫。”

她听后笑着摇摇头，表示不同意，说：“当人们有足够长的寿命，长到经历一切时，他们也许不会再去厌烦什么，但仍然不可以自主选择，而会接受所有。再长的生命，即使长到可以经历一切，也只能不断地接受、接受。”

“嗯，听起来观点很不一样，但其实本质上是一样的——我们都消极，但消极的表现却不同：我逃避，你接受；你叫入世，我叫出世。”他们就像交往了很长时间的朋友，彼此已经习惯抬杠。艾可手伸向侧边的屏幕按键，一颗按键的上方出现一个窗户模样的图案。这时房间的墙体开始亮起来，最后变得完全透明。窗外正下着雨，雨水抹掉了城市和田野的颜色和具象。“你的房间真大。”她不无羡慕地说，然后一步一步地小心走进去，好像走上一片干净的碎石滩。“就是太灰了，显得挺冷的。”她又补了一句。

艾可说：“我的生活就是这个调子，灰白的冷色调。”

她走向窗边，几滴雨滴打在玻璃上。

“这段时间天灰蒙蒙的，总是下雨，真是烦得很。”艾可说。

“世界五彩缤纷，只是你不愿去注意。这不，雨就快要停了。”然后她回过头来笑了，笑容泛在她的嘴角，纯真如林间的仙子，所以他在“瘦”前加了一个“仙”字，为她的形象增添了童话感，好让他和她一起的日子里，和现实保持距离。这个笑容他后来一直记着，却在不同的时间里细节有所不同。在将来，长久的、长到能让他经历并厌倦所有的太空旅行中，他想象他将只是偶尔听一听音乐，更多的是回忆他并不多的过去，他会回忆起她的笑容。她的笑容时有变化，有时记不住嘴唇是微启还是紧闭，眼神是哀怨还是纯真，记忆是有选择的，总是会随机增减细节，他不得不经常地把一些丢失的细节用自己最好的想象给填补上，就像用最新的材料去修护一幅最古老最珍贵的油画。时间太漫长了，漫长到最好的记忆力也会出现缺损。

“可惜，太空里没有一滴雨水。”艾可说。

安吉，暗岛来的塞尔新移民，是他去受教所接受教育时认识的，也是个受管教者。

按说在接受管教期是无法认识任何其他受管教者的，因为所有的受管教少年不可以在一起接受管理，所有的课程都是单独的，连受教时间都尽量错开。这是为了防止不良少年聚集，防止受教所成为交狐朋狗友的平台，再说这年头，人们都规矩得要死，每年受教人数少得可怜，教育资源也足够单独分配在这些问题少年身上。他认识安吉，是因为他的按钮症。

受教所设在城外海上的一座大型悬浮建筑内。他需要坐地铁去公共飞艇站，然后坐飞艇过去。他以前是不坐公共交通工具的，花点儿钱租辆飞艇要省事得多，但因为这次受处罚的缘故，他的飞行执照被禁了一年。他算了一下，从他的住地到教育地，需要按的按钮虽多，但大部分都是交通枢纽内的电梯按钮。所以，一定会有人为他代劳。

邯城的公共飞艇站是座现代风格建筑，被人称为“情侣树”。这座建筑主体分为两座，一大一小，一高一低，两座主体中间有“树枝”状天桥相连，两座建筑上挂满长短不一伸出去的起落架，很像树的样子，所以被称为“情侣树”。那些比中型巴士大不了多少的飞艇在“树枝”间飞来飞去，挂在“树上”时像大果子，飞出去的时候像鸟，所以艾可想，既然是情侣树，人们在上面飞来又飞走停不下来，倒像是劳燕分飞，还不如叫分飞树好了。

大部分人进了情侣树都可以不费周折地找到要搭的飞艇所在的起落架，这不是因为建筑内部设计简单而方便，而是源于每个人所戴的“手表”的“指导”，每个进了大厦的人，都不时地在做一个动作——看手表。即使墙上的标识很多很明显，人们还是觉得手表好，因为它单独为你服务。手表是这个时代每个人的法定随身伴侣，是每个人与信息世界的联结点。没有“手表”，人们难以生活，而且，法律规定人们必须随时戴，不戴也不可能，因为它被设定为在“服务个体”的半径三米内，超过三米，便会自动报警，如果谁把它固定起来，比如锁在一个盒子里，一旦失联，系统便会自动报警。如果谁斗胆去砸它，警察马上就会找到他。在邯城，马上就要通过的《信息法新修正案》中有一条：有意破坏和隔离“手表”的行为是违法的。每个人都配有这玩意儿，一个人的时候戴手上、放背包里衣兜里或者扔在空中，随便你怎么放，公众场合时人们出于礼貌都戴在手上。即使哪天法律撤销了佩戴它的规定，估计人们也不会把它扔掉，因为没有这个小玩意儿，邯城城民的生活一天也过不下去。

在邯城，大楼也好，交通枢纽也好，都可以设计得极尽复杂，因为有电子设备的帮助，人们不可能迷路。不过手表不能帮助艾可按按键，像他这样的人是这个时代遍布的巨型建筑体少有的受害者。这次去受教所，他算了一下，要辗转九次电梯。每进入下一个电梯，里面的人都会少很多。今天，他在走出第八个电梯后，手表指示他去东翼 24 号。东翼 24 号是一条飞艇支架，上面还有几个小支架，像是某路公交车站，并非只有一辆公交车，但所有挂在这个斜臂上的飞艇都是跑这条线的，只是起飞时间不一样，一般是半小时一班，所以错过了没有太大关系。不知道从哪次转乘电梯开始，在他前面总有一个瘦女孩，可见她也是去乘这条线的飞艇的。东翼 24 号斜臂上有四个停机位，每半小时一班的飞艇每次停在斜臂上的哪个机位是不确定的，要看支架电梯前的一个立柱上的小屏幕。他看了下，他的飞艇在 3 号架。他进了电梯，手插着衣兜，瘦女孩还在前面。女孩按的是 4 号架。

“4 也不错，自己步行一层楼梯就行。”他想，“整个过程根本不费神嘛。”他跟着瘦女孩出了电梯，又下了一层楼，到了 3 号飞艇港。

飞艇起飞时，他从左侧舷窗向外看。景物在他左侧，那些金属色的起落支架、巨大的格子玻璃窗户、建筑间的连接桥，这些线条组成的画面像网一样扑向他，网里那个瘦女孩孤零零站在玻璃边向外面看，然后她和网一起迅速缩小、消失。他想，她来这么早干什么，4 号飞艇要半小时后才起飞。

第二天，他又碰到了那个女孩。他插兜靠在电梯间里，看着前面她的背影。他注意到她按下 1，他的是 3 号。他跟着瘦女孩出了电梯，然后从 1 号斜着往上跑到 3 号停泊港。

第三天、第四天、第五天、第六天……他前面都有这个瘦背影，他想这倒是不错，总有领路的。第七天，他没看到她，电梯里正好有别人按了他的起落架号，他那天倒是不用跑。第八天，他有些担心，还好她出现了。他走在她后面，想到她好像是专门给他准备的为他带路的，他又想远了，想到其实设计个机器人为自己按按钮也是件好玩的事，现在一个单一功能的机器人也价格不菲，用一个机器人来按按钮太奢侈了，雇个人倒便宜得多，当然最便宜的是买一个导盲机器犬，但机器狗个子不够高……他联想了这么多，其实在现实中时间很短，只有几秒而已。大脑内外的时间节奏从来不一样，想这么多实际上他才出了电梯几步。他的不敬想法似乎受到了与之相当的惩罚。他眼前突然暗下来，原来前面走着的女孩突然回过身来，用一个尖锐物猛地顶住他的喉咙，这个地方很脆弱，而且一碰就让人想吐。他被这个尖锐物顶着后退到抵住墙。

她矮他一个头还多，抬起来的脸正好对着他的下巴。他眼睛使劲往下看，看到一张标准的暗岛人的脸。虽然他应该早就注意到了，但这次才算真的注意到。

“我应该先报警而不是这样来问你，是吗？”她声音很小，但有种锋利感。

“什么？”艾可喉咙堵着，只能发出模糊又难听的声音。

“跟着我干什么？”她顶得更紧了。

“我没有跟着你，我只是不想按按钮。”艾可听到自己的声音，然后感觉喉咙舒服多了。他说完后就觉得非常丧气，英勇的人就该编个理由跟她来几个回合，撒几个自认为天衣无缝其实漏洞百出的谎，他的同学碰到女生一定会这么做。为了掩饰按钮症他已经准备了不少瞎话，谁知道这么不经考验，这么快就跟人交了底，自己母亲都不知道呢。

“昨天你也跟着我。”她没有相信他。

“昨天？”艾可回想了一下，“昨天那层只有你下好吗。”他也没想到他原来离女孩这么近的时候这么老实。

她眼神在他两只眼睛里搜查了一会儿，又在他脸上上下扫描了几秒，然后慢慢松下胳膊，尖锐物离开了他的脖子，不过是一本纸质书的书角而已。

“别跟着我，按钮症患者。”她扭头往前走。

艾可没有挪动，他的眼睛还没有离开她的背影。她像长了后眼一样，停下来，但没回身，说：“你的飞艇来了。”

艾可一听，赶紧跑向他的飞艇停泊港。

你真是太笨了，怎么会想不到不能总跟着一个人？况且你今天表现太差了。这是艾可回家后对这件事的反省。第二天，他提前到了枢纽层，在大电梯前假装路人，晃了很多圈，该是她到的时间，她没有来，他只有赶自己的飞艇去了。第三天，他还是没有在飞艇起飞前看到她。当天晚上，他洗脸照镜子时，忽然想起来她的飞艇应该在半小时以后起飞，他第一次见她就知道的，她为了避免遇上他，可能就不再提前到了，如果再遇上她，意味着自己会迟到。他在镜子里端详了下自己，一向认为自己相貌是可以的，不道歉也可以，道歉更像个男子汉，道歉的成功率在于方式和表现，当然与相貌也是息息相关的。作为一个继承父亲容貌的成功的基因人，他的相貌算得上是无可挑剔。“那天气势上完全被她压住了，你可以表现得很好的，应该再给自己一个机会。”他对镜子里的自己说。他也不知道是想以道歉为机会去挽回些颜面，还是真的想道歉。第四天，他在 24 号起落架的电梯前，找了一个座位坐下。他听到飞艇起飞的嗡声，转过头去看玻璃窗外他要乘的那架飞艇脱离起落架，倾斜着身体飞走，回过头来发现她站在刚打开的电梯口。“你算得也太准了。”艾可心里一阵哀嚎。她出了电梯，看到他坐在对面的椅子上，像他一样愣了一下。他手插兜从椅子里慢慢站起来走向她，把道歉的那句话放在嗓子眼，准备走到一个恰到好处的适合道歉的距离，比如说一米，就说出去。这个情节，他昨天可是演练了不短的时间。

但她没有等到他走到恰到好处的距离，比如说他期待的一米。她离他老远就说话了，他在一本心理学书中看到人与人之间三米至四米的距离名字叫“戒备”，一米至两米的距离叫“交流”，而半米至一米的距离叫“感应”，再近就叫“亲密”了。

她保持“戒备”的距离，问：“你是在等着我帮你按电梯吗？”

他听到自己的声音从胸腔里闷着出来：“我没有等你。”艾可觉得这句话并没有经过大脑审核，或者说他的语言正在背叛他的大脑。

她似乎并不觉得难堪，眨了眨眼睛，说：“哦，那是我误会了，那么，允许我帮你按电梯吧？”

“费心了，倒不是坏事。”他说。他觉得他说的话使事情发展得和之前无数想象完全偏离。

“好吧，我最愿意帮助弱者了。来，我要先看看你预订的时间，好给你更改时间。”她走向他。她的接近对艾可来说，有种被动的逼迫感，艾可认为这种带有逼迫感的接近不再适用于道歉了。

“我自己来。”艾可急忙走向不远处一个小小的直径20厘米左右、一米多高的圆柱。圆柱顶端像被刀斜切下来，露出里面的发光椭圆屏幕。她跟在后面说：“你误了一班？没关系，我帮你操作推迟不就行了嘛！你去哪里呢？”

“我自己来操作。”艾可快步走到圆柱前，急忙在圆屏幕上按下左手掌。他的头像和姓名在屏幕上出现，他听到她在后面的脚步声，右手指却悬在空中按不下键。她很快过来了，脑袋径直伸过来看屏幕，头把屏幕全挡住了。艾可呼了口气，觉得毫无办法，只能看着她细软的卷发在他眼前起伏。她问他买去哪儿的票，艾可说买张海观2站的，她低着头操作一会儿后抬起头，把细软的头发捋向后面，一脸调皮地笑：“好了！跟我走吧！”

她走向停泊港，他跟在后面。他突然想起了什么，问：“你去哪站？”

“受教所。”她回过头来看了一眼他，还眨了一下右眼，像在说去个公园。他心里再一阵哀鸣。

飞艇的下一站就是海观 2 站，过程才两分钟。他在海观 2 站停泊点下了飞艇，等这架飞艇走了以后，再搭上了一架回邯城的飞艇。

那天，他本向受教所请假半小时，结果却是跷了课。这让他得到了受教期延长 60 小时的处罚。

“我不会再搭理这个人了。”回去后他是这样反省的。

第二天，他不是推迟，而是提前了半小时到飞艇站，这样就绝不会在飞艇站再撞见她了。他只有一次翘课的机会，再多就不是延长时间的处罚了，那样受教所要重新对他进行评估，闹不好就会让自己被系统升级处理。“无非是在平台多待会儿而已。”他自我安慰道。

他说的平台，是受教所所在的悬浮建筑的平台。悬浮式建筑在这个时代是一种常见的建筑形式，这些空中城堡的悬浮高度不一，大部分在2000米左右，外观基本是标准球体，或是在球体外做了装饰，球形最容易保持稳定的悬浮状态。还有异形的悬浮建筑，那类建筑十分稀有，因为对技术的要求要高得多。最早的悬浮建筑是摩天大楼“铂鼎”的附属建筑，但那是一次失败，那个悬浮物坠落了。从那以后，出于安全考虑，悬浮建筑只能建在无人区上空，比如大海或是沙漠上空。悬浮建筑主要用于隔离的实验室、特殊人群隔离所、机器人知道站点、自省所、青少年强化接受教育所、海上陆上观测站点，还有些不希望为人所知的机构，也有些昂贵的旅馆和餐厅。邯城青少年强化接受教育所（简称“受教所”）这座空中建筑位于邯城外海以东 18 千米海面的上方，飞行时间是七分钟。

飞艇三排座位 12 人的容量，里面只有他一个人。他头靠在舷窗上，窗外的云海之间，那颗灰黑色的小点，就是目的地。他盯着那颗小点，不是因为他想看它，而是因为云层和大海空旷，只有这颗小点能抓住他目光的焦点。他慢慢看清它的形状，看清上面镶着的一排排窗户，看清球体中央水平切面上的一个大口子，那是一个圆弧形的平台，供飞艇起降。

他下了飞艇，在平台边缘找了个地方坐下。若不是前面玻璃栏杆的边缘形成了一条细线，他完全可以设想自己悬浮在云层和大海中间。

他之后每天都提前半小时到达，在平台上坐一会儿。天晴的时候大大小小的白色云朵高高低低飘浮在海天之间。阴天的时候，云层把建筑包裹在一团白雾里，水汽从玻璃外飘进来，在他身边缓缓降落。

当然也不是每天都是美景，有一天他看到浓厚的云层远远地压在海平线上，身下的海水呈现黑色，上面生出一条条行进的白线条，那是海啸的边缘，示意海底刚刚又发生了一起地震。有一天天气恶劣，面前的玻璃栏杆升起来，封住了整个平台。远来的乌云像水中漫开的墨汁，扑向这座空中城堡并吞噬它。玻璃罩暗了下来，他看到了云层中一闪一闪的亮光。

这激起了他的好奇心，他从没有在高空中这么近距离地看过闪电，正想研究研究，然而上课时间到了。他坐在教室里看教育节目，虽然只有他一个人，他也不敢在姿势方面有任何怠慢，虽说他的思维已跑了老远。还好观察思维的仪器没有发明出来。他的思维随意搜索到一部充满血腥、暴力的老电影，名字好像叫“发条橙”，他责怪自己怎么想起来这么一部憋屈的电影，于是他转念去想别的：那些窗外的闪电，不知道在下课时还能不能看到。

待他上完了课，他的手表告诉他飞艇因天气原因无法降落，请他在原地等待。他走到平台上，雷电仍然在巨大的平台外闪烁，这让他兴奋不已。他把包扔到一边，把手表也摘下来，往空中一扔。手表在掉到地面之前，表带像蜂翅一样扇动起来，划了个弧线飞回来，自动浮到他左肩上方，与眼睛在同一水平，屏幕刚好朝向它。他对飞在肩头的手表说：“你知道这天气什么时候结束吗？”手表的女声说：“还有大约十分钟。”听到只有十分钟他并不高兴，还不如不知道，他一直很想让手表消失一阵子，但它赶也赶不走。赶不走就忍不住去问它各种事儿，谁让它知道那么多事。

他走向巨大的玻璃，长条弧形的玻璃墙像电影院里的弧形巨幕。这座空中城堡此时正在雷电中心，浓云把建筑包裹得几乎不透光，近在咫尺的强闪电把玻璃瞬间照得通亮，雷声即使被隔离并被建筑内部的设施消音，还是有沉闷的声音像要敲碎平台。每个闪电过后，玻璃的局部都会出现多个大小不一的红色斑块，持续一段时间又消失。他想到小时候皮肤上的红疹，也是这样的斑斑点点。他走近玻璃，凑近仔细看，那些红斑是由极细小的纤维组成的，像是毛细血管。

他之所以很想看空中的闪电，是因为父亲告诉他，建筑可以利用雷电来充电，而那些红斑块是建筑利用雷电充电的标志。建筑表面遍布细小的充电纤维，这些纤维转换不了的过剩电离就变成红色。父亲说，建一座悬浮建筑首先要考虑雷电适合的区域，这个区域很严格，远征三号的任务之一就是去E星建空中悬浮建筑，那个星球据说是有生命的，在探明地面情况前不能冒险着陆，所以，建筑空中悬浮体是首选。计划是先在E星建立空中站点。“建好了空中的再考虑建海底的，从海流中获得能量，然后再建陆上的。那就要看儿子你的了，我活不到那天。”父亲这么跟他说。

“那个星球比咱们星球大呢，时间慢得多，我去找你的时候没准老了，而你还年轻着。”艾可当时说。

玻璃墙下空空荡荡的平台上只有他一个人。他往地上仰面一躺，背部感觉球体在雷电中轻微起伏，他想到父亲如果到达E星，每天都在悬浮体里待着，应该也是这种感觉。他闭上眼睛，在震颤中体会与父亲的某种共鸣。这时有脚步声打破了他的遐想，步伐在他身边慢了下来。他“腾”地一下坐起来，回过头，看到了那个暗岛女孩。

她停在“交流”的距离，自上而下俯视他，眼神中没有了那天的戒备。“你怎么在这里？”她歪着头问。

艾可把头转回，扭着脖子往后上方看让他很不舒服。他说：“你明知故问。”他不想再撒100个谎来掩盖那个谎，那样会永远被她牵着鼻子走，那简直是她愿意看到的，不如自己说破算了。

她一脸的夸张意外，然后转到他前面，慢腾腾地说：“是你让我看你的购票信息的。”

“我没有让，是你偷看的。”艾可说。

“我当时在帮你按按钮……再说，只是满足下好奇心，又没有对你干坏事……”她终于有片刻局促，“无所谓啦，彼此彼此。我可以坐下吗？”

“当然。”艾可把松散伸开的腿盘起来，让自己显得正襟危坐。她坐下来，也把手表摘下来朝玻璃扔出去。扔的力量很大，手表几乎要撞上玻璃了。当然不会撞上，受米克控制的它不会轻易被破坏。手表在离玻璃一段距离时像被一张透明的软网挡住了，然后被这张网弹了回来，飞到她的右肩前。

他俩对着玻璃巨幕坐着，有一阵子，谁也不知道要说什么。艾可觉得找话题应该是男生的责任，可这时大脑也不太灵活，只好谈天气这种陈词滥调：“天气最难捉摸。”他本意就是想说天气，但这句话与一俗语类似，叫天气和女人心最难捉摸，他说完这句话默求她不要联想，当然最好的办法就是自己不停地说，“根本没有预报说有雷雨。都什么年代了，人还是搞不定天气。”

“到什么年代，人也是搞不过老天的。”她看着玻璃，幽幽地说。

她这么一说，他又觉得说不下去了。好在玻璃渐渐亮起来，裹住玻璃巨幕的云层像薄纱撤向两旁，慢慢露出了一条云的洞穴，尽头露出一角落日的边缘。这一角落日将这云洞染得通红。云渐渐被吹散，他们的头顶露出被暴烈的雷雨洗得通透的天空，红云在高空层层铺开，如同千万阶梯，叠向西方，海面上黑色的海水将条条白色的巨浪线推向苍莽大陆,大陆上重峦叠嶂如巨涛起伏。在这山的巨涛之上、云的阶梯的尽头，红日悬停在他们正前方，被星球的大气折射成巨大的扁圆。

在宇宙宏伟的景象面前，他们默然无语。

两人侧前方的手表都亮起来，提示他们飞艇五分钟以后到。

下飞艇的时候,他们互告了名字,她叫安吉,和他同年,比他小几个月而已,在橙区上学。

在接下来的30天里，他没有再提早去“分飞树”，还是按以前的时间去，所以每次都“自然”能碰上她，每次都是她为他按按钮。30天以后，她提前结束了受教期，而他还剩16天。日子本来对艾可来说一直没什么意思，这16天更加难熬了。

艾可一结束受教期，就找了个时间在她的学校门口晃。当时正下着大雨，撑着伞的他晃到学校下课不太容易，裤腿都湿透了，他又不敢躲到离校门太远的街边店里去，怕不小心就错过了她。当他终于看到了她，立即端出一副很意外的样子。这样的相遇设计当然很蹩脚，但她没有对情节提出异议。

他们在伞下互看着对方。“找个地方坐坐吧。”安吉很自然地说。

两人在雨中沿街走着。街道上空空荡荡，这个时代的人没人愿意在雨里待着，所有的建筑和地下都是通着的，人们不用在雨里奔忙。两人也不急，在雨里走了一段，飘到伞下的雨水把他的左肩和她的右肩都打湿了。他们进了街旁的咖啡店，里面坐满了人，没有容下他们的地方。艾可于是提议去他家里。

想想在50年前这一定是不可接受的行为，但在这个“性迟”的时代，25岁以下都属没有长大的成年人，在一起过夜也没什么大不了的，和幼儿园小朋友相互串门一样没有什么不妥之处。

安吉愣了一下，然后大幅度地点头。

他们在沙发里对着坐下来。安吉说：“这曲子太悲壮了些。”

艾可把《暗岛交响曲》关了。窗外的雨此时停了，巨大的玻璃外挂满晶亮的水珠，窗外麦田的绿色如绸缎一样柔软。艾可按了下窗台，一些灰色的小点在空中出现然后聚集，组成了一只虚拟的灰鸽子。“鸽子”在窗台上走了几步，振翅穿过玻璃飞出窗户。两人看着“它”消失在窗外。

“我的确希望我的作品能产生公众效果。群体反应最难以捉摸，它既从众流俗，又逐新追奇。但激起群体反应也不是没有捷径，轻度违反法律，如果创意又不令人反感，能产生不小的公众效果。当然我是有原则的，我不违反人们的利益。”两个人聊起了受教的原因，艾可这么解释他制造虚拟车祸的行为，“小胖的也不错，技术上简单了点儿。”

“你的创意的确不令人反感，但也并不令人愉悦。一个车祸的设计，创意是灰暗的，甚至是带恶意的，效果自然不会有多成功。从立意和效果来说，都差那个黑客小胖子太远。也许你的技术的确更复杂、更好，但有时技术不等于效果。”她停了一下又说，“再说，你怎么知道没有损害别人的利益呢？没准有些影响你不知道。”

艾可没有向她解释他本来的创意是制造一个暗岛海底世界。“这么个小恶作剧，假碰撞假爆炸，能有什么影响呢？”艾可说这话的时候，脑子里瞬间闪过那个弹射泡，但他很快把它撇出去，“轮到我问了，你为什么去受教所？”

“我隐瞒身份。”她一边看这看那，一边若无其事地说。

“隐瞒你是暗岛移民？”艾可觉得不可思议，“标准的长相，走到哪儿就像打着标签一样。”

“在我告诉你怎么隐瞒身份前，我想问你，你觉得，在这个世界上，影响你的生存状态的最重要的是什么？”她问。

这个问题太哲学，他脑子里闪过一些词，诸如智商、智慧、努力、家庭之类，但都觉得对不上她的思路，她可没有这么主流的思维。

“啊……是……标签。”他捏着下巴，脱口而出就是这个词。和她在一起，他不能太依靠常识，有时还就得依赖直觉瞎说一气了。一定要被损了，他心想。

她出乎意料地抬了抬眉毛，说：“嗯，很接近。每个人都被打上标签，这些标签代表什么？是身份。身份是影响我们生存状态的首要因素。”她接着说：“所有的人在所有的时代里，最影响他们人生状态的，是身份。我父亲是个做蛋糕的，不像你，父亲是个伟大的……宇航员，是吗？他应该很伟大，因为你看起来很崇拜他。”

“是以建筑师的身份去太空的宇航员。”艾可插了一句。

“好吧，建筑师也好，宇航员也好，都是显赫的身份。我父亲是个做蛋糕的，是个蛋糕师——傅。做蛋糕，没有技术含量的工作，没技术的人，你知道的，在邯城任人摆布。他带着我们来的时候，邯城为暗岛移民做工作培训，培训的工种都是些机器干不了或是干得不好的活，他挑了做蛋糕。以前邯城是能让机器做的事不让人做，自从移民来了以后，能让人做的就不让机器做。邯城人非常风雅，喜欢手工制品，因为每一件都是独特的。人们最终发现这个世界上最优秀的机器其实是人。我父亲接受了两个月的技术培训，被安排到绿区做蛋糕。他做的蛋糕很有特色，外面包裹着一层糖壳，看着硬邦邦的，不像邯城人做的软塌塌黏糊糊的蛋糕。他做的蛋糕非常精美，每一个都像一座独一无二的雕塑。他做的要是没有机器人好，可能也该失业了。他早晨把一批蛋糕运出去。这些蛋糕运到哪儿完全是随机的，运气好的蛋糕被运到铂鼎大厦顶层，剩下的有被运到超市的、各街区食品店的。它们的身份从运出去就不一样了，前者在包装精美的玻璃柜里，灯光和鲜花把它打扮得尊贵无比，卖出上百邯币的价格；后面的在超市里，被人随便装入纸袋，十邯币一个。到了晚上，卖不出去的蛋糕就免费送给刚来到这个城市的移民，大家排队去领。有时我也去免费领爸爸早晨做的蛋糕，很讽刺，是吗？我记得很小的时候在家乡，父亲会把他的作品带回来给我，人们觉得这没什么，无伤大雅。但这里是邯城，是世界上最规范的地方，没有人敢把工作用的东西带回家，不然又会被米克记录。连蛋糕都一样，身份不同，命运也大不同。”

“你只看到表面。”艾可发现跟她对话，需要费些力气才不会跟着她的思路走，否则容易被她的歪理牵着鼻子，所以有时候必须说反话，才能让自己显得有些“思想”。“那些尊贵的蛋糕总是没被吃掉就扔进垃圾桶，在铂鼎买蛋糕的人是不会在乎它们的，那里的情侣们买到它们，却看也不看一眼，他们只顾着看对方；宴会里的人们手里举着它们，只是因为手里不拿着东西不自然；生日蛋糕就更别提了，人们拿它们抹脸。而那些被施舍给暗岛人的蛋糕，却被他们捧在手心里，大人们拿回去留给孩子们吃，孩子们欣喜若狂，晚上定能做个好梦。你说身份决定命运，可每个在铂鼎里被贴上尊贵身份的蛋糕，也难逃扔进垃圾桶的命运；那些被免费赠送的，没准会让人无比珍惜。”

“你说得似乎有些道理，但只能说明身份也不能完全决定生活状态，但不可否认身份决定了大概率。你不想让别人知道你的按钮症，不也是不想在自己的身份上加入疾病的标签吗？”她撇了撇嘴。

“我不想让人知道我的按钮症是因为其他的原因。人和蛋糕不能类比，贴着同样身份标签的人也存在很大的个性差异，所以身份决定论是偏颇的。”艾可的自信上来了，“再说，我们来自不同的地方，在我的成长经历中，没有见到什么身份决定命运那么宿命的东西，所以身份于你于我是不同的感受。”他兴致勃勃地说完了这句，马上就后悔了，赶忙偷看她的脸色。

“你终究觉得我们身份不同。”她终于把眼睛转向他，在闪烁的目光中，流转着哀婉，“其实我们都是上帝做出来的蛋糕，不要以为我们本质有什么不同，而且，上帝在做蛋糕的时候，根本不在意我们会被送到哪儿去，随机决定一切。”

“你不要太消极了，如果有上帝，也许没有你想得那么不堪。”他想安慰她，却起了批评的效果，赶紧转移话题，“你父亲以前是做什么的？哦，身份是什么？你刚说你父亲带小作品给你，什么作品？”

“之前他是做雕塑的，主要做海底雕塑。其实，他是海底建筑师。”她说。

“海底雕塑？”艾可听到兴奋起来，“我在网上查过暗岛海底雕塑，哦……无比宏伟，大的高达千米，要是亲眼看到，一定更加震撼。”

“可惜看不到了。”她坐下来，坐在他对面，声音平淡而无奈，“海底作品都是用特殊合成材料做的，做这些合成材料的技术一直是机密，是各国追逐的目标。我们用气体充在特殊材料的内部，形成大小不同的空心珠子。珠子可以改变形状，成为多面体聚合在一起。它们和海水的比重一致，可随意组合，可以固定在海洋的任何地方。都毁了。”她指的是从 2041 年开始，长达十多年的时间里，暗岛在一系列的地壳运动中全部被摧毁。

“这样，你给我讲讲暗岛的故事吧，我对暗岛非常感兴趣。”艾可说。

“好，作为回报，你也要给我讲一个故事。咱俩故事要满足三项条件：一、都要与星球历史背景有关；二、都与我们俩人各自的身份有关；三、都要是真实的，但又不是普遍为人所知的，要有神秘性。”

“好！”

五

暗岛往事

频繁地震和由其引发的巨大海啸是我们时代的标签。我们曾有过三次冰川时代和两次干旱时代，后人可能把我们的时代称为第一地震时代。一般认为月球被毁和频繁地震两者之间是有关系的，但另一种学说是，星球进入衰退期了。无论原因是什么，现实是，星球进入了一个毁灭性的地震长期爆发的时代，不过人们真正认识到这一点花了不小的代价，这个代价是整个暗岛被地震所摧毁。从2041年之后的十多年时间里，暗岛数百座岛屿在百余次强达十级以上的地震中不断沉没，2054年最后一个大孤岛吉明岛被地震和海啸吞没，整个暗岛列岛在星球上不复存在。

之所以命名为暗岛，是因为它是所有的大陆中光照量最少的区域之一。暗岛居民是灰发紫眸身材高大体格强健的塞尔人。暗岛的光照时间过短，按说并不是星球上的理想居所，但长期居住在此的居民已适应了光照少的生活，加上他们勤劳聪慧，建立起了独特而强大的文明，在星球文明中独树一帜。塞尔人也曾对上帝吝啬划定的这片多岛多震又暗淡的土地有所怨言，在历史上多次向低纬度的大陆迁移——采取武力的方式，在历史上，那是仅有的可能成功的方式，但每次都以失败而告终。不是战争本身的失败，而是塞尔人种对低纬度的气候，尤其是强光照不适应，说简单点就是基因上的不适应。这种基因上的不适应使第一代塞尔人无法在其他大陆获得足够长的寿命，所以，他们最终还是选择了退守暗岛。人类基因可以进行修改之后，暗岛也开始研究修改适应强光照的基因，但是星球发展到这个时期，任何国家或是城市已经不能以发动战争解决问题了。所以，塞尔人仍然以暗岛为家园，并没有启动人类基因改造，虽然说在技术上他们已经可以实现这一点。暗岛诸城对其他移民倒是欢迎的，他们希望有外族人带来天然的、适应强光照的基因，但却很少有人移民暗岛，那里的光照少得可以让低纬度的人得抑郁症。

“星球大倾斜”虽然被冠以“大”字，实际上只有一度多，但是对于暗岛，增添了更多的悲观情绪。在整个冬季里，原本就徘徊在地平线上的太阳，现在又低了些，虚弱无比地浮在浅浅起伏的远山上。暗岛比以前更暗了。而且，地质探测显示，潮汐力改变，星球的板块因受力变化出现了不同以往的裂隙，其中新出现的一条大裂隙在暗岛底部。暗岛各城政府决定实施大规模移民计划。他们首先想到的是隔海相望的邻国。暗岛与隔海相望的各邻城开展谈判，宣称因地震有可能是毁灭性的，请他们接受大规模移民。

然而，所有邻国都以地震威胁只是科学猜测，没有实质性的证据，而将移民谈判一拖再拖，有些邻国甚至认为这是为塞尔人入侵造势。“这些科学数据的确是预测了更频繁的地震，暗岛以及星球其他很多地域，都将面对更多的地震灾害，这是毋庸置疑的。但是，没有确凿的证据可以让我们相信，暗岛到了需要清空居住人口的程度。”“建立在科学推测之上的大规模移民历史上从来都没有过。塞尔人倒是有过入侵他国的历史。”“我们只接受难民。什么是难民？难民是已发生灾难的、无法生活的地区的人民。”这些话等于在说，只要岛屿没有沉没，就不足以进行清空城市规模的大移民。

基于科学理论的迁移行不通，暗岛诸城于是用财富换取居民权。和其他城市的漫长磋商开始了，移民的价码一再提高。曾经最富庶的塞尔人几乎倾其所有，才换取了几个隔海相望城市的定居点。几个定居点，对于一整个种族而言，是远远不够的。与此同时，大规模偷渡不断发生，对方就偷渡这个问题，对暗岛多次谴责，认为后者在谈判阶段还不能阻止大规模偷渡事件，是缺乏诚意的表现。在谈判桌上，暗岛诸城屡屡陷入被动。这加剧了塞尔人和世界的对立。

无望的拉锯式谈判终于在一天被打破。2041 年的一个清晨，暗岛中一座叫祈明岛的岛屿在剧烈的地震中沉没。祈明岛相对较小，位于最北部的边缘，因为光照比其他岛屿要多，这座小岛的气候最宜人，景色也秀丽，不像其他岛遍布冰川，一出城，扑面而来的尽是粗犷荒凉。但这座最美的岛屿，自从灾害期以来，一直被列为最危险的区域，探测显示，最新的一条板块裂隙，已延伸到祈明岛附近的海底。政府强制清空这座岛屿，将大部分人迁往东部的曙明岛。震前的祈明岛，已完全是末日景象，百层高的大楼因为无人居住而荒废，街道上偶尔有人出现，那也是不想客居他乡的老人。那天，祈明岛上空的红云整齐得好像在天空中打了横格子，太阳也比平时要亮，剧烈燃烧的样子像是要奔着高空去了，很多人走出房间欣赏难得一见的强烈阳光。这时，大地开始剧烈地震动，然后是摇摆，数百层空空的楼房倾斜后断裂成数段坠落，海岸层层崩塌，海水裹挟着各种海底建筑的残体冲上海岸，灌进街道。那些来得及躲进救生舱的人们，隔着舱体玻璃惊恐地看着泥石流或是海水淹没一切。有些救生舱被凶猛的海水冲进深海，有的被礁石撞碎，有的在水中漂浮许久，在救援队到来之前耗尽了氧气；有些救生舱在长时间的翻滚后平衡功能损坏，里面的人没有挨过剧烈翻滚而导致深度昏厥。各个角度的灾难图像，卫星拍的、城市上空机器人拍的、海底设备拍摄的、人手拍摄的，传遍了全球。

星球所有的人，都看到了那场自文明建立之后从未有过的巨型岛屿沉没。从那天起，人们意识到灾害两个字对整个星球来说，不是供大家侃侃而谈的闲事，不是科学家的争论议题，不是被国际社会讽刺的侵略借口，不是塞尔人的受害妄想。灾害从此是星球现实的重要一部分，每个明天都可能发生。暗岛科学家预测到，因为板块加速碎裂，将来的地震可能更加频繁、剧烈，祈明岛不会是最后一个沉没的岛屿，下次，他们也许没有那么幸运。

祈明岛的沉没，迫使全球联合会召开紧急会议。截取会议声明中的一段："有足够的证据表明，暗岛面临地壳剧烈运动产生的、危及群体生存的现实威胁，需要全球大规模、有计划的援助。各城应当无条件、有步骤地接收暗岛居民。被接收的暗岛居民应被授予接收城市居民的合法地位。"全球所有的城市，都签署了《全球共同应对暗岛自然灾害暨迁移暗岛列岛居民协议》，简称《迁移协议》。

虽说是无条件的，但因为有步骤，所以这个步骤其实就像另一种形式的条件。《迁移协议》是个纲领性文件，当时还没有具体的指导手册。暗岛诸城向全球其他城市发出在《迁移协议》框架下签署双边协议的请求，最早回复请求的城市是邯城。

要说邯城是离暗岛最遥远的一个城市，一个东经109.40度、北纬28.90度，一个西经50.60度至60.57度、南纬46.30度至53.54度，但却是第一个与暗岛在《迁移协议》框架下签订双边移民协议的城市。在协议中，邯城承诺15年内每年无条件收留塞尔人，第一年为2000人，以后逐年增加，增加人数再议。当然，这也不奇怪，邯城政府的举动，向来是以匹配全球道德和科技模板城市为标准，这件事照样得到国际社会和全球联合会的高度赞赏。其实邯城有它自己的小算盘，早签早好，越到后来越需要比照其他城市，需要接纳的人口更不好意思少了。对于邯城如此积极的表现，暗岛当然要顺水推舟，先拿出个态度，即使对第一年2000人的人数不满，也得先把协议签下来，具体以后都好商量。然而没有等到15年，在第13个年头的时候，暗岛最后一个岛屿沉没，它叫吉明岛，是暗岛的第一大岛，安吉的故乡。

暗岛诸城总人口是100万。全球除暗岛19城以外，还有109个接收区域，按每年接纳暗岛人口5万人算，完全迁移这100万人口需要20年的时间。从《迁移协议》签订到吉明岛沉没，全球只接纳了暗岛总人口的20%。

上面的这些事，有艾可已知的知识，也有安吉坐在这里跟他补充的。不过那些岛屿毁灭的景象，从安吉这个亲历者口中，即使用平平淡淡的口吻说出来，也足以令他久久不能脱离那种震撼感。

“所以，我们总有一天要撤离这个星球。”艾可说。

“灾难面前不是谁想走就能走的。”安吉说，“让谁迁离暗岛，不仅对暗岛诸城，而且对接收城市都是难题。暗岛诸城在和其他城市谈判时，几乎都遇到了同一个问题：让谁先走？对方在谈判桌上提出，希望对移民有所选择，但他们都不想在协议中写明，他们都想要挑最优秀的。有的人能走，有的人不能走，这实际上是件非常残忍的事，不是吗，艾可？”安吉说。艾可听到她第一次叫他的名字。

“什么人是最优秀的？人们总谈到谁更优秀，却从来没有人敢为优秀制定一个标准。看起来再笨的人，也有可能有别人无可比拟的优秀的一面；而再优秀的人，也可能有别人看不到的缺陷。”艾可听到这句话，低头笑了笑，他不自觉地对号入座，觉得她又在讽刺他了，虽然只是顺带的。“可是我们的时代，实际上是根据身份和优秀两个标准来给社会分层。”安吉说，她低下头，似乎不想再说下去了。

艾可看她又聊到身份的问题，没有再说话，他们都不约而同看向窗外。一面窗外是城市楼群，远远地排成一排，每一座都像彩色光点的聚合体，又像一堆晶莹的发光积木，照亮了覆盖在它们一半高度的云层，而云层上的那部分，如一根根光柱支在云层上方；另一面窗外是黑暗的麦田，几点稀疏流动的灯光，像是小时候看到的萤火虫，那是机器人除草工在夜间工作。

这时艾可的手表亮了，有电话打来，艾可看了看，没有接，说："妈妈又在找我。"安吉担心地问："你妈妈是不是该来找你了？"

"你不用担心见到她，除非我让你见她。"艾可一脸漠然。

安吉看着他，停了一下，说："这也许是你的问题，艾可。"

"是我的问题，我知道的。"艾可叹了一口气，"父亲走了以后，我们总是无法真正亲近。她曾说他们的恋爱美好得过分，像做梦一样，谁都不想醒过来，一旦醒了，谁都接受不了生活的平凡和无趣。父亲太喜欢新奇，他想经历一切。过去的、太容易得到的，对他来说都是一种厌倦。我不想说这些了，安吉，你就在这里休息好了。"艾可说。

"我还是回去吧，父母会担心我。"安吉说。

"哦，邯城是很安全的地方，多年都没有案子了，怕什么。他们管太多了。"艾可说。

"我们是移民，移民父母都是这个样子，活得战战兢兢的。没准你哪天能见到我父亲呢。"安吉说。

艾可和安吉在后来的几个月里经常见面。作为史上最大规模迁移事件的一个亲历者，她接着给他讲暗岛往事。她知道，他是极爱听的。可她一边讲，一边不忘挖苦他，称他为"优越的城市王子"，"你迷恋暗岛文化是因为它的悲剧美感。苦难，只对没有苦难的人是种欣赏。"艾可每次听到这样的话也就是笑笑，他对她所有的挖苦都不以为然。

"优秀的生命得到更多的生存机会，这是社会长期演变的规律，谁都知道物竞天择的道理。选择那些优秀的，并以此为生存的标准，一直以来是上帝的工作。如果让人类来自我筛选，你觉得会出现怎样的情况？"安吉说。

艾可觉得难以回答，他想了一阵子说：“……人可能，难以做到这件事，道理上是可以做的，但……人可能难以找到一种既可以择优，又不违反自然法则和道义的方式。所以，问题可能出在方式上。”

“人口优化意味着数代人的基因碰撞和淘汰，在这里，随机——这把只有上帝能够拥有的钥匙，扮演着关键的角色。在安定的时候，人类没有紧迫感要去对自身进行择优，但是，遇到了灾难时期或是非常时期，人类不得已会想到自我择优，从而想把上帝的这一权力拿到自己手里。”安吉说，“但似乎上帝一直不允许我们进行自我优化，这像是一条法则。如果是对基因进行择优，面对的道义问题就比较少，但如果是对在世的人进行择优筛选，就会面对道义的难题。实际上，这种选择本身就是禁忌。在历史上，人类其实一直没有停止过择优，但所有以优秀为条件的人类筛选的尝试都是失败的。历史上有选择从肉体上消灭所认为的劣者的君主和元首，他们无一例外没有得到好结局。而对尚没有生命的精子和卵子进行择优，后来也被认为是失败的。人类曾一度倡议让人工授精替代天然受孕，并声称那些精子都是精挑细选的好品相，但事后证明并非如此，那些看起来没有缺点的精子，却出现了从未出现过的缺陷，而且这些缺陷因为从未出现过，因而难以治疗。这种现象也出现在其他的动植物上，我们改造动植物基因，以为这样就可以巧妙地节省自然选择所耗费的大量时间，但结果却导致了我们没有预料到的某些物种的灭绝。自然选择需要大量的随机碰撞，其中的结果是不确定的、无法预知的，人类因此认为自然选择不可掌控，耗时过长，从而想最大限度地减少随机——这个人类不可控的领域。人类这么想，从概率和逻辑上没有错，但人类无法预知并掌握未来，似乎就是上帝需要的效果。随机，决定未来的钥匙，一直在上帝手中，结局，一直是上帝的领地。”

在《迁移协议》签订之后，暗岛诸城同时和星球各个城市开展谈判。那时暗岛的新闻没有别的内容，都是谈判的进展和结果，暗岛的居民每天最关注的就是谈判即时信息更新，然后和家人商讨移民计划。可人们每天都在新闻上听到新进展，也偶尔听到新签约，却总是听不到政府下发移民名单。家里的包裹早就打好了，一直在那里摆着，落满灰尘，保持着随时都可以搬走的样子。身边的居民都还在，一个也没有走，好像谈判签约和移民完全是两码事。即使是像邯城这样的第一个签约城市，一年过去了，申请去邯城的人数已达数十万了，也没有开始启动移民工程的消息。迁移工作迟迟不开始，流言满天飞，人们越来越相信接收城市是按照某种标准来选择移民的。塞尔人的不满在积累，和平抗议每天都在暗岛上发生，这种和平在社会巨大的张力面前显得很脆弱，谁也不知道哪天就变成非和平运动了。暗岛诸城这时向全球联合会提交了一份请求，请其做一项划时代的工作——为人类优秀制定等级标准。虽然纸面上并没有把制定标准和迁移人口联系起来，但若说其中没关联，谁也不会信。

“这个举动看起来相当没有水平，但也许是暗岛人置之死地而后生的办法。”安吉说。的确，这个行为的结果，一方面是迫使塞尔人更相信各城会挑选优秀的人优先移民，人们涌上街头，与警方的冲突每日都在发生，社会局势在崩溃的边缘；另一方面也迫使全球联合会出台了一个与移民工作有关的声明。声明促请各城尽快履行《迁移协议》，同时也声明暗岛诸城和接收城市对于移民工作的时间、人口有自主决定权，云云。声明最后重申了人类个体平等，无优劣之分。“可见高高在上的联合会也不想碰这个禁区。”安吉说。暗岛诸城于是公告，让大家不要相信谣言，优秀绝非选择移民的标准。最后，在全球联合会的斡旋下，各接收城市同意由系统进行随机选择，并定下了统一的日期，在该日之前必须完成第一批移民的迁移。

“如果是真正的随机，交给上帝做就简单了。但人类的习惯是只要能自己决定的，决不让别人决定，这个别人包括上帝。人类会在一切事情中，尽一切能力加入自己掌控的因素。”安吉说。

接收诸城相继公告将以家庭为单位，随机选择移民家庭，家庭成员包括父母子女组成的直属亲属。申请人每年可以选择 3 个城市。在系统选择日的两个月之前，申请人必须把所有信息提交至接收城，由接收城在系统选择日进行随机选择，并同时公布结果。

“每年一度的系统随机选择成了神话中挪亚方舟的船票，不要相信挪亚会心甘情愿选择有病的动物上船。我记得每个人需提交的信息项多达几百项，还需要提交血液样本。”安吉说，“在 2042 年，各城第一次公布的结果，大家都发现了审核的迹象，也就是说，那些被选中的家庭中成就高、体能好、无疾病史的占很大的比例，剩下的普通人少之又少，就像顺带捎上的，用于证明是随机。很明显的痕迹就是，科学院的人和暗岛各城体育运动员，在最早的几年就被各城‘随机’挑光了。”安吉说，“可是谁也不能证明各城在作弊。因为这就是随机的特点，随机允许任何情况发生。即使选中的所有人都是科学院的，也不是没有可能性。比如……”

“比如，现实就不是大概率结果。”艾可来了兴致，打断了她，“以我所知，各城的科学院都做了各种软件，以现实世界的规则为基础来模拟进化，但结果和现实世界不一样，这很好理解，世界有无限可能。但不好理解的是，在计算机的世界里，无论模拟多少次，星球诞生到现在还处于一片混沌状态。现实世界必然是所有结果之一，关键是我们的世界所进化出来的样子，从宏观看，似乎所有的随机，都朝向了一个目标，那就是快速演化；但从微观的每个时间点看，所有的随机都无任何指向，完全是无目的的。如果说人类有着和上帝一样的习性，那就是都希望掌控一切，那么，人类唯一无法掌控的、给上帝留下的领域，就是随机。”艾可晃着腿，托着腮帮子，边说边思考的样子，“不过我觉得这是人类的小人之心，上帝可能并没有跟人比的意思。”

安吉看着他，一边抬起手来模仿他托腮的样子，一边在发笑。艾可把脸凑过来抵着她的脸，说：“好笑吗？我一思考，你就发笑。”

安吉更止不住笑了，好不容易收起，接着说：“好吧，言归正传。嗯，没有人能够以结果来证明各国在利用系统作弊，随机结果意味着无限可能。所以塞尔人虽然认定其中有猫腻，也得承认这是可能的结果。”

暗岛各城的骚乱在短暂的平静后再次升级。塞尔人走上街头请愿，请暗岛诸城政府与接收城市就择优移民问题进行交涉。但暗岛诸城政府私下找到运动头领，告诫他们，如果向接收城提出交涉，那么接收城会以进入谈判期而暂停明年的移民计划，这种暂停是无期限的，你们接不接受这样的现实？想想即使是渺茫的未来，也总比没有未来好。剩下的塞尔人，只能在频繁的地震和街头骚乱中等待下一年头的生死判决。

“欺骗这种事，从来都不是单方的。一方发现另一方在欺骗，如果又没有机会公开表达愤怒，结果就是以欺骗来对付欺骗。”安吉又在她的故事中加入自己的看法，搞得艾可又自然联想到他隐瞒上受教所的事，心想还好自己纠正得早。

剩下的塞尔人，开始对“申请信息”做手脚。接收城政府移民选择系统是独立的系统，没有人攻破过，但与暗岛诸城相连的输入信息的系统是全球互联网，比较容易被攻破。“那时候，全球最赚钱的职业之一是黑客，如果肯出钱，就可以买到150以上的智商；如果出大价钱，血液样本结果也可以修改，那是最贵的。塞尔人的收入不高，加上多年的自然灾害，实际上也没有多余的钱给黑客，所以后来就演变成以物资换假信息，以劳力换假信息。黑客和申请人中间出现了中介组织，他们为申请人计算各城的接收指数，成了一门行当，同时还成了接收城和暗岛之间的一种特殊桥梁，比如为一个居民提高10分的智商值，如果他移民成功，将无偿承担接收城地下劳务市场一定时间的工作，比如做海底工程工作100小时。也可以以一定数量的财物抵押，像是暗岛物产深海晦光鱼皮、海底荧光草、深海珍珠、蓝珊瑚之类。如果移民不成功，那么以暗岛物产作抵押的财物，也要不回来了。随着时间的推移，劳务时间段越来越长，抵押物价值也越来越高。”安吉说。

艾可听得直摇头：“天哪！可这是不合法的，法律在邯城至高无上，绝不允许这种事发生，它也绝对有能力发现这些秘密交易。”

“你生活在童话里，城市王子。邯城是道德模板城市，意味着两个方面：一是它在做给人看的事上，做得比较漂亮；二是它在做别人看不到的事上，做得不像有些城市那么过分。邯城绝不像你想象的那么超脱，它是最早默许秘密交易的城市，因为它是秘密交易的受益者，它只是把这种现象限制在一定程度之内而已。”安吉说，“我强调过，最优秀的‘机器’是人。当本地人无法被当成机器时，塞尔人就是最好的来源。这个城市里机器干不了人又不愿意干的事多的是，这没什么稀奇的，城市王子。不要以为每天通畅的地下管道一定是机器清理的，系统出错的时候一定是它们自我修复的。你可能不知道，这个城市里做码农的，最多的就是塞尔人，在业余的时候，我也去做码农挣些零花钱。”

“这我倒是知道点儿的，黑客胖告诉过我，系统出现错误时，它会自动查找并修复功能，我们发现它自我修复不是每次都管用，它就像会故意回避它的错误。如果发现不了系统错误，是需要人工逐项查找的，非常耗时，这个人力省不了。”艾可说。

“机器有机器的特长，人有人的特点，谁也不能完全替代谁。邯城有一次海底渠道工程出了问题，当时，邯城秘密招用的就是我们塞尔人去深海探测，技术机器人水平低，遇到复杂问题不好用。暗岛城市像吉明岛、臻明岛，拥有最发达的深海工程技术。政府私下向黑客组织求援，黑客组织提供了几个经他们修改过信息的塞尔人专家的名字，其中就有我父亲的朋友。黑客组织没有提供全部，这是他们的生存之道，我父亲的名字就没有被给出去……”

“安吉，你父亲是用假身份来邯城的？！”艾可瞪大了眼睛。

“是的，这有什么意外的，很多移民都做了手脚。”安吉说，“各城如果真的不想让黑客组织存在，绝对是有能力发现这些组织的，所有的网络操作都会留下痕迹，这些组织逃避追踪的办法并不是抹掉痕迹，而是同时制造上百个假痕迹，制造众多的假空间，它允许追踪者的追踪行为，在追踪过程中制造障碍，让追踪者相信这个方向是有价值的，从而将其诱向大量错误的终点。反黑客其实不难，排除每个假痕迹是做得到的，只是发现的时候往往是个空的网络地址，黑客打的就是这个时间差，就像以前战争中的游击战。各城完全可以动用资源加速发现过程，只是要消耗大量人力物力资源，所以除非是特别紧迫的任务，否则不会被列入优先执行项目。当然更关键的是各城不想把黑客组织赶尽杀绝。各城对它们的态度是限制，需要的时候利用。对于一些特别想得到的人，黑客组织也可以充当接收城的黑手套。也就是说，各城为修改信息保留了一个后门。”

“可是移民到了接收城以后，还是要重新做档案的，据说非常严格。”艾可说，“修改资料的人怎么蒙混过关？各城之间都有引渡协议，如果被遣返，不还是白忙一场？”

“《迁移协议》中有一个条款，使它得以凌驾于《引渡协议》之上：‘暗岛居民在被接收城确定为移民后，接收城合法身份在其离开暗岛领空或领海即刻生效。迁离后发现违法或违规行为，将按接收城法律法规在接收城处理，不得遣返。’”

安吉顿了顿，清了清嗓子，接着说：“制定此条款是全球联合会基于多重考虑的结果。从法理角度讲，属地原则本身有多重性，在这里可以按城籍处理；从人伦角度讲，将人送回一个即将沉没的地区，被认为是不人道的；从维护协议本身的稳定性考虑，是防止接收城对那些已接收的居民变卦，发现不好的居民就找个借口送回，这种事各城都干得出来；这个条款还可防止因不断重新补选而增加的不稳定因素。这个条款的副作用，就是塞尔人修改信息的问题，但这个问题也被各城利用起来了。不过这很正常，因为解决或利用一类问题而造成另一类问题，向来就是人的特长。”

“接收城市为什么不直接调取暗岛诸城的人口信息？”艾可好像在自问，但他马上就自己回答了，“因为各城之间的公众管理系统是不对接的。信息独立，是一个城市科技文明的重要部分。”

“这种问题真不是像你这种真正150以上智商的人问的。”安吉笑起来。要是别人奚落艾可，他一定会出现阴沉冰冷的表情，但安吉率性的笑，让房间里充满着特殊的氛围。是的，在这种氛围里，他觉得很轻松，什么话都可以接受。

“提醒你一下，塞尔公主，我的智商是160。那我也没有你聪明，你智商多少？”艾可问。在这个时代，问别人的智商多少是不礼貌的，就好比你问一个女人的年龄。

“我今天讲得太多了，你有什么东西喝吗？”安吉没有接茬。

“冰箱里有果汁。”说完以后他犹豫了一会儿，然后一跃而起，“哦，对，还有别的。”

艾可急忙跑到灰墙边，按了一下墙壁。一面墙体的一部分墙面向上收起来，露出了一个酒柜。他招手让安吉过来挑。安吉立即过来，伸着头挨个儿看标签，一点儿不客气。他站在她身后看着她，她的头发闪着深蓝的光泽，让他想起了他看过的一本书。书中说暗岛海域很有特点，有些地方平均才五米深的浅海延伸出海岸数千米，海底铺满一种比天空蓝还纯净的蓝珊瑚。因为暗岛日光不足，即使是浅海，也不像邯城的外海浅滩那样碧蓝，这片海域因为蓝珊瑚和暗色天空呈现深蓝色。深蓝在艾可的感觉中，散发着忧郁之美，而遍布这邯城的灰色，让人感觉到的是虚空。他想象那些深蓝色的波涛，在浪尖处推出细碎的荧光点，那是暗岛海洋微生物特有的荧光。书中还说到塞尔人的习性，塞尔人善游泳，肺活量大，耳膜进化出抗压能力，不用器械辅助可以潜入海里五六米深，潜水长达五分钟，而且他们酷爱酒精。在浅海区，那些海底星星点点的蓝礁石是他们的天然酒吧。有些酒吧位于浅海海底。奔放的塞尔人扎个猛子潜入水底，游进那些饮酒作乐的场所。酒吧有两道门，就像太空船，游进第一道门后，水被排空，塞尔人走进第二道门，里面霓虹闪烁，五色灯光透过酒吧的玻璃天花板，到达海面时都蒙上了幽蓝色，那些都是暗岛特有的风景。

两只瘦高的玻璃杯放在桌上，两人互给对方倒了酒，倒的时候都很庄重，互倒八分满的酒——互倒一杯八分满的酒，是邯城人传统的一种初见时的礼貌，古时有一对著名的文人墨客，他们互相欣赏，一见如故，互以八分酒为敬，后来就成了传统。艾可说等一下，他关掉了天花板上的圆光斑状光源，只剩了墙上一盏小壁灯，在暗淡的灯光中，原本看起来普通的酒，其中可见细碎的星星点点，如夜下繁星，或夜下浪尖的光。

后来，他们隔几天见一次，酒精成了他们聊天时的好伴侣。艾可每次只许她喝一点儿，他知道塞尔人能喝，一定会把自己比下去。

“你的故事就完了？”艾可打开一瓶酒。

“没有，接下来的故事，涉及我为什么去受教所，是因为我的身份，”安吉喝了一大口酒，给艾可也倒了一杯，放在他面前，“我父亲修改了他的信息，隐藏科学家的身份来邯城。”艾可看了看杯子，迟疑了一下，举起来喝了一口，看到安吉盯着他的酒杯，于是把酒都干掉。

“为什么？科学家地位崇高，到哪里都受欢迎和尊重。”艾可问，“你不是说各城都希望要优秀的人吗？你的父亲是个海底雕塑师，算是稀缺人才，要说应该很容易移民才对。”

“他是吉明海底建筑核心技术人员，他说除非到吉明攸关存亡的一刻，否则是不会移民的。”安吉说，“早在和各城的协议签署之前，他就被盯上了，有人找到我家，说是拜访，实际是劝我父亲迁居他们的城市，他都生硬地拒绝了。”

“技术是人类共同的财富，为什么不分享？”艾可耸耸肩说。

“城市王子，你太单纯了，从来没有什么共同的财富。要把技术给出去，也要给对的人，可父亲说他没有看到哪个城市的政府对吉明的人民真正有诚意。十多年前他被提拔为吉明海底建筑项目的总负责人，那时他说他不能走，让我们再坚持一下。在很多人的眼里，他是个偏狭的人，一个老式的民族主义者，向来不相信这时候外族人会对塞尔人好。世界都大同了，可他的思维老得像百年前的人，他相信‘非我族类，其心必异’这样的话。”安吉说。

“岛都要毁了，还谈什么海底建筑……”艾可说。

“我父亲的性格就是这样，妈妈总说他一是一、二是二，思维简单，不谙世事。”安吉说，“其实他是个纯净的人，不为了达到目的而圆融处世，显得不合时宜。他以前只是负责技术，后来被任命做负责人，觉得天降大任，搭上命都在所不惜。”

艾可这时想到了他的父亲，父亲在处理群体关系方面，总是能在不同性格不同意见中找到平衡点，知道什么时候去适度妥协。在远征三号太空船队里，他是庞大的太空船队的副船长。

“在很长的时间里，我们家没有提出移民申请。”安吉说，“父亲说让我、弟弟和母亲作为一家子先申请，但母亲不同意，她决定一家人同进退。哦，我母亲骨子里也是个非常……执拗的人。她不是不着急，她只是不说而已。父亲总往海底项目上跑，一跑就是十多天二十多天，走时他总是笑着安慰我们，很乐观的样子。有一次我听他悄悄对母亲承诺，一定会让我们活下来。后来，日子一天天、一年年过去了，他脸上的乐观慢慢找不到了，情绪越来越不好。倒是母亲看不出什么变化，照常过日子，没乐观也没悲哀过，至少表面如此。”

“全家就这么等了十多年，谁也不去催促他。我还好，并不太担心，与父母在一起，多少是安心的，加上父亲承诺过让我们都活下来，他定下的目标，我们都有信心会实现。那十多年的日子对我和弟弟来说，也算平静。想想在那种环境下，平静就是天堂。在第 13 个申请年，也就是 2054 年的一天，我回家后看到父亲已经回来了，他的脸埋在手掌里，闷着声音让我们申请移民。母亲听见后，嘴上平平淡淡说好的，脸色却并不好，这时候才谈要走，她心里是怨他的。那时候迁移抽中率和中头彩差不多。父亲还说，家里不以吉明科学院家庭的身份申请迁离，要把职业修改成做食品的手艺人。母亲在十多年里没发过脾气，没有抱怨过，那天听到他的话，终于忍不住跑进房里。他追过去，关起门来和母亲解释了很长时间。我和弟弟觉得全家都要死了，死在一起，是唯一令我们觉得安慰的事。可出乎意料的是，我们家一次性申请移民成功，运气好得令人无法相信。”

安吉淡淡地聊着，用指尖划过酒杯口，艾可拿起酒瓶给她加了些。安吉示意他给自己也满上。此时桌上已经有两只空酒瓶了。

“我们就这样来到邯城。父亲作为一个手艺人，开始干他的‘老行当’——做雕塑，用奶油和蛋糕做。后来我们才发现，我们家的好运气并不是天定，吉明城政府显然有份。父亲竟然有一份完整的从小到大的学习和工作记录资料，照片、毕业证、证明人一应俱全，所以父亲没有被发现修改资料。倒是我被发现了破绽。去年，有一次我在报个人信息的时候，写上父亲毕业于吉明大学，而这与系统中的不符，他的档案资料中写着他的毕业院校是一所技工大学。父亲要我们背的假信息太多，这条我疏忽了。邯城审核信息的人找到我，我解释说我从小向往吉明大学，一直向同学吹嘘父亲是那儿毕业的，我是名牌大学毕业生的后代，好让我在同学们中间有点儿地位。审议的人在审查了很多资料后，相信那是小孩子的妄想，然后就按最轻微的修改信息处罚，被判受教 500 个小时。邯城为了尽快归化我们这些移民，所以受教起步就是 500 个小时。”安吉耸耸肩膀说，“这就是我受罚的原因。”

“你来受教所的故事比我的复杂多了。‘囚徒’要是不撞上月球，星球就没有地震；没有地震，暗岛就不会沉没；暗岛不沉没，你就不会移民；不会移民就碰不上我了。所以，那颗‘囚徒’撞月的事，没准就是为了让你碰见我，哈哈。”艾可说。

安吉喝了一大口，悻悻地说：“曾经最骄傲潇洒的塞尔人，现在却过着寄人篱下的生活，上你这里讨酒喝。”

“你在这里不是寄人篱下，当成自己家好了。”艾可说，“你没觉得今天的酒有些不一样吗？”

安吉急忙看了看杯子，又抿了一下，说：“抱歉，真的没觉得。”说完自己都咯咯笑了。艾可没理会她，走过去打开了酒柜，说：“过来。”安吉小跳着跑过去，里面有一排新酒，安吉拎起其中的一瓶，眨着眼睛问：“吉明岛产的？！”

“我找来的，震前产的。”艾可低头笑了。

“艾可……”安吉含笑说，“知道这么珍贵，我就省着点儿喝了。”

“无所谓啦。”

“说正经的，”安吉很快收起了她的嬉皮笑脸，问，“邯城是财富平均的城市，你怎么会有钱？”

这句话颇让他扫兴，他以为她终于会温言细语地感谢，谁知她谈到了钱。“你不必有负担，作为宇航员的家属，好处就是家里有点儿结余。太空署为了让宇航员没有后顾之忧，给了每个家庭一大笔补助，而且每年我们还替他领着一份优厚的工资。”

艾可说到这里，发现自己有一段时间没有想到父亲了。“即使这样，也弥补不了什么。”他说道。这段时间，他的脑子里只有暗岛的那些事，而此时突然提到，他发现他并不太想提到父亲，暗岛的事要有趣得多，一切换到太空生活，他甚至有些想逃避了。也许是因为提了也没有用，只会增添无奈；也许只是因为随着时间的推移，他对父亲的感觉越来越淡了；也许在星球的生活本身也不错，今后他作为一个普通的城民娶妻生子，为什么要去太空，寻找那个都不知道是什么年龄，还能不能认出的人呢？

艾可在想这些的时候，没有觉察到自己茫然的神情，安吉立即变了个话题。“你母亲呢？我很少听到你谈母亲。”这话安吉说了出来，又意识到可能更不妥，于是又说，“嗯……如果你不想说，就不说了。”

“没关系，我的确很少提到母亲，做一位立志征服太空而永远不会回来的人的妻子已经够倒霉的了，而且，还有一个生下来之前就注定要去找父亲的儿子。”艾可边说边摇头，“父亲走后，她有段时间总处于一种想向我倾诉的状态，我不喜欢被倾诉，害怕抱怨，这让我总是在逃避。我喜欢让人觉得轻松的，自己能够承担事情、懂事的女人。”艾可看着安吉说。

安吉托着腮，把一半脸都挤得歪歪的，从嘴巴缝里冒出来的声音说：“你和母亲的关系是你的问题，你遇到再‘懂事’的女人，也会出现问题的。”

艾可苦笑了一声：“唉，每个男人，都有一个愚蠢的英雄梦。我父亲，人们给他冠以建筑学家、登山家的美名，其实，他生来是个冒险家，身体里流淌的是冒险的血液，而这个时代，星球已没有一寸土壤留给冒险家了。我们熟悉这里的每一寸土地、河流、海洋，大到外观小到成分，我们研究得彻底到无法再生出好奇心。我不知道 E 星是不是他的理想之地，总之那是全新的地方，他不必照着任何人的脚印走，他是第一、是唯一，以后人们来到那里，会说这是他来过的地方。他为了这些被母亲斥为虚无缥缈的理想而抛下了我们，把陪伴和取悦母亲的任务扔给了我，可我做得不好，和他一样不好。而对母亲来说，更可悲的是，我应当去继承他的事业，我出生之前他就以太空人的基因标准改造了我，认为子承父业是理所应当，把他的梦想强加给我。但是，其实我没有真正地想明白，我为什么要去。”艾可叹了一口气。

“也许……你对父亲的理解，并没有达到他的高度。”安吉放下托着腮的手，“我想……他在处理家庭问题上是有失误的，他也明白他的理想和你们所期望的生活相矛盾，但他认为他解决不了，他希望得到你们的谅解和支持……也许，他不是为了后人的纪念、敬仰，不是为了满足好奇心和探险欲，我想他的确是感受到灾难所带来的痛苦，而去作为人类开疆拓土的事。”安吉说，“也许你现在没有想明白为什么要去，但也许你去了，就自然明白了，那的确是一件伟大、值得去做的事，所以，不必去怀疑什么。”

艾可一时无语。桌上立着四个酒瓶，他晃了晃脑袋，以为这样周围的东西可以不晃，但晃得更厉害了。他不禁笑起来：“我从没喝醉过，这是第一次。”

他站起来，扶着沙发走向窗前。酒精让眼前的景色如诗般令人沉醉，深夜的灯火已不再璀璨，它们细碎如沉在海底的发光细沙，安详又沉静，又像落入城市的星河，神秘而悠远。安吉的身影混在窗景里。

艾可回过头来，看到她又在给自己倒酒，还给他倒了一杯。

“你……”艾可想责备她，却不知怎么说出口，他发现自己并没有责备过女人。

“嗯，就这杯了。”安吉喝完酒，但没有把酒杯放下来，酒杯挡住了她的脸。艾可看到她在酒杯后调皮地眨了一下眼睛，然后给了他一个大大的微笑，这个表情又让他想到从森林里跑出来的精灵。他看着她的脸，没有觉察到自己就这么静静地看了她很长时间。

“嗯，你喝多了。好了，不早了，我走了。”安吉不舍地放下杯子，起身要走。

“你这样不能出去，不行就住下吧。”艾可要走上去，但自己晃得不行。

安吉听到这句话，眨巴着眼睛，愣愣地看着艾可。

艾可看着她这个样子：“要不你再问问父亲的意见？你父亲该知道我吧，我这个年纪，未成年。”

“知道。”安吉小声说。

“不过，其实也不算是了……今天，是我的生日。”

安吉微张着嘴，愣了好一阵子：“生日快乐。”

“哈哈！”艾可看着她的滑稽样子忍不住地笑。他走上前一步，没站稳，手搭上她的肩才没有倒下去，她微微躲了一下，但没有躲掉，一副手足无措的样子，看得艾可更想笑了。好不容易他收住了笑，说：“睡吧，我不会吵你的，我睡地上。”

然后，艾可沉重的身体向安吉斜了下去，安吉使劲撑着他，好让他倒得慢些。等他躺下，安吉把他的睡姿摆正了，在他旁边靠墙坐下。她抬起头看透明的天花板外的星河，那里应该飘着一艘叫远征三号的飞船，飞往一颗叫E的星球，他说那是他注定要去的地方。她转头看他。刚满25岁的他，大理石一般的皮肤让他轮廓分明的脸如同古代的雕塑般完美，闪烁着纯真又时有迷茫和脆弱的眼眸，此时封藏在弯曲的黑色睫毛下。起伏的呼吸从他的身躯中流淌出来，无声地散入空气里。

她起身，在最远的窗边找了个地方睡。窗外应该是麦田的方向，夜色沉郁而安详，深蓝色的天空只在最低最远处带上了一抹绯红。

六

远征事件

除了去艾可家里，两人决定出门转转，他们首先想到了瀚海大厦的楼顶。

高达1111米的瀚海大厦楼顶就那么一小块。两人坐在平台边缘，脚下的寒凌河伸向地平线处的入海口，把景观分成了两部分。晃荡的四条腿下，几朵淡云飘过千米深的摩天大楼峡谷。

他们的对面是铂鼎大厦。它呈亚光银色的椭圆锥形，锥形外一条像丝带一样的道路沿大楼盘旋而上，绕着它一直到顶端。

“如果从寒凌河上看两座建筑，一座柔和一座硬朗，颜色一黑一白，相映成趣。光线大厦在它们之后，比这两座建筑都高，正好高出环形光圈一截。”作为建筑师之子的艾可，开始介绍这座大楼，“铂鼎，建成于2041年。1001米高，基底长直径约108米，短直径约67米，椭圆锥形柱体。露出地面的柱体部分高143米，部分柱体中空，作为连通地下城市和建筑主体的管道。你看到的那条宽20米的盘旋道，叫天空大道。这座大楼的灵感来源于古通天塔。22年前，在它前方的海面上，有一颗白色球体悬浮在海面之上，是它的附属建筑。但是很可惜，两年以后，它掉下来了。”艾可说。

“这么熟，是你父亲的作品？”安吉问。

“不，他只是参与者。”艾可说，“父亲年轻的时候，追随当时一位著名的建筑设计师陆康，父亲是他的团队成员。”

“陆康，当年邯城的总设计师，现代城市的奠基人。”安吉说。

艾可撑着上身，看铂鼎大厦指向天空的尖顶：“陆康，第二代移民后裔，却是整个现代邯城的总设计师、奠基人，他对邯城未来百年的高空、地面和地下的城市规划进行了设想。但他同时是个争议人物，以建筑界狂徒而著称，他的很多设想都超现实到让人瞠目结舌，被认为是妄言。比如他声称整个城市应当建立在地下一整块人造板块上，人造板块通过某种方式与实际地基进行隔离，用复杂的构造进行组合，从而避开今后可能像蛛网一样延伸的星球板块裂缝，这个方法可以避震，甚至可以有一天漂在海上，成为移动城市。这个想法人们认为是无法实施的，但他的其他很多独创性的想法在实践中得到了运用，比如悬浮建筑体。”艾可说，“实际上，为铂鼎做悬浮附属建筑是父亲的提议。当时，陆康的团队受邯城市政府委托，在邯城寒凌河口处设计一座最高的建筑。父亲提出将附属建筑体悬浮起来的想法，并认为在技术上是可行的，陆康支持创意，但对技术上能不能安全地做到这点很迟疑。实际上，如果不是父亲不断地说服他，陆康并不容易下这个决心。”

“别看现在铂鼎挺不起眼的，当初可是风光无限，拿到了多项第一。第一座千米以上的建筑，第一座使用光能转化外墙的建筑，第一座使用了液体和固体混合基底用于避震，还有就是第一座带有可操控大型附属悬浮建筑的摩天大楼。它孤独地屹立在邯城中心，引领这个正处在迷茫中的城市，被誉为现代通天塔。铂鼎让陆康团队再次名声大噪，斩获多项建筑奖项，所以，当悬浮体坠落时，他的心理落差可想而知。”艾可说。

“通天塔？嗯，有点儿那意思，可在我眼里，它更像个蛋糕。”安吉晃着腿说。

“陆康说过美态由合理的结构自然生成，符合数学与逻辑的建筑所自然呈现的美态，大于刻意追求的建筑美。我以前来瀚海，总会坐在这里看珀鼎。它美在自由而柔和，而瀚海美在约束而刚毅，犹如一男一女，两者一搭，觉得很有故事。”

“珀鼎？”安吉问。

“是的，你没有听错，是珀，不是铂。最开始它叫珀鼎，珀来源于它的颜色——琥珀色，那时，这种颜色的玻璃是新发明的可充电太阳能建材。陆康曾在书中写道：‘我建议你坐在它的对面，每日观察它，一定能觉察到它在不同的天气里呈现出不同的光泽和质感。’当然几乎没有人花数小时在各种天气里去观察它的不同，即使有人这么做过——比如我，也没有觉察到设计师所感。”艾可作为这座有故事的建筑的爱好者，曾经跑到它对面的各个楼的顶楼长时间看它，也没有觉得有什么异样，所以就把这个现象归结为陆康对心爱之物产生了幻觉，“你感觉到了变化吗？”

“还没有，不过我相信，好的建筑是有生命的。”

“可惜，如果它的‘月亮’还在，该多么美，那座悬浮建筑名叫‘玄枧’。”

“好别扭的名字。”

“我父亲取的，不知道在哪里找出来的古词。当时玄枧的技术受到了质疑，遇到了很大的阻力，但陆康力排众议，甚至不惜树敌，最终得到通过。陆康在坠落事件之后面临巨大的外部压力，他所有的项目都被终止，要重新审查。在玄枧坠落后的第二年，他选择了自杀，而且是以痛苦的方式自杀，而非合法的无痛苦的安乐死。”艾可弓着背，看汽车在天空大道上像深土里出来的小虫子，排着队爬上来，“后来，珀鼎的外墙体玻璃升级成了新的聚能材料。新材料的颜色不再是琥珀色，而是银白色，名字也变更为铂鼎。可我听父亲说，那是因为玄枧的坠落，有人认为珀与破谐音，不吉利，就给改了名。”

“都什么年代了，还有人迷信。”

“迷信也是一种逻辑，它自有它的一套。”

“那么……你的父亲受到了牵连吗？”安吉停止了晃腿，小声问。

“他也受到了审查，但陆康担下了所有的责任，他死后，对铂鼎事件的审查就终结了，父亲得以复职。政府让他接替了陆康，但他没有接受，他就是那时决定去太空署，去外星从事建筑工作的。”

“每一项伟大的工程背后，都有些悲伤的故事。”安吉眯着眼睛看远方，“该轮到你讲故事了，你是要讲铂鼎的故事吗？”

“不是，相对于我的故事来说，铂鼎太小了。我给你讲另一个伟大的工程——远征项目的故事，是我父亲加入太空署后给我讲的。你知道吗？人类基因改造的起因，是由远征一号上的一起事件引发的。这件事，奇特并不为人所知。”

在关天鸿那天的演说所描绘的优秀职业蓝图里，没有提到太空署。不像其他的科学机构，太空署不隶属于科学院，而是与之平行。50年前，太空科技的迅猛发展，让人类在太阳系之内的行星间自由往返，并有能力离开星系，殖民他星。星球进入了太空时代。那时的人们不惜搭车涌向沙漠，只为目睹几分钟的太空船发射场面。太空迷们在草原搭建帐篷，只为看到携带返回舱的降落伞从天空飘然而至的景象。那时，优秀的人才争相去太空署求职，以能谋取一官半职为荣。太空热在小朋友们中表现得更加明显，当老师问他们长大后希望成为什么样的人时，不少人举手说，长大了要成为“太空人、追梦人”，宇航员这个职业在当时有着英雄的光环。之后的30年间被称为太空黄金时代。

“父亲是那个时代里少有的能够实现太空梦的人，但那个纯真而热烈的时代已一去不复返。”艾可叹了一口气。

邯城是星球第一个开始星系殖民计划的城市，“远征项目”是邯城太空署殖民外星的项目。

“项目以远征一号出发的2019年为起始。远征一号载人80名，飞行时间20年，于母星时间2039年初到达E星。”艾可介绍道。

远征一号于2039年到达E星后，陆续发来的E星资料让邯城太空署受到鼓舞，在这颗比母星大两倍的行星上，水占了表面的三分之二，其他宜居指标基本高于预计，简直是天堂。因为远征一号的成功，邯城太空署在各城太空竞争中成为翘楚，也促使其他大型城市陆续公布E星殖民计划。这让邯城不得不加快了项目步伐，在狂热的竞争驱动下，后续子项目很快进入实施阶段。在远征一号登陆后不久，太空署就先后派出两艘飞船向E星进发。2041年，载102人的远征二号出征，2054年，远征三号载309人出征，远征四号太空船的研发同时列入日程，预计2072年出发，据说可载上千人。邯城太空署在远征三号出征的媒体发布会上郑重地宣布了宏伟蓝图：在远征项目启动的80年内，在E星上建设一个可容纳千余人的水下人类居住区。

下午两点的阳光此时正烈，安吉眯着眼睛听，注视着面前的铂鼎大厦。铂鼎大厦的亚光银色在强烈阳光的作用下，似乎正变成一种偏金的颜色。她问：“为什么要建立水下居住区，而不是陆地？”

“生存所依赖的环境条件太高了，陆地上空气、土壤、生物、重力等条件的微弱差异，都可以让另一个星球的生命难以生存。而水下，是最安全的。”

艾可接着讲道："远征一号到达的2039年被称为E星元年。它的船员经过千挑万选，无论是体力、技能、心理素质和品格都是人类中最为优秀的。他们一边把有限的材料建成一个悬浮站，一边等待远征二号运送更多的人员和物资来。空中站点很快建好了，如果顺利的话，远征二号的任务是在扩建空中站的同时，开始建设海洋站。E星到母星需要20年，但远征一号上的船员们非常幸运，他们无须再等个20年，只需等待五年，就可以迎来远征二号的船员，因为E星和母星的时间不一样。对太空旅行者来说，花一辈子的时间能够等成一件事就算幸运了，五年可算不了什么。而这时发生的一件事，让远征计划，乃至整个亮丽的太空梦蒙上了阴影。"

太阳位置变化在铂鼎大厦上拉出不同倾斜度的线条，阳光下和阴影中的铂鼎大厦外墙显示出了冷暖色调的不同。艾可说起空中悬浮站，让她不禁想象铂鼎大厦那颗已消失的附属悬浮体玄柷。

"远征一号到达后，在空中建立了1000平方米的悬浮站。母星的一年过去了——其实在那里只有不到百天而已，太空署陆续接到部分船员出现癔症的报告，他们失忆、抑郁、注意力不集中、手指抖动。随着时间的推移，癫狂的船员扰乱正常船员的情况越来越严重。严重的癔症病人出现攻击性。太空署指挥还有行动能力的船员对那些已发癔症的船员进行了'管制'。"艾可娓娓道来。

2040年53日，远征一号发来简讯，健康船员控制了一起严重的骚乱。据称，发病船员对健康船员进行了集体攻击，健康船员成功地进行了自卫，并制服了正要攻击总操作室的发病船员。这次事件造成了53人死亡，被称为'远征一号事件'。事件之后，远征一号只剩下27名船员。太空署在确认他们的体征正常后，指挥他们和母星的项目人员共同维持飞船的运作。

因为多名船员死亡，太空署决定不向公众隐瞒。在新闻发布会上，太空署声明远征一号上多名船员因不能适应环境而去世，并声明太空船仍在母星的掌控之中，其他生存下来的船员们生活平静而正常。发言人最后沉痛哀悼已逝者，他们是太空史上最伟大的先驱者，是人类的英雄，他们的灵魂与宇宙同在。

"真实的情况，只封锁在很小范围内，但还是有流言在社会上流传。我父亲听到内部的人这样说——虽说也不一定是真实的——远征一号内部发生了暴动，最后精神比较正常的27人控制了局面，他们和母星谈判，谈判结果是，为了让居住点正常运作，那些处于癫狂状态的人必须被关在一起自生自灭。更神秘的传言是，那 53 个人被使用了药物，集中放在一间房间里，这间房间的地板可以打开，底下是 E 星的大海。从此，第一个居住点在人们的想象中，可能是人类第一个外星堡垒，也可能是第一座黑暗宇宙的悬浮监狱。”艾可往后仰，用胳膊肘半撑着自己，平台晒得正烫，阳光让他眯起了眼。

太空署对事件进行了全面分析，最终确定，发病情况的确是存在的，而问题出在“冬眠”上。那些船员们出现的症状，后来成了一个医学词汇——“冬眠综合征”。冬眠技术曾被认为是安全的，在母星的实验中从未发现过有副作用，但母星的实验者都未经历过如此长时间的冬眠。经过医学人员对船员发过来的已死亡船员的脑神经信息进行更深入的研究发现，目前状态下人类可以承受的冬眠最长时间是十年，而且不能重复进行。

太空署对所有船员的发病情况进行了研究。从 27 名幸存者的情况看，只有七名是普通船员，剩余 20 名都是星际旅行过程中的执勤者。执勤者是在星际旅行期间执行操控飞船和星际观察任务的人，他们的共同特点是，冬眠期比别人要少十年——晚睡五年，早起五年，他们要等飞船飞出星系之后才入睡，在飞船进入 E 星所在的星系后提前五年醒来。飞船上共有 24 名执勤者，只有四名发病，这个概率相对 56 名普通船员中 49 名发病的概率要低很多，这个现象似乎可证明“冬眠综合征”和睡眠时长有很直接的关系。而那七名普通船员经历了 E 星年一年的疾病发展期后，病情也稳定下来。可见“冬眠综合征”的暴发期应当是在苏醒的两年后，随后是约一年的发病高峰期，如果挺过这一年，疾病发展速度就迅速下降，趋于稳定。

邯城一方面加紧研发救治“冬眠综合征”的药物；另一方面，考虑怎么对待远征二号上 102 名船员。他们还在母星的星系，征途长得很。他们苏醒后怎么办?

对远征二号，太空署考虑了三个可行方案：一是告知飞船上未睡眠的执勤者远征一号事件，因“冬眠综合征”尚无救治办法，请执勤者在临近一颗行星时，利用行星引力将远征二号的飞行方向转变，让它折返。二是不告知远征一号事件和病症，让这艘船继续飞行，抵达 E 星后再说；20 年的时间，药物可能研制出来了，再由远征四号把药物送过去，当然这样的话，远征二号的船员可能面临和一号船员一样的命运，但可能得到治疗。三是让执勤者在余下的旅程中，尽量少冬眠，或是不冬眠；任何执勤者一旦选择冬眠，不能再被唤醒；同时告知执勤者，对那些已经在冬眠中的船员，除非十分有必要，在远征四号到来前，将不再被唤醒。

对于邯城太空署来说，第一种方案意味着放缓殖民步伐。这对于太空署的高层来说，是不可想象的。“远征”计划在很长时间里是邯城的骄傲，其意义已远超出了太空科学的范畴，在星球自然环境动荡的背景下，几乎成为凝聚邯城人心的力量，E星在人们的心中已笼罩上伊甸园的光环，是目前发现的唯一一颗可殖民星球，如果邯城不派人去，其他城市也会派人去，针对E星的项目有很多城市都在开展。有了邯城的前车之鉴，他们的计划将更加成熟。邯城太空署可不愿意花了几十年上百年的时间，最后成为他城成功道路上的垫脚石，一座伟大的、被赞颂的墓碑。所以，第一种方案不被采纳。

第二种更不可选择。不光从人道角度不能让那102个人自生自灭，太空署也不想让远征二号在抵达后成为第二座外星监狱或是疯人院。太空署需要在长远的时间里，撒无数个谎去隐瞒这件事，一旦真相泄露，远征计划将永远被后人唾弃。

这样，只有第三种方案留在大家面前。第三种面临着最小的牺牲——如果牺牲是可以比较和掂量的话：这102名船员中，其中已冬眠和选择冬眠的船员状态将一直延续下去，他们将保持长期睡眠——这种准死亡的状态直到医治药物送来的那天。

而对于执勤者来说，几十年密封空间中的旅行，何尝不是生不如死的恐怖历程。

在太空署做出抉择后的一天，太空署署长和远征二号的执勤者长官进行了通话。太空署的人们和执勤者们分别站在跨越太空的屏幕两端，太空署这边表情凝重，执勤者们那边显得很轻松——情况本应是倒过来的才对。署长简明扼要地宣布了远征一号的情况和太空署的决定。“你们可以自由选择冬眠，一旦选择，就和其他已冬眠船员一样，在远征三号到达之前将不被唤醒。所以，我希望你们不要做冬眠的选择。但即使你们不选择沉睡，我依然非常内疚，因为醒着的你们将要承受更加艰难的生活。你们的余生大部分时间将在太空船——这个狭窄的世界中度过。我们知道这意味着你们将会有多……寂寞……你们需要有多健康和坚强，才能挨过这漫长的时间。”署长在讲这些话的时候，眼中泛起泪花，“我希望你们都健康长寿，你们必须这样！因为只有这样，才有更多的人能够在E星共同承担起建设的重任！”

他的讲话结束后，屏幕两端的人们都陷入沉默。执勤者长官低下头，过了一会儿抬起头来，屏幕前的人们看到他正微笑着，轻松地耸耸肩，好像在说一件平常的小事：“我毕生都在等待飞往E星，如果你们征求我们的意见，我也不想折返。我留下控制飞船，其余的人可以自由选择。我是个很健康的人，请相信，我能够坚持到E星。”这句话让他身后的年轻人活跃起来，有人大声说：“我们本来也不想睡。”然后是哈哈声笑成一片。最后那名执勤者长官说：“谢谢你们告诉我们真相，我们会坚持下去，抵达E星。”

之后，太空署正式命令二号的清醒船员不再冬眠。

虽然针对冬眠的药物正在全力研发中，但远征项目组对此事并不乐观。各大药物公司各种号称有成效的药物报告递进来，项目组一般都是直接翻到报告结尾的副作用部分。经过了远征一号事件，他们都成了半个脑科专家。他们都明白，针对大脑的药物多数都存在风险，人类医学虽然发展迅猛，但对于大脑，仍然是雾里看花。

“大脑是宇宙中最大的迷宫，媲美宇宙本身。我看这些药物，基本上就是把一群疯子改造成一群傻子。哪怕哪天有人告诉我有了最安全的药物，我也不可能再做让全体船员冬眠的事。我们不要光寄希望于药物，也要开拓思维，另找办法。”80多岁一头白发的署长在看到这些报告后说。

在太空署另辟蹊径的指导思想下，邯城市政府动员所有的科研机构，寻找解决这个问题的方法。这时，科学院基因署来了，提出一条他们认为可行的道路——基因改造。人类基因改造一直是禁区，但邯城科学院开展动植物基因改造有悠久的历史，技术在全球名列前茅。科学院向太空署提出通过基因改造延长太空人的寿命，以确保他们在不冬眠的情况下，在有生之年不仅可以抵达E星，而且足够年轻。

“能延长多少时间？”署长在和科学院的会晤中问。

“阐述起来非常复杂，各种动物是有差异的。”

“给我们一个简单直观的数据。”

“比方说，平均年龄只有五年的母鼠，我们对它的胚胎进行基因改造，它生下的小鼠寿命可以达到十年；平均年龄30年的母马，它产下的马可以达到50年。我们看到的现象是，寿命提高的年数与动物的寿命长度成反比。如果人类可以作为研究对象的话，我们平均年龄至少可达120岁。”

“安全性，这是我们最为关心的。”署长说。

“我们的技术在动物身上试验已久，包括与人类基因最为类似的物种。你们可以实地参观那些仍在世的10岁的鼠、20岁的兔子和40岁的马，以及各种各样的动物。”

太空署和科学院多次磋商后，邯城政府向全球联合会正式提出申请，请联合会同意邯城开展研究，通过人类基因改造的方式，延长太空人员的寿命。

“此举并非打破人类基因改造禁令，基因改造仅限于今后的太空人类群体。”邯城政府在申请中这样提到。

当年，全球联合会为此举行了数次听证会。在最关键的一次会议上，邯城代表团要求播放“远征一号”事件的录像。在这段之前从未公开的录像里，人们看到远征一号的船员如何发疯、打砸设备、自残甚至残害同伴。在一次最激烈的冲突中，27名船员为了保护飞船的核心设备，退向操作中心，把操作中心的舱门关闭。在这个过程中，他们将两名已冲入中心的发狂状态的人“误杀”——太空署在此时特别强调。为了避免可能受到更多攻击，他们在操作中心之外的区域释放了迷幻气体。在确认操作中心外的人员没有足够的反抗能力后，他们冲出操作中心，用固定带把剩余的船员全部捆绑起来，推入一个房间并紧锁舱门。房间中有人不断醒过来，舱门发出的嘭嘭声在听证会大厅里回荡。太空署没有让这种嘭嘭声持续太长，只有一分钟。一分钟的声音已经足够让人切身感受那种恐怖。27人再次向房间里投掷了他们认为不足以致命的迷幻气体，但几天以后，房间里的人全部死亡了。27人用邯城旗帜和母星地图包裹他们的遗体，为他们举行了隆重的海葬。

之后，他们向母星汇报，正常船员控制了局面。

录像放完后，会场一片寂静。邯城太空署代表让这片寂静持续了一会儿，才开始说话："这就是'冬眠综合征'的后果。我们不能再让它发生在船员身上，我们不能再次让自己坐在屏幕前，坐观第二批、第三批船员深受折磨而死，我们也许心情沉重，也许会昭告世界要哀悼他们，但我们回避了一个问题，我们其实不必将他们送上死地！如果船员的寿命长到足以度过漫长的旅行，也就是平均年龄65岁的他们，完全年轻，而不是垂暮老人，远征项目就可以延续。"

"我有一个疑问。"联合会席位一位女性社会学专家提出了问题，她以不妥协性格而著称。审议团的人员构成是件微妙的事，联合会一般在审议团里为激进者和和稀泥的两类人都留上位置，共同点是他们都是领域内的权威人士。"我承认，这段录像很……震撼，非常具有冲击力，除了在电影里，我们的星球上已难以见到这么……原始的……暴力和混乱。"她在说"原始的"时加重了语气，"是的，消灭暴力与混乱是我们一贯的目标，我们要找到原因是什么。我们被先入为主地告知原因是'冬眠综合征'，但如果没有人告诉我背景，我会认为这是一场船员间的普通冲突，从社会学角度来说，这是可能的。"

女士站起来，走到审议团和代表团中间，说道："远征一号的船员有80名，这些人长期处在封闭小环境中，他们的环境已不是我们人口众多、生活空间广阔的高度文明化社会，他们更像是一个独立的小社会体，最像历史上的什么社会体呢？——部落。他们的生存环境更像以前原始的社会状态，加上封闭环境，这加剧了冲突的可能性。"

她踱着步子，提出一连串的问题："我相信'冬眠综合征'是存在的，但是不是唯一的原因，是不是特殊的社会化环境也是有原因的，是不是那里的星球环境也是有原因的？我们研究过没有，人所携带的暴力本性，是不是在'冬眠综合征'和特殊社会环境的双重作用下，出现这样的事件？而这事件，是不是还会在下批船员中复制，即使我们解决了其中一个'冬眠综合征'的问题？我们要去除冲突的根源，就不能仅仅从解决'冬眠综合征'中入手。"

审议团主席问："那么，除了解决冬眠征，你还有什么建议吗？"

"荷尔蒙。人类的荷尔蒙是一切暴力的根源。"

署长听到这话，不屑地嘀咕："我看她才是荷尔蒙混乱的疯子。"

邯城代表起身，先苦笑了一下，说："尊敬的主席，女士，我也突然觉得您的怀疑是有道理的，似乎我们应当先去开个远征一号事件的主题辩论会，邀请科学家社会学家历史学家哲学家，一起先研究研究人的各种激素水平、社会结构和暴力之间的关系，然后再来这里。但如果我们这样做，我们不知道什么时候才能解决问题。我们现代社会有一个现象，就是每个人都觉得自己发现了别人的漏洞，要求别人去花时间解释。我们不想花太长时间在不解决问题的辩论上，我们是来解决问题的，发现任何可行的途径，去拯救船员，去延续项目。我们没有多少时间将人类拯救出这个正在毁灭的星球，难道还要浪费在这些无聊的辩论上吗？”邯城代表起身走向她，“女士，也许你是正确的，我们应当搞清问题，以及问题背后的所有问题，但如果按照这种做法，对我们的船员来说，一定是死亡的道路；我们的太空事业，会从此停滞不前。”代表说，“我们首先要解决最亟待解决的问题，否则我们的道路就走不下去。如果我们确认‘冬眠综合征’是存在的，它对船员的大脑是有损害的，我们就应当解决‘冬眠综合征’的问题，而不是去讨论几千年都没有定论的关于人性的医学和哲学问题！”

那天的听证会上，审议团裁定邯城代表团继续汇报方案。

听证会前前后后断断续续持续了100多天。允许人类进行寿命基因改造的研究并仅运用于远征项目和后续飞船的船员的提案被最终通过。联合会在听证会的媒体发布会上说：“船员中普遍存在大脑损伤的情况，我们称其为‘冬眠综合征’。虽然对于‘冬眠综合征’，我们了解得并不全面，但它的危险性已得到证实，我们不能再次冒险。人类延长寿命基因的研究将仅用于太空人。”

从此，修改人类基因这个禁地的高墙，被拆下了一角。

而那位审议团中的社会学家，继续着她减少暴力相关的荷尔蒙、降低人类暴力欲，从而消灭犯罪的呼吁。

对人类寿命的基因研究很快取得了突破。能力早已具备，做与不做就是层窗户纸。当年，也就是2041年，被改造过的人类胚胎实验的安全性报告得以通过。

不久以后，联合会通过了一项新的基因研究决议：鉴于延长寿命的基因被证实是安全的，属于人类福祉，可被广泛用于所有人。

这次声明虽称人类基因改造的范畴是“有限”的，但是其实，这项技术发展和使用的关键障碍已被清除。

从此，人类基因的修改——曾经被认为不可突破的禁地大门被打开。

“人类的好奇心如同动物迷宫试验中的小老鼠，不找到出口决不会罢休，不会管出口后面到底是什么。”艾可说。

人类基因研究的门被层层打开。更多的基因研究成果被披露，发色、肤色、高矮、胖瘦都可以通过基因改变，抗病基因、增强肌肉功能基因、免疫基因修改都相继取得进展，都意味着可以改造，各城基因研究方兴未艾。这些研究开发出人们美好的想象，但所有想象的美好前景都止步于联合会的“一事一议”制度。对于各城争先恐后层出不穷的改造基因申请，联合会全部驳回。但突破总会有的，很快就有了第二起基因改造计划被允许，叫“性发育延迟基因改造技术”。

太阳此时已偏西，在铂鼎大厦后露出了半张脸。

“从名称就知道，这肯定是充满争议的话题。”安吉看着铂鼎大厦的剪影呈现一种蛋清白色。

“但偏偏这种极具争议的技术被通过了。”艾克说。

随着人类对基因改造技术研究的深入，人们在高等动物身上看到了性发育基因的惊人表现。性发育提前的那部分动物出现了很强的攻击性，像更强的争夺欲，更强的求偶欲望。而性发育推迟的那部分动物表现出更温和的特性。而且，研究人员发现推迟性发育的高等动物的平均智力比普通群体更高。全球越来越多的实验报告证实了这一点。

这几乎把人们指向一个从未思考过的问题：性发育与智力发育之间的关系。这与人类幼年直至青少年时期智力高速成长，到性发育时期就变缓的现象不谋而合。这引来了另一个问题：是否可以通过延迟性发育，来获得更长的智力发育时间？

这个发现的意义到底有多大呢？

基因改造有个约定俗成的禁区，就是不对大脑的基因进行改造，这是基因改造的铁律。脑学科行业的人们都知道一句话：“大脑，只允许自我的发育，不允许外力的改造。”即使是最疯狂的科学家，也一直回避去改变大脑的基因。大脑神经网络的复杂性、细胞联系的微妙性和所有这些综合的因素加在一起所产之物的随机性，是无法预测的。假设一下，我们允许大脑改造，那么在最初漫长的研究时间里，人们必定要面对大量的失败，我们承受得了这些失败吗？在人人平等而有尊严的文明社会里，要由哪些人来承受失败呢？哪些新生的孩子要注定成为实验废物？怎么处理那些实验废物——痴呆或是疯子？即使通过漫长的研究，我们回归野蛮社会的道义与思维，忽略那些大量的基因废物，人类终于获得了成功，制造出一批又一批的超级智力人类，那么在他们度过十年的大脑观察期之前，要将他们圈养起来吗？这批人和普通人的关系怎么来处理？即使我们把他们有效而人道地“保护”起来，让我们想象一下一种更极端的情况——极端但是有可能发生的情况，这批超级智力人度过了漫长的，比如十年的观察期，而他们脑疾病潜伏期大于十年，也许是20年，要知道大脑的发育和衰退往往是漫长而难以观察的。他们在有生之年终于成为一群难以驾驭的超级智力人，那么他们是否会利用自己的超级智力把普通人玩弄于股掌之间？

越是禁区，就越可能成为终极诱惑。人类在数万年的漫长进化中，之所以能够生存下来，要归功于“智力”。因为智力，我们成为星球的主宰。如果能把这个智力进化过程再加速，当今人类智慧的集成就是个不可估量的数据。那么，拥有更优异的智力再加上延长了寿命的人类，是否能够在一辈子的时间里，通晓宇宙所有的奥秘？人类还有什么不可为？

所以，这不是一个普通的关于“得失”的议题，而是“得与得到更多”的议题。既然大脑基因改造不可讨论，但是提高智力一直是可以讨论的，那么，性延迟可不可以讨论呢？利用性发育的延迟来延长大脑自我发育的时间，从而增强人类平均智力，是否就可以再次绕开“禁区”？

从这个角度看，性延迟意义应当与寿命的延长是同等级别，不，甚至更高。

在这种终极诱惑之前，总有人最先行动。社会上开始出现呼吁支持将性延迟基因用于人类的声音。最先行动起来的社会学家们说，性发育的延迟可以显著地降低犯罪率。

通过技术手段降低犯罪同样是个充满争议而颇具诱惑的话题，而之前针对犯罪的技术，都是事后的技术处理，像化学阉割什么的。性延迟所导致的“人性本身向更文明的方向改变”，以及“更长的接受教化的时间”，像“我们观察到青少年犯罪率的大大下降，其意义将不可估量”、“人类有史以来，从没有消灭过犯罪，只有改变基因，才是最终极的办法”，这些都是当时社会上流行的言论。

“基因改造可使人性趋从于性本善，如果达到了性本善，那么我们甚至可以让针对暴力却本身充满暴力的刑法退出历史舞台。”这种言论建立起了基因与“性本善”的联系，使这个论题更指向“人性的欲望”这个根本性议题。争议和大讨论如潮水席卷全球。这些为性延迟基因改造营造了足够的社会气氛。

随着时间的推移，越来越多的性发育延迟者智商普遍更高的科研结果被各城科学机构陆续抛出。2043 年，在全人类中推广的“性延迟”计划被全球联合会认可，新生儿需经过基因调整，25 岁才是他们的成年年龄。

这项被长期的成千上万的试验所验证为“成熟且安全”的技术，和延寿项目捆绑，普遍地用于人类胚胎，而其他的“有利于人类福祉”的抗病基因改造，在全球所有的城市中作为社会和医疗基础项目开展。

事实证明，新出生的孩子智力水平的提高程度比预期的高很多，他们的平均智商是 140，智力高于 150 的人比比皆是。“人类越来越聪明了”，这在短期内成为一个事实。“人类智力的大幅提高和延长寿命所共同产生的进步意义，相信是文明史上的大跨越。”

乐观的气氛一时间在整个人类社会弥漫，人类为自己能够身处跨越历史阶段的特殊时期而兴奋。这种乐观掩盖着另一个事实，就是因基因缺陷而达不到正常发育年龄就死亡的人数也增加了。科学家们观察到，在人们将基因改造的技术用于胚胎，从而把控制寿命的基因延长至当今技术的极限时，人们发现随之而来的是基因缺陷人口比例的大幅上升，这几乎成了当时对基因技术的最佳讽刺——经过基因改造过的人的寿命只有两档：聪明又长寿的和有病夭折的。

在代价和所得的量化天平上，延寿和性推迟所带来的益处，仍然是胜者。而代价，一直在全球联合会和各城的量化预测算之内，这并不令人沮丧，因为活下来的，就是最优秀的。

在灾难遍布的星球，这就够了。

“20多年过去了，太空热早已降温。对于宇宙来说，星球这个小世界里所孕育的人类躯体，严格地遵循星球的时间和空间规律，为它所限，其他任何环境的小小不同都足以让人类死亡。那些征服外星的‘先驱者’们听起来不错，其实他们的生活很不堪。”艾可说道。

宇航员们真实的生活是那么梦幻吗？不是。他们寄居在极小的模拟母星空间里，外出时封闭在厚重的宇航服里，在外星培植细菌、种植农作物、翻土、开农机、处理排泄物，每个人至少应当同时是个好农民和建筑工人，其次才是科学家、艺术家、机械师、建筑师、医生。更重要的是，迄今为止，还没有飞往其他星球的宇航员活着回来，因为‘冬眠综合征’的关系，一次冬眠已让人大脑受损，第二次冬眠后大脑的受损程度将导致他们无法再拥有正常的记忆力和思考能力，这意味着殖民者宇航员在有生之年难以回家，即使有一天能够回来，估计也糊涂到六亲不认了。

探索太空的梦幻颜色逐渐褪去。喜好新奇和刺激，又极其现实的人类对此逐渐失去了耐心和热情。对于那些可以在科学院和太空署之间做出选择的极少数优秀的聪明人，大部分都倾向于去科学院、政府机构或世界级的大公司。这些系统筛选过的高智商群体，大都想得很明白，与其成为百年后人们默哀的对象，不如投入这个热闹而喧嚣的世界里，利用其天赐的才华成为其中一个功成名就的人物，尽享此生乐趣。太空署神圣感还在，却再无吸引力。

2044年，远征项目向联合会特别递交了一份秘密申请，申请对今后准备送上远征四号的未来船员们进行特别的改造，以直接适应那里的星球环境，避免宇航员承受适应环境的痛苦。

“申请获批后，父亲直接让刚怀孕的妈妈去接受对我的基因改造。接受改造的有几百个孩子。可是讽刺的是，我有按钮症，去不了太空署了。但是，以我的基因，我不知道以后是不是能够适应这里的生活。”

太阳的红光范围已退在朝西的天空。西下的太阳在楼群的缝隙间，只剩下了一条竖道。月桥像从西边的地平线上一点一点地长出来。

“为什么不试试？”安吉问。

“因为按钮症的关系，我六年前就没有参加招录。”

“那系统知道你有按钮症吗？”

“不知道，我从来都回避这个。”

“有特招的情况吗？”

“有，除非有特殊贡献，像我这样的，哪里来的特殊贡献？”艾可苦笑了一声。

“什么意思？”安吉表示不懂。

艾可沉默了许久：“说起来都不好意思，但其实也没什么不好意思的。针对我们特殊的基因改造项中有一条：为完全避免在太空中的毁坏性暴力冲突，这批太空群体成年后的荷尔蒙受到限制。‘冬眠综合征’药物开发出来以后，太空群体将不再做此改造。”

安吉偏了偏头表示不解。

“我们这些孩子获得了很多特殊的基因，我们有很长的寿命，很强的体魄，而且，我们不是25周岁的性延迟，而是延迟至50岁。所以，我们这些人现在还完全是孩子。在50岁之前，我都是一个大小孩。如果不去太空，我真不知道在这个星球上生活还有什么意义。”艾可声音淡漠，“荷尔蒙与情感是相连的，我也觉得，我对爱的感觉很麻木，我觉得我爱不上母亲，也爱不上别人。”

黑暗从东方升起，将鲜橙红的云霞吞没。两人仰望天空，云层的底部触手可及，它们被城市的灯光照射成一种雾橙色。

七
信

两人相处的百多天日子平淡而闲逸，当时艾可是这样感觉的，时间缓缓流逝，像它将永远如此。后来，在和星球不一样的时间流里，在遭遇互旋的双黑洞而承受巨大的引力波冲击中，在途经超新星遗迹和红色弥散星云的边缘时，在忽明忽暗的虫洞扭曲的管道中，他感觉那段百多天的日子，像霞光中安静的寒凌河面一样泛着光的涟漪，那段简单日子的体验，形成一种类似细胞壳的东西保护着他，让他这颗游离的小细胞得以安然穿越漫漫时空。

有一次，艾可在橙区安吉学校门外拐角后的一条巷子里等到安吉。两人闲聊时艾可说了一句："除了你我没有跟塞尔人打过交道，他们看起来高高大大的，男孩子们还都挺俊美，个个都是游泳运动员的样子，你父亲也是吗？"

"你想见他吗？离这儿不远。"安吉问。

"可以吗？我会视你的话为邀请的。"艾可半开玩笑。

"可以，我没开玩笑。"安吉说。她拉起他的袖子，完全忽略了他的慌乱。

橙区的居民区都是很多年前的老居民楼，楼很高，一幢幢像一根根筷子，因为顶部是尖的，又像根根铅笔，又叫铅笔楼。阳光斜斜地刷在铅笔尖的高度，把大部分建筑和街道都剩在阴暗里。

两人走在铅笔束下的阴暗小街。艾可仰起头看这些建筑时，觉得脖子很累。以他对建筑的熟悉，想这么狭而高的楼，有八十来层，只在中间安装一部电梯，在建筑设计上是很不合理的。他又注意到筷子楼的外圈都有一圈螺旋状的步梯，像绳子或很细的绷带缠绕楼体，上面有小小的人影走动，想果然电梯是不够用的。他又细看了一下，即使很高的楼层，还有人在走动，难道他们爬七八十层楼吗？

两人进了一根铅笔或是筷子底部的门厅。巴掌大的门厅里，仅有的一座电梯，关闭的门前已经有两条长队的人在等。艾可觉得他就像到了铁路站在等去高原某地的长途列车。去高原没有飞艇，列车也不多，是全城唯一有排队现象的地方。安吉走在前面带着艾可排队，艾可稍微低下头靠近她的耳边低声嘀咕："还好没住在这里，不然每天等电梯按按钮是件很大的麻烦事，这么多人看着我。"安吉小声说："错，城市王子，这么高的楼，才一座电梯，每层都停的话，人都能走到楼顶了。所以大家就形成一个约定俗成的规矩，只按逢十的楼层。十层之内如果有人比你先按，你就不要按了，在那层下，然后走步梯。80层的楼，最多只停八次。"

艾可听了表情很夸张："哦，原来我在这里还有这么多不愿按电梯的同类。"他更觉得奇妙又新鲜。

他们终于等到了电梯，安吉没有告诉他几层，也没有按电梯的意思。艾可已经学乖了，也不问什么，跟着她走就好，问了，不知道她又会生出什么捉弄他的主意。两人被人群挤到电梯边。每逢十的楼层都被按亮，这倒好，根本不用按电梯嘛。50层门开的时候，她突然拉他钻出来，走过小门廊，推开小门厅旁的一扇门，门外面是缠绕楼外的绷带梯。步梯窄得很，只容得下两人并排。"不多，也就25层就到了。"安吉走在前面说。

"你不是说最多十层吗？"艾可念叨。

"我一直很喜欢这些楼梯，有时就在这里坐着看风景，没想到别人并不一定喜欢。"安吉说。

艾可看看楼梯外的半空，说："是的，风景是不错，爬险道时的风景也不过如此。"

楼梯栏杆只有一米多高。数百米的高空，楼梯的玻璃栏杆竟然是半高的，没有把楼梯封起来，这安全和卫生系数艾可也是服了。玻璃还是那种老式玻璃，不像大部分现代建筑体用的是可以吸收光能的玻璃，厚厚的，泛着银色光泽，看起来很有安全感。这种老式玻璃，薄薄的不过一厘米，又是浅绿色，看着又薄又脆，好久没有清洗过，挂着鸟的排泄物，不时还有植物的藤蔓勾上来，完全没有邯城建筑的规范感，显得很慵懒散漫。走了几层，艾可提议他们坐下来歇会儿，他说："咱们歇会儿吧，欣赏你欣赏过的风景。"

他们坐在阶梯上。所谓的风景，就是把他们的目光封锁在百米之内的楼群。他们的高度离阳光线已经很近了，眼前的风景不再阴暗，下午暖暖的阳光把居民楼突出的窗户和阳台拉出一格一格的影子。一模一样的房子、窗户、阳台，像纸上打好的格子，还好有飞鸟划过，知道这不是一张静态画。只在朝西有一处楼中间空出来一条通道，他们的目光才算没有被完全封锁住。

"那青色的是什么？"艾可看到缝隙处天空下的暗色部分。

"群山。"

是的，是群山，而不是彩虹、喷泉、摩天大楼，这些逃都逃不过的邯城标志性风景。这里没有邯城的气息，似乎在窄小的楼梯上，他们被带到了脱离时空的另一处。

艾可伸腿坐着，时间在这里的流逝不再像流水，而是切成了小段小段的碎片，都飘在空气里，在阳光下被晒得像发光的灰尘，只有缓缓变化的窗户阳台影子的斜度告诉他们，时间其实是在流逝的。在这种慵懒的时间里，艾可看到楼外的小阳台上种的花草、晾搭的衣服，零零乱乱的样子，这在邯城其他的地方是见不到的。这里的人对待花草似乎都漫不经心，植物多没有修剪，花盆看着也廉价而土气，藤蔓植物爬到外墙上去了，又顺着外墙楼梯爬到别人家去，爬到步梯上，一点儿不规矩。窗户前有人影走过，他们都有自己的故事。艾可转过头看安吉，她坐在他上面几层台阶上看着缝隙中的远方，不知是漠然抽离还是沉浸风景。

他们接着爬楼梯的时候，安吉告诉他一定要记住他父亲的名字，她说了一长串，其中有个音节是邯城语言里没有的，艾可在嘴里念叨，一直念叨到安吉家门口。

安吉的家小小的。安吉打开门，在门口叫爸爸，里屋传来应答声。邯城的人均居住面积有 100 多平方米，艾可的家更大到他跟母亲隔着房间说话要用房间对讲系统，这里完全不一样。在家里人与人对话竟然不用技术辅助，这对艾可来说有些不习惯了。

安吉的父亲—— 一个高大的中年塞尔人走出来，比艾可这个打篮球的大个子还要高半个头。艾可一看就得知他对安吉极为宠爱。安吉向父亲介绍艾可：“这就是艾可。”

艾可以为安吉是不是要介绍下他的背景，可他父亲根本没有要问的意思，听见是她好朋友就很高兴。

“她终于有个朋友了，她太不爱跟人交往，我总怕她没朋友。她有很多毛病，但有一个优点，她从不会看错人，光这个优点混社会就管够。她还有一个更大的优点，就是心肠好。”中年人说话直接而亲切，不像邯城的人说话光套话就要花十分钟才能进入正题，这个十分钟的过程中亲切感都耗光了。“我叫……”他说了一串。

艾可很快复念了一遍他的名字，那个难发的音也念对了。安吉的父亲听到后很惊讶的样子，拍着他的肩膀，说：“这是我第一次听到一个邯城人能正确念出我的名字。我们塞尔人在第一次介绍自己的时候要说出全名，这表示对对方的礼貌和尊重。以后你可以叫我安格，我们到邯城来，邯城让我们取前面两个音作为名字，入乡随俗吧。”

“好吧。”艾可老老实实地笑着说。中年塞尔人看到艾可的老实样子也觉得很喜欢。两人很快有了亲近感，坐下开始天南海北地聊。安吉很知趣地去拿酒，几瓶酒和两个一升装超大杯放上了桌子。

“你父亲和我是同行。”安格开始大杯畅饮，艾可也索性放开喝了。

“安吉给你讲了暗岛的故事，我还有后续的部分。告诉你吧，在暗岛的海底，还存在一些未被摧毁的建筑，吉明城一直认为，如果继续研究，这些海底建筑可以扩大，如果技术成熟，可以成为足够大的固定居住点，在海面和海底自由漂移，有一天能重新成为塞尔人的家园。”

“哦，那太好了，安吉可以回家了。”艾可非常感兴趣。

“这就是我仍然隐瞒身份的原因，我们希望有一天能回去。”安格叹了口气道，他重重地拍拍艾可的肩膀，“没有人不愿回家。小伙子，你不要误会你父亲，没有哪个男人会仅仅因为意气用事，抛开妻儿去遥远的地方。他一定是为了信念而去的。你要理解他。至于你的事，我可以给你提供些帮助，没准你可以试试。”

“我的什么事？”

“去太空署。”

艾可表示不解。

“吉明城海底建筑材料一直是一项保密技术，我是手握材料出城的最后一批人。现在城市都没有了，理应不再保密，而是贡献出来，但我觉得交给邯城吧，心有不甘，邯城在多次接受吉明城移民的时候抬价码，所以我一直不想交出去，直到安吉讲到了你。”

“你……要给我吗？”

“是的，由你交给太空署，我们业内的人都知道，远征项目要建海底城市，一直想方设法开发这项技术，而邯城的技术远不如吉明城的成熟。如果你不相信，我可以先把一小部分给你，你给太空署先看看，他们一定如获至宝。”

“可是……我不知道您知不知道，我有……”艾可擦擦鼻子支吾，“按钮症，不知道安吉告诉你没有。飞船里到处是按钮，怎么可能让按钮症人上去呢？按错了那就是灾难。一旦有实际操作测试，我就过不去。”

“那都是小事。攻破系统拿到测试操作台的图样，然后你依照那个图做出立体影像，你不是说一旦形成了影像，你就可以记住位置，从而避开按钮的干扰吗？口吃症的人唱歌的时候不口吃，因为有了他所喜爱的音乐作为中间体，你借助你所喜爱的图像作为中间体，就排除了紧张，都是一个道理。”

“可上哪里去得到所有操作台的图样呢？那都是不公开的。”

“只要是系统，就会有漏洞。”

“可是我做了，一旦被发现，就将失去任何被录取的机会。”

“你可以让其他人做。”安格轻松地说。

艾可想了一会儿，看到站在旁边的安吉，盯着她说：“我非常严肃地告诉你，我不允许你为我做这个。”

“同意，我不会亲手为你做这个。”安吉举起一只手说，她特意强调了“亲手”两个字。

“什么意思？”艾可问。

“我的朋友们。”安吉说，“我跟你提过那些跨境黑客组织，没有他们的帮助我家就无法移民来这里。他们看了我的履历，知道我从小就在吉明城拿下各种数学和计算机奖项，他们同意在邯城为我们家提供各种可能的帮助，代价是我加入他们。我想，加入也好，他们手里的资源有的是，这个世界，信息就是最大的资源，我从此可以拥有很多的资源，何乐而不为？”

“可是你受控了，你知道吗？”

“受控也是一种保护，受控总比没有保护要好。”

“要不，你也和我一起走吧，这么重要的资料，你又是塞尔人，你和我一起交出去，我相信是没有问题的。”

安吉低下头没有说话。

那天是艾可第二次喝醉了。

第二天，艾可找到父亲以前的一名下属，父亲走前交代艾可有事可以联络他。他把错过招录的事和贡献海底建筑资料的事向他说了，并把安格给他的小部分材料交给他。很快，他就获得了十天后太空署特别的考试和面试的机会。

三天之后，安吉把各种类型的太空船内景和操作台图送到艾可家里。

艾可看了看这一摞图纸：“这按钮得千多颗吧？得做一阵子了。”

“那要不你做吧，我先走了。”安吉不知为什么挺局促地站着看他。

“什么事那么急？你又没什么事，坐着吧。”然后艾可专注地为影像仪做图像。坐了好一阵子，才站起来舒展一下筋骨，看到安吉正坐在沙发里看书，笑了笑接着干。

安吉问：“这个速度，要多少天做完呢？”

“差不多七天吧，我能赶在考前做完。”

“艾可，我也帮不上忙，先回去了。”她微笑说。

艾可走过来，把挡住她眼睛的几缕发丝捋到耳后，轻轻地抱了抱她：“回就回吧，明天再过来。”

第二天早晨艾可还睡着的时候，听到安吉电话留言的嘟音，设计成太空人的艾可即使在睡觉时对声音也很敏感。艾可闭着眼睛听到安吉说她今天得出去。

“我也得出去转转了，你在哪里？”艾可睁开眼，把她的影像调成与真人差不多大小，打在房间的地面上，然后起身去盥洗室洗脸。

“不好意思吵醒你了。我的意思是我这几天有工作，见不了面啦。”

艾可停下刷牙的手，嘴里含着牙刷走出盥洗室，对站在地上的安吉像说：“你能有什么事？”

安吉做出一个凑近他看的动作：“我这几天的确有事，好好洗洗脸吧，我刚看到你下巴黑乎乎的。”

他走回盥洗室，凑近照了照镜子，他满脸泛着油腻，下巴一圈黑，可不嘛！他接着刷牙，含糊地说：“好好好，你过五天来吧，那天我就做完了。”

在这五天里，他一直没有出家门，累了就睡，睡醒了又翻书，饿了就翻冰箱，完全没有时间观念。最后一天的时候，到了晚上，夜挺深了，他翻冰箱发现没有东西可吃了。待他关上冰箱门，看到母亲站在门口。

他已经有三十来天，要是按以前月为单位的时间计时法，叫正好一个月，没有去看母亲了，而以前，他平均十天去一次。

“我正要找您呢，妈妈。”艾可低头避开母亲的目光。

母亲手捧着一个大袋子走过来，把他推到一边，打开冰箱门，把食品一件一件往里摆好。

两人之间一片沉默，艾可还是低着头。

“什么事？”母亲终于问。

“妈妈，我要去太空署面试了。”艾可本想等考完了再跟母亲说，多聊几句，但此时，他发现一句话就说完了。

过了很久，他没有听到声音，待他终于抬起头来，第一次知道泪水可以让人不知所措。他知道母亲有时候会躲在房里哭，他从来都不去看，他对眼泪这种东西从来是麻木而厌烦的，而此时，看到已在无声中泪如雨下的母亲，他突然被辜负母亲的感觉重击。

他走上前，抱住母亲，让她在他的怀里啜泣。他突然不知道这几年为什么要这样对她，让她孤独一人。他以为自己是喜欢孤独的，甚至以为孤独是可爱的，其实他喜欢的只是虚假的孤独带来的孤芳自赏，一种自恋和自私而已。他所谓的喜欢孤独，只是为自己的挑剔和不将就别人找到借口，而他的母亲无法去挑什么，她喜欢的只有最优秀的丈夫和儿子，而她却拥有不了他们，这才是真正的孤独。这种孤独与自卑一道，这么多年，割裂着她的灵魂。

“这一天还是来了。你去吧。”母亲轻轻推开他说。

“其实我走不走，又怎么样呢？在这里不也活得挺好的？我们是这里最尊贵的物种，高高在上，占有一切，为什么一定要去太空？我也许会累死在那儿。”艾可也不知道这些是安慰话还是肺腑之言。

“因为宿命，梦想的另外一个名字。”母亲拭干泪水。

听到这话，艾可从没感到如此宽慰过。他突然觉得，有必要把安吉的事跟她说一说：“妈妈，我认识了一个女孩，是她帮我的忙，我才得以报名。”

“是吗？太好了。”

“哪天带你见见她吧。”

“我们见过了。五天前，她找过我，让我把她的信给你。”母亲拿出一个信封，“我要谢谢她。她给了我这封信，让我拿信来找你。你也知道我不愿来房间找你的，你总是一幅拒我千里的表情。她给我们之间搭了一座桥。”

他从信封中倒出一张卡片和折成小方块的信纸。卡片上面有手写字：“海底建筑资料。”他轻轻地打开那张信纸。

写信是古老的方式，现在人只有在需要仪式感的时候才用到它。这个时代有人打字飞速，写出来的字却像被打扁的蚊子。怨不得他们，因为写字这个技能本身也可能会成为历史，但安吉还是写了一手漂亮的字。信中写道：

艾可，很幸运能遇到你，让我的生命开始闪亮。

那天你邀请我一道报考太空人，我非常感动，但我没有资格去做太空人，我没有得到基因改造的优待，在这个世界上，我是没有被改造过的有缺陷的古老人类，无法度过浩瀚之旅。

我们虽然同龄，基因决定我可以爱了，而你却没有开始。像处在两个不同时间环上的人，我已成年，而你，更像个孩子。我没有很长的寿命，在你到达E星的过程中，你每次和我通话，看到的我都会比以前老很多，等你到那里，我正在衰老。那时你正值盛年，爱情正要盛放之时，我的爱情已至暮年。

我们依赖爱而生存，爱也因此折磨我们。在这漫长的时间里，我因得到这份爱，也将承受折磨。而你是幸运的，你还懵懂不知。

你走后，我会想方设法再回到我父亲曾建设的那片海域，你注定属于太空，而我们注定属于那里。

父亲说你是塞尔文明的使者，因为你的关系，在另一个星球的大海里，有塞尔文明的延续，这是让我父亲毕生最为欣喜的事。

安吉

2069 年 261 日

艾可看后，掩面而泣，叹道："我宁可现在就已经会爱了，而不是大小孩，我宁可没有那么长的寿命，尽快衰老，和她一起老，至少，我能抓住当下，满足她可以与人相爱的愿望。"

母亲走过来，双手捧起他的脸，说道："去找她吧，你是个男子汉了，25 岁的你已经成年了，因为……妈妈当时，躲过了基因改造中推迟发育的那一项。"

艾可惊讶地看着她。

"你父亲那时总对我说，对我们来说很重要的事情，对宇宙来说微不足道，所以让我改造你，我同意了其他所有的，这项坚决没有同意，即使微不足道，我也要保护你应有的权利。父亲最后妥协了，他同意并帮助我躲过了这项改造。"

艾可一把抱住母亲："我去找她！"

他看了手表，安吉并没有断掉他们从受教所就开始的位置共享，他在手表上还能看到她的位置。他飞跑着出了门，冲进电梯，冲进地铁，挤过人群，路过城市里形形色色的屏幕，他没有注意到人群的慌乱，忽略了屏幕上的地震警报，他像任何一个普通人一样按按钮，然而他没有注意到这一点。他来到了铂鼎天台。

天快亮了。天台外升起了雾气，把城市的风景涂抹均匀，在他们面前展现出一片混沌的橙色。

安吉坐在栏杆边，背影瘦小如男孩。他从身后抱住了她。"哪怕我们明天就不在一起了，也要珍惜今天。"

"可我不知道把它摆到一个什么样的位置。"

"那就不要去想它了，既然你觉得结果从一开始就已注定，既然人生漂泊颠沛流离，既然你觉得我没有爱的能力而你却有，既然……不要问明天，珍惜现在就好。”艾可亲吻她的头发。

他们不知道坐了多久，云雾已散，太阳将从脚下铺向天际的城市照得闪亮。艾可说，让我们听音乐吧。安吉把手表中的音乐调出来，给两人都戴上耳机，她说这几天刚发现一首好听的曲子。

“巴赫吗？”艾可问。

“不，是首通俗流行老歌。”

艾可点头，两个脑袋凑在一起听这首曲子。温暖而恬淡的女声从耳机中荡开。这时，在舒缓的女声里，他们感觉到大地剧烈地震动起来，前方一条裂缝从地平线上款款走来。

“要地震了。”安吉淡淡地说。

艾可抱紧了安吉，用手盖住安吉的双眼，自己也闭上眼睛。黑暗中，大地在舒缓的女声中剧烈地震动。突然，震动减轻了，艾可觉得应该归功于那歌声的作用吧，歌声温柔得像风熨平池水。等一切平静下来，他们睁开眼，顺着那条裂缝的方向看，它已从城市的一端走向了另一端的旷野。它对邯城和他们俩唯有路过之意，并无太多打扰。

城市还是老样子，艾可看着前方，向安吉的方向微微歪了一些头，说：“我怎么觉得，大地倾斜了。”

安吉说：“不是大地，是城市倾斜了。”

那首轻松的曲子，叫 *Careless Love*（不小心，恋爱了）。

女声继续温柔唱道：

我们不小心，恋爱了。
离开家园，漂泊中，不小心，恋爱了。
你开着老式卡车，搭上路边的我。
风中的鸽哨告诉我，
路边的橡树告诉我，
我们不小心，恋爱了。
……

那天是 2069 年 267 日，艾可永远都记得。

外一则

邯城之倾

我们的邯城，是星球最古老的城市，它古老到没有确切记载可以证明它何时产生，因为总有最新的考古资料推翻以前的结论，它的历史从5000年前，延长到6000、7000……10000年……这种无限延长让邯城人缺少归依感。最后，考古学家们决定，以发现的第一座陵墓的时间，也就是15000年前来定义这座城的历史。而那时它的名字叫“甘陵”。

我们能考证到邯城最早的名字叫“甘陵”。在这里，我要卖弄一下我对古字的研究。“邯”在古字中有多种写法，其中有一种是“甘”（从寒音）。你由此会联想到甘甜甘美之意，但最初的甘，现在的史学家们从字形和史料判断，本意指一锅水，或是一锅食物。最早的家庭单位诞生后，有了房子，有了灶台，灶台旁的器皿就叫“甘”。上述是史学家们的认知，我以占据几乎最好资源的图书馆管理员的身份告诉你关于这个字更多的知识。最早的古“甘”字外框的形状近似于“口”，中间一条短横，意味着含在口中之物，发“含”音。结合其本意有盛食物之意。“甘”字的外延象征着“食”的充足，“食”是当时的人们认为最需要得到满足的最基本的欲望。因此，甘，最本质的意义，应当是象征欲望的满足。我不认为这仅仅是我的偏狭之见，这点自负我和任何历史学家没两样。“陵”字给你的感觉也不温暖，然而，文明最初的表现之一，始于陵墓的出现，对死者的哀悼和埋葬标志着人们情感的觉醒。有陵墓的地方，证明那里有文明人类的固定居住点，是后来城市的雏形；有陵墓的地方，意味着人们有足够的物质能力和建筑知识去创建建筑，而最初的陵墓，是当时所有建筑知识和绘画艺术的集成；陵墓，对那时的人们来说，并不一定完全意味着悲哀，人们送走逝者，以为他们从此生活在理想之地，远离这个不完美的世界，远离大自然对人类的刻薄和冷酷；而且人们相信，他们在另一世界的欢乐，与他们的后代在此生的欢乐有着冥冥的关联，因此，用隆重的仪式向逝者表示尊敬并向他们求得福分；饥寒交迫的人们在荒野流落，绝望之时如果发现了新的陵墓，意味着终于走到有人迹之地，也许这块土地会接纳他们，是希望的所在，为此他们不惜展开战斗。所以在那个时代，陵墓，也叫陵寝，意味着神圣、安然、生机与希望。“甘陵”，是邯城最早的名字。流经它的河流以地为名，最早叫甘陵河。后来，随着文明的日益茁壮，人们发现了那么多的自然界规律，不再相信生者与逝者的冥冥联系，陵寝失去了神圣的附加意味，回归到客观的生命终结，因此产生情感悲伤。人们不再企盼从对逝者的崇拜中换取现实的幸福，渐渐避讳“陵”字。一座生机勃勃的城市，不必与死亡相关。“甘陵”这个名字开始演化。

而“甘陵”演变为“邯城”，是1000年前申朝的事。而关于这座城的宿命般的隐喻——邯城之倾，这个成语的来源之一是那段时期的一个故事。

申朝，是这片巨大的土地上最后的帝国王朝。申可以分为前期皇权稳固的200年和后期被摄政的200年，“改城名”那年是它们的分水岭。

申朝前期数任皇帝几乎都有一个共同点，就是在位时不断地打败仗。申皇帝用各种方式来改变局面，除了发展经济和军事，还有其他方法，比如接受了方士改城名的建议。在方士的理论里，一切都是有所联系的。一个微妙的变化，也许是全局变化的隐晦表现，更可能是撬动全局的切入点。一棵普通的树所开出的奇异花朵，一个长相奇特的人，一颗星星的变化，都可能是捕捉未来的神秘线索。通过改变现实中的一点小细节，从而改变未来，这是方士们的职业野心。他们认为，改城名是改国运的一种途径。自申不断打败仗以来，数任皇帝都有改过，像邯城最早的名字“甘陵”中的“陵”字一开始就因不吉而被弃。此后，这城市又有了各种短暂的名字，比如“甘凌”“寒凌”，但情况还是没变化，败仗还是接着打。后任皇帝们坚持认为改名没有错，没有效果是因为没改到位。后来有一任皇帝，他和一班大臣宦官们讨论很久，又请当时最受崇敬的方士们做参谋，并且多次到祭殿里叩拜先祖画像。据说有一次得到先祖启示，要他警惕自己的欲望——“甘”在古字中有盛食物的器皿之意，而食欲隐喻人的欲望。于是他造了一个字，甘字加个立刀旁“刂”。可是又有方士提出异议，说是“刂”形状尖利，不吉。为了让这个词意义不变但形状柔和些，方士建议把“刂”改成“阝”，说“阝”像个带把的刀，皇帝有把手可握。皇帝听后，觉得有把手的刀，意味着切还是不切除自己的欲望，主动权还在自己手里，于是对方士大加赞赏，就定下“邯”字为城名。那时的皇帝们真是机巧！就此，“甘陵”最终成为“邯城”。你别看我说这些话的时候有戏谑的意味，可要就改国运一说，这次改名还真应了这个皇帝的愿望见效了。从此以后，申朝再未打过败仗。但皇帝的日子并没有因此而好过起来，情况倒是相反。

申第200年时的皇帝，坐在我们面前的龙椅上。他偶尔听到街巷里传来鞭炮声，穿过数道宫墙已十分隐约稀落。新年还没有到，城民放鞭炮是因皇帝为更名为“邯”而下的庆祝旨令。他想到此时的邯城，街巷里应遍布着炸碎的红色鞭炮纸，梳双髻的孩童们在红纸屑中翻找未爆的鞭炮，50年前，他也挤在那些孩子堆里，当年他地位卑微的母亲正藏在街巷里以躲避宫廷斗争。他很想再次看看那情景，可惜现在还不行，他还要等30多天，到新年才可以出一次宫，和百姓同庆新年。他年轻的时候很盼着那个日子，但现在年龄大了，没了那份兴致。他开始有了疑虑的毛病。其实如果我们组织“皇帝”这个行业的从业人员搞个现代人常规心理测试，他们大部分都得暂缓工作，进心理诊所住一段时间，因为心理医生很可能会在结论中写上“抑郁”或“偏执”的诊断结果。现代的我们可能会嘲笑他的疑心和多虑，其实我们应当理解他们，那时的人们，欲望驱使他们去得到更多。我们时代发达的基因科学已帮助人们摆脱欲望的枷锁，基因研究解开了人类携带的基本欲望之谜，通过对这些基因稍加调整——幅度不能大，否则是有害的，我们时代的人们都对生活毫无非分之想。但在那个时代，他却没有这样的福分。他和他的同行们一样，站在权力金字塔的顶端，踩在脚下的所有，都像倒过来的金字塔，成为压在他头顶的巨石。他的子嗣、他的后宫、他的官员、他的将领、他的子民，没有一天让他感到放心，只有在吟诗作画时才能短暂地逃避这些焦虑，沉浸在他才华构建的风花雪月的小世界里。他和儿子们出城迎接胜将回朝时，回头看到一班儿子，和这些血雨腥风中杀出来的人一对比，显得畏缩而猥琐，这让他的小世界顿时飘起愁云。

皇帝不喜欢带兵，但前线烽烟不断，离了这帮将军，王朝一天也撑不下去。如何确保这些手提利剑的兵头不对这班养尊处优的皇族子弟构成威胁，几乎是每位皇帝的忧虑，何况这代的申帝正面临越来越严重的异族危机。申军在他上台后，防线已经从北部边缘的驿城退到了南部的郦城。如何平衡对将军们的“依赖”和“驾驭”，他正面临比他的先祖更严峻的考验。

忧虑之下，必有智者。他和身边几个说得来话的大臣和宦官一起，制定了一项武官轮换制度。这项制度是他最为敬仰的祖先政策的创造性延伸。他的祖先开创了一项文官制度，后人戏称为“错位文官制度”（此处我也想不到更好的）。在国家的各部中，一个对皇帝负责的部级首脑不管理本部，而管理另一个部；这意味着另一个部的副部级首脑，对这个部的首脑负责。这样的交叉管理，任何一个单独对皇帝负责的高级别行政长官，无论他能力有多强，都无法在一个领域形成足够的号召力和执行力，从而无法积累起对皇权的威胁。不给予个人在一个单独领域完全权限的理念，体现了他的先祖和同行们为保卫家族集权而不择手段、不顾一切的智慧和精神。他的这项新制度将这种理念再次加以应用，贯彻到军队系统中。既然将军无法实现交叉管理，但可以用“轮换”来替代，打败仗的将军要换——降级或杀掉，打胜的也要换——要提拔到另外的岗位，再强的人也没有足够时间在士兵中间形成长期的号召力。想到这一点，他的心情会舒服一些，可以在一段时间睡踏实觉了。他不是没有考虑到没有足够号召力的将领对军队的战斗力没好处，他也是权衡了许久，才做出这样的选择。申的开国帝王是前朝大将，却端掉了前朝的江山，这种利害关系，没有人比他的家族理解得更透彻。因果报应，这句话像把剑，时刻悬在家族的头顶，家族所有的政策的核心，都是围绕防止那把利剑掉下来。而偶发的一件小事所引发的连串事件，让精确的设计没有按照既定的方向发展。

事发偶然。申帝发现他睡眠越来越差，梦魇连连，这像是提醒他传“轮换”圣旨的生物钟，而且这个生物钟闹得比往常更厉害。因为前线局势紧张，他已经推迟五个月换将了，最近几个月，他的精神状态一直很差，但他没有让其他人知道这一点，无论是在妃子、宦官还是百官面前，他都和往常一样持有职业的威严和镇定。他晨起后照例问询了百官的意见，丞相报前方最近战事平稳，双方有一阵子没有交战了，敌军拿到了停战的好处，已如约退了200里。申帝顺势就给在郦城前线那位现任元帅下了加官晋爵、换地任职的圣旨。

去外地传圣旨对宦官们来说是个好差，除了最后去坟墓，这辈子难有机会离开宫殿。去前线传旨的这个副总管宦官不敢怠慢，立即拉了平时伺候自己的七个宦官和一队皇帝的护卫队往前线赶。几个随从宦官中有一个年轻的，稚气未脱的样子，比其他的宦官看着有点儿血气，是伺候副总管的仆人，干些给副总管洗内衣裤刷马桶端洗脚水之类的活儿，时常觉得那盆洗脚水和自己昨夜的眼泪一样多。他本来出宫也没有其他的想法，住在同屋的小宦官们走前都不无羡慕地看着他，等他回来讲外面的事。出过宫的宦官们算是见过世面的人，回来都要添油加醋讲所见所闻，那些塞上烽烟与雪中原野、旌旗帷帐与千军万马，对于切除了欲望、封锁了空间的宦官们来说，如同神话般梦幻与遥远。

小宦官——只有野史中有零星的记载，而且都没有提到他的名字，他本来也没有其他的想法。他在一队人马中离了宫殿，回头看了看这座巨大的建筑，午时阳光正盛，建筑在强烈的逆光中只见飞檐与神兽勾勒的轮廓，他下意识地转回身来向前看，仍感到背后黑压压的一片向他倾斜过来。他加快了速度向前赶。

他的上司，那个副总管宦官，年纪已经很大了，走了几里路就开始呕吐。队伍在他不断地喊停声中走了四天，经过了五座县城，而原本计划是六座。在第四天白天的时候，副总管在四匹马拉的大轿子里不停地喊停，后来只能把马撤下来，由六个人来抬着轿子走，他才能够在虚弱中昏睡过去。这个小宦官和其他低级别宦官一起抬着轿子，遥看弯弯曲曲的道路在平原尽头的山脚下消失，听说要绕过几个这样的山脚才是第六座城。

从第一至第六座城的县官们按时在城门口迎接皇家队伍，等的时间依次越来越长，第六座县城的行政长官们在城门口等了大半天也没等到，派到前方十里长亭处接卫队的先遣官兵回来说连影儿都没见着呢，县城的行政长官们只能将就着在城头建筑里住下了。这座城的县官比较细致，让先遣官兵临天黑往前走走看。

天空像杯鸡尾酒，黑蓝黄橙的混合液体此时清晰地分出层次来，余晖的橙色沉淀在杯底的山峦上，每日送别太阳的长庚星在日落处的天空闪亮。有个抬轿的走着走着就倒了，卫兵把他抬到一匹马上让他缓一缓，抬轿的就剩了五个人。小宦官向他旁边唯一还骑着马的宦官小头目悄悄说："大哥，我们五个要是都倒了，按时到不了，大家都是死罪啊，士兵们身强体壮，又一直骑着马，不如让他们顶替我们好了。"这个小头目看了看这些威风凛凛的仪仗卫兵，他们平时享受皇家卫队的待遇，别看他们在皇帝面前一动不动像木头，对其他人就不一样了，谱也是相当不小的，骑在马上刀剑盔甲马镫子叮当作响。他犹豫了许久也没敢张嘴，待看到五个抬轿子的越来越慢了，才向卫队提出了希望他们也派人出力气抬轿子。卫队执行的是皇家规定的保卫任务，原本也没有抬轿子的活，这个卫队长官听了以后面无表情，说没问题，不行就停下来就地休息。"没问题"三个字宦官小头目也没听出来是什么意思，他也不太好追问，重点应该是后面这句。"那按时到不了郦城怎么办？""那你们请示副总管大人吧。"卫队长机械答道。这个小头目宦官看了看卫队长，又看看轿子，大人吐了几天，在轿子里面刚睡过去，他可不敢不识时务去叫他，这个请示也是无法执行的。

于是，这队人马挨着山下树林边，找了个空地休息。此时深蓝夜空银河长贯，星河波涛明灭，团聚的星光如云璀璨，稀疏的星光如珠孤独。每一个光点，现在或曾经，都是最辉煌的星球，它们的光芒越过宇宙单位的距离，方能抵达这片黑暗群山上的壮丽星空，在绵密的群星中闪出忽明忽灭的微弱光点，却没有一颗亮度及得上远处村里的灯火。然而它们都不在意与灯火的攀比，全都不吝落入这片穹顶下仰视天空的眼睛。这些看惯了被宫墙撑起的天空的宦官们，从未注意到天空原来如此广袤深远，都被这片星空所迷，极力去捕捉每个光点，那些恒定的和流动的、闪耀的和模糊的，它们似乎从未像今天这样生动地存在过，是他们的眼睛给了它们生命。小宦官和大伙一起仰望星空，眼中，乃至心中，都洒满星光。

大伙开始七嘴八舌指点起星宿来，什么井宿鬼宿翼宿。"看到星孛了吗？"

小宦员听到谁在轻声耳语，这句话在夜里有着无比的穿透力。大家的眼睛都看向一颗比其他星星更大些又模糊些的星体，仔细看能够发现它比其他星星更长。

“不知会轮到哪个大臣，可怜。”这声耳语让小宦官的意念从星空回到了现实。“听说，星孛是颗大灾星，出现的时候，会发生威胁皇帝的事。皇帝肯定在向方士们问天相呢，这可是天大的事。听说有一个朝代，我也不记得了，长庚星白天出现，皇帝问了天相后，找来找去就把一个将领杀了，可后来夺权的是个女人，谁知道是个女人呢？你说这事，算得都准到这个份儿上了，还是改不了结果。”大家津津有味地听着。又有人说道：“天上飞来颗星星都会让大官掉脑袋，我们更是命如草芥。”小宦官听到他们叹息。

他又想到轿子里的副总管，他十来岁进宫以后就分配给了这个老人，照顾他的起居已有几年。虽然老人时常骂骂咧咧的，受了气回来还要打他，但宫里大宦官对小宦官就是这么一级一级打骂下来的。他想老人也不是不好，有一次老人不知道从哪儿弄了个玉雕的小玩意儿，看别人不在，悄悄塞给了他，宫里这么对他的，只有老人一人而已。这么多年了，小宦官心里感觉到，老人实际上还有些依赖他，出了宫，更觉相依为命。小宦官拿了个水袋掀开帘子进了轿子，摸黑爬到老人跟前。微弱的亮光中，被子被掀翻在旁边，他拿起被子轻轻给老人盖上，在他身旁坐下，叹了口气，他想来想去替老人觉得亏，宫里副总管有好几个，老人做了总管的不少“工作”才争取到了这个出宫机会，争破头皮得来的却是份劳苦。

他马上就要知道，“劳苦”这个词已经过于乐观了。他打开水袋想喂他些水，俯身时看到老人微弱光亮中的脸，僵硬得没有一丝生气，轻唤了几句，推了推，也没有反应。他定在那里，意识却飞到了轿外，美得令人窒息的星空下，却已不是黑色的山峦，而是他小时星空下的南方的原野，突然间星空又迅速褪去，原野上尽是阳光下鲜嫩的黄色和绿色，一望无际的油菜花地间，他的母亲——如果健在的话，向他微笑着看过来。他又似经历了很多场景，过去的，现在的，真实的，虚幻的，完全没有秩序，似在时空隧道中胡乱穿行，忽然间又掉回黑暗的当下，发现只过去片刻而已。轿内的寂静中能听到他自己的呼吸，轿外的寂静里正飘散着一个宫闱趣闻，带女气的男声飘飘摇摇在说着故事，不时有带脏字的粗鲁笑声爆发出来。他从副总管的身后摸出一个长条盒子，用水袋中的一点水打湿了封口，小心揭开封条，轻轻抽出一幅长卷，从左至右摊开，借着轿帘缝隙中透过来的光线迅速看了，卷起，放回，却摸到了盒中还有一个小纸筒，卷筒被粘住了打不开，他又沾了几滴水抹了封住的地方，打开时还是撕破了个小口，又迅速地看了，迅速卷起来，却粘不上了，只有放回盒子，摸了盒子封口的水分还没有干，压紧，塞回原处，翻出轿子，用慌乱的声音唤着大伙儿来。大伙儿点燃几支蜡烛，进了轿子去看，摸了鼻息，发现副总管已经去了。

大伙一阵慌乱，正不知怎样处理才好。这时远处传来马蹄声，卫兵们立即跳上马，手抚兵器，喝问来人，原来举着几支晃动火把的，正是第六座县城派来接应皇家卫队的官兵。宦官小头目这时成了卫队的临时负责人——虽然不想当，也只能如此了，跟来人碰了几句。来人说道，县官大人派他们来，请大家加紧赶路，前方战事不明，大家还是等到了城里和县官大人见了面了再说。小头目立即命令所有的人上马赶路——这下倒不用抬轿子了，跟随着县城的几个官兵奔向第六座城。

队伍沿着山脚曲折前行。当长庚星出现在太阳马上要升起的地方，队伍到了第六座城。县里的行政长官们以最高礼仪迎接队伍进城，热情款待皇家卫队，听了路上的情况，也不免叹息。县官显出必要的悲哀，说：“副总管大人故了，晚到了也有个说辞。”小头目听了后放松了些。县官又说，皇上英明神武，前线战事紧张，个把月来一直在交战，这时换上的元帅一定堪比李广胜过李靖呀，不知是谁呀？小头目心里想：有战事，谁还跑这儿来呀。他眨巴着眼睛说：“我听说朝廷得报战事平稳，敌军退了几百里呢。”县官听完当即一愣，随即用一堆笑容把愣脸替换下来，连声说是，赶紧岔开话题问大家是否需要休息一会儿。小头目拍腿道：“太对了，几天没好好睡了。”于是县官领着卫队就歇息了。这席谈话小宦官在旁听得真切，他立即请小头目允许他作为老副总管的贴身随从，下葬前陪他最后一程，当然得到了批准。小宦官为老人整理了随身物品，能和他下葬的下葬，不下葬的物品打了个包裹。他又替老人理了理头发，整了整衣袖，像老人在世时睡着一样，恭恭敬敬地弯着腰倒退着出了门。

出了第六座城，前方百里外就是郦城营地。县官还是派出最高礼仪送卫队，对小头目说：“大人请入轿，过了三座山就到，郦城元帅的总营驻扎在郦城外，皇家卫队不进郦城，直接进营地，后天小人还在这里迎接您。”小头目看着黄色的宽敞轿子，讪讪笑着一时不敢上，眼睛瞥了瞥卫队长官，他还是没表情。经县官们一再相劝，才拉开了个架子，踱步进了轿子。缓缓坐下后，竟似乎感到了副总管大人的余温，禁不住心神荡漾，切身地感到了“位置”这个词的神圣，不自觉地对自己在宫里的前途滋生出想象和信心来。

县官给卫队派了一名向导。向导说城外宽敞的大路是通往郦城的，山脚下的小路才是去营地的近路。队伍沿着石子路斗折蛇行，从一早到正午，满眼仍是山石树木，小路上没有遮蔽，任烈日晒了一路，山下也无风，树上的叶子和枝条都懒得动。有卫兵在抱怨这个元帅为什么不好生在城里待着，搞得大家这么辛苦。向导说再绕过一座山，就是军队的营地了。这时有几匹马突然嘶鸣起来，惊得大家赶紧勒住缰绳。山那边有声音传来，沉闷如海底涌上来的巨大暗流在呜咽，又如裹挟着沙尘的风暴由远及近的低鸣。声音起先是低频，很快变成高频的隆隆声，从前方的山口轰地涌入，其中已能清晰地分辨出鼓点、炮声和马鸣声。

那是战争的声音。小头目打开帘子，跳出轿子，慌乱地问怎么了怎么了。其实他和每个人一样，都意识到战争正在附近发生。大伙看着小头目，小头目脸上早没有了血色，跑到一匹驮东西的马前，把东西都扔下来，自己骑了上去，看样子有想跑的意思了。群马乱踏着蹄子，队伍已经没了形。卫队长此时表情涌上来，那是种军人的职业愤怒。他右手只在左边的刀鞘上一挑，长刀就唰地闪着寒光抽出来了，他挥刀策马走向小头目。

此时，小宦官冒出来，小身躯挡住了他正在前进的马。他未发育成熟的稚嫩声音向小头目说道：“大人不要慌，这里离战场这么近，自己人的军队找到咱们太容易了，您这时离开，还落得个脱逃的罪名；要是被敌人撞见了，咱们都不是什么大人物，被俘了绝没好待遇，还是找到咱们自己的军队妥当。”吓得缩在地上的小头目听了直点头，也只能点头，出门在外，得承认还是刀把子厉害。小宦官又忙跑去问县城派的向导，还有别的路吗？向导看上去是个热心人，斑白的胡须和头发，五六十岁的样子，说：“邯城里来的大人们，小的一直想插个话，您正巧就问我了。我倒有个主意，听这声音是在山外的平原上作战，咱们要是上山，翻过去就是营地了，这座山崖上往西看是营地，往东看是郦城，甭管是在郦城还是营地打起来了，咱们在山上都能看到。胜了，咱们下山；败了，退一万步讲，也不算是逃跑呀。”

大家听着在理，有不少说是的声音。小宦官走到卫队长和小头目两人前面，问：“大人您看呢？”这句话的大人不知道是指哪一个，或是哪个都指。这就是没有复数的语言的好处。小头目哆嗦着不敢说话，只体验了半天副总管位置，不仅失了权力，还失了颜面，可见不是自己的位置坐不得。卫队长头盔下的表情已撤下，回到了没表情的状态，终于开口说话：“翻山吧。”有了这三个字，大伙立即扔下了轿子等，开始骑马上山。林子越来越密，好在向导知道一条小道，大伙很快到达山顶一小片开阔地。

为避免队伍太显眼，人马大都待在林子里，只有向导、卫队长官和小宦官走到开阔地，前面是悬崖，向左向右都有小路下山。这崖上是极好的观战点，郦城和平原尽收眼底，向左是平原，向右是郦城，向前的地平线处是巨大的山脉伸向平原的余脉。三人极目远眺，太阳此时在西偏南方向，呈现出最美的可以直视的红色，安静地悬停于苍山之上，用写意的刚劲的笔力勾勒出山脉褶皱。本是如画的美景，但今天谁都无意欣赏，他们只关注平原上的情形。此时，两股黑色的骑兵人马，从山脉两处缺口涌出，冲向平原，如同山脉被捅了两处口子，黑色的黏稠液体从缺口处向下倾泻，向南分别流向营地和郦城。向导道：“说是休战，看样子只是障眼法，这不，蛮人又开始攻城了。”

余晖之下的郦城，是诗人笔下的万仞孤城，高耸的城垛上一面黄色申旗，在山的褶皱形成的凝固波涛之中，宣誓其孤独的存在。郦城是申朝最北部的重镇，往北紧临山脉，往南是千里平原，处于与雪原的交界处。北方的山脉虽名义上是申朝领土，但北方防线早已被雪原民族踏破，申朝已退至郦城50余年，是仅存的北方城池。郦城一旦被攻破，申军将一溃千里。但郦城城防坚固，城内有水源，本身就可以囤积重兵，加上交通便利，可和郦城后方的几个城市互相支援，形成著名的“郦城防线”。申朝有了郦城防线，总觉得歌舞升平还是有保障的。

因长期战事，三人看到郦城周围的土地已彻底荒芜。此时最冷的节气已过，冬天将走未走，最是留恋的时候，冷得最为透彻，田野间可见大片残雪。营地在离郦城20里外的田野上，圈出很大的范围，结构从高处清晰可见。向导此时打开了话匣子，指点着营寨，说外圈是壕沟，里圈是营寨墙，哪里是岗楼，哪里是营帐和马厩，他都一清二楚。小宦官问这里有多少兵马，向导道约莫五万吧。此时，士兵已被动员起来了，空场地里可见士兵在奔跑集结，列出备战阵型。几排火光在营寨里亮起来，那是数排可发火箭的弩车。三人看到弩车击发的百只火球飞向直冲营寨而来的敌军骑兵，在天空划出无数长长的火道。火弩落下之处，火光飞溅，周围马匹都倒下翻滚，在整齐的黑色骑兵队伍中砸出一个个大洞。但这丝毫未阻止对方攻势，兵马直冲营寨而来。此时，冲在最前的很多骑兵掉进了看不见的陷阱。向导击掌叫好，解说道那是踩上了地面的陷马坑和蒺藜阵。但仍有冲在前面的骑兵直逼营寨二里开外。小宦官握紧了拳头，卫队长也面有土色。但好像是巨人在地上划了些看不见的魔法横线，这些马匹冲到横线前全部栽了跟头，人马分离。那些看不见的横线当然不是什么魔法。壕沟外500米外的地面浮土下，埋了很多长长的粗铁链，铁链两头拴在带遮蔽物的矮柱上。刚发现敌军进犯，申军营中就冲出几十个奔跑的黑影，定是去拉紧铁链的人，铁链立即变成道道拦锁，把敌军先遣部分搞得人仰马翻。

冲杀在最前的骑兵距营寨壕沟也就四五百米了。营寨之中箭兵已列出阵型，带火光的箭雨成排成排地飞向来兵，箭雨在战壕外200米至400米的距离区间中对敌军造成了最有力的杀伤效果，将一些骑兵变成移动的翻滚火团。这样，经过了火弩、地陷、铁链和箭雨的阻挡，先遣骑兵部队被层层拦截，几乎被消灭殆尽。但是，陷阱有全被发现的时候，铁链会被马蹄踢散，火弩和弓箭会用尽，而仍有数十位敌兵勇士，冲到营寨壕沟前，踏向雪地上拉铁链的小黑影。而后续骑兵队伍，因先遣部队已为他们清除了所有障碍，黑压压成片迅速向营寨迫近。小宦官看到这里立即抬起左袖挡住眼睛，过了好一阵子才敢放下来。

这时营寨朝战场的两个门前的简易吊桥降下来，寨门打开。几小队申朝骑兵如箭冲向敌军前锋，挥舞的刀戟下，必是鲜血飞溅。三人在山崖之上看到这番情景，不免叹息战争的残酷。

三人看向右方郦城，另一支冲向郦城的敌方骑兵没有遇到任何阻拦，到达郦城北门后，他们迅速完成集结并列出阵型，排出横三纵二共六个骑兵方阵，距离刚好在弓弩的数百米射程之外。方阵之后，三人看到又有攻城用的巨型弩车、火炮车和云梯车随后到达。两名分列左右阵型之前的骑兵，是旗语官。两人一齐翻动手中旗帜，弩车随之从方阵中间穿过，被推到方阵之前。再次见两人翻动旗帜，骑兵前排的弩车和后排的火炮车齐发出火炮和箭雨，飞向郦城，郦城城头飞石乱溅。从郦城城墙上同时飞出箭雨，扑向围城的军士。向导叹道："这攻击战，是战争中最残酷的，如不速战速决，双方士兵城外的战死，城里的饿死，可怜这些年轻人哪！"

黑夜已拉上帷幕。三人遥看着战场，听着空洞的鼓声和喊杀声，都觉世事无常，如果不是副总管的关系，大家这时候就不是在这里作壁上观了，而是正在营寨里候死。向导说道："这兵家的排兵布阵深奥无比，主将不守城，在20里外驻扎，想必是个不相信死守的人，这么做是可以两处接应，但他倒不怕两边都弱了，唉，营寨这边要是撑不住，真是悬呀。蛮子说是退兵百里，可见根本不可信，亲也和了，东西也送了，还是挡不住。这么个打法蛮子是又想围城，又想破营寨，不想让两边形成接应，我等看不懂！"

小宦官稚嫩的声音说道："这位领兵大元帅听说很年轻呢。"向导说道："回大人的话，这位元帅很年轻，虽30岁出头，在军中已小有名气。他是名将世家出身，15岁起就随父出征，18岁开始领兵，真是天生的战神。他在上次的守郦城战中在夜里带着千人小队从南门出城，绕过敌军正面，仅千人冲杀数万敌军侧翼。冲乱侧翼之后，大军冲出正门重创蛮人，蛮人乱了阵脚，全线溃逃。元帅请旨要追，但朝廷要和。要不是这一仗，朝廷谈和都没筹码，更别说蛮人退兵百里了。这位元帅最喜利用黑夜作战，从不死守城池，坐等援军，而是冲杀在前，这血性，将士们最是拥戴。想必这次圣旨来是给元帅加官晋爵的。"

小宦官听了这话，低头不语。

郦城攻城战正在进行之时，营寨门前仍在短兵相接的激战中。三人看向左方，营寨战场上，两军人马尸首如洒在白宣纸上的墨点，越洒越多，但营寨门仍未被攻破。这营寨门犹如洪水时水坝前的闸门，抵住了越来越高的水势，但决堤也就是瞬间的事，让人觉得悬得不敢再看。仅凭营寨前的几个敢死小队，用命也拖延不了多少时间呀。

此时郦城城门建筑屋顶的一角燃起的火光吸引了三个人的目光。向导接着道:“城里也无法接应营寨呀,营寨如果撑不过个把时辰,郦城就全被围啦。”向导竟流下泪来,叹道:“朝廷把郦城这么个棋子孤零零摆在这儿,不是个弃子吗?我们这些申朝百姓,还是散去吧。”向导说得大家直揪心。没表情的卫队长这时回到林子里,命令三名卫兵急赴邯城,回报朝廷前线的紧急情况。待三名卫兵离开后,卫队长说余下的人准备回县城等候。

众人几步一回头地正要下山,这时有走在最后的人惊呼“快看快看”,所有的卫队都跟着跑回崖边。只见左方营寨敌军骑兵后部出现了混乱,从崖上看不清状况,似乎在掉头。大家定睛细看,从山脉一缺口之处,又冲出了一支军队,黑夜里看得出这一批的速度非常快。从这个情况看显然不是他们自己的军队,两支军队很快厮杀在一起。向导兴奋地喊:“蛮子是不是中埋伏了?这下开眼界了!那是令人闻风丧胆的弓箭骑兵队,最擅长机动攻击的打法,每个人都是百步穿杨的神射手,可以向前射击,也可以转身向后射击。”向导一边说,一边还模仿起骑马打仗的动作来,动作僵硬可笑得很。这时营寨北门全开,申军剩余兵马全部冲出营寨,向北猛冲,与北面的小股偷袭部队两面夹击敌军,敌军受了这意外的冲击,方阵大乱,再无冲杀气焰,被动抵挡中死伤无数。大概一个时辰之后,营寨前的雪地上便尸横遍野。申军箭兵向空中射出三支火箭,示意郦城,营寨已胜。

北方军队的首领坐在帐篷里,面前火盆的木炭正在噼啪作响。前方不断有士兵来报进展,开始是没有进展,后来都不是好消息。他忍不住站起来把桌案上的食物一扫而光,一只装着烈酒的杯子掉进火盆,火焰瞬间蹿得老高,几乎烧到帐篷顶,很快又熄下去。首领怒道:“这哪像偷袭他们,倒像他们偷袭我们!你们说他们换将了,昨天换的,所以我们才要趁换将之时进攻,可到底换了吗?换了谁?看这个打法就知道这个小兔崽子还在!”

他抽出长剑,指着身边立着的臣子。臣子立即跪下慌乱说道:“咱们的消息来源十多年都没有错,申朝的确是要换将,应该是出了什么变故,没准是换将的圣旨在路上耽误了,没准这个元帅抗旨了,这咱们怎么预料得到?”

“什么?抗旨?!”首领大怒,“我们把他换下去,是救了他一条命!

申朝哪个胜将有好结果？废的废，死的死。他拼死保卫的是一个想要他命的昏庸老头，每天都在猜谁在谋反！这种薄情寡义的朝廷，早就该灭了！咱们才是真义气的兄弟，这广大中原大好江山要是我们统领，才不会是这个窝囊样。”

这时有人急报，攻营寨的有几个逃回来的，其余的都回不来了。

首领捶胸顿足。臣子窃声道：“咱们不还围着郦城吗？要不围一阵子，申朝老头就怕被围，围一时又要降了。”帐中的武将都摇头，臣子话虽这么说，实际上是在建议撤军。谁都知道，攻城是硬拼，是下策。攻城战中，攻方不准备赔上几倍的人根本没胜算，而首领也没有赔上几倍人的打算。这帐里帐外的人都是雪原上出来的，深知雪原上拉出一支军队不容易。如果不是每次都能用南方那些丝绸瓷器等稀罕器物装满马车，一车一车地往雪原深处走，运气好还能带几个美人回来赏赐几个特别卖命的汉子，没有以放牧打猎为生的人会去打仗。纯朴而简单的牧人习惯迁徙，是为找一片更好的草场和林子；也喜欢迁徙，喜爱那种如雪原尽头的白云一样无牵绊的生活。牧人们晚上围着篝火听铿锵琴声传唱英雄故事，愿意跟随英雄过风一样的日子，打一场仗，是为了带着财富昂首挺胸地回雪原过日子，那才是牧人们最理想化的生活。他们不留恋权势，不留恋那些阶级分明的世俗生活。所以在雪原上，首领是英雄式的，需要有个人号召力，不像南部田地人，就认皇帝和官员的帽子。他们可不认帽子，也瞧不起只认帽子的人，如果没有拥有强大凝聚力的英雄式首领，谁也不会理睬官员的号召，没有什么政权能拿这些牧人怎么着。

首领掩面而泣，良久才说，撤吧。这一撤，他知道，他永远无法再成为首领。

帐篷里安静下来，谁也不敢说什么。只有一个坐在角落里的美人，起身蹲下收起地上的杯盏，轻声劝首领不要动怒。她穿着雪原民族服饰，模样清秀，刚才才进的帐篷，坐在角落里，却显得格外醒目。这里说模样清秀，是因为她白皙的脸上只是略微上了些妆，神情也淡漠，与身上穿的艳丽繁复的雪原民族服饰相比，过淡过简了。这女子寥寥几句话，对首领似胜过千言万语，首领脾气顿时平息下来，望着她，眼里尽是怜爱。她是他从申朝要来的妃子，原先在申朝宫里只是一个普通的宫女。在宫女们都想抓住一切机会见皇帝的时候，她却对见那个老人没多大兴趣，她问别的宫女怎么可以出宫回老家，人们告诉她要等到老了，才能作为老宫女放回去，而且在这个过程中一定要乖巧听话，不然在老之前被抬出去，做个幽魂，这种情况也是很多的。在宫里她就是一长列撑着五彩鸟羽旗牌的宫女中的一个“单元”，换上谁都可以做，但她不想只是个单元，她想做回“个体”的自己，要求不高，做回自己就可以，那个像母亲一样的人，在家里麻利洗衣打扫做饭后，花上半天梳妆才出门，撑伞的瘦高身影摇摆着过桥去街市。她盼着母亲逛街回家，给她和妹妹捎头花。要是还有个像她父亲那样，没事让母亲发发脾气的丈夫就更好了。十几岁时，她的家被洪水冲走了，她辗转流落进了宫里。听到有和亲的消息，她拿出所有的积蓄，找了管事的宦官疏通关系，宦官说去和亲又不是什么好事，人家躲还来不及呢，但她态度很坚决。宦官正找不到人呢，就把她推荐给70多岁的皇帝。皇帝看她相貌可人，言语间试探她是否愿意留下做个答应之类的，但是这女子跪在那里面目冰冷，便封了头衔去和亲。“不识抬举，算是便宜了她！”老皇帝后来对宦官怒道，吓得宦官往后专挑丑女进宫当宫女，免得皇帝不小心看上谁而责备他不推荐给自己，从此宫中无美人。首领自见了千里送来的她之后，从此再无别的女人可近身，到哪里都带着她。此时首领看着火光中的她越发美丽，想这可能是他在战争之后唯一能真正得到手的财富了。

崖上人们正兴致勃勃七嘴八舌地观战，好似大家都是精通战术的高手。营寨的骑兵队已集结后向郦城方向疾驰，郦城的吊门也降下来了。大批的部队涌出城外，在城门前排成数个方阵，鼓声隆隆，在战场响起，应和着大家心脏的节律。每个方阵前都站立一名旗官，他们举旗一挥，对敌军而言就是死神降临。此时不等旗官举旗，敌人的后排已乱，要不就是收到了撤退的命令，要不就是自己乱了阵脚。郦城的申军已没有耐性去探知敌军发生了什么，马匹上的军士们都如满弦上的箭，只等冲出去。待旗官举旗，士兵们便马蹄腾空而起冲向敌军。众人看到崖下两军如黑色的墨汁交织在一起，喊杀声直冲天际。

星空依然平静，任凭地面上哀鸿遍野。待到天色微亮之时，营寨骑兵也赶到了郦城外，杀入侧翼，给已在逃窜的敌军致命的一击。待冬日的晨光初起，将光辉洒遍山地和原野。那些雪地上的马匹和士兵们的尸首，此时只有晨光来安抚他们。

卫队长让手下把散在崖边和林子里的人喊齐，让大家别回了，排好了准备朝右走。等到大家拖拖拉拉站齐了，人们才发现小宦官不见了，当然，找不到的还有圣旨。

郦城府邸正堂里，年轻的元帅刚回来。他昨夜混在守卫营寨的第二批敢死队里，之后又马不停蹄地挥戈杀回郦城。打了这么多年仗，从没觉得哪次像昨夜，整夜都杀红了眼，忘了自己是生是死，是人是鬼。他领着将士们作为第二批敢死队从营寨冲出去之前，让一个贴身随从不要跟着他出战。他交给随从一封信，那是带给他在京休养——实际上是被软禁的父亲的："回京去，不要管我的生死，替我见父亲一面就好，把这信给他。"

现在他幸运地活下来了，可并无松弛感，心事还沉甸甸地压着。

他进了官府大堂，却没有接受郦城知府请他在正堂椅子上就座的邀请，随便找了个侧边座位坐下，摘下头盔，用袍子角抹了脸，袍上的泥灰和脸上褐色的血道混在一起。旁人要帮他脱盔甲，他示意不用。他闭上眼睛头往后一倒，似乎是想睡了。这时副官们也进来了，看到他在休息，没有人敢说话。年轻的元帅缓缓睁开眼睛，把每个人看了一遍，说道："都在，好样的。"

大堂里所有的官员都跪下同声贺郦城大捷。这时有个随从过来对元帅耳语了一阵子，元帅一脸狐疑。他让大伙休息，自己带着这个随从来到一间小房间。

小房间处在府邸建筑群的边缘，这间屋子长年没有阳光照射，里面也没生炉火，只有空桌子上点了一盏小油灯。小宦官坐在墙边的椅子上，寒意让他不住哆嗦。他手搭在膝上的长包裹上，看着墙角的一块青砖，砖缝里一只孤零零的蚂蚁在彷徨地四下试探，角落里一只蜘蛛在结网。听到开门的声音，他仿佛从另一个世界抽身回来，见到元帅他先站起来，然后郑重跪下。元帅示意随从关上门窗，说道："你起来吧，听说你是宫里来的？"

小宦官没有起身，道："元帅，是的，我是随行的宦官，负责传旨的副总管大人路上病死了。"

元帅道："然后你就把圣旨拿出来了？"

"小人看了圣旨，所以冒死呈给元帅。"

"我不会看的。"

“我也不应该看。”小宦官道，“副总管大人死了，回到宫里我将生不如死。如果能拿自己一条命救该活着的人，死了也值得。就怕元帅不知其利害，白赔上性命，我这条命也就白赔上了。我虽违法，但不违心。”

小宦官郑重地从包裹里抽出两个黄色长卷，双手奉上，像捧着最脆弱的珍宝：“大卷是圣旨，给您的，要调您回京高就。小卷是密旨，给卫队长的，让他在路上杀了您。”

随从打开圣旨要呈给元帅看，元帅示意不看，说：“你念吧。”

念完第一个，随从打开第二个小卷念。之后，房间一片寂静，静得似乎连蜘蛛结网都能产生声响。

随从拔出剑，抵着小宦官的后颈，说：“你逃出卫队不说，敢盗圣旨，真是胆大包天，把圣旨交给元帅，又陷元帅于不义！还敢伪造密旨，该把你交给皇上，叫你千刀万剐！”

元帅让随从放下剑，问道：“你不愿待在宫里，这次机会这么好，为什么不自己跑掉？为什么还要盗了圣旨交给我们呢？你以为这样做对你自己有好处吗？”

小宦官说：“我在宫里活着和死了没什么区别，都一样。偷看过圣旨的人，都是死罪，更别说是密旨了。我拆密旨的时候，生死已置之度外了。看到皇上要元帅死，知道了元帅和我一样，都是将死之人，死法不一样，结果却一样，殊途同归。元帅若不看圣旨，糊里糊涂被杀了，倒是可以赐个名号。元帅这么年轻，短暂的一生，没有死在疆场上，只为追求一个好听的名号而去死，这种死法太轻贱，怎么配得上您的雄才大略？还不如我一个宦官千刀万剐的死来得有分量。元帅看了圣旨，哪怕把我和圣旨交出去，名号都不一定能给得了了。皇上怎么可能容您知道他要在回京的路上暗杀您呢？怎么能相信您的家人不知道呢？”

小宦官又接着道：“我若不拿圣旨，自己跑掉，卫队必然先见元帅，完成传旨的任务，同时必请元帅追杀我。元帅如若愚忠，就这么大的地方，想找到我，太容易了；找不到我，到处张贴皇榜，我也不敢露面，这地方几十里地都荒了，我也是要冻死饿死了。我若拿走圣旨，卫队有丢圣旨的责任，他回去必是死罪，聪明的就会趁着战乱逃跑，所以圣旨的事情就谁也说不清了。元帅战功赫赫，重兵在手，却远离朝廷这样的权力核心，怎么会令皇帝放心呢？您看了密旨，必做打算。所以，这对于元帅和我，是仅有的一条活路。”

小宦官这才抬起头直起身，仍然跪在地上，直视元帅，说道：“元帅，圣旨交给您了，这条命也交给您了，我什么都认了。”

随从听完这番话，脸上露上惊诧的表情。元帅问：“你多大了？”小宦官说：“十五了。”元帅道：“会有人处置你。”然后大步出了房间。随从带了圣旨也跟了出去。

那天晚些时候，元帅和随从两人在另一间房间密谈。空气中有一股燃烧了丝制品的气味。随从用一把火钳拨了拨炭火，炭火盆里的黄绢剩下的最后一角也被火舌吞噬殆尽。随从说：“向导我已经见到了，他报告说，卫队当时找不到小宦官，丢了圣旨，卫队长让大家能跑多远跑多远，自己也跑了。我派亲信从各个方向找这些人，荒野里找到了几个卫队里的宦官和小兵卒，其中一个是大宦官死后临时领头的，都已经全解决掉了。只有卫队长没找到。”

元帅说：“找得到找不到他不重要，是个明白人就不会再露面了。露面也不怕，没有人会相信一个逃兵说的话。人嘛，不能为了达到目标做得太绝。好好善待向导和他的家人，他今后的话最有分量。”

随从说道：“没人知道向导来过，我让他像逃回县城一样回去。也放出风去，说咱们找到了大部分卫队的尸体，他们碰上蛮人，被杀了。卫队中还有三个人回邯城向朝廷禀报战况了，不过是得胜之前派的，报告的情况是邯城被围，情况危急。”

元帅道：“不用追了，让他们回去。”又道：“战场上找具尸体冒充小宦官的事别忘了。”

随从道：“是。元帅您太好心了，那么个小人物，您也照顾到了。”

元帅笑了笑。

随从说：“圣旨的事，倒是印证了咱们的推测，不用冒百姓和后世骂咱们抗旨与谋反的风险，这可是皇帝先动的歪脑筋。”

元帅道：“天助我。”

随从说：“没有别的选择了。元帅，动手吧。”

元帅点头默许。

在皇帝得到郦城被围的战报之时，全国人民都知道了郦城大捷，口口相传的速度，竟快过那三个传战报的士兵。元帅最后送来的战报是，撤退的北人首领在伏击中被擒，余下小股部队逃回雪原深处。实际上是申军看着他们逃走的，同时带走的是申军将士英雄般的传说。

郦城大捷给全国百姓带来了异乎寻常的振奋。正值年关，城镇和乡村里卖鞭炮的生意异常火爆，还差几天到除夕，村镇已是爆竹声连绵不绝。元帅奇袭的故事被添加了很多情节，被搬上了村镇的小戏台，并衍生出各种版本；大捷也成了全国诗人们吟诵创作的热门题材。我们后来看到历史书写下在之后的数十年间，年轻人踊跃参军，驻守边关，引发全国的热潮，也与郦城大捷有关。郦城大捷后的余波这么大，没有任何人预料到，包括皇帝和元帅。

元帅请旨回京奏报战况。得胜后凯旋，本是情理之中的事，但一般是皇帝主动召见边疆的将领，但这次是元帅主动请旨凯旋。军队的首脑不请自来，又挟着胜利的势头和全国的威望，皇帝看到奏章，提起笔，也没有不准奏的余地。他想到自己应该早些下旨召见，等到元帅上奏他再批准，这些见风使舵的臣子们都是看在眼里的，谁让他当时犹豫呢。

皇帝回到内殿，让人关上门，穿破宫墙而来的鞭炮声还是传了进来。不一会儿，几个朝中重臣进来了。这几个大臣看到他的脸色，也猜出了几分，说别让元帅来了，再拟个密旨。皇帝说晚了，没什么用了，准备好以最高的礼仪迎接他吧。大臣又说就让他和百名随从进城即可，大部队留在原地。皇帝说只能这样了，你们所有的人，都要去迎他。等大臣退了，皇帝传了他的一个妃子来，对她说："你的兄长，让他做好听我调遣的准备。一旦咱们这边有什么情况，又通报不出去的话，就让他立即带兵回来救驾。"妃子说："我派个身边的宫人出城，在城外住下，无事时每日派人去看他，如果有一天没人去看他了，就让他带皇上您的密旨，去我兄长的封地。"皇帝叹道："靠你了。"

元帅回邯城那天，迎接元帅的先遣大臣出城相迎十里，皇帝则亲率众臣在北门迎接。进宫的路上，黄色旌旗飘摇的队伍中将士们铠甲闪耀，百余人的队伍在人山人海的夹道欢呼中穿行。实际上，邯城已有百年没有这种盛况了，皇帝和元帅都没有经历过这个阵势，第一次感到人群可怕的威力。当人群因某一种共同的意志汇集，无论这种意志是正面的还是负面的，都有势不可当的摧毁力，如巨大的潮水冲过来的时候，无论它是冲谁来的，所有的东西都将被击溃。这种力量一旦发动，所有人包括以为自己可以操控游戏的人，也不能逆势而动，只能顺势而为。

皇帝只能顺势而为，他封了元帅一个很长的名号。现在我们看到的封号长得可笑，无非是近义词的堆砌，但那可是朝廷御用文官所能想得出的最高荣誉了。他的好名声已经上了天，皇帝决定再捧他上一层也无妨。这个名号可以世袭，可以免死，但世袭和免死像堆砌的词汇一样，只是修饰的另一种方式，有效期取决于皇帝什么时候产生新念头。

皇帝下旨全城庆贺三天，街巷里掀起了崇拜元帅的热潮。我们知道可以轻易杀一名有功之臣，对与错可以和史官们商量，但要摧毁一名被百姓崇拜的有功之臣的形象是要冒风险的。现在的元帅不光是有功之臣，他已是一种形象。政治人物关心身后的名声，皇帝再要杀元帅，还真是需要智慧的事情。庆贺第一天的皇帝与元帅觥筹交错，两人好不亲切，皇帝唤他为兄弟，元帅感激涕零，喝得一塌糊涂。回府后，元帅把吃的吐出来。随他来的百名将士在府内警戒，自己和父亲彻夜长谈。第二天他歪歪扭扭地上朝见皇帝，晚宴时皇帝再召大臣和元帅共饮，皇帝说了特免他再饮，但席间元帅一再求酒，一边喝酒一边表情谊忠诚，又和大臣大行酒令，直到不省人事，被抬回了府里。皇帝当晚派人陪着去他府里，回报病醉不醒。

庆贺的第三天，早晨上朝时，元帅没有上朝，旁人报元帅醒不了，皇帝点头。

在后来的几天里，元帅一直卧床不起，府里来报皇帝说是染了风疾。我们现在的人不知道风疾是什么，可能以前的人约莫是知道的。皇帝在朝堂上多次表示了痛心和关怀，就差流眼泪了。搞政治的虽然表演起来都训练有素，但要流眼泪还是要有真情实感的，哪怕这真情实感不知是从哪份感觉里借来的。皇帝又特让元帅在府里安心养病，不必做回郦城的打算。随即任命了另一位元帅赴郦城接任。

在皇帝的旨意下，临时接任的那位新帅，向北启程去郦城，这是查得到的事情；而此时，另有一支军队，本来是驻扎在郦城南部不远的阜城，也向邯城移动，这是没有记载的野史所传。科学院那个研究重建过去时光的小组说，理论上，依照现有所有历史频率推演以前的事，需要把所有频率都收齐，还要排除干扰频率，耗时很长。小组在申请经费时乐观表示可以以五年为单位做计划并汇报成果，我们期待等他们成功后可以知道过去的一切事情，但现在的我们，对于过去只能猜。我们只能从方位上猜测，这支军队的调度仍来自年轻元帅的部署，因为北方各城的军队，没有不听元帅的。这位阜城的领兵者，我叫他将军。同时，有大约 2000 人，穿着普通老百姓的衣服，陆续驻进了邯城，这件事就只当传说了。邯城是当时最大的都市，有十万多人口。现在的邯城如果突然多了 2000 外来人，米克系统是知道的，但是那个时代，没有人有任何察觉。

邯城平静了一个月。平静本是件平凡的事，但有种平静，叫暴风雨前的平静。变化来临前，总是有人先感觉得到的。专为宫廷供菜的农户把菜拉到宫廷附近的收菜点，竟有两天没有见太监来收菜，他只能把菜拉回郊区的家，告诉老婆宫里有事了，老婆立刻打他的嘴让他不要乱讲；每天早出城晚回城的小贩，走到城门口向素来认识的卫兵打招呼，对方却没有反应，仔细一看发现认错了人，赶紧低头走人。大约一个月后的凌晨，在邯城南部驻扎的王侯——王妃之兄领军向邯城进发，不日就到了邯城。邯城四门已封，王侯看到城头的禁卫军，他以王侯之尊让禁卫军头领出来，探出头来的正是他认识的那位，于是派人将皇帝让他出兵救驾的密旨送到城门前，门内的人从门旁的小洞口抽走了圣旨，让王侯军队就地等候。

此时皇帝寝殿里，房前屋后不见了往日穿梭的宫人，只有些衣着整齐的普通男子走动。如果不是腰中全佩着刀剑，从穿着看人们会以为他们是街巷中的生意人或是外地的莽汉。寝殿里暗得很，宫灯都灭着，屋子仅靠贴着透明纸的窗户的微光照明。墙侧的大床里，皇帝隔着垂下的床帐，看到窗户上和婆娑竹影一起摇晃的还有杂乱的身影，这让他内心更加杂乱无比。门后窗下的暗处坐着几个穿布衣的汉子，或看着皇帝，或把玩房里的小物件，每件都是稀世珍宝；还有一个总在擦着剑，发出丝绸和金属摩擦特有的声音，几乎是这里最亮的声音。

皇帝半坐起来，房里的几个汉子立即从各个角落的阴影里站起来。

皇帝说："让王妃来吧。"

擦剑者道："启禀陛下，王妃重病在身，动弹不了。"

皇帝流下泪来，再侧过身朝里睡下。

这时外面进来一人，也是他的臣子之一。他走到床前跪下，告诉皇帝，大事不好，王妃之兄谋反了。皇帝良久才勉强说："这世道，根本没道理可讲，你说怎么办？"大臣离近了，小声说道："下旨剿灭吧，皇上您下不下旨，侯爷的结果都一样，皇位在不在您手里，才是最要紧的事。百姓拥戴您，谁敢冒天下之大不韪而夺位，必激起众怒。元帅是明白人，称帝这一步是不敢走的。他承诺，他和他的后代，保证不夺位。您要是不允，他说，皇子这么多，老老少少的，总有乐意当的，也可以和他们定约。"

皇帝苦笑一声道："这星孛来的时候，方士就说了是上天警示我，可我也不知道老天爷要警示我什么，纵使万般防范，也是无济于事，结果还是这个样子。"

他对臣子说："下旨让元帅平叛吧。"这臣子道："元帅因风寒卧床不起，有位将军，已千里迢迢从阜城赶过来平叛了，皇上您补个圣旨便可。"皇帝这封圣旨因特别的历史价值，还精心保留在邯城图书馆里。

大臣刚领了旨，前方就报将军已告捷。翌日，将军提了王侯的头被召进殿，把脑袋往朝堂地上一搁，皇帝不自然地把头一偏。虽然下旨赐死无数，但毕竟是平时爱好吟诗作画之人，看到这种血腥的东西不免排斥得很，立即让人拿下去。将军报："末将奉旨平叛，王侯兵败自刎。"有大臣立即站出来贺皇帝平了外乱再平内乱，乃申之大幸。也有胆大的大臣责问这位将军："兵马之事，未探明，不可妄语。你从阜城而来，路途遥远，可见圣旨未到就往邯城来，怎预见到王侯谋反？"

这位将军毅然答道："今海内升平，天下太平。大军赴邯，疑为叛矣。"这句话颇有些没道理可讲的意思。他又说："若不即击之，邯城已倾矣。"

这就是"邯城之倾"成语的由来，单从这个故事来源看，其本意为对未来的危机预早做出反应。鄙人浅见这里有正面和负面至少三重含义。其一为预测并直面危机，并加以防范，这是其正面意义；其二为对幻想出来的危机做出不恰当反应；其三为编造危机利用其带来的恐惧，从而为实现某种隐晦的目的做铺垫。所以在这个成语里，危机，可能是真实的将要到来的，也可能是人们幻想或是有意虚构出来的。但危机未来之时，谁知道它到底是属于哪一种？

这时宫人报元帅在殿外求见，皇帝立准。皇帝在龙椅上，看到他的身影从殿外长长的汉白玉大道走来，瘦高的个子，有弱不禁风的感觉。元帅进殿后行大礼俯身叩拜皇帝，歉道病体初愈。又言："恭贺皇上平叛，末将将倾力永保申朝的万年江山社稷，永为申朝臣子。"

大臣中，有些是元帅父亲的老交情，有些不是，此时都踊跃地提了不少建议，比如说让将军的妹妹嫁给皇帝之类。大臣或是任何时代的职业政治从业者都知道，有一种行为褒义词叫见机行事，贬义词叫见风使舵，都有利于减缓冲突，是从业人员的基本功。

元帅助皇帝平了乱，这件事也就定了性，后来史书上"邯城之变"都照着外戚谋反，元帅平叛这么写了。但邯城之变的正史和野史出入很大，野史流传有几个版本，也是情有可原，毕竟有那么多人参与在黑夜中包围宫殿的行动，人多嘴杂。不要忘了，还有一个逃亡在郦城荒野里的卫队长，他也可能是那些口口相传的野史的源头。当然，我们也许喜欢的就是历史面纱后的神秘、多重和不确定性。

自此以后，元帅大多待在府里。他的府邸越来越大了。他从没下令扩建，但母亲和妻妾们很快为改善居住环境张罗开了。庭院的围墙向外扩大了许多，院子多了几幢楼阁，楼阁下出现了一片竹林假山小桥池塘，还有一个观景台，都是园林名家的设计。他时常在庭院的竹风梅影间接见官员和将领，也和一些文艺名人聊书画，偶尔有些远道而来长相怪异的外人。有时他一个人坐着，看着眼前的池塘里楼阁的倒影，想到自己其实是个顺其自然的人，势来了，他动了，仅此而已，那么被动，从未因内心欲望的驱使而动。他有时在看历史人物书籍时，不免评价他们，那时他也在想，后人会怎样评价自己？他又想争议与误解在所难免，他也不去擅自猜测后人怎么看待他。他回忆起年少时在疆场上接二连三得胜后的乐观，感激皇帝的器重，以为这辈子能凭战功与忠诚得一世英名，从此家族昌盛福泽子孙，但在父亲的亲信报告了朝廷的异动后，他感到危机重重，失去了效忠的对象。曾有随从告诫他皇帝始终有提防之心，让他早日称帝，他说既无内乱又无外患，老百姓向来安于现状，和平时代改朝换代不是时机，所以也没有采纳。他倒是觉得现在自己可能已成了古代的一位枭雄奸臣，想到这里他不禁自嘲地苦笑了一下，那枭雄只距大位一步而不取，何况自己呢？即使这样，那人在后世还落了个图谋篡位的骂名，这是元帅十分忌讳的。可今天，他和皇帝都像被禁锢在权力天平的两端，达到了一个平衡。虽然这种平衡十分脆弱，但他目前还不想打破。

元帅没有选择在邯城长久地居住，他常住在邯城北部的阜城。阜城本身不大，但自此百年以后，阜城成了北部最大的都市，与邯城之间，政治经济相互联系又竞争，形成双城之势。到今天，邯城和阜城仍然是联系最密切又有竞争关系的城市，邯城人觉得自己更有底蕴，阜城人觉得自己更新派。邯城和阜城之间如果坐家用小型飞艇过去的话，从邯城郊外巨大的空中枢纽里那座600米高、布满像树枝一样的起落臂的家用飞艇起落架上出发，到达阜城近海岸外那个椭圆球体的空中悬浮飞艇起落架的准确时间只要8分12秒而已。

在邯城的申帝统治一直岌岌可危。没有足够保护的权力如头肥羊，总能不断吸引狼群，有赖于元帅的几次出手，才保住了皇室的地位。这本来让元帅对身后的名声趋于乐观，但他儿子的一次行为再次扰乱了他的心情。曾有一次儿子领着几个同僚，又提到了称帝的问题，认为完全可以用第三方的力量拿掉皇室，元帅再消灭第三方，这样神不知鬼不觉，不存在名声的问题。

“照样可以流芳百世。”儿子说这句话时，脸上有种轻飘飘的胸有成竹的神态。

元帅听到这句话出奇地愤怒，痛责了他们的轻视。他告诉儿子：“人心不可愚弄！”他的儿子反驳说“父亲当初不也是利用王侯围邯操纵局面的吗？”他听了这句话后气得直发抖，觉得他这么多年在用栽培大树的方式去对待一株庭院里的草。“你要是走了，我要是当不了皇帝，我拿什么去控制所有人？”儿子接着叫喊，声音带着委屈的哭腔，显然对没有他支撑的未来毫无信心。他在那一刻决定在自己死后不把全部权力交给他，这个决定之果断就像他当初决定发动邯城之变一样。

他冷静下来后想：儿子说的是事实，没有人能够像他这样，在走钢丝的状态下还有能力去平衡各方。因其个体的存在而集中的权力，在他身后必将分崩离析，他和皇室家族都很可能面临血腥局面。有一段时间里，他总是呆坐在池塘边，看到塘边的一条死鱼，很快被成千上万只密密麻麻的蚂蚁掏空。

随着他年龄的增长，对于皇室，他的态度越来越明确，乐见其在，乐见其弱，又保其不至于虚弱至死。待他更老一些了，追随他的力量已经足够强大了，他又想了很多办法把这部分力量分摊开，在他们之间拆成多支力量相互抗衡。他听从他的一名幕僚的建议，在全国改革科举，放宽为官的限制，从中提拔了大批官员，特别是阜城籍的。他同时听从另一位谋士给予各个阶层的贵族和庶民更多的权力的建议。另外，随他兵变的将军建议他在各个阶层和群体中秘密部署人员以采集信息，作为日常参考之用。元帅深以为然，他之所以在邯城之变中赢得与皇帝的博弈，对秘密信息的掌握帮了他的大忙，在这点上，他是当时历史背景下情报工作的集大成者。对于社会的控制，他一方面放宽，一方面收紧，在这两方面都想取得更高层次的平衡。那个将军，写了一本有关社会信息采集的小册子，为后世从事社会管理的人们所推崇。后来的邯城信息系统——米克的源头，也许可以追溯到那本书。

他去世时当然无法预料后来的一切。他的后代后来做生意的做生意、从政的从政、搞学问的搞学问，在平凡中逐渐隐没人间。到现在，科学院和太空署以及一些名人中有不少自称是他的第几代后人，可见他身后美名要大于其争议。可是谁能避免争议呢？谁在乎争议呢？也许像人们批评的，他过于权谋，过于惜名，其实他安静去世时，他只想后代不要因为他没有刻意让他们停留在权力的顶端而抱怨他，并拒绝了死后极尽哀荣的建议。

正如万物的生长，只要环境不恶劣，只要你不阻止种子生长，它们自己就会长得不错。百年后，皇帝的存废在没有形成极端利益矛盾的背景下，和平退出历史舞台。虽然其间波折无数，但相对于许多国家的血雨腥风，算是顺利的。

元帅和随从离开那间小房间的时候，小宦官仍然跪在地上，地面寒气透彻骨髓。很快就有个人进来，让他换身衣服，跟着他走。小宦官换上了来的人带来的一套半新的灰棉服，背上自己逃出来的时候打的包裹，里面有从老副总管身上拿来的银銙玉佩，还有他自己的一两颗碎银子，跟着这个人走出府邸。两人走到郦城街道上，走到城门口，看到这个人跟门口的士兵嘀咕了几句，两人就出了城。整个过程他很恍惚，直到出了城外不知多少里，这个人递给他一个小包裹，对他说："小兄弟，东西不多，也就够吃喝一两天的，以后你自己走吧。"然后这人就回了。小宦官呆立在原地，看到这个人的背影在混着黑泥和残雪的白杨树小路上消失，才真正回过神来：没有人要杀他，他自由了！

四周寂静只闻鸟鸣，风吹过阳光下棕白相间的荒芜田野。他想不出一个月，就会有绿意了，往南走，会看到越来越多的绿色。他没有任何兴奋的感觉，反而心如止水。他走的道路，晚上可以通过星辰判断，白天可以通过太阳辨明。他有时问路，更多的时候根据植物、庄稼、树木，甚至昆虫来判断，根据人们的穿着和农舍的风格判断。只要他活着，就要回家，这是他的信念，他已经为此死过一次了，他可以再死无数次，此生做不到来生也可以做，是所有的轮回中的唯一目的，没有任何事情可畏惧可阻挡。

他记得在走了不知道有多远的途中，有一次在没有人烟的小路上听见了马蹄声。他听到声音是从后边来的，他回过身，看到小路上远远来了两匹马，待到走近了，看到马上是两个女子，其中一个女子浑身裹着黑色的皮袍，衬托出皮肤白皙可人，面容清秀，气质绝不是农妇或市井的女子；另一个一身灰扑扑的仆从衣服，让她腰间游牧民族的腰刀颇为醒目。小宦官和这个女子在道口相遇的时候，两个女子也注意到了他，她们似有防备之心，看到只是一个羸弱的少年，便接着策马向前疾驰。就这么一闪而过的工夫，小宦官和黑衣女子脑子里都闪过似曾相识的念头，但谁都没有深究这种感觉，就接着赶路了。他们在今后的岁月里再也没有见过面。但不知为什么，小宦官——从现在开始不能叫小宦官了，他是个普通的农夫——直到老了，都记得这个女子的形象。

农夫老了以后，时常回忆起回家的路，所经过的峻峭的山脉、广阔的平原、奔腾的河流、起伏的丘陵和一路上遇到的陌生人，有的给过他吃的，有的留他住下，有的像对待乞丐一样驱赶他。他看到翁妪在门口一起晒太阳剥花生；看到壮年农夫农妇在村口吵架；看到儿童成队跟着他跑，问他从哪儿来又要去哪儿，能不能带上他们；看到赶考的书生、运盐的马队、接嫁的轿子、送葬的队伍、独行的僧侣……人间百态，他都遇见了，但他最挂念的就是那个路过的陌生女子。他老了，拿着锄头坐在田头休息，面前是黄花菜地，围绕他的还有牵牛花、芝麻花和南瓜藤，觉得人生很多事有着微妙的联系，就像设定好的，就这么决定了，不容怀疑，无须解释，古怪又离奇。

故事陈述人：陈鲲

NO

DATE

《邯城之倾》时间线

时间	情节
2019年	邯城地下河开凿　远征一号发射
2032年	邯城图书馆始建
2039年	月球被毁
2041年	立法界三件大事：允许人类基因部分修改、米克诞生、人工智能信息来源被限定
	铂鼎大厦建成
	远征二号发射
	暗岛列岛中的析旧岛沉没
2043年	性延迟基因技术在社会开始全面强制推广
	陈鲲出生
2044年	艾可出生
2054年	远征三号发射
	暗岛列岛全部沉没
2065年	小丁得到名字，标志其诞生
2069年	邯城之倾